Xue Ge Xing

vol.1

Xuefu Fenglei

浙江大学出版社 ZHEJIANG UNIVERSITY PRESS

咪咕阅读

血歌行

学府风雷

管平潮 作品

错综复杂人物群像
风起云涌四族争霸大时代

Xue Ge Xing

vol.1

Xuefu Fenglei

乱世如炉，侠骨柔情血歌行

兽龙牙根上这把长剑的剑锋幽蓝似海，莹莹
闪动，好像从天边截下的一段明月光华，又
好像川溪中盈盈动荡的流水。

四野阴森昏暗，生死时刻的苏渐忽见一丝雪亮的光芒从天外飞来，如同苍穹闪电，瞬间撕裂了整个荒野的无边黑暗。

洛雪穹忍俊不禁的一笑宛若万古冰川融化，大地鲜花
盛开，春风扫过了雪原，旭日朗照乾坤。但是笑过之
后，她即刻恢复了一贯清冷的面容。

星月交辉，落花如雪，一片片花瓣在洛雪穹身边悠悠飘落。

赏花人偶一回头，看见少年苏渐正和古玉妃并肩而行，遍地

流泻清辉中的她顿时变成一尊冰清玉洁的雕塑……

兽龙一声咆哮，让在场所有人都觉得惊雷在耳边炸响，转眼巨响顺着耳朵撞向胸腔。巨大的声响中，还有一股强大的意志奔腾而来，瞬间搅动肝胆，让人筋酥骨软、战意尽丧。

高不可攀的星海晶河，这时也像一条溪流，充盈着粼

粼莹莹的波光，在众人的头顶静静地流淌。初夏的夜

晚，高原上显得尤为静谧。偶尔远处传来一两声高原

雪狼的嚎叫，反增添夜晚的宁静。

　　得到这个写序的任务,我一口答应,心里想不就是写我的朋友管平潮吗! 容易。

　　几天了,固然琐事扰人,但总是有时间面对电脑和新建的 word,只是敲两下键盘,呆呆地看一会屏幕上那张比白纸更像白纸的白纸,有点儿尴尬了。突然觉得,似乎除了读老管的小说,以及每次见面彼此颇嗨的玩笑,然后,并不知道多少老管的故事。这,是一个问题。

　　也许换别人,洋洋洒洒说作品就好,但我沾染了"知人论世"的传记研究的趣味,若能提供一些老管的成长史和创作的心路历程,佐之以这部《血歌行》,岂不是一杯红酒配电影,或者花生米与豆腐干同嚼的秘方,让读者过瘾、满足、嗨皮?! 如此想来,有点后悔,美其名曰评论家、文学研究者,可事实上非常懒惰,还有十八般武艺——如果向公众推荐自己评判过的网络文学"大神"和作品算一般,那么,至少还有十七般武艺没有勤加练习。

　　而网络作家便不同。我看网络小说也十七八年历史了,从早期的安妮宝贝、慕容雪村、今何在,到今天的 90 后写手新神们(身边的小友如天蚕土豆离 90 后就差一岁,我笑他挤上了 80 后的末班车但也蹭了 90 后的一切好处,他的"小白文"像《斗破苍穹》,我当年看就觉得确实白得不一般,是经典白文)——我的意思是,网络作家和网络小说,近二十年的发展历史来看,算是草莽英雄纷纷,快感招数无穷,他们是一时代崛起之文学,也是尽可能地让各个层次、各个年龄的读者过瘾、满足、嗨皮的创作。也因此,他们的读者变成"粉丝"(fans)毫不足奇。他们的写作为了读者,读者自然就卖他们的账,这是商业和人情的常理。

老管也是这个了不起的时代创作潮中的一员宗匠,他把根基牢牢地扎在仙侠小说的类型上和土壤里。如果单说老管精心传承和创新的"仙侠"小说本身,我们真该充满了敬意,换句话说,这才是中国文脉老底子的东西,用的自然是"说部"(小说)的技艺,但文化的根长在道教里,是最为纯正的本土哲学思想和民间信仰体系的转化。譬如《搜神记》,譬如《封神榜》,譬如《聊斋志异》,譬如《蜀山剑侠传》,譬如李太白,譬如苏东坡,譬如金庸和黄易,都有仙侠文章,都有仙侠文化,都有仙侠气概。这类文,以出世之神仙,做俗世之侠义,形式的审美与精神的刚健相得益彰,无疑是中华美学中一段殊胜的瑰丽奇伟,是中华传统文化向世界性的想像所输出的一种重要的范式。这个传统不能丢。

管平潮在网络文学和仙侠类型中的地位,是用他的《仙路烟尘》(出版更名为《仙路问情》)、《九州牧云录》、《仙剑奇侠传》奠定的。有这几种书,老管的大名就不能被网络文学二十年略过,也不能被网间求书问路的网文读者跳过。2016 年开始的《血歌行》是老管再次发力的讯号,连载在咪咕阅读,才第一卷完毕就得了国家新闻出版广电总局的年度网络文学优秀原创作品推介(名列其中的十八分之一)、中国作家协会的年度中国网络小说排行榜(名列未完结排行榜的十分之一),又被推荐到浙江省主办的国内唯一一个覆盖华语网络文学的赛事"网络文学双年奖"的候选名单中,等待半年后的榜单揭晓。

如果说这几年的仙侠小说演变,我看一是男频、女频各领风骚,二是仙侠作为更大概念的东方玄幻的一种,积极地与大类下的其他兄弟姊妹融合联袂。前者恰如唐七的《三生三世十里桃花》、果果的《花千骨》之类的女频作品,与大名鼎鼎的萧鼎的《诛仙》、我吃西红柿的《星辰变》、梦入神机的《佛本是道》、耳根的《我欲封天》、猫腻的《择天记》等男频作品,各擅胜场,琳琅满目,这中间就包括管平潮的《仙路烟尘》《仙剑奇侠传》等。后者让单一审美的仙侠加入了更多修真、励志、热血、言情等等元素,并且会变得更加游戏化、影视化，这些都是时代的口味带来的结果，我看这部《血歌行》也是这样的风格路径。

然而在序言中剧透全书梗概我以为是可耻的，因为网络小说是更新与付费的创作，是恪守商业道德和信用契约的创作，也是梗和段子最好看作者"现挂"的创作，若被我这样有特权的评论家借口批评需要引用讲完了，会对大家阅读的好奇心有所损失，那么，我最后讲一点别的给各位助兴。

我也不是全然不知老管的故事。比如管平潮的名，是笔名，来源据他说是因为出生于江苏南通的平潮镇，自幼的伟大理想是当上老家平潮镇的镇长、管着平潮镇——管平潮，就这样出炉了，内涵很入世，听着倒很文化——以为是勾兑了"春江潮水连海平"的意思。有趣的是，我身边但凡有些传统文化修养的、熟悉音乐但不够熟悉网络文学的朋友，就会说，我以为是"管平湖"！管平湖何许人也，与管平潮沾亲带故否？各位自己动手找度娘。

老管与我认识，过去因为沧月、南派三叔、网易的老板丁磊；现在与我以兄弟论，则因为我是评论家、他是作家，我是网络作家协会主席、他是网络作家协会副主席，我是水象星座双鱼座、他是水象星座天蝎座……这样想来，我们的故事其实也不少！

李白曾给孟浩然造以诗像："吾爱孟夫子，风流天下闻"，不惧今世之所谓"CP""基情"，我不如也仿效之，曰："吾爱管夫子，血歌仙路行"。贺其新作付梓，是为序。

夏 烈

（杭州师范大学教授、中国作协网络文学委员会委员）

2017 年 3 月 1 日

上尚庭夏书房

目 录

序　章

血 火 龙 魔

　　这应该是亘古以来最大的一次火灾：苍穹电耀，大地燃烧，江海沸腾，无数生灵奔走呼号，直至化为灰烬。

　　如果你以为这是天灾那就错了，在火焰最明亮最炽烈的核心，竟然还有几个活动的身影！

　　身形巨大的男子，威严刚毅，虽然身为人形，却在流泻天地的火幕上，投射出巨龙的身影；从他的手中，发散出无数炫烈炽亮的光线，就像被握在手里的缰绳，束缚住一个横卧在地的女子。

　　如果此时有凡人靠近，定会大吃一惊——

　　这奄奄一息的女子，容颜极度妖冶，身姿极度妖娆，尤其在美艳的身躯轮廓上，还笼罩着一片仿佛永远不会消散的阴云，将她映衬得更加魅惑诱人。

　　这样的容貌，实在太过美艳，太过魅惑，太容易让人在第一眼看到她时，就兴出这样的念头：

　　"我愿匍匐在她脚下，献出自己的一切，包括生命，只为了成为她永世的奴隶！"

　　只不过，这美丽得不似存在于这个世界空间的女子，这时候却被龙影男子手中散发的炽烈光线束缚，气若游丝，竟似很快就要一命呜呼！

　　尤其那笼罩身上的幽暗云霾，就好像是她的保护壳，此刻被龙影男子的光线缠绕逼迫，让她变得更加虚弱。

"魅帝姒，"投射龙形的威严男子，忽然开口冷冷说道，"负隅顽抗数千年，终究被吾封印，服是不服？"

"咯咯咯！"已是气若游丝的幽艳女子，竟是笑了起来。她嘲讽道："圣龙皇，没想到你一个统领龙族万国的帝皇，还关心我一个弱女子服不服。"

"弱女子？"龙族之皇的吼啸震动世界，"魅帝姒，恶魔国度的女王，一心将这个世界毁坏成适宜你们恶魔生存的混乱界域，满手鲜血，荼毒万灵，这时竟有脸说自己是一个弱女子！"

"呵呵，随你怎么说了。"恶魔女王魅帝姒忽然也恢复了冷酷，"不管怎么说，我俩纠缠千年，也算是老朋友。今日为你所乘，即将被封印，就送你个忠告——"

"天下最恶毒之物，能有忠告？"龙族之皇嘲讽地看着她。

恶魔女王没有理会这样的讽刺。她看向龙皇身后阴影里一位仍是稚龄的妍丽少女："圣龙皇，别看龙族此番卷土重来，君临天下，但你们的未来，必会溃败于她身上！"

"月歌？"顺着她的视线，龙族皇者看向自己的小女儿。

必须承认，心性刚毅如铁的圣龙皇，内心闪过那么一瞬的惶惑，毕竟恶魔女王指向的，是他最宠爱的小女儿。

作为龙皇之女，月歌是龙族天然的继承者，号称龙族九大王国的公主，寄托了所有龙族强者无限的希望。作为父亲，以及龙族的首领，现在听到苟延残喘的恶魔女王这么预言，圣龙皇的心情自然不好。

不过对于君临天下的皇者，这样的负面情绪也只是一闪而逝。

圣龙皇厌恶地看着倒落尘埃的魅帝姒，冷酷地说道："替我预言？那就让你多加一次失败。我会淬炼她的力量，坚韧她的内心，将来会继承整个龙族，永世镇压你们这个污秽邪恶的恶魔国度！"

听到圣龙皇的豪言，魅帝姒妖艳的面容沉静似水。

缠绕在她身上的炽烈光线，在圣龙皇话音刚落的那一刻，收得更紧。

在深入骨髓的痛楚之中，恶魔女王知道自己最后的时刻即将到来。刚才冷嘲热讽不肯服软，这时她却忽然没头没脑地说了一句："小心东方大陆。"

"不需你费心，"圣龙皇依旧藐视地看着她，"我会去灭了它。"

话音未落，他手中牵连的无数光线忽然一齐闪耀，伴随着震耳欲聋的雷声，仿佛整个天地都开始燃烧爆裂！

这一刻，不仅是绚烂炽烈的光焰如密网一样将恶魔女王缠绕，就连那些爆裂的震耳雷音，也仿佛有了实质，不仅协助光焰驱散恶魔女王的护体幽云，还如同壁障一样，将恶魔女王层层叠叠地裹缠——

这一刻，在远方烈火的耀映下，恶魔族们此起彼伏的濒死惨叫声，忽然变得更加响亮！

"世间有沧桑，万物在轮回。我必去而复来！"层层包裹中，传来恶魔女王最后的预言。

"啰唆！"一声简短的呵斥，那些光焰和雷音如同淬火的烙铁一样冷却，最终看到的是千万条龙筋丝，呈现圣龙族皇者特有的耀金色，将恶魔女王一层层地包裹——

魅帝姒，"黑暗魅力"，恶魔国度最邪恶、最恶毒的首领魔族，在这一刻终于沉入黑暗。

圣龙皇手一挥，这被裹如蚕茧的恶魔女王，就穿云破雾，冲破云天和山海，被沉入不知何处的九幽之下。

在这一过程中，站在圣龙皇身后黑影中的小小龙族公主月歌，一直好奇地看着被封印起来沉入黑暗的恶魔女王。

她的神色是那样的无邪，容颜是那样的澄丽，站在沉沦黑暗的邪恶女王面前，就像幽冥中来自天国的召唤，若一缕月色般洁明。

当大事已成，傲立在她身前的父皇，花费片刻调匀了气息，便踌躇满志地眺望东方，看着焰云中笼罩的那片神州大陆，震天动地地吼啸：

"天上地下，唯我至尊；龙族时代，由吾创始！"

只是龙族至尊豪情满怀之际，却并不知道，就在恶魔女王被封印的最后一瞬间，那双妖冶如芒的眼睛曾对上月歌的眼眸——

即将陷入黑暗的瞳孔，冲着好奇的毫无防备的小女孩，闪烁了一道诡异的光。

而这时候，圣龙皇阴影中另一人，撒菩勒伯，龙族至尊的好兄弟、最亲近的左膀右臂、巫龙之王,正冷静地伫立一旁,看着眼前这一切,听着圣龙皇豪言,若有所思……

皇者,豪强,谁主沉浮?

国度,江山,终成传说。

且不论一个个久远的预言能否应验,眼下东方那片叫作"神州"的大地,却很快将被笼罩上凶猛龙族的巨大阴影,陷入血与火的悲歌……

第一章

杀人灭口

龙魔战争结束后，没过多少年，圣龙皇便实践了"诺言"，率龙族大军铺天盖地而来，横扫了东方神州大陆，将华夏国等人族王国赶往西部狭小蛮荒地域。鸠占鹊巢后，龙族在神州大陆建立了"龙之帝国"。

两百年后，华夏国新京师京华城中，有一个名叫苏渐的十六岁少年，正在为自己的怪病感到无比头疼。

少年苏渐有着英俊清秀的容貌，明亮开朗的笑容，身材也十分挺拔，模样正是很受女孩子欢迎的那种。虽然模样英俊，但苏渐现在的身份却非常低微，只是京城玄武卫中一个最低等的杂役"锡徽卫"。

玄武卫负责华夏国的刑事侦缉事务，听起来还挺拉风，但苏渐地位实在太低了，简单说就是个临时工——但其实本不应该是这样。

"一切都因为这怪病！"原来，这少年小小年纪，竟然失忆了！而且还不是普通的失忆，它让苏渐失去了曾拥有的最重要的东西。虽然苏渐现在身份低微功力平庸，但他十分肯定地记得，自己曾经非常非常厉害过。

除了失忆，还有一个神秘的怪梦，在他每晚睡觉时反复地出现。

这个梦，并不愉快。

梦的一开始，就天地异变如血，转眼间一头巨大凶猛的龙族怪兽，展翼破空扑下，朝自己迅猛扑来。这头恶龙，和人族传说里的东方神龙完全不一样，倒和侵略大陆的凶猛龙族差不多。

恶龙的阴影遮蔽了整个天空，眼看苏渐就快被撕成碎片，忽然一位绝美少女横空出现！

她的战甲神幻华丽，她的清叱响彻云空，她的后背突然生出龙翼，在恶龙利爪攫住苏渐的前一刻，她抓住了苏渐，向着头顶的天光迅速飞去。

风在呼啸，龙在咆哮。而苏渐被抱在龙翼美少女的怀中，压在她的胸前，只感到异样的温暖轻柔。

但美好的感觉转瞬即逝！

苏渐听到了凄厉的哀鸣，那一刻仿佛有天神拿巨锤砸下，整个云天都在颤抖！

在苏渐有记忆的最后一瞥，看见整个世界都下起可怖的血雨。

"那是谁的鲜血？"

"那是谁的哀鸣？"

"为什么恶龙单单扑向自己？"

"还有……"

"她、是、谁？！"

如果让苏渐早生两百多年，目睹龙皇和魔王的最终决战，他一定会脱口惊呼："月歌公主？！"

而在反复出现的梦境最后，完美女神级的龙族美少女，还将一条璀璨瑰丽的晶石项链戴在苏渐的脖子上。

梦，都是假的，这是公理；但苏渐第一回从这个梦中醒来后，竟然极度惊悚地发现，这条本应存在于梦中的项链，竟然真真实实地戴在自己脖子上！

这条项链的贵重，已经超出了他的想象。链子的材质，竟好像是传说中无比珍贵的陨星铂金；链坠更是一块硕大的水滴形晶石，几乎有鸽子蛋大，极为美丽。

苏渐第一次看到它，是在噩梦惊醒的黑夜里。黑暗中，他清楚地看到澄澈的水晶中，莹莹熠熠地发着光，竟好像小小的晶石里，蕴含了整个夜空的璀丽星光。

如果只是这样也就罢了，后来苏渐慢慢发现，这晶链中的异彩，竟还能随昼夜四季的变化而动态流转！

项链如此神秘幻丽,几乎让苏渐每次细看项链时,都忍不住要发出狂想:

"它不会就是传说中的十大晶海神器之一的'星降之链'吧?!"

最让苏渐迷惑的是,在这个重复出现的梦境最后时刻,那绝美少女和他分开的最后一刻,竟是向他无比凄凉地呼唤:

"救我……"

"来找我……"

"别忘记我……"

纵然是梦境,苏渐也清楚地记得,少女最后看向自己的眼神极为凄楚,以至于每次醒来后,他都觉得自己的心快要碎了。

"这意味着什么?"苏渐头疼地想,"难不成自己这个最低级的玄武卫杂役,还有什么本事去拯救傲视神州的龙族女神?"

撇开所有这些谜团,不管怎么样,这个怪梦中的绝美龙族少女,已经成了苏渐的"梦中情人";不仅是梦中情人,还是他心目中唯一的女神。苏渐认为,这种梦萦魂绕、身心酥麻的感觉,就是"爱情"……

虽然梦境瑰丽如传奇,但低贱的生活还在继续。

这一天,苏渐正随着大部队,在华夏国临近龙境的横断山脉寂灭森林中,执行伏击任务。之前他们玄武卫侦察得知,对面龙境中正有一支十来人的兽龙族小队伍,从横断山脉的裂隙穿过,朝寂灭森林这边过来。

龙族的渗透也不算罕见,但这一次真的很特别,以往龙族都是趾高气扬,但这一次兽龙族小队竟是出奇的低调,好像在保护着什么重要的人。

鉴于龙族强大无匹的战力,华夏国这次伏击行动,差不多集中了一百名青龙军的精锐,还特派了七八个宝贵无比的星流武士。

大战将至,寂灭森林中死一样的沉寂。

气氛凝滞,环境黑暗,恐惧与宽慰交织,让苏渐心里十分矛盾。

这时他的心中,忽然生出一种奇怪的感觉。这一刻,仿佛只是一个寻常的午后,他在绿茵草坪上练完了武,便去旁边的小树林中偷懒小憩,找个避风的阴凉地方小睡……

正想得有些发困时,苏渐忽然听到身旁的青龙军武士低喝一声:"小心,他们来了!"

很快,密林中传来簌簌簌的声音,一队高大的兽龙族士兵出现在大家的视野里。

藏在暗处,苏渐清楚地看到那些逼近的兽龙族士兵,每个都比普通人族的一人半还高,形象十分强壮凶恶。

虽说智慧龙族都以人形出现,但兽龙族还是比较低等,他们的脖颈、手臂、足踝等裸露部位,还保留着兽龙族的原始特征,都覆盖着坚硬的黑色龙鳞。他们的身后,也都拖着粗壮的龙尾,此刻重重地在林地落叶腐泥上划过。

看到这些兽龙族士兵,苏渐忽然觉得,自己要感谢那些阻绝飞龙来袭的横断山脉风暴;如果不是那道天险,现在出现在他眼前的,就不是只能走路的兽龙族士兵了。

兽龙族的士兵越走越近,苏渐很快看清,情报果然没有说错,兽龙族队伍中间有一位神秘人,他身穿黑袍,头罩黑帽,一副文职打扮,正被兽龙族士兵们众星捧月地护在中间。

苏渐还想再看看清楚,却听得身边的青龙军首领萧宁萧校尉,猛然爆发出一声喝叫:"杀!黑袍客,抓活的!"

暴吼声未落,暗无天日的密林中便闪耀起五颜六色的强烈光华,战士的刀光剑辉,法师的灵力光辉,在蓄谋已久后,疾风骤雨般朝兽龙族小队袭去!

遭到突袭,兽龙族小队稍稍一惊,却并不慌张,他们迅速以黑袍客为中心,散成一个同心圆阵进行防御。兽龙族特有的巨大甲盾,瞬间在外围竖立如墙。

不仅如此,作为龙之帝国中最骁勇莽撞的种族,兽龙族士兵在紧急防御的同时,反击也几乎同一时间开始了!

伴随着巨大的咆哮,五六个兽龙族士兵越盾而出,一边仗着天生的皮糙肉厚抵挡住攻击,一边几个急速的奔跃,很快就和人族战士激战在了一起。

异域龙族,不知从何而来,有别于东方神龙,差点灭绝了人类,果然名不虚传。纵然是最低等的智慧龙族,兽龙族士兵刚一近身,就显示出强大的战斗力。躲在后面观战的苏渐没想到,那几个他眼中的华夏国精锐,只一个照面,就被兽龙族士兵巨爪抓起,咆哮着撕成两半!

新鲜的血腥味,飘到苏渐的鼻子里,让他想呕吐。本能的恐惧让他压低了自己的视线,努力不去看交战的画面。低头时,苏渐只听到兽龙族狂野的咆哮与青龙军武士愤怒的吼叫。

"怎么说我们也人数占优吧?"作为非战斗人员,苏渐安慰着自己。

过了一小会儿,匍匐在后面的苏渐,逼着自己抬起了视线——谁知这一瞧,却让他大吃一惊!原本密密麻麻的华夏国伏击者,这时候竟然明显变得稀疏!而总共才十五六个人的兽龙族队伍,却几乎看不到有什么缩水!

"怎么会这样?!"没有什么语言能形容苏渐的震惊!

"有杀死兽龙吗?"他努力揉了揉自己眼睛,这才看见青龙军如山的尸堆里,似乎也倒伏着两三个巨大的兽龙身躯。

"这、这……"头一回看见真正的人龙交战,目睹这样夸张的战损比,苏渐是真的害怕了。

"今天看来真逃不了了。"本来作为玄武卫杂役,苏渐只承担侦察、传讯等非战斗职能;但仗打成这样,难道他还能跟敌人说:"喂!我苏渐只是非战斗人员,你们别打我?"

滑腻的冷汗,霎时从苏渐额头流下;他下意识地握紧手中的玄武卫制式佩刀,心中发狠,想着今天就算是死了,也要在兽龙身上划道口子!

"全体听令!"忽听得萧校尉大吼下令,"全体用流水阵,不准恋战,不准停留,击之即走,圆转轮流,首尾衔环!"

一声令下后,本来死磕的青龙军精锐们,立即在兽龙族的防守阵前变换阵型,如流水般疾走而过。仗着人多的车轮战,很快就让几个兽龙族士兵伤痕累累;撑过一段时间后,他们便在刀光剑影中不甘地哀号倒下。

兽龙族见势不妙,顿时奋力抛出手中沉重的甲盾,砸死十来个躲闪不及的青龙军武士,开始从这个豁口中突围。随着声声巨吼,兽龙族士兵的头颅忽然变回兽龙原形。他们显露出如同三角形的蜥蜴巨头,伴随着刺耳的嚣叫声,朝人类战士喷出了兽龙特有的青绿色毒液!

猝不及防之下,有好几个冲在最前面的战士被兽龙毒液喷中,顿时铁甲没覆盖到的裸露肌肤,以肉眼可见的速度开始腐烂。

但这时候,人族这一方朱雀术士军团的星流术高手们,各个嘴角带着倨傲自信的神色,施展起星流秘术来。很快他们的身上闪耀起华彩,全身覆盖灿烂的光甲,照亮了战场。那美丽的造型和辉煌的光影,完全不似人间所有,而如同天界的神明,直看得后面的苏渐如痴如醉!

刹那间,金辉之豹、青穹之鹰、雪影剑羚,种种不可思议的拟态星流术光华,照亮了昏暗的寂灭森林。它们的威力不可轻视,当星流武士突入逃窜的兽龙族队伍后,只是经过短暂的激烈搏斗,便将残存的兽龙族士兵全部歼灭!

终于尘埃落定,大家的视线焦点就都落在那个残存的黑袍客身上。

这位黑袍客,失去了兽龙族士兵的保护,现在孤零零地站在战场中,被华夏国的战士们里三层外三层地围着,显得十分孤单脆弱。

这时所有人的目光,都紧紧跟随着萧校尉,看着他走近那个低头垂首的黑袍客,举起手中的利剑,要伸过去挑落黑袍客戴得严严实实的面罩。

但就在这时,一道黑影以迅雷不及掩耳之势,猛扑向萧校尉!

突如其来的剑光,犀利如电,恶毒如蛇,在密林中闪耀飞蹿。当惊呆的苏渐再次反应过来后,却发现刚才还密密麻麻的人群,竟已经四散倒下,密林中的空地里,已经零星剩下没几个人!

看到这情景,苏渐还以为是自己的错觉。不过当他掐了下大腿,便立即惊恐地睁大了眼睛!

苏渐看到了,众人中最厉害的萧校尉,竟然已倒在了尸堆上,两眼失神,不甘地向天瞪望;那胸膛已被震碎,肚腹已经裂开,肝胆肠胃等内脏随着污血流了一地,样子不仅惨烈,还很难堪。

见到这情景,苏渐的胸口,好像被重锤猛地撞了一下!

苏渐瞬间觉得喘不过气来,觉得世事是如此的残酷无情。

管你什么容貌英俊?管你什么武艺高强?管你什么前途无限、履历辉煌?当你变成了地上一具冷冰冰的尸体,一切就都失去了意义。

看到青龙军中的新秀萧宁这样子，苏渐更愿意相信，眼前的景象，只是有些失忆的自己，精神分裂，又做了一场怪诞的梦。

但很快，那飞溅到他脸上的温热血滴，还有两三位残存星流武士的凄惨哀号声，都在明明白白地告诉他：眼前这个地狱噩梦般的场景，是真实的！

这还不算。当他回过神来看清后，感到无比震惊的是，这一场突如其来噩梦一样的大屠杀，其制造者，竟然只是一人而已！

四五十名华夏国的精锐将士们，就在顷刻之间，被同一个人杀死了？

这样的震惊，比刚才苏渐看到强悍的兽龙族士兵时，还要强烈十倍。

作为一名小小的临时工，苏渐现在躲在后方，暂时幸存。他一动不动地看着这位武力超出想象的怪客。他很快惊奇地发现，虽然这人身材高大，但看体形轮廓，竟然还是个人族！不仅如此，他身上仿佛还施展了某种奇异的法术，让其整个人都笼罩在一片黑暗的阴影里，让他所到之处，就好像发生了一场可怕的梦魇。

苏渐极为聪明，怪客施展掩饰真容的法术，反而更让他确定此人不仅是人族，还应该是个名人。对这人，苏渐只是瞥了一眼，但其体形和动作，已经深深地印刻在他心底。

当然苏渐也只来得及瞥上一眼，因为这个制造了人间炼狱的可怕凶手，在杀光了其他所有人后，便在阴影中，将目光冷冷地瞟向了他。

这一刻，苏渐心中的恐惧达到顶峰。

也许是之前那段龙血者的经历起了作用，越是这种时候，他的神思反而变得无比通明。

苏渐知道，自己现在必须要做两件事：

别让那人看到脸！

立即逃！

苏渐立刻发挥出自己的全部潜力，向密林的深处飞快奔跑。

这时候的苏渐，根本来不及躲避什么毒蔓荆棘，或是提防什么阴险怪兽。

刚才黑袍怪客的那一瞥，让他仿佛看到这世界上最恐怖的人，那一刻他如堕冰窟,遍体生寒。在苏渐的心目中,这世上哪还有什么猛兽比黑袍怪客的武力更强大,哪还有什么毒蛇比他的眼神更阴冷?

也不知道奔跑了多久,苏渐已经被划得衣衫褴褛。跑了这么久,他觉得身后好像没什么动静了。苏渐心中变得有些庆幸:到底还是自己身手敏捷跑得快啊,这本事不仅帮他在玄武卫站稳脚跟,还让他今天逃过了一劫。

正在庆幸时,有些放松的少年,却只听到身后轻轻一声冷笑——

这一笑,让他魂飞魄散!

他用眼角的余光一看,正看见那个黑影如梦魇一样,竟然就缀在他身后,还近在咫尺!

苏渐心中大骇,还想转身继续奔逃,谁知道那黑影却冷哼一声,瞬间飞出一脚,一股巨力涌来,顿时苏渐就被踢落到一旁的深渊里。

苏渐开始急速掉落,听着呼呼的风声,他心中忽然升起一个奇怪的念头:

这个人,该是有多骄傲啊!杀死他苏渐时,竟好似怕污了自己的剑和手,只舍得飞起一脚啊……

如果苏渐知道自己正在坠落的这个深渊,是什么地方,一定会变得更加恐惧。

寂灭森林深处的落魂渊,正是传说中的大凶之地。要知道寂灭森林虽然临近横断山脉,但并非风暴带,按理说龙族可以随便入侵。但其现在能成为华夏国还能争一争的边境领土,很大原因就是因为这个落魂渊。

落魂渊,不管是什么种族,即便是强横无匹的龙族到了它附近,也常常会被无缘无故地吸入,最后尸骨无存。

被灭口的苏渐,摔入落魂渊后,自忖必死。

伴随着强烈的风声下坠,苏渐这时才知道,当一个人真要死的时候,哪还有心思纠结算夭折还是英年早逝。

周围的光线越来越黑暗,掉落速度越来越快,苏渐也变得越来越恐惧。

"这一次是真的要死了吗?"

怀着必死的觉悟,苏渐渐渐适应这无底深渊的坠落过程,却突然发现情况起了些变化。

本来一片黑暗的深渊中,竟不知从什么时候开始,出现了很多丝丝缕缕的光线。它们呈现着奇特扭曲的形态,开始在他周围穿梭、飞舞、纠缠……

看见这些光线,苏渐第一反应,竟是觉得它们十分诡异!

苏渐感觉,这些光线无论姿态还是轨迹,都十分诡秘,违反常识,绝不像是自己已知世界中的事物。

"这是快死了的幻觉?"苏渐更加惊恐。

这时候他只听得"轰"的一声巨响,再回过神来时,却发现竟然已经到了一个奇异的所在。看着眼前的景象,苏渐几乎又要认为自己在做梦了!

原来,被扭曲的光线缠绕,苏渐发现自己竟然掉进一座巍峨的石窟古堡。借着不知从哪里射出来的亮光,苏渐看见古堡由巨石垒成,建筑风格以前从来没有见过。这里不仅雄伟巍峨,各种雕饰和花纹也充满异族风情,绝不像人族产物。

当然更重要的是,这古堡最重要的特征,就是尺寸巨大。当苏渐置身其中时,需要仰望穹顶,显得身形极为渺小。

看着这样奇特的景物,苏渐心头巨震,想道:"原来竟然是堕入了秘境!"

原来在这片古老的神州大陆上,分布着自上古至前朝的许多遗迹。历代生灵活动的遗迹废墟,经过千万年的沉淀,与不断变迁的自然环境相结合,生出了许多十分隐蔽的奇特场所,世人便称之为"秘境"。

苏渐平复了下心情,试着往前走了几步,很快就看到了一些不一样的东西。

巨大的石窟里,到处散落着书册。这些书册的尺寸非常大,最大的几乎和他一样高。最奇特的是,这些书册不知是用什么材质印刷的,不同的书册上,还泛着色彩缤纷的幽幽光辉。

为转移自己的恐惧,苏渐把所有的注意力都集中在这些梦幻的巨大书册上。

他一部部地翻阅过去,刚开始时,他觉得上面的文字都不认识,配图也十分古怪;但很快他就发现,面对这些陌生的图文,他有一种奇特的感受:

好像都看懂了,但仔细想想,又好像什么都没记住。

这种奇特感觉本身吸引了他,于是他在落魂渊的秘境中慢慢前进,一路不停地翻阅奇特的巨书。奇异的阅读缓解了他的恐惧。现在的他,根本不知道这些上古遗落的书册,将对他今后的命运产生何等重大的影响。

神秘的书册翻阅了很久,苏渐变得有些麻木,也有一丝厌烦。奇怪的是,仿佛有神灵在冥冥中看穿了他这种情绪。恰在这时候,一种最浓重的黑暗悄无声息地包围了他,如同黑夜降临。

"怎么回事?"苏渐惊恐地东张西望,试图看清周围的景物,却吃惊地发现已经什么都看不见。

正手足无措时,苏渐看见身外无边的黑暗中,忽然出现一只血色的火焰巨眼。

蓦然出现的血色瞳孔,仿佛远在天边,又好像近在眼前;尤其让苏渐恐惧的是,烈火环绕的巨瞳正面对着自己,虽然紧紧闭合,却是十分恐怖。

这一刻,苏渐本能地想:"怪眼闭着已经这么可怕,那它如果睁开……"

无边黑夜中的血色瞳孔,仿佛能通晓他的心意,猛地睁开。霎时,血眼巨瞳中跳动起无数金色赤色的火焰,交缠成炫烈的目光,一下子就穿透了苏渐的心房!

这一刻,少年无比惊惶!

而远在落魂渊外的寂灭森林边缘,也忽然发生了一件匪夷所思的事。先前兽龙族护送的黑袍客,因为神秘人的出现而死里逃生,现在已经被一群接应的兽龙族士兵保护着,准备回去。

他们正走在寂灭森林靠近兽龙领地的那一侧,恰好就是黑暗深渊中血色巨瞳对苏渐猛然睁开的那一刻。于是,无论是身份神秘的黑袍客,还是蛮横凶残的兽龙族,全都在一瞬间毫无征兆地屈膝跪倒!

穷凶极恶的兽龙族,这时的神色却无比虔诚。他们一律望空祈祷,仿佛那个丝毫看不出变化的虚空中,已经出现了某种异象,让他们顶礼膜拜不已。他们匍匐在地,巨硕的身躯低得不能再低,就好像此时的虚空中,有一只无形的巨手,正往下按着他们的头颅和四肢。

而此刻,苏渐正与血瞳对视。

四周黑暗无限,他别无选择。

凝视不到片刻,血瞳轰然攻进苏渐的灵魂,瞬间从黑暗中消失。

就在这电光石火间,苏渐已看到烈火中神秘错乱的幻象。它们诡异、扭曲、隐喻,最后全都归于虚无,只留下一片雷鸣在心中不停震响。

当心底的雷音也归于沉寂,身外诸天,万籁俱寂。

身外的世界重归了黑暗,但苏渐却发现,就好像用眼睛对视太阳一样,即使现在闭上了眼,视野一片漆黑,却发现那枚熊熊燃烧的血瞳,依然在自己的脑海心魂中高悬,颜色鲜明无比。

这种感觉,让苏渐万分心悸。不过可能因为安静了一会儿,他发现神秘血瞳的影像,随着时间的推移,也渐渐变得淡化。

血瞳影像渐渐淡化,这事情显得还挺正常;不过当光亮不知道从什么地方重新亮起,驱散了黑暗,苏渐却发现,事情还是一点都不正常:

他现在,竟然站在了一头巨龙的头颅里!

看骨架的形状,这明显是头可恶的龙族的头骨。只是不知道它为什么这么巨大,几乎有一个房间那么大。经历过今天这么一连串事件,苏渐到现在已经变得有些麻木。他看着巨龙头骨中白森森的顶部,漫不经心地想道:"不过就是龙头尸骨嘛!看看有没有什么想不到的宝物。"

劫后余生的少年,又恢复了胆大的性子,开始在龙头骸骨里走动。因为心情放松的缘故,苏渐甚至胡思乱想,心说如果说人的头越大,脑子越大,就越聪明,那这头巨型龙头有房间那么大,是不是说明他生前是个龙族的天才?

就这般溜达,很快龙头骨边缘的那一圈龙牙,引起了苏渐的注意。和其他颜色灰败的龙骨相比,这圈龙牙却是根根雪白如新,如栅栏一样立在龙头骨的边缘。

苏渐好奇地在锐利的龙牙间行走,很快就发现在某一根粗大龙牙的根部，竟然斜插着一把修长的剑！

第一眼看见这把剑，苏渐大吃一惊："什么样的剑能刺入龙嘴，插入龙牙?!"

苏渐赶紧上前，仔细观看，便发现确实是一把造型古朴的长剑，正倚靠在龙牙的根部。

这把剑最吸引人的地方是剑锋，它幽蓝似海，莹莹闪动，好像从天边截下了一段明月光华，又好像川溪中盈盈动荡的流水。

更出乎苏渐意料的是，此时走近了他才看清，这把利剑竟然不是虚浮地靠在龙牙底部，而是真正刺入了龙牙——要知道，巨龙之齿是世间公认的最硬之物！

看清这情况，苏渐先是倒吸一口冷气，转而变得极度欣喜！

"哈哈!"这里只有他一个人，苏渐毫无拘束地哈哈大笑道，"今天碰上一连串倒霉事，简直吓死人，现在总算苦尽甘来，竟让我捡到宝!"

"嘿嘿，这把剑是我的了！看它这样子，就叫……"剑还没拔出来，他已经迫不及待要为剑命名了。

"龙牙剑? 不对，"苏渐想道，"明明是刺入龙牙。月光剑? 不好，虽然剑锋很像月光，但这名字跟个姑娘家的物件似的。好吧，那就叫'牙签剑'吧！虽然这名字不太响亮，但别人却不知道，咱这剑剔的可是龙牙!"

取好名字，苏渐毫不犹豫地上前，先用一只手试了试，剑纹丝不动。他立即换用两手抓住雕纹古朴的剑柄，还用两只脚都蹬上了龙牙，简直使出了吃奶的力气，才把剑从坚硬的龙牙里拔出来。

让他没想到的是，就在拔出"牙签剑"的一瞬间，他整个人忽然被一团白光裹挟，嗖的一声如流星飞起，速度如此之快，竟让苏渐一时晕了过去。

当苏渐再次清醒过来，惊奇地发现堕入深渊的自己，现在竟重又回到寂灭森林里。

"寂灭森林……"身历种种更可怕的险境，苏渐忽然觉得，这凶险的森林竟变得有几分亲切和温馨。

不过，虽然看着自身完好无损，还多了把好剑，苏渐的心情却渐渐转为悲凉。他意识到，这一次行动，除了自己，竟然全军覆没。那可是一百多号人啊！竟然转眼就阴阳相隔。

趁着密林无人，少年肆意地流下了泪水。他想起了那个阴影中的凶人，便在这密林中庄重地发誓。他要穷尽自己一切力量，用一年、两年、三年……甚至用自己一辈子的时间，去揪出这个屠夫、凶手！

下定决心后，苏渐又休息了一阵子，便踏上了归途。只是没想到，还没走出多久，他就遭遇了一只凶狠的噬血狞猫！面对凶猛扑来的妖物，苏渐忽然觉得满腹的悲屈："难道自己心愿还未了，便要就此死去？"

就在他忙乱抵抗，无意中碰触到嗜血狞猫的皮毛时，在这一瞬间，苏渐忽然发现了一件让他心悸的事：本以为消失的血色瞳孔，却在他充满战意地接触狞猫的那一刻，忽然间在他神魂心海中蓦然张开！

霎时间，血肉之躯的猫妖被映射在他的心中的血瞳，抽象成一个翠绿色的线条图样，猫妖的每个部位都被解构得详尽无比。而且也不用他反应，也不用他理解，苏渐顿时就发现了绿色图样中那一个血色红点，知道那就是狞猫全身最不起眼的柔弱处！

所有这一切，用血瞳心眼观视，只不过一瞬间的事。当血瞳心眼闭合，苏渐已经彻底了解眼前这只狞猫的弱点。

于是这武学与力量都不强的少年，竟然来得及从从容容挥起利剑——只这一剑，就瞬间洞穿了猫妖的身体，而那着剑处，赫然就是狞猫的腹部柔软脆弱处！要知道，这里可只有大拇指大小。

见此情景，苏渐竟是呆住了："这、这可能吗？这可是噬血狞猫啊！"

苏渐的神色变得呆滞，心中却掀起了狂风巨浪。他想到，如果这是真的，自己还是那个孱弱的小杂役吗？

而就在苏渐心中的血瞳之眼第一次睁开的那一瞬间，好像隐匿在遥远迷雾中的未知秘境里，也有一双人间罕有的绝美眼眸，忽然悄悄地睁开了金色的瞳孔。

这眼眸至美，虽然周边弥漫黑翳，却神光离合，似善、似恶，不管如何都有一种让人窒息的美。

一个声音，似悄无声息，却又好像蕴含无穷的讯息，开始在虚空中意味深长地回响。

　　仿佛作为回应,在遥远世界边缘的混乱界域恶魔国度里,一个平静的黑暗水晶球中,忽然跳荡起无数细碎而苍白的闪电火焰。

　　这样神秘的异事,苏渐根本无从知晓;对他一个少年来说,今天这一整天的经历也实在太过惊悚。所以他根本来不及体会"血瞳心眼"的奥妙——

　　只要触碰对方身体,就能洞察弱点? 这样将来能生出多少花样,惹出多少或酷烈或香艳的风波?

第二章

初 登 学 府

　　当苏渐一个人回到华夏国都城京华城的玄武卫总部时，所有人见到他都跟见到鬼一样！

　　作为华夏国四灵军之一，总部设立于京华都城的玄武卫是四灵军中比较特殊的一种。四灵军中其他几个军团，青龙军团乃是综合军种，白虎军团主要是骑兵，朱雀军团可以称为术士团，主要是法师。

　　这华夏三大军团主要对外，玄武卫却不同，不仅对外搜集龙族的情报，还对内维护王国的统治，侦察和消除反叛者，偶尔还会承担秘密刺杀的任务。这么多年下来，它已成为龙族和人类起义者血义盟眼中的死敌。

　　因为玄武卫从上到下所有成员都穿黑衣，所以民间也习惯称其为黑衣卫。他们以龟蛇合体的玄武神兽为图腾，象征着黑衣卫既有龟的耐力隐忍，又有蛇的残忍凶猛。

　　京城玄武卫，已经第一时间得到寂灭森林行动全军覆没的消息。现在总部的所有人，都在忙着善后各种事宜。可以想象，众人看到一个本该"殉职"的小杂役，施施然重现眼前时，那冲击力该有多大。

　　作为唯一的幸存者，苏渐很快就享受到万众瞩目的待遇。

　　这会儿，甚至连派他参加这次任务的铜徽卫盖英卫，都没机会跟他说话了。很快就有内堂来的人出来，直接把苏渐带走，说是玄武卫轩辕鸿大统领有话要问他。

　　作为新人，苏渐别说见大统领，甚至直到现在，他还没听得全大统领的所有传说。不过有一点可以肯定,华夏国青龙、白虎、朱雀、玄武四灵军中,能够达到提起名字就让"小儿不敢夜哭"的,只有玄武大统领轩辕鸿一人而已。

很显然,大统领所在的玄武卫内堂,苏渐是第一次来。走到里面,苏渐非常惊讶,因为哪怕这里面摆着砍头台、积血池,都很正常;但让他没想到的是,玄武卫内堂的陈设竟然十分古雅!

没错,就是"古雅"!

那白墙上挂着古画,墙角里燃着熏香,紫檀木的桌椅古色古香,上面还摆着文房四宝,简直就是间华夏国最典型的文人书房!

而让人闻风丧胆的轩辕鸿,此刻就端坐在紫檀桌案后面,正在冷冷地看着他;那个带苏渐前来的人不用任何提示,已经轻手轻脚地走出去,轻轻地把门带上。

不怕人笑话,苏渐还是头一回看见自己单位的最高首脑。在低头垂首之前,他已经快速地瞥了几眼,看清了这个大人物。

轩辕鸿本人的风格,和这书房的风格却是截然相反。他相貌威严,颧骨分明,眼神锐利如刀,不怒自威。他的身形和骨骼都出奇地粗壮高大,就像一座小山坐在书案后边,正眼神凌厉地看着苏渐。

最要命的就是轩辕鸿这双眼睛!刚才苏渐只是快速瞥了几眼,就发现片刻间的对视里,那轩辕鸿的目光,已如同世间最锋利的剑,一下子扎进他内心,好像什么秘密都被他翻起来。

于是本来心情放松的少年,已经开始心惊胆战,后背也冒出汗来。

就在他心里打鼓之际,那轩辕鸿却一片沉默,不知在想着什么。

"小苏,说说情况。"轩辕鸿终于开口。

一听他喊自己"小苏",苏渐顿时松了口气,赶忙一五一十地把寂灭森林中的事情说了一遍。本来,苏渐也想把掉进深渊后的怪事说一说。但涉及这一段,刚开口说了几个字,连他自己都觉得在说梦话一样,于是赶紧含含糊糊地略过,免得被大统领当成疯子傻子。

一边禀报,苏渐一边用眼角的余光,打量轩辕鸿的反应。他发现,即使他所说的整个事件都惊心动魄,那轩辕鸿却听得十分平静。只有在听到那神秘强者出现，一出手就把萧宁开膛剖腹杀死时，轩辕鸿才拿手指节在桌案上轻轻叩动了几下。

对他这样强悍到极点的冷静，苏渐心里只有一个字：服！

禀报时，虽然苏渐对落魂渊中的事情说不出口，但那把龙口中所得的宝剑，正在他腰间挂着，显然瞒不住人。于是他解下这把"牙签剑"，做了一个呈上的姿势，恭声说道：

"禀报大统领，卑职侥幸不死，回程之中，在林中捡到这把宝剑。正是靠着它，属下才能一个人从寂灭森林中生还。要不——卑职愿将此剑献给大人！"

"哈哈，"一直没怎么动容的轩辕鸿，这会儿倒是开口大笑，"没想到，一个小小的锡徽卫，也有这份孝心。只不过，本座如何能要你的东西？"

拒绝之后，轩辕鸿忽然间想起一事，忽地动容说道："等等——你是说，是靠这把剑，才逃出了寂灭森林？"

"正是！"苏渐答道，"当然，还要靠平时大统领的教导。"

"狗屁！还我的教导，今天之前你见过我没？"轩辕鸿毫不留情地戳穿少年。

"不过说起来，还真有点意思。这次生还，以你的功力……哈哈，"轩辕鸿大笑道，"你根本就没什么功力吧！那看来这把剑，还是值得本座一观的，你且呈上来。"

苏渐闻言赶紧再次呈上这把剑。现在这把牙签剑，已被套上了一只最普通的猪皮剑鞘。这是先前苏渐进城时，为了便于携带，匆忙间随便买的地摊货。以他现在的收入水平，也只能买这样三文不值两文的猪皮剑鞘了。

不过也正因为这样，才让目光如炬的轩辕鸿，看走了眼。

当轩辕鸿从丑陋不堪的猪皮壳中抽出剑时，他顿时双眼一紧，心中刮起了风暴："哎呀！上当了上当了！这真是把绝世好剑哇！"

玄武卫轩辕大统领此时的心情，真可用"八十岁老娘倒绷孩儿"来形容！

本来轩辕鸿还想着，一个小小锡徽卫，随便在林子里，能捡到什么好东西？八成还是锈蚀得不能用的废铁。尤其刚才他还看到廉价丑陋的猪皮剑鞘，简直连拿到自己手里都算侮辱——却谁能想到，这竟是把世所罕见的好剑！

轩辕鸿的眼光，可比苏渐好了不知十万八千里。剑刚到手中，他用手指一拂剑锋，紧接着歪头侧耳细听，立即便能听到虎啸龙吟之音。

"这、这……"轩辕鸿已经无法形容自己此时的心情。

随即他又手腕一紧，为剑中灌注了劲气灵力，便发现这把剑，竟然还有一个连自己也从来没见识过的绝佳特质：

虽然剑身修长，剑刃极薄，看着像一段柔软的月光或流水，盈盈无物；但就是这样的轻薄修长，挥劈之时，其硬度和强度却极高，竟然和极佳的柔韧度并存，简直既能当大刀劈砍，又能在腰间当腰带缠！

而轻轻舞动之时，虽然动作幅度并不大，这把剑却带起一层层淡蓝色的残影，如同盈盈的湖水一波未平一波又起，一层层一叠叠地涌现。

"哇呀！真看走眼了！"轩辕鸿心中大呼上当。

说起来，别看轩辕鸿贵为玄武卫大统领，有着诸多优良品质，但却还有一个大多数人不知道的弱点：贪财恋宝。于是可想而知，本来心情还不错的轩辕鸿，这时候心情却变得极为糟糕。

看着手中利剑，轩辕鸿有心收回自己刚才拒绝的话；但一看正毕恭毕敬看着自己的少年，他觉得这张老脸竟然有点发烧，反悔的话怎么都说不出口。

这时候的轩辕鸿，多么渴望少年能再客气一次。那样他就能借坡下驴，顺势把剑收下了。没想到等了一会儿，这个刚才看着挺机灵的小小锡徽卫，竟是闭口不言，怎么也不肯再提献剑的事了。

眼见这样子，轩辕鸿只得在心里暗叹一声"晦气"，定了定神，又恢复了一代宗师的风范，随手一挥，归鞘的利剑便送还到苏渐手中。

"这把剑，有名字吗？"恢复心境的轩辕鸿问道。

"有，"苏渐恭敬答道，"我刚给取的名字，叫'牙签剑'。"

"噗——"正举杯喝了口茶的大统领，扑哧一声把嘴里的茶水全都喷了出来！

苏渐见状，连忙低头弓腰，连道"惶恐"。

"无妨。"轩辕鸿摆摆手，"小苏——"

"在。"苏渐洗耳恭听。

"这是把好剑，你要珍惜。"说到自己喜欢的东西，惜字如金的轩辕鸿，不知不觉就畅所欲言，"你可能不知，一把神兵利器，有其真名。不过这就要你自己去发掘，找到它应有的真名之后，才能发挥出它更大的威力。"

"多谢大人指点！"苏渐受宠若惊地谢道。

"对了，"轩辕鸿说了这番话，忽然好像想起了什么，眼前一亮叫道，"方才本座手抚剑锋之时，恍惚竟觉锋刃对本座身躯内的鲜血，竟是极为渴望，鸣颤之时竟有欢歌之音——"

"血歌！"轩辕鸿忽然脱口大叫道，"对，血歌！这就是剑之真名！哼，牙签剑、牙签剑，对宝剑简直是侮辱。"

"大人教训的是，是卑职没文化了。"面对大统领的批评，苏渐立即做自我检讨。

聊完宝剑，轩辕鸿终于回到正题，慢条斯理地说道："小苏啊，这回你也算立了功，本座自是要论功行赏的。你这次只不过立了件小功，本座就给你一次立大功的机会。"

"最近，听小崽子们来报，血义盟那些乱臣贼子，在灵鹫学院闹得越来越厉害，整天煽动无知学生，实在不像话。本座看你年龄小，正合适，明日你便去灵鹫学院入学，给我查清那些血义盟的乱党奸细，好让本座一网打尽！"

"这、这……"本来还以为随便拿点赏钱的少年，这时听到灵鹫学院的大名，眼前顿时一阵眩晕。

灵鹫学院是什么地方？那是为华夏国培养武学精英的著名学府啊！近来苏渐行走市井间，更是听说灵鹫学院作为后起之秀，励精图治，吸引了无数达官贵人的子弟，很多还是其他王国慕名而来的。灵鹫学院势头之猛，已隐隐赶超由皇家亲自扶持的老牌官学屠龙学院了。

苏渐一直都觉得，这两家高贵无比的官学，平时听别人说起，也就是听着，这种地方能和他有什么关联？谁能想到，这会儿，大统领竟然让他去灵鹫学院入学?!

乍闻天大喜讯,机灵的苏淅几乎变得呆呆傻傻。

"大、大统领,我、我武学不好,也没啥天赋,会不会……不太合适?"

话一出口,苏淅一个激灵,简直就要扇自己两个大耳光!

他在心中骂自己:"苏淅啊苏淅,这时候你谦虚个啥? 万一大统领从善如流,就此收回成命,那你就真该拔出牙签剑——不,血歌剑——当场自杀了!"

他正悔恨无比,轩辕鸿的一席话又让他活转回来:"小苏,不要妄自菲薄。其实正因为你没本事,很平庸,这样才不会引起别人注意,更不会让血义盟乱党警惕。所以这个学,你是上定了。"

轩辕鸿用一副"你烂得好,烂得妙,烂得呱呱叫"的慈祥表情,看着苏淅道:"对了,去了灵鹫学院,你不仅要在暗中纠察乱党,还有一个更特殊的使命交给你,你且听好——"

"请大统领示下!"苏淅见他郑重,忙打起精神,躬身听令。

"是这样,"轩辕鸿道,"灵鹫学院,乃我华夏朝知名官学,满院精英,国之精华半出其间,连本座也向来敬它三分。没想到,近半年来,灵鹫学院之中,竟是屡屡爆出学生失踪的怪案。积累至今,竟有八九起了。如果仅仅是失踪还好,谁会想有两三个学生被找到时,竟是横尸荒野了。"

"竟然死了?!"苏淅大吃一惊。

"对。"轩辕鸿沉声道,"若是贱民死了,也就罢了;你知道学院之中,颇多权贵子弟,就算不是,也都有些来历。因为这件事,我都被皇家找去……找去讨论过好几次了。"

"确需多多讨论。"苏淅嘴上附和,心里却道,"什么讨论,大统领肯定是被叫去骂得狗血淋头了。"

"你知道就好。"轩辕鸿也不再多说,只道,"你这一无是处的小小后生,定不会引起任何人注意。再说了,灵鹫学院而已,你一定能适应的,"大统领忽然笑吟吟地看着他,别有意味地说道,"毕竟,你是'龙血者'啊,曾在无名山庄中秘训过的。"

"龙血者",这个词从轩辕鸿口中说出,苏淅神色顿时一滞。

"有多久没人跟自己提这个词了?"苏渐一时间竟陷入了恍惚。

因为自己现在低下的身份,完全拜龙血者特训那段经历所赐,所以苏渐根本不想再触及这段回忆,连"龙血者"这个词都不想提。

但现在听到这个已经有点陌生的词从大统领的嘴里蹦出来,苏渐纵然嘴里一片苦涩,也只得点头附和:"是,是,龙血者嘛,去那灵鹫学院,下属绝不会有任何的不适。"

强作笑颜,苏渐就此转身离去;就在他走出内堂门外时,耳中却听得房内轩辕鸿一声低低的叹息:"唉,真是把好剑……"

如果放在以前,听到大统领这声叹息,苏渐会立即转身回去,双手奉上宝剑。只是,刚刚经历了寂灭森林中一番生死考验,苏渐的心境已发生了天翻地覆的转变。

以前,那匪夷所思的梦境、梦中的龙族女神,对苏渐来说,不可思议得如同另外一个世界的事情。但现在得了这把古剑,又发现了血瞳心眼的妙处,苏渐忽然前所未有地拥有了信心。

他相信,总有一天,自己能查到梦境的真相,找到梦萦魂绕的女神,还要揪出杀死萧校尉、想将自己灭口的怪客凶手!

这一切,都让曾对生活失去信心的苏渐,内心涌起滔天的激流。他现在只有一个念头:变强,活下去,找到真相!

有了这内心的转变,所以现在苏渐听到轩辕鸿大统领的叹息,心情变得非常坦然:

这把剑,我已经跟你呈献过了,是你说不要的,那现在我也不会给了!

苏渐并不知道,他这一番心境的变化,其意义要比得到一把好剑、一个怪招,还要宝贵得多。

从内堂出来,苏渐一路都沐浴在众人羡慕的目光中。接下来苏渐要去的,就是跟自己的顶头上司、铜徽卫盖英卫禀报了。

原来华夏国玄武卫的级别,主要靠黑色衣物上的徽章来区分,从低到高依次为:锡徽卫、铁徽卫、铜徽卫、银徽卫、金徽卫、紫晶徽卫、血晶徽卫、玄武晶徽卫。

从锡徽卫到金徽卫,是常规的递进层级;紫晶徽卫则是直属于玄武卫大统领的行动队,用来执行非常特殊和棘手的秘密任务。血晶徽卫更加神秘,同样直属于大统领,相当于执法队,专门对内。玄武卫最高头衔"玄武晶徽卫",其成员只有一个,就是苏渐刚见的大统领轩辕鸿。

苏渐所属的铜徽卫盖英卫,年纪并不大,也就二十五六岁,是玄武黑衣卫中并不多见的后起之秀。盖英卫出身寒门,不是什么世家子弟,完全靠自己的打拼才升到铜徽卫,手下管着一个黑衣卫小组。

这盖英卫也没什么其他毛病,就是比较自负。也许,这是所有靠自己努力爬上来的寒门子弟共通的毛病。盖英卫相貌也比较英俊,虽然因为过于劳心,脸上毫无血色,但这点反而吸引了不少女子的注意。于是,盖英卫这个惨绿青年,对自己的魅力也是十分自负的。

"阎王好过,小鬼难缠",显然盖英卫对苏渐非常看不起;当苏渐叙述自己死里逃生的经过时,盖英卫竟然摆出一副"你居然没死,这太不合理"的架势。

以苏渐现在的心境,也开始对盖英卫目中无人的姿态不满起来。

听着他的报告,那盖英卫一脸的不耐烦,不过当苏渐说起轩辕鸿让他去灵鹫学院潜伏时,盖英卫却明显很受震动。

"你是说,大统领命你去灵鹫学院入学?"盖英卫有些不敢相信地看着苏渐。

"是啊,大统领是这么说的。"苏渐答道。

"真没想到!你也有这运气,竟然成了我的……""师弟"两个字,自负的盖英卫始终没舍得说出口。

现在的盖英卫心里,真是极度不爽。要知道,出身灵鹫学院,一直是他引以为傲的事情。能有多少寒门弟子可以进灵鹫学院的?

所以,当他听到苏渐居然也能进灵鹫学院时,简直就跟自己老婆偷了人似的。虽然他还没成婚,但总觉得那感觉应该是一样的。所以,本就对苏渐不屑的盖英卫,现在更加鄙夷厌恶起来。

不过对盖英卫来说,化逆境为顺境,变不利为有利,一向是最拿手的。因此盖英卫眼珠一转,忽想起一事,看向苏渐的目光,竟马上变得炽烈起来,声调也变得亲切柔和:

"小苏啊,既然潜伏灵鹫学院是大统领交代下来的事,你就得好好干啊。别说我盖英卫没提携你,我现在就跟你说,你去灵鹫学院,必须好好注意一个人。"

"大人,要注意谁?"苏渐好奇地问道。

"洛雪穹。"盖英卫报出了一个名字,"她是个女子,应该就是这一届的新生。"

"洛雪穹……"苏渐念了一下这名字,请教道,"这洛雪穹有什么特别?难道是说,她和血义盟有勾结?"

"勾结嘛,也不好说,"盖英卫眼珠转动,故弄玄虚地道,"但是她来自北方天雪国的西北边陲,来历和身份都比较复杂,也许有关联也说不定。总之我给你指了这条路,你要听。"

"自然自然,多谢盖大人提醒。"苏渐也以为他在帮自己,不免态度恭谨。

"嗯,你记住,"提起洛雪穹,不知怎么盖英卫的双目中就射出热切光芒,"小苏你要记牢,有关此女的所有一切,你都要密切注意。无论大事小情,只要有关于她,你都要打听并记录下来,跟我汇报,记住了吗?"

"记住了!"苏渐口里应着,心中却道,"真的是指点我吗?盖大人这眼神,有点奇怪啊,怎么觉得有点熟悉,好像在哪儿见过……"

"啊,想起来了!"苏渐恍然大悟,"我曾亲手在街边抓了个流氓,当时他跟踪别人家小媳妇的眼神,就是盖大人这样啊!"

"好,你去吧。"交代完自己的私活儿,盖英卫对苏渐挥挥手,神情又恢复成一贯以来的倨傲。

苏渐在黑衣卫中,也实在是个不起眼的小角色。现在接了去灵鹫学院的任务,他甚至没有任何事情需要交接的,直接说去就去了。

灵鹫学院的选址,风景极美,就在京华城东郊外的灵鹫山上。说起这灵鹫山,也蛮屈辱。在恶龙帝国还没入侵神州前,灵鹫山只是华夏人传说中西域的一座佛教名山,其位置遥不可及。可是,当两百年前大溃退后,这座传说中的西域圣山,现在却成了王朝新首都近郊的一座山!可以说,两百年前那一场差点灭绝人类的龙族大侵攻,几乎改变了神州大地的所有一切。

相比因山而得名的灵鹫学院，那个更老牌的屠龙学院，得名则完全来自于被龙族侵略的耻辱。屠龙学院的前身，乃是华夏王国的最高官学，名为"太学"。华夏太学中，千百年来教的都是仁义礼智信，武学之事最多是一些寻常的剑术和箭技。结果恶龙入侵，人族兵败如山倒，真如同当头一棒，让华夏朝上上下下都明白了一个道理：

面对侵略者，光讲仁义道德是没用的，唯一的出路就是厉兵秣马，拼死抗争！

所以，当华夏太学在西域重建之后，"太学"之名被众口一词地改成张牙舞爪的"屠龙"。"太学"这个充满优雅学术光辉的名字，彻底成了历史。

灵鹫学院相比屠龙学院就更加新了。它完全是人类大溃败后新建起来的官学，专注武学，培养的都是保家卫国的武学人才。因为更新，灵鹫学院就没那么多包袱，学院中充斥着各种新奇事物。也正因如此，反叛组织血义盟的渗透情况就更严重。

对于灵鹫学院，苏渐早就听说它风景极美，但今天亲临其境，才真正感受到传言不虚。

灵鹫山层峦叠嶂，学院便顺应山势，建造了一座座古典风味的亭台楼阁。山上那片青碧翠绿的鹿鸣森林，与学院的典雅楼阁交相错落，让人不知是学院间杂于青森碧林中，还是青森碧林散落于学院之中。

灵鹫山间特有的雾气云岚，在亭台与碧林中游移，宛如轻柔朦胧的白纱。那座灵鹫山间的湖泊"雨宿湖"，便如一面平静而闪亮的镜子，亮晶晶地镶嵌在青山绿林中，让整座山林间的灵鹫学院，平添了许多灵气。

远观了如此气象浩大的庄严学院，苏渐已在心中充满了向往和敬畏。

他在心中对比了一下灵鹫学院和无名山庄，便觉得灵鹫学院缥缈大气，仙气盎然，而无名山庄却是神秘独特，任何设施都只讲求实用。

苏渐慢慢走近灵鹫山脚下那座高大的汉白玉牌坊，看见牌坊顶端刻着龙飞凤舞的四个大字：仙穹无垢。

有些事物，注定不凡。这会儿，灵鹫学院只是向少年展露了一角，便让他的心中充满一种难以形容的感动之情。

不过正感动间，苏渐却忽听到耳边有人轻轻叫了一声："感谢风神的恩赐！"

这句话，虽然明显压低了声音，但却中气十足，充满了虔诚的喜悦。

正沉浸在仰慕之情中的苏渐，一听之下，立即心中赞叹："哎呀，果然不愧是灵鹫学院啊，这不才刚进大门，就听到这样充满崇神尚武气息的话！"

心中赞叹，他受了感染，不由得抬头看了一眼头顶那淡淡的星海苍穹，感慨道："咱们是该感谢神恩啊。"

说罢，他扭过头一看，便见刚才发话处，是一位皮肤白净的胖子少年，正坐在山门后的台阶上。

这少年的身形偏胖，但并不痴肥，严格说来只是"过于敦实"；很显然"感谢风神恩赐"的话，正是从他口中说出。他现在正蹲在石阶尽头的角落里，满脸放光地在看着什么。

顺着他的视线，苏渐见到正有两位秀美的少女路过，衣袂翩翩登山时，那粉色的裙裾恰被一阵山风吹起，露出滑腻光洁的玉腿。

苏渐结合胖子脸上猥琐的表情，顿时明白了"感谢风神恩赐"的真实含义。

"这……"苏渐不由得摇了摇头，心说这声名远播的灵鹫学院中，竟也有这样无聊的学生。

不过现在正好缺个人问路，苏渐便走过去，跟胖少年问道："请教这位小哥，不知那教务院如何走？"

"走开，别挡我看——呃？"胖子忽然反应过来，有些吃力地站起来，腆着圆滚滚的肚子，意犹未尽地目送了那两位少女一程，这才把视线转回到苏渐脸上。

"你是什么人？"看着苏渐此刻一身青衫素袍的普通打扮，胖少年有些怀疑地看着他。毕竟，这灵鹫学院的学生非富即贵，苏渐这身打扮也实在有些另类。

"在下苏渐，"苏渐拱了拱手，察言观色道，"其实我也是得了门路，特来灵鹫学院中报到，故此寻找教务院。"

"原来和我一样,也是得了门路的寒门!"这个服饰也不算华丽的胖子少年,顿时对苏渐起了知音之感。

他热情说道:"苏渐啊,我叫唐求,也是今年新入学。今天你过来,咱们以后可就是同窗了,要相互照应。教务院啊,不远,很好找的,就在那里。"

唐求指了指方向,又热情地邀请道:"苏老弟,我看着你这身打扮就顺眼,依我看你也不必急着去报到;兄弟我今天掐指一算,结合今天风向,便算出眼前这地的风水极好,正好观察这世间的……风情。"

"哈哈!"苏渐笑道,"风水极好啊……可是依兄弟看,不是风水好,是角度刁钻,位置隐蔽吧?"

"哈!"唐求干笑一声,正待再劝,却听苏渐压低声音道:"唐兄,风神的恩赐还很多,你在这儿多多享受神恩,小弟我还是先去报到啦。"

"好吧,"唐求只得道,"快去吧,别忘了,我们是同窗。"

"当然。"说着话,苏渐也就离开了。

当他走后,一时这石阶上也没什么女学生路过,胖子唐求便有空闲看着苏渐的背影,若有所思地想道:

"我看这小子,打扮寒酸,脚下虚浮,定是富也不富,贵也不贵,强也不强。难道说,今天这地果然风水好,保佑我唐求也能收个小弟了?"

且不说唐求胡思乱想;苏渐入学后便发现,除了最开始碰到一个猥琐的胖子之外,这灵鹫学院果然是皇皇学府,没上几天课就把他的视野完全打开。

在这里,一些民间完全不可能知道的秘史秘辛,却被那些风度翩翩的教习们随口娓娓道来。

此时距离龙魔战争,已过两百多年。当年那位英伟神武的龙族圣龙皇,果然没辜负对恶魔女王的"承诺",没过多少年,就指挥龙族大军破空而来,以横扫千军之势,侵占了东方古大陆上绝大部分疆域。

本来华夏国在当年东方神州大陆上,占有统治地位,结果却被压缩到西部狭小的区域。

种族战争最为残酷。龙之帝国的军队汹涌而来,给华夏人留下的,是永远抹不去的伤痛。

本来欣欣向荣的华夏民族,到了今天,人口只有当年龙族入侵时的十分之一都不到。这其中发生多少悲欢离合,发生多少残忍无情的事情,只有天知道。

两百年前,当华夏国和其他一些人类王国,一起被压缩到西部蛮荒地带,所有人都绝望了。

每个人都知道,再往西退,就是凶妖猛兽出没的未知蛮荒,就算活着通过,再向西,就是茫茫无边的大海了。

在种族灭绝的最后关头,极为幸运的是,在神州大陆西侧,有着南北纵向的横断山脉和大裂谷。

那里下至地面,上达天顶,终年刮着猛烈的风暴。以前这样的横断断层,是人人畏惧的凶险之地,但这时候却成了神州人最后的救命稻草!

龙族军队,能碾压人类,很大程度是因为有着飞行优势;但在横断山脉的风暴里,那些飞龙无法飞翔,主力无法通过。

到这里,他们终于停止了肆意残杀的脚步。已经绝望的人族,这时才真正获得一线生机。

即使是这样,经过残暴龙族的侵掠浩劫,神州大陆上的人类大量死亡,人类王国的领土大幅度萎缩,无数辉煌的文明知识和丰富的物资大量失落。

可以说人龙之战两百年后的现在,以华夏国为首的人类王国,时刻面临着灭绝的危险,只能算苟延残喘罢了。

只是这苟延残喘也不容易,人类王国集中所有资源,沿着横断山脉的风暴带建立了高墙和堡垒,称为"风暴之墙";同时还集合了人族最强大的精英,组成防御军团,终年驻扎在风暴之墙上。

这些精英群体的名字,与堡垒石墙同名,也叫作"风暴之墙"。能入选风暴之墙,乃是人类王国的至高荣誉;同样,这也意味着终生的牺牲和奉献。

大动干戈地建造防御工事时,复兴和反攻的念头,没有一个人敢提起。所有人能想到的,只是希望让现状延续更久吧。

通过这些课程,除去龙族的侵略史,苏渐还第一次知道,原来这个世界上,在他们人族之前,那远古时代还先后经历了诸神时代、巨灵时代、晶灵时代、恶魔时代、龙族时代、妖族时代。直到恶魔时代为止的远古时代,都被称为"神话时代"。

这其中,恶魔时代有些特殊。因为那些恶魔族人来自世界边缘的混乱界域、湮灭地带,性情邪恶,天生带着毁灭万物的倾向,因此恶魔统治整个世界的年代,又被称为"黑暗时代"。

据说,恶魔天生能从毁灭和混乱中获得力量,这也是其与其他任何种族都格格不入的根本原因。

在恶魔统治的黑暗岁月里,整个世界的生灵,都匍匐在邪恶魔族的奴役下。后来反而是眼下侵略神州大陆的龙族,在经历血与火的大战后镇压了恶魔,结束了整个神话时代。

但不知道为什么,那之后龙族一度销声匿迹,被妖族短暂取代,之后人类又驱逐了妖族,成了这片神州大陆的主人——直到两百多年前龙族卷土重来。

对于龙族在恶魔时代后的短暂消失,原因众说纷纭。

屠龙学院的法师学者们认为是龙族打败可怕的恶魔后,也精疲力竭,便遁去一个称为"龙渊"的异世界空间中休养生息。

但灵鹫学院的学者却主张,恶魔国度的主力虽然被龙族击败,但那传奇的恶魔国师伊尔丹,却率领一支残部,作为奇兵突袭了龙族,让龙族遭受重创,不得不暂时退出这片大陆。

不过,让所有争论不休的人类学者感到黯然神伤的是,不管历史真相如何,最后龙族终究还是卷土重来,不费吹灰之力就横扫了大陆,让人类陷入了如此惨淡的境地。

在灵鹫学院中,苏渐如饥似渴地吸收这些知识。在此之余,他也去学院的藏书阁中翻查典籍,不为别的,只是想找出自己这把血歌剑的来历。

血歌剑是什么时候、如何铸就的?

它当年的主人是谁?

它怎么会插入一头巨龙的牙齿里？

怀着少年应有的好奇，苏渐去浩如烟海的灵鹫藏书阁中翻查。

但他最后失望地发现，典籍中类似的剑器，好像都来自远古诸神时代，而且记载都似是而非，并不完全吻合他这把剑。

于是血歌剑的来历，对他来说始终还是一个谜。

长 街 救 美

对于苏渐而言,现在真的是以学业为重了。轩辕鸿大统领吩咐的任务,反正一时也急不来;盖英卫交代的私活儿,现在也更加不可能完成。

其实来之前,苏渐对完成盖英卫的任务还存了一丝幻想,但和洛雪穹一起上了几次课后,他便发现,这世上还真的有难以接近的"冰山美人"一说。

洛雪穹,冰清玉洁,给人的感觉,就像一座风雪缥缈的冰山。

她一头青丝长发,带着神秘的紫辉,面容仿佛白玉雕刻,洁丽非凡;再加上一直穿一身雪衣白裙,整个人便好似天生带着一股雪山吹来的清泠之风。

洛雪穹虽然容颜非常美丽,性情却极为幽冷。她的神态拒人千里,偶尔开口也是寥寥几字,语调森冷,眼神冷厉,常让听者不寒而栗。

"缥缈雪山,生人勿近",这就是洛雪穹给苏渐的第一印象。他现在还想象不出,今后会和这冰山雪女能有什么样的关系。

这种感觉,在他从外围了解到洛雪穹的身世信息之后,就更加强烈了。

原来,洛雪穹来自天雪国西北边陲的"灵山圣门",还是门主的长女。这灵山圣门,在天雪国败退到那里之前就存在了;就算天雪国是仅次于华夏国的人族大国,但当年人龙大战大溃退后,也根本不敢招惹原本就在那里的灵山圣门,反而主动将那一带雪山划为天雪国禁地,任何军民都不许骚扰。

从这一点就看得出,灵山圣门听着像门派,却更像一个潜力无穷的宗教势力。没人知道它的来历,也不知道它到底有多长的历史;据小道消息说,灵山圣门竟可能传承自上古早就灭绝的晶灵时代!

而灵山圣门之人,个个武学卓越超绝,性情冰寒胜雪,脾气古怪,动辄杀人,是现下天下人族中最神秘、最可怕、最嗜杀的门派之一。从这点来想,苏渐也知道了盖英卫交代的这个私活儿,简直就和陷害他没两样。

所以,苏渐时刻提醒自己,上司交代的任务要完成,洛雪穹该接近还是要接近,但一定要注意生命安全啊。

而在这班上,苏渐发现除了唐求和自己之外,果然其他人都是非富即贵。就算想接近这些人,已经非常难,更不用说登峰造极的极品洛雪穹了。于是经过慎重的观察后,苏渐做了一个非常明智的决定:

还是先好好淬炼自己的武学吧;如果武学无大成,不能保护自己的人身安全,还是轻易不要去招惹洛雪穹吧。

除了洛雪穹,这一级同窗中,还有一个人引起了苏渐的注意。

此人名叫雷冰梵,作为男子,相貌极为俊美;他头上更是一头引人注目的银发,据唐求说,这是北方天雪国皇族的特征。

天雪国,位于北方的雪原地带,乃是仅次于华夏国的大国。从听到的各种风声来看,雷冰梵很可能还真是他们的一名皇子。从这一点也可以看出,灵鹫学院中真可谓精英济济。

可能因为出身高贵,那雷冰梵的性情也极为清冷,几乎和洛雪穹有得一拼。只不过和洛雪穹的"生人勿近"有些不同,雷冰梵更多的则是一种傲慢。

据唐求说,这位雷皇子不仅本身高贵冷艳,还是个武学天才,所以苏渐非常能理解,高贵的出身加上惊艳的才华,不傲慢才怪。

现在的苏渐,有一种感觉,觉得自己知道的越多,就离他们的距离越远。

好在,除了潜伏灵鹫学院,苏渐还要兼顾黑衣卫的身份,没课时就回到京华城中当差。

以前,他觉得这样的杂役差事很无趣;但现在,相比游离于灵鹫学院主流人群的感觉,这市井坊间的鸡毛蒜皮,却让苏渐觉得十分亲切。

于是,松散的听课外,苏渐每天回京华城中,在街边抓占道小贩,和偷钱的混混斗智斗勇,追人、打人,或者被人追、被人打。

在这样和底层非主流劳动人民的斗争中,他迅速消化着灵鹫学院中的所学,不知不觉中倒是提高了自己的功力。

对于这样的生活,苏渐倒是挺满意。仙境一样的灵鹫学院和尘土飞扬的京华市集,正好是一种相互的调剂,不至于让生活变得太厌烦。

本来苏渐就想把日子这样平平安安地混过去,别没事找事。谁知道,他不找事,事却很快找上他来。

这一天,苏渐从灵鹫山上放学下来,踏入了京华城。他想去自己分管的那片街道,看看治安状况。

谁知还离了半条街的距离,苏渐便听到前面一阵大乱,紧接着便有女子惊惶地呼叫:

"救命啊——救命啊——你别过来!"

"有人调戏民女?!"苏渐顿时精神一振,提着血歌剑便朝那边奔去!

还没跑到那边,苏渐便见一个黄衫少女,衣衫不整地迎面跑过来。

"苏渐救我!"让他没想到的是,跑得披头散发的少女,隔了老远就叫出他名字。

"咦,我这么有名? 也没招惹什么小姑娘啊?"苏渐浮想联翩时,那少女就跑近了。

见苏渐还在愣神,少女便急叫道:"苏渐,我是你师姐啊,秋映萱!"

听她这么一说,苏渐一愣:"难道是灵鹫学院的? 可我没什么印象啊。"

看看跑近女子的秀丽面容,他脱口问道:"你怎么会知道我的? 我好像不认识你啊。"

"怎么会不知道你?"秋映萱气喘吁吁道,"你是灵鹫学院有史以来资质最差的学生,定是走了天大门路进来的;还有人说你和当今皇帝的小舅子认识,肯定是因为这样才进学院的,大家都在议论你呢。"

"是吗?"苏渐难得被大家关注,不管是不是谣言,又惊又喜道,"没想到我还这么出名,你可别骗我啊!"

"快别乐了!"秋映萱看着他这模样,又好气又好笑,叫道,"这是值得高兴的事吗?别发痴了,看在同窗份上,帮我挡挡后面那个曹良。"

说到这里,她看了看苏渐,仿佛想起什么,又添了一句:"虽然你功力极差,但只要帮我挡上片刻,师姐我自然能够逃脱。"

说着话,她也不等苏渐答应,便忙不迭地朝他身后跑去了。

"曹良?"目送师姐狼狈而逃的背影,苏渐咀嚼着这个名字,总觉得有些耳熟。

"哪个不开眼的,敢在这里挡路?"随着一声嚣张无比的话语,苏渐转头看见来人,顿时就明白了。

"原来是你!"原来,苏渐瞅见这位带着几个家丁呼啸而来的恶霸,认出他正是富华酒楼的二少爷曹良。

富华楼乃是京华城中数得着的大酒楼,作为黑衣卫的锡徽卫,苏渐对它自然也是了解的。

至于曹良,现在是城中屠龙学院的学生,整天以此在街上趾高气扬,经常巡街的苏渐对此也是心知肚明。

只不过苏渐没想到,自己有一天,能以灵鹫学院学生的身份,和他平等相见。

不过,他这么想,来势汹汹的曹良可不这么认为。

刚才秋映萱和苏渐的对话,他也听了个话尾;到近前一看是苏渐,曹良顿时就乐了,毫无顾忌地大叫道:

"还以为是谁,这不是苏渐吗?你一个小小锡徽卫,识相的就滚到一边,动作麻利点,别耽误了你曹大爷的好事!"

"你这是怎么说话呢?"苏渐一听就恼了,也叫道,"本来还没怎么想管你们的事,谁知道你们这些公子小姐玩什么花样?!但你说话这么不客气,我可还真得主持主持正义。"

"主持正义?"曹良一听这话气笑了。

他好像不认识苏渐一般,瞅了老半天,才忽然爆发出一阵刺耳的狂笑:"哈哈哈!还以为老子认错人了,这不还就是苏渐嘛!哈哈哈——我说苏渐，"曹良的笑声忽地戛然而止，瞪着苏渐恶狠狠说道，"你的底细我都知道，不就是个废物杂役吗？吓唬吓唬小贩可以，放在你家曹大爷眼里，连条狗都不如！还敢说主持正义？快给我滚！"

"滚？"苏渐目光一闪，心下怒极，却发挥玄武中的隐忍属性，慢条斯理地说道，"我就不滚，你待怎样？倒是曹公子你，不知何故在此地狂吠，十分影响这里的市容。"

"哈?!"曹良有些不敢相信地看着他，"你还真敢顶嘴？好好好！"

他猛地转过脸，朝旁边几个一直看热闹的家丁吼道："看什么看，快去追那小娘皮，居然敢拿老子开涮。"

下了这命令，他又转过脸来看着苏渐，一脸狞笑道："本来觉得逗那小娘皮挺开心，没想到碰上个不知死活的，倒把个更大的乐子送上门。你们都给我滚远点——"

他猛然一转身，朝街边那些看热闹的百姓大吼道："快滚开，小心被溅到血！"

见他如此嚣张，苏渐虽然愤怒，却也有些害怕。毕竟曹良好像已经在屠龙学院上了两年多学，不管怎么说手底下的功夫都不是他能比的。

说实话，面对这架势，苏渐也十分想跟街边那些闲汉一起跑了算了，但刚才被曹良这一番羞辱，便由不得他退步了。

不过心中惶恐之时，苏渐握了握手中的血歌剑柄，倒是平添了几分信心。

而那曹良，竟是出乎意料的横蛮；吓退了围观百姓，他丝毫没啥过场，直接一个冲拳就朝苏渐当头迅猛捣来！

曹良打的主意很简单，反正苏渐的底细他知道得一清二楚，不过是个实力全无的黑衣卫杂役；先这一猛槌，把他打昏在地，之后就随便自己怎么拳打脚踢蹂躏了。

要说曹良这主意也没错。那些远远围观的路人，有熟悉双方实力对比的，也都顺理成章地认为，曹良这一老拳捣过去，那清瘦少年便会应声而倒，接下来便会是一场惨烈的单方面蹂躏。

在围观的这群人中，倒也有不少被苏渐驱赶过的不法小贩。眼见"恶霸"曹良要将"黑狗"苏渐猛揍,这些人便幸灾乐祸,心里直说这是狗咬狗。

只是,当信心满满的曹良挥拳直进之际,却只觉得眼前寒光一闪,本能地觉得不妙!

他立即生生地把拳头往回一收,却只觉手指剧痛,定睛一看,自己那粗大指节鲜血淋漓,已然受伤。

所谓"十指连心",曹良感受剧痛,又见流血,顿时惊恐无比,只觉得是不是手指头被削断,顿时吓得脱口叫了一声"妈呀——"

只不过这高亢无比的呼痛之声,才叫到一半就发现不对。曹良仔细一看,原来只是那几根手指的关节处被削掉了一层皮。

见得如此,曹良第一反应是心安,第二反应却是尴尬无比:原来那凄惨高亢的"妈呀"之声,此刻还在附近的街道间回荡!

这时候,即使想看苏渐挨打出丑的不良商贩们,也个个忍不住捂嘴笑着看着曹良。

"好个臭贼,敢要你曹二爷?!"这下曹良的脸皮也绷不住了,叫嚣道,"混蛋,以为拿把好剑,就把你曹爷吓住?"

这时候,曹良也看清了苏渐手中那把寒光闪闪的血歌剑,但却并不害怕,反倒是骂声不绝:

"好条黑狗! 好个臭贼! 拿把剑唬谁? 本想只让你受皮肉之苦,没想到还敢伤你曹二爷爷! 好好好! 既然你不知死活,今日就让你看看本大爷的屠龙绝学!"

一听这话,刚才侥幸伤人的苏渐,口中只觉更加发苦。

说真的,他真被"屠龙绝学"这几个字给吓住了。不过现在看曹良怒发如狂的模样,就算他苏渐不嫌丢脸举手投降,曹二少爷也不会放过他吧。

"死就死吧——"刚这么想,就见曹良凝神念咒,转而猛然暴喝一声:"岩掌术!"话音未落,只见他身前地上"咯吱吱"一阵巨响,很快几根石棱冒出,攒如指掌;还没等苏渐反应过来,指掌一样的石棱就如人掌一样,认准苏渐扇来!

这石棱看似粗大,挥扇之际却分外敏捷,苏渐纵然身手灵活,也无论如何都躲不过去。于是只听得"扑通"一声，仗剑而立的少年，已摔在了一丈开外！

可以想象，被石棱扫中，又摔在石板路上，苏渐这浑身该有多疼。只是根本来不及喊痛，那曹良身影已伴随一阵"嘎嘎嘎"的得意怪笑声，如影随形而至。

"小臭贼，这下见识到你曹二爷的手段了吧？"曹良笑得扭曲狰狞的脸，出现在仰面躺倒的苏渐视野中。

"哈哈，还真以为自己是行侠少年？不过是个披一身黑皮的最低级黑狗！曹二爷我搞死你，就像碾死只臭虫！"

苏渐绝对聪颖，一瞬间就明白了曹良的用意——他这是要下死手啊！

人常说，蝼蚁尚且惜命，他苏渐一个大好少年，怎不怕死？一瞬间，各种恐惧念头涌到心头。

不过这样生死攸关之际，任何怨天尤人都没有用；关键时刻，苏渐也是决绝刚烈，立即抛开了一切念头，伸手去抓那把血歌剑。

谁知这一抓，却一把抓空！他这才想起来，刚才摔出这么远，血歌剑早就脱手，不知甩哪儿去了。

"完了！"没抓到剑，再想想刚才曹良土灵法术的威力，苏渐顿时万念俱灰。

"这下知道怕了？"看着苏渐苍白的脸色，曹良嘿嘿狞笑道，"还知道怕？还以为是个硬茬呢。可惜可惜啊，现在怕也晚了！"

说着话，曹良弯下腰，伸手要去抓少年。他的想法非常好，反正现在苏渐也被摔得半死不活，那自己一定得好好"玩玩他"。

"抓住了！"曹良的手掌抓住了苏渐的胳膊，立即将他半拖而起。

"嘿嘿，小子，你骨气很硬啊，"曹良残忍笑道，"那爷爷我倒要看看，究竟是你的骨头硬呢，还是旁边这房子的砖壁硬？"

说着话，他就要甩起少年，想将他摔向旁边坚硬的墙壁。

说起来这曹良，虽然名字叫"良"，却真正无良；将苏渐拖起，要甩出去时，他脑子里还转了几个想法：

"拿他砸墙壁，叫他疼死！咦不对，我这甩的方向，他头不是要碰砖壁？哎呀，这么快就死了，多不好玩——不过也好，看看这倔强小子脑浆直流，也蛮过瘾哈！”

这时候，曹良已听到围观人众惊呼，心里就更加得意。谁知就在这时，他却猛然觉得肋下传来一阵剧痛！

“啊呀！”剧痛之际，曹良心中惊恐无比，“怎么会？！我曹良功力深厚，只有肋下铜钱大的地方是命门，怎么会突然这么痛？难道是被哪路绝顶的高手仇人偷袭？”

还没弄明白怎么回事时，他这猎人就成了猎物。命门一破，至少他在这片刻工夫内，浑身灵力凝滞，劲气尽失，战斗力不说归零，也变得极为孱弱。

等曹良再次反应过来时，已经摔倒在地，胸口也被踩上一只脚。

“想杀我？”踩他之人吼道，“就凭你？！”

听着这熟悉的吼声，曹良吓得浑身一哆嗦。

他也不顾满脸泥灰，朝上看去，却见刚才被自己玩弄于股掌之间的孱弱少年，这时却如天神一样，脚踏自己胸膛，两眼如喷怒火，俯瞰自己。

“原来只是他。”不知道为什么，见不是什么高人仇家出手，曹良竟是松了一口气。

不过很显然，眼前的危机他也不容易逃过。曹良沾了灰的朦胧双眼，看到少年转脸朝旁边怒喝道：“玄武卫办事！若知事的，快把我那边佩剑拿来！”

曹良一听，便知少年是吓唬路人帮他捡剑。

“别怕他别怕他，”纵然被踩到尘埃，曹良心中还在为路人打气，“他苏渐不过就是一个狐假虎威的低级杂役，你们千万别被他吓住。”

很可惜，苏渐一声断喝，顿时就有附近谄媚的商户，颠颠地跑过去，捡了那把血歌剑，小心翼翼捧在手心，亦步亦趋送到苏渐跟前。

“真是没骨气！”曹良见此情形，简直痛心疾首。

等他看清递剑之人的胖脸，才发现原来是隔条街一家酒楼的老板，和自家富华楼正是竞争关系。

这一来曹良更加义愤填膺，心中连骂：“小人！小人！”

苏渐拿到血歌剑，立即觉得胆气十足。于是他提起剑，在曹良脸上虚划两下，高声喝骂："曹良，你不仅当街调戏少女，还敢袭击公差，是不是不想活了！"

听他叫骂，往日气焰冲天的曹二少爷，却默然不语，一个字也不敢顶嘴。

其实苏渐此刻的心情，也是又惊又怒。

怒好理解，他惊的是，回想刚才，如果不是在被曹良抓住手臂接触之际，自己的"血瞳心眼"奇技瞬间发动，此刻恐怕自己已经成了街边一具尸体。

不过再是惊怒，按现在这情况，苏渐还真不能就此当街格杀曹良。

于是喝骂了一阵，觉得胸中闷气出得差不多了，他便移开剑，猛踢了曹良一脚，喝道："滚吧！"

曹良如蒙大赦，慌忙一骨碌爬起。这时候有几个留守的家丁，也赶忙跑过来，扶住自家的小主人。

等从地上站起来，被自己的家奴扶住，曹良便平添了几分胆气。看着自己毫发无损，他顿时就想到，苏渐放自己一马，绝对不是心善，而是确实奈何不了自己。

想到这一点，刚才跟个死狗似的曹良竟然立即又嚣张起来，冲苏渐吼道："小黑狗，敢踩你家曹二爷?！"

曹良觉得看清了形势，却没想到，就这片刻间，苏渐也想到，自己虽然只是个大统领的闲棋，可也代表了玄武卫和大统领的脸面。

想清楚这一点，苏渐看着暴跳如雷的曹良，冷笑一声："曹良！大庭广众，给我说话小心点！"

"啊?！"曹良惊诧地看着他，以为他失心疯了。

"你刚才说什么？问我敢不敢踩你？笑话！"苏渐仗剑一声冷笑，"曹良，你不过是个酒肆饭庄后生子，我苏渐堂堂玄武卫，踩别人不行，踩你，一踩一个准！"

此言一出，本来纷闹的京华长街上，忽然间鸦雀无声。

万众瞩目下，苏渐也不停留，转身扬长而去。

离开时，苏渐所到之处，以前久说不听、占道经营的刁钻小贩们，此刻却是一个个忙不迭地往后收摊子，还带着一脸雷同的谄媚笑容。

见得如此，一向气焰嚣张惯了的曹良，在心中狂吼："这事没完！"

当苏渐的挺拔身影从街角消失，那些路边的小商贩们想想刚才发生的事，都吃惊得合不拢嘴。

"我说，我先前没眼花吧？"一个菜贩向邻摊的屠夫惊讶地问道，"那苏渐居然能反败为胜？"

"我还觉得自己眼花呢！"提着剔肉刀，屠夫看着被家丁搀着狼狈而去的曹良背影，也是不可思议道，"明明曹二少爷占上风，怎么就被苏渐踩在了脚底下？"

"这你们就不懂了！"旁边一个鸭贩子凑过来，神秘地说道，"我眼光最准，分明看到苏渐在二少爷肋下一掏！"

"那怎么说？"菜贩和屠夫齐声问道。

"这还不明显吗？"鸭贩子鄙夷地看着他二人道，"定是曹二少爷怕痒，这才泄了劲气啊！"

"是这样吗？"周围人听了这解释，觉得有些不对，却又想不出更好的解释。

正纳闷间，人群中忽有人嘀咕道："听黑衣卫的亲戚说，那苏渐从寂灭森林捡回一条命，就被大统领开恩，派去灵鹫学院读书了。是不是和这有关系？"

"这就对了！"立即有商贩一拍大腿道，"早就听说，近年灵鹫胜过屠龙，那曹良不就是屠龙学院的吗？果然输了啊！"

"对对对！"屠夫一敲剔肉刀，叫道，"我赶紧叫我家那大侄子，还是去报考灵鹫学院吧！"

"得了吧！"旁边人嗤之以鼻，"就你家这杀猪的，去人家学院的厨房应聘还差不多。"

长街边，这类不靠谱的议论此起彼伏。

对这些人来说，刚才长街上这场风波，只不过是能消遣两三日的谈资，过几天也就淡下去了。只是，后续的这些话，听在富华酒楼曹家人的耳朵里，可完全不是这样的感觉。

当天晚上，当富华酒楼打烊后，那后院内室中，酒楼老板、曹良之父曹德景，就冲着曹良大发怒火。

"混账，"曹德景吼道，"发生这种事，我曹家脸面都被你丢光了！"

"父亲教训得是，孩儿不该去街头惹事。"曹良灰头土脸，不敢还嘴。

"混账，"没想到曹德景更加气恼，"我不是恼你惹事。"

"啊？"曹良惊讶地看着父亲。

"我曹家人，也算富甲一方，何时受过这等气？"曹德景吼得唾沫星子直飞，"还是个黑衣卫最低级的黑狗！你这一失手，传遍街坊四邻，让爹爹这张老脸往哪儿搁？"

一听这话，本似霜打茄子似的曹良，顿时那股子邪劲儿又上来了！

"爹爹说得是！"他嚷道，"其实下午那事，孩儿只不过偶尔失手，便被小贼所乘。爹爹你放心，回头我就再去跟那苏渐找回场子！"

"那倒不用。"曹德景却是摆摆手，冷静说道，"良儿啊，毕竟你还是屠龙学院的学生。总在外面惹事，恐惹学院的教习不快。"

说到这里，曹老板转过身，看着窗外黑夜中京华城的点点灯火，手捋胡须，冷冷说道："此事你不必管了，为父自会找人安排。哼，一个小小的锡徽卫罢了！"

"全听爹爹安排。"看着父亲脸上的冷笑，曹良立即明白，恐怕父亲已是动了杀意，要找江湖黑道上的朋友了。

别人也许不知道，曹良太了解他这个父亲了。能在错综复杂的京华城中，把酒楼做得那么大，怎么会没点黑白两道的关系？

对于曹家父子俩的密谋，苏渐毫无察觉。

不过今天长街之事，给他再次提了个醒：在此乱世，有一身高强的本事非常重要！

远的不说，什么拯救梦中女神，那还太遥远；就拿近的来说，随便巡个破街，也能碰上要人命的恶霸。

再次坚定信念之余，苏渐还存了些少年的幻想。他想，今天毕竟帮学院的师姐解了围，算得上英雄救美；这样的话，秋映萱秋师姐总会报答他一下吧?

作为半大的少年,心存这样美好浪漫的幻想,非常正常。但很可惜,现实往往和想象差别很大。接下来几天里,在学院中,苏渐倒也碰上了秋映萱。

谁知道这位在长街上被人调戏追逐、狼狈不堪的女子,在学院里碰到时,竟是一副肃穆庄严的仙子模样。苏渐几次和她擦肩而过,秋映萱最多对他点头微微一笑,表示认识。

"这算什么啊?"看着路人一般远去的秋映萱,苏渐在心中哀号,再一次感受到这个世界满满的恶意。

"难道,我的女人缘,只剩下梦中那个虚无缥缈的女神吗?"心中哀叹之时,那唐求还正在他身边,看着翩翩走过的美貌女学生,流着口水,面容一如既往的猥琐。

见友如此,苏渐的心情变得更加糟糕。

在灵鹫山与京华城两头奔波的日子,就这样波澜不惊地逝去。

这一天傍晚,苏渐从灵鹫山上下来,踏着斜阳,往西边的京华城赶。

从灵鹫山到京华城,本有一条宽敞大道,不过却有些绕远。苏渐贪着近路,中途便拐上一条偏僻的山间小路。

虽然是山间小路,还有些偏僻,但这里是京师近郊,纵是乱世,一般来说能有什么事?

没想到苏渐才踏入山路没多久,脑后便扑来一道急促风声!

"不好!"身为黑衣卫一员,苏渐别的不说,对这些不法之事最为敏感;一听背后这风声来得异常,就知道坏事了。

也来不及做多大反应,他身子往旁边使劲一让,还在努力稳住身形时,就见一只黑漆漆铁爪擦肩而过。

一见如此,苏渐哪还不知道怎么回事?耳听得身后风声又起,他再也顾不得身子还没保持住平衡,又是极力往前一蹿——

这个动作,他已把全身潜力发挥到极限,却还是只听"嘶啦"一声,后背的衣服已被划开;一阵剧痛传来,他感觉后背就如被几道烙铁炙烤,火辣辣的疼。

这时候，别说反击了，苏渐刚才这一蹿，正是前力已尽、后力未生之时，转眼间他身子一歪，脚下一滑，"扑通"一声已重重摔在地上！

跌倒之际，苏渐仰脸上观，却见攻击者竟然不是一人，而是两个黑衣人！

他俩一个握长刀，一个持铁爪，都用黑巾蒙着面，正在咫尺之外低头看着自己。

虽然黑衣人都蒙着面，苏渐却依旧能从面纱后朦胧的轮廓中，察觉他们此刻狰狞的神色。

"谁派你们来的？"绝境之中，苏渐叫道，"小子跟你们往日无怨，近日无仇，是不是认错人了？"

两个黑衣人相视一看，那个高个子的忽然开口，嘶哑说道："瞧在你这半大少年，倒是遇事从容，就跟你多说一句：我们，没认错。苏渐，是你得罪人了！"

"完了。"一听"苏渐"两个字，苏渐就知道今天完蛋了。

不过，他却丝毫不显出恐慌，依旧假装迷惑不解道："得罪人了？我一个无知少年，小小杂役，能得罪什么人？"

嘴上这么说，苏渐这会儿心中，却是无比清明。

得罪谁？还不就是那个曹良嘛！历数近来之事，也只有这个傲慢无良的富家少爷，干得出这种买凶杀人的事。

不过苏渐却必须装傻。他一边说话，一边悄悄抬起酸痛的手，朝腰间血歌剑柄摸去。

当他手掌握住剑柄，朝上撩起挥出时，那矮胖杀手也举起铁爪，朝苏渐喉咙猛然挥来。

是死是活，只在一线间的速度快慢。不过若这一招失手，矮胖杀手遭受的不会是致命伤，苏渐却要付出生命的代价。

此时，夕阳西垂，山路背阳，冷风嗖嗖，倍添凄凉。黑漆漆的铁爪，暮色中格外阴森，在苏渐的眼中变得越来越大。

生死时刻，这四野阴森昏暗中，苏渐却忽然看见一丝雪亮的光芒。它忽自天外飞来，如同苍穹闪电，瞬间撕裂了整个荒野的无边黑暗。

"这就是天国的光辉吗?"电光石火间,苏渐有些发木地想,"是我失手了吗? 原来人死后,果然是飞向头顶的星海晶河啊。这雪亮的光辉,和穹顶的星河如此相像。"

只是,苏渐忽然觉得又有些不对。他突然听到两声撕心裂肺的惨叫。

"咦?"他疑惑地想,"不对啊,这惨叫声音我不熟啊,应该不是我叫的啊!"

刚想到这里,苏渐蓦然清醒过来!

"难道我没死? 难道是刺客死了?"

苏渐猛地扬头看去,只见那两个凶残无比的刺客,不约而同地用手捂住脖颈。

鲜红的鲜血从他们的指缝间流下,喉咙中不住"咕咕"作声,身子软软地倒下。

刺客倒下,他们身后一位神秘少年,露出了真容。

幽暗暮色里,少年身形英挺修长,幽然地站在山道里。他一头银发,随风飘舞,在昏暗山道里,如同风乘雪舞。

苏渐看到他时,他修长的手指正轻抚雪亮的剑锋,俊美出尘的脸上寒意毕露,也正冷峻地看向苏渐这里。

"原来是他!"只用第一眼,苏渐就认出他是谁。

"原来是雷兄!"苏渐一骨碌爬起,无比感激地说道,"多谢雷兄救命之恩!"

不用说,这银发紫衣的少年,正是他的同窗——传说中的天雪国皇子雷冰梵。

道过谢,苏渐也不顾身上疼痛,立即上前查看地上的两个刺客。

这一看,他才发现,刚才还凶神恶煞的两个凶人,这时已一动不动,死得不能再死。

苏渐挑开他俩的蒙面黑巾,不出意料,这二人面孔陌生,连苏渐这玄武卫之人,也丝毫没有印象。

检查两人死活时,苏渐看见他俩喉咙上的伤痕,立即又惊叹了!

原来这两道剑痕,不深不浅,刚巧致命,似乎出剑之人丝毫不愿多浪费半分力气。尤其特别的是,那剑痕角度方向,几乎完全一样!

苏渐立即想起先前那一道犀利的剑光,顿时便明白了:

雷冰梵杀这俩凶人,自始至终,也只用了一剑!

苏渐立即对雷冰梵佩服得五体投地!

他拱手行了个礼,再次谢过救命之恩,之后便不停地赞美雷冰梵高超的剑技。

只是,和常人不同,雷冰梵似乎对这些赞誉毫无兴趣。他一摆手,截住少年的话头,简短道:"你是玄武卫的?"

"是啊,怎么了?"苏渐热情洋溢道,"原来我这身份雷兄也知道了。难不成雷兄对我们黑衣卫也有兴趣?"

"不。"雷冰梵摇了摇头,竟有些落寞地说道,"未来华夏之前,久闻四灵军团大名;尤闻玄武卫职责特殊,兼具龟蛇隐忍凶毒,还以为如何。谁知今日一见,也不过如此。"

听他这么一说,苏渐这才明白了,原来这位天雪国的皇子,是来搞军情调研来了。

"惭愧,"苏渐也有些脸红,"雷兄有所不知,小弟只是玄武卫中最低等的锡徽卫,加入也才不过一两年。其实我玄武卫同袍大部分都——"

苏渐还想替玄武卫吹嘘几句,谁知雷冰梵一扬手,毫不客气地打断了话头:"不必多言。'每况愈下',从你这最低级的玄武卫身上,最能看出端倪。唉,"清冷的王子竟是轻轻一叹,"还以为华夏国乃我神州中坚,心存期冀,如今看来,真是可笑、可笑!"

说罢,雷冰梵再没看苏渐一眼,便径直转身,朝灵鹫山方向飘然而去。

"这……"望着苍茫暮色中渐渐变淡的身影,苏渐一时间说不出话来。

第四章

奸 人 俯 首

良久之后，苏渐忽然想起什么，便一转脸，看着地上这两具尸体。

此时夜渐深沉，暮色四合，那根救命稻草"雷冰梵"已经走远，身影在暮雾中渐如龙蛇无迹。看着身边这两具尸体，苏渐忽然打了个寒战。

不过，这只是他的本能反应。经历了寂灭森林的尸山血海，对于眼前这场面，他心中倒不会真正害怕。

暮色里，他沉默了一会儿，便俯下身，在两具冰冷的尸体耳边轻声说道："想杀我？可恶。这事还没完，劳驾两位，我还要借你们一用。"

第二天一大早，正值黎明之时，夜色还未完全褪去。东边天上，刚露出一抹亮色，隐约显露出京华城富华酒楼的轮廓。

作为开酒楼的，虽然要等到日上三竿才正式迎客，但这时候负责采买食材的伙计，也差不多该出门了。

富华酒楼负责采买的伙计，是曹家最信得过的老家丁曹福。曹福已经五十岁出头，本来就人老觉少，这一天早上也起来得格外的早。

老头儿腿脚勤快，起来洗漱后见时辰实在太早，天色连蒙蒙亮都没有，便在大堂中洒水扫地。只是刚刚扫了两笤帚，曹老头儿便听得好像大门被敲了两下。

刚开始曹福还以为是自己人老耳朵幻听，没想到过了一小会儿，大门那儿又"笃笃"响了两声。

这次曹福确认没听错，忙往门口走去，卸下门闩，打开了门。

不过让他觉得奇怪的是，大门打开后，门外连个人影也没有。

曹福迟疑了一下，又要想是不是自己听错，眼角一瞥之际，却发现好像不远处的街角，站着个人影。

此时天刚蒙蒙亮，老头儿眼神也不好，只看得见是个人影，好像还朝他这边招了招手。

"奇怪，大清早的谁找我？难道是昨天预订下猪肉的张屠夫？看身形没这么瘦啊。"

老头儿嘀咕着，揉了揉眼睛，想再看清楚一点，却发现刚才有人影的街角那里，竟是空荡荡的，不要说人影，连个鬼影也没有。

"真是见了鬼了。"曹福摇了摇头，口齿不清地嘟囔道，"不行了，人老了，这眼睛也不好使了。"

不过毕竟是老人家，阅历丰富，刚才的事情曹福总觉得有些奇怪，有些放心不下。他便抬腿迈过门槛，想朝那边街角走走，看看究竟是怎么回事。

只不过才走了没两步，只听他"哎呀"一声叫，脚下不知被什么绊了一下，身子往旁边一歪。要不是他反应还算迅速，百忙中扶住了门框，这回可真会被绊倒了。

好不容易稳住身形，曹老头儿低头一看，却见有两个大麻袋躺在门口的地上，也不知装了什么，鼓鼓囊囊的。

"原来是这麻袋差点绊我一跤。"见是两只大口袋，曹福也不以为意。

"难道刚才真是张屠夫？"他疑惑地自言自语道，"可是不记得曾跟他订过两口大猪啊……"

老头儿嘴里嘟囔着，先入为主地以为麻袋里装的是肥猪，便不以为意地伸手去解袋口的麻绳。

人老手抖，曹福哆哆嗦嗦老半天，才把袋口麻绳解开。

"待我看看猪儿肥不肥……"老头儿探头往麻袋里面一看——这一看可不要紧，饶他是上了年纪的老头儿，也猛然一嗓子响亮无比地惨叫："妈呀！"转眼他就一把瘫倒在地上！

又呆了小半晌之后，曹福好似猛然清醒一般，也站不起来了，就在地上扭过身,手脚并用,朝大门里面艰难地爬去。

"救命啊,救命啊……"曹福一边爬,一边喊救命。

这一下可把店里的伙计都惊动了!

当伙计们三三两两跑过去时,后院的酒楼老板曹德景也被惊动了。

本来曹大老板就心怀鬼胎,一直等着那两位道上的朋友回信。这一夜没等到,虽然不至于让他觉得出了什么岔子,但这一宿他睡得也不太踏实,因此这个时辰虽然早,他也起来了。

而曹良虽然走读,平时也不住在酒楼里,但今天很特别,便也跟父亲住一起,想看看结果。于是伙计们这么一折腾,也把这爷儿俩第一时间给惊动了。

"什么事?镇定镇定,一个个慌慌张张的!"曹大老板刚出现在前院时,还显得比较气定神闲,中气十足地呵斥乱糟糟奔走的伙计们。

"对啊,嚷什么嚷嚷什么嚷?"曹良咋咋呼呼地跟在曹老板后面叫道,"平时我爹怎么教你们的?一个个跟没头苍蝇似的!"

不过,当这对气焰十足的爷儿俩,见到门口麻袋里装的是什么的时候,立即就像被扼住脖子的公鸭,无论叫声多么聒噪嘈杂,也再说不出一个字了。

特别是这曹良,看清袋中之物后,脸上的血色唰的一下子就没了。

"别吵吵了!"还是曹大老板第一个反应过来,断喝一声,"赶紧拖进来拖进来!"

吆喝伙计把两只麻袋拖进来后,曹老板还不忘朝远处三三两两被惊动的街坊邻居赔笑道:"是两口猪,昨天刚订的,伙计没想到这么早送到,故此惊慌,故此惊慌……"

伙计们把口袋拖进后院后,曹德景父子立即驱散了众人,整个后院很快只剩下了他们两人。

不用说,把富华楼上下惊成这样的,自是口袋中装的那两个杀手的尸体了。

"这!"当曹德景仔细检查了尸体上的伤口,顿时倒吸了一口冷气。

"曹良!"他忽然转过脸来,朝旁边儿子断喝道,"你昨天跟那黑衣卫对敌,究竟是怎么落败的?"

"爹,干嘛问这个?"失魂落魄的曹良,有些摸不着头脑。

"少废话,"曹老板毫不客气地道,"昨天你和那苏渐怎么争斗的,快给我细细道来!"

"好吧。"虽然不明用意,曹良还是一五一十把昨天跟苏渐怎么对敌、怎么先赢后输的事情又说了一遍。

听他叙述完,曹德景却一副不相信的样子,看着儿子沉声道:"就这样?"

"就这样啊?"曹良奇怪道,"爹爹,你这是怎么了? 你是我爹啊,我还有什么要跟你隐瞒? 若是放不下面子,我昨天可以根本不把这事情告诉你啊!"

"这倒也对。"曹德景点了点头。

"不过这样就怪了。"曹德景绕着地上尸首走了几圈,疑惑道,"这两位兄弟,分明是被一种极高明的剑术所杀,根本不像你说的那个靠凑巧取胜的苏渐。"

"难道他还有同伙?"曹良惊叫道。

"闭嘴!"曹德景喝道,"什么同伙? 别忘了是咱去招惹暗算人家。要说同伙,"他指指地上那俩,"要算同伙也应该是他俩。"

"不过,"曹德景两眼瞪着儿子,语气郑重地道,"儿啊,此事到此为止吧。看来这苏渐,并非一个小小锡徽卫那么简单。今日送死尸上门,分明警告咱爷儿俩。以后你没事就别去招惹他。"

"那就这么算了?"曹良有些不服气。

"算了? 现在是人家愿不愿意算了!"曹德景看着儿子,气不打一处来,"你个惹祸精! 别以为爹爹捐了一半的家财,让你进了屠龙学院,从此就能横行京华。我现在担心的是,这苏渐差点被杀,肯定咽不下这口气,就怕不会是送两具尸首上门这么简单。"

"那怎么办?"被父亲一提醒,曹良忽然觉得后脊梁有点发寒。

"还能怎么办?"曹德景道,"兵来将挡,水来土掩,我们等着就是。"

曹家父子心中忐忑之际,却不知那边苏渐果然并没收手。

当天上午,苏渐便特地去拜访铜徽卫端木楚。

说起这端木楚,身份可不简单。他和盖英卫这两个人,是整个玄武黑衣卫中,仅有的两个二十来岁就能当上铜徽卫的人;只不过和盖英卫不同,端木楚出身高贵,竟来自当今皇后的家族!

要知道,华夏国的端木家,不仅是底蕴深厚的门阀,还因为多出端庄貌美的女子,所以向来就和皇族联姻。多少代下来,端木家本身也算是皇族了。特别是,这位端木楚的姐姐,就是现在正在位的端木皇后!作为皇帝的小舅子,端木楚才能以区区二十岁出头的年纪,便在高手如云的玄武卫中当上了铜徽卫。

按理说这样的事情令人羡慕,但这却成了端木楚的一块心病。因为是靠裙带关系上位,所以强者云集的玄武卫之人对他敬而远之。而像盖英卫这样因能力升上来的人,在对其表面的恭敬下,更是暗藏着不屑。

对同仁们这样的真实态度,外表粗豪的端木楚心知肚明。正因如此,端木楚才极其渴望大家忘了他的身世,看重他的能力。但很可惜,因为他的尊贵身世,端木楚在黑衣卫中得到保护动物般的对待,上至轩辕鸿,下至他的上司银徽卫,全都把他当易碎瓷器看待。

某种程度上,在轩辕鸿等黑衣卫首领的心目中,只要不涉及灭国,就没什么任务比保端木楚平安更重要的了。在这样的诡异气氛下,端木楚十分苦恼。也正因如此,他才和苏渐这样没心没肺的新人,关系极好。

于是刚一见到这个唯一与自己友善的铜徽卫,苏渐就道:"大哥,小弟差点被人谋害,想扳回场子,却不知大哥肯不肯帮手?"

"啊?竟有此事?"端木楚大吃一惊,忙让苏渐说明事情原委。

等苏渐说清前因后情,端木楚顿时义愤填膺,嚷嚷着要带人去打砸酒楼。

苏渐见状连忙拦住,叫道:"不需大费周章,若是上门打砸,不符合大哥的尊贵身份。"

"别拿我的身份说事儿!"端木楚不悦道,"那曹家父子如此可恶,不砸他个落花流水,实在出不了为兄胸中这口恶气。"

听得如此,苏渐神秘一笑,嘿嘿说道:"其实我也正有此意,只是不需咱兄弟亲自动手,那样落在百姓同僚眼里不好看。兄弟我却有一计——"

接下来,他便一五一十把计策说出。

"好小子,有你的!"端木楚听完后一拍苏渐肩膀,"这等损招儿,也得亏你想得出来! 不过——"

"怎么? 大哥难道不愿帮忙?"苏渐忙道。

"怎么会?"端木楚瞪了他一眼道,"兄弟有事,我端木楚两肋插刀。我只是想,难道这么做,就符合咱的身份?"

"嘿嘿,也不符合,"苏渐一脸坏笑道,"同样是不符合身份,只是这样做却比较有趣啊。"

"哈哈! 有趣,有趣!"听了苏渐这说辞,端木楚哈哈大笑,立即出门去张罗了。看他这打了鸡血似的劲头,倒好像正牌苦主不是苏渐而是他。

说起来这端木楚,也实在在玄武卫当被保护动物给当烦了,好不容易苏渐有件事儿折腾他,还这么正义,这么有趣,当然立即就上蹿下跳,忙得不亦乐乎了。

见他如此,苏渐心里却忽然冒出个怪怪的念头:如果端木楚帮自己做这件事,让他那尊贵的皇后姐姐知道了,也不知会是什么表情。

且不提他们这两兄弟暗中动手脚,且说这接下来这几天中,最近风平浪静的京华城中,却忽然出了一件怪事。有一张号称"巨灵宝藏"的藏宝图,忽然开始在市井坊间流传。

这藏宝图,纸色发黄,似乎被人故意做旧,一般人却看不出来。藏宝图上号称标明了上古巨灵时代遗宝的地点,只需解开藏宝图上的几个谜题即可知晓。

巨灵宝藏! 这一下立即让那些得到藏宝图的人激动了!

要知道巨灵时代是上古紧接在诸神世纪之后的时代,如果真是巨灵的宝藏,那还了得?

当然,也有些人疑惑,说是虽然这片神州大陆上,有许多失落的秘境,掩藏着上古各个神话时代的秘密,但无论如何,也没听说这建城也就两百年的新京华城中,有什么巨灵时代的秘境啊。

但人性就是这样,"宝物动人心",在巨大的诱惑面前,那一点点理智都算不了什么；哪怕是破绽百出的勾当，都有人愿意认为是真的呢。

于是就算那些好像发现有问题的有识之士们，也在"试试也没损失，万一是真的呢"的烂俗理由下，研究起藏宝图上的隐藏地点来。

好在这张忽然现身的巨灵宝藏藏宝图，谜题非常明了，总共只有四个，而且一眼就能看出是字谜。

于是这些才智之士经过不到半盏茶工夫的解题后，便发现这四个字谜的答案，按题目顺序依次是：富、华、酒、楼。

看到这整齐有序的答案，拿到藏宝图的"幸运儿"们，一起为上古藏宝图的友好而泪流满面了。

接下来的事情，就在某些人的意料之中了。

偌大的京华城，各路人马，按照势力大小、行事风格，或明，或暗，总之都去曹家富华酒楼中挖宝。

于是本来京城数一数二的豪华酒楼，前后几进的大院子，还有那雅致的楼台庭院间，全都被挖得千疮百孔、满目疮痍。那景象真是闻者伤心、见者落泪。

接下来这几天里，富华楼的曹家不要说做生意了，就连这片产业都没法保护。

甚至偶尔有出远门回来的邻居街坊，路过富华酒楼大门往里面一看，都会猛地吓一跳，以为自己认错了地方——有谁家的酒楼雅座大厅中，还大大小小到处挖坑的？这是吃饭还是开矿啊？

于是往日偌大一个富丽堂皇的曹大户家，此时放眼望去，如矿坑，如战场，如当年巨龙蹂躏过的家园，就算最铁石心肠的仇人看了，也忍不住要伤心落泪了。

不得不说苏渐这一招，正打在了曹家的要害上。

对于商人来说，哪怕你臭揍他一顿，都没有让他生意做不成来得痛苦难过得多。

不过让苏渐没想到的是，曹家之中，竟是一家之主曹德景最先败下阵来。

"什么？"曹良听到父亲的决定时，竟吃惊得嚷了起来，"不行啊，爹爹！

凭什么我们要向那个卑贱的黑狗低头？上次那两个叔父只是失手而已，不行的话我们可以再找厉害的！"

"闭嘴！"内堂中，曹德景气不打一处来，"你就知道喊打喊杀！别忘了咱曹家是生意人！你看看这几天酒楼进账几何？"

"这……"一听"进账"二字，曹良也顿时泄了气。

被什么巨灵宝藏的谎言一搅和，富华楼别说进账了，光这几天的损失都快抵得上四分之一酒楼了。

虽然是纨绔子弟，曹良对酒楼的收入还是很热心的。不管怎么说他还是有一个优点的，那就是有自知之明。

他知道自己天赋也就一般般，行事也很顽劣，能进屠龙学院已是侥幸，自己人生最大的倚仗，还就是有钱。

所以，一听爹爹说到钱上了，他顿时跟泄了气的皮球似的，不作声了。

"儿啊，你能想通就好。"曹德景看着霜打茄子一样的儿子，也是心有不忍，安慰道，"这次咱也不算真正低头，为父呢，只是花钱买平安。钱嘛，我曹家有的是。咱家大业大，也不差这一点。"

"也是啊。"不管怎么样，曹良还是挺肉痛。

"其实这次我们还是赚了。"曹德景忽然说道。

"赚了？"曹良抬起头，吃惊地看着父亲。

"这次算是花钱买了个教训。"曹德景咬着牙，教训儿子道，"以后你小子也给我收敛点。别忘了，咱家是商人！别以为这世上只有权贵咱得罪不起，就连苏淅这样卑微的小贱崽子，要是豁出命去跟你使坏水，也够你喝一壶！唉，你啊！"

说到这里曹德景忍不住怒气，喝道："小兔崽子，你给我老实点！好不容易进了屠龙学院，就给你爹挣点脸。整天风花雪月、勾三搭四，这不出事了？这次要不是你跟那个姓秋的小娘们儿不清不楚的，咱家如何会惹上苏淅这样的狗崽破落户？"

"是是是！"见父亲动了真怒，曹良忙一脸赔笑道，"我知道我知道！这次就算舍了几根臭骨头，便宜了那狗崽子！"

再说苏淅。这会儿他还不知道，富华酒楼这对父子，正在对他进行疯狂的人身攻击。

反正这不要紧，整件事最后的胜利者还是他苏渐，那对恶霸父子现在也只能过过嘴瘾。

让苏渐吃惊的是，富华楼大老板曹德景，这只著名的铁公鸡，这回竟然真的出了次血。

他不仅通过中间人送给苏渐二百两黄金，作为之前"误会"的赔偿金，还特地加了三枚丙级的火系晶核！

第一眼看到这三枚火光灼灼的鲜红晶核，苏渐可真是喜出望外！

要知道这神州大陆上，习惯将妖兽灵植的晶核分为甲乙丙丁戊五等；虽然曹家送来的只是中品丙等，但只要入了品级就十分难得，所以对只想出一口气的苏渐来说，这真是意外之喜！

虽然乍得横财，苏渐却还没傻到要就此独吞。他先是给了端木楚五十两黄金，说是作为侦缉费用，接下来要"帮"曹家消除"巨灵宝藏"的假地图消息。

端木楚固然为人方正，也根本不缺钱，但当苏渐奉上五十两黄金时，他还是两眼放光。

这倒并不是说他贪钱，而是这一次的收入，对皇帝小舅子来说，有着非凡的意义：他这是头一回不靠祖荫和裙带因素赚来的钱啊！

因此，当苏渐笑着说接下来搜缴假地图一事，还要有劳他时，长相粗豪的端木楚，却给出一个温柔的微笑，一口答应。

这一幕，搞得路过的黑衣卫们莫名其妙：怎么一个小小的锡徽卫，也敢跟铜徽卫下达命令？而且这铜徽卫还甘之如饴。真是一对怪人！

紧接着，苏渐利用享有的直接汇报权，直入玄武卫的后堂，向轩辕鸿大统领奉上百两黄金。他宣称，这是近期城中巨灵宝藏假地图之事中，受害苦主缴纳的侦缉费。

凭着直觉，他觉得必须奉承好轩辕鸿大统领。正因如此，他送上黄金时才理直气壮，心中无愧，这样反倒歪打正着，让轩辕鸿这样的大人物爽快地收下。

当然，正因为已经决心变强，去发现龙翼女神梦境的真相，还要揪出寂灭森林中那个可怕凶手的真面目，所以苏渐黄金可以随便送，但那三枚可能对自己功力大有作用的火系晶核，他却是毫不犹豫地留下了。

有了这事情，轩辕鸿这边现在肯定不会为难苏渐，但那个铜徽卫盖英卫，可没这么好说话了。

苏渐进灵鹫学院也有些时日了，对那位洛雪穹，甭说接近了解信息了，他俩根本连一句话都没说过！

所以当苏渐从轩辕鸿处出来，被盖英卫逮个正着后，得知他没什么进展，盖英卫立即大发雷霆，劈头盖脸一顿臭骂！

重压之下，苏渐也是病急乱投医。这一日在学院中，上一门叫"晶符术"的课时，苏渐忽然灵机一动，心说道：

"咦？我能不能从晶符上入手，做出个什么吸引洛雪穹的晶符呢？"

说起来，在灵鹫学院诸多课业中，苏渐大多并不太突出，不过在淳于博老先生讲授的"晶符术"上，他却表现出惊人的天赋。

晶符术，是神州之人利用天顶星海晶河能量的一种办法。它和华夏神州古代的符篆术结合起来，将搜集来的晶石炼化成汁水，或者蒸发成晶气，制成"晶墨"。

此后按特定图案将晶墨涂在材质各异的符篆上，一旦要用时，按特殊方法催动焚化，就能实现特定效果。

一上这门课，苏渐就发现了自己在晶符术上的特殊才能。

和其他正统的灵鹫学院学生不同，苏渐完全来自民间，是个草根人物，对晶符的设计不会先入为主、按部就班。他会根据实用性来琢磨新鲜的晶符功能，甚至进行组合。

而另一方面，如何将晶石炼化成适宜的晶墨，也是晶符术高下之分的重要因素。

苏渐很快就发现，自己能洞察弱点的"血瞳心眼"，放在晶石上竟然也适用！

对普通人来说，只能看见晶石的颜色、形状和透明度的差别，但苏渐却发现，一旦手握晶石，启动血瞳心眼，竟也能在心中映现出晶石精密有序的微观结构！

同样的,那些没缺陷的结构都是绿色线条,而晶石内部一般人无法察觉的缺陷,同样能用红色显示。

很显然,能用来练习晶符术的晶石,都是低劣得不能再低劣的,可谓千疮百孔,浑身都是缺陷。现在苏渐运用血瞳心眼,却能绕过这些缺陷,按照完美无瑕的结构和脉络去炼化晶石!

可想而知,这样炼化出来的晶墨,品级顿时便提高了好几级!

所以,在自由的构思和越级的晶墨品质之下,苏渐的晶符往往比别人高明得不是一点半点。

就因为这样,教授晶符术的淳于博老先生,对苏渐这个出身卑微的学生,表现出难得的友好和看重。

这一点对苏渐来说倒是意外之喜,他没想到自己竟从一门课程中,获得了缺失已久的自信和成就感。

这不,为了应付盖英卫的奇葩任务,苏渐无奈之下,就将主意打到自个儿最擅长的晶符术上来。

"什么?"灵鹫学院一角,当胖子唐求听苏渐说出心中计划时,顿时不顾周围人的眼光,脱口大叫道,"苏渐,你想做个晶符去接近洛雪穹?"

"我是认真的。"苏渐打断了他的话。他望着远方京华城隐隐约约的轮廓,郑重说道:"五日之内,我必能让洛雪穹跟我说话,还让她冲我一笑。嗯,还能全身而退,不受伤。"

"你是认真的?!"唐求吃惊地看着他,"那好,我也看你是自己兄弟,才跟你推心置腹。要是这样,可别怪兄弟我了!"

"你要干吗?"苏渐一惊,"难道你要捣乱?"

"那怎么会!"唐求整张脸上的肉都堆在一起,嘿嘿笑道,"要是兄弟真能跟洛小娘子成了,我高兴还来不及呢。我现在只是想拿兄弟这件事,开个赌局!"

话音刚落,他便飞快跑开,一边跑一边大叫道:"开局了开局了,欲知详情请跟我来!"

唐求这么一叫,不知道的人,也不知道他发什么疯,但那些了解他的狐朋狗友们,顿时心领神会,跟着他往鹿鸣森林的偏僻处跑去。

"呀！没想到他这身材，跑得还真快！"看着健步如飞的唐胖子，苏渐吃了一惊。

说起唐求的赌局，原来灵鹫学院中毕竟学业枯燥，于是学生中流行着各种赌局。

这种赌局，不同于眼下市井间的赌博；学生们只不过是出点彩头，三文不值两文，拿各种事来打赌。输赢对他们来说不重要，重要的是能在平淡的生活中有点期待，找点乐子。

对他们来说，什么事情都能拿来打赌。于是名为"苏渐找死"的赌局，就此启动了。

大概是两天后，这个上午，正是淳于博老先生讲授晶符术。按照苏渐的计划，接近洛雪穹的行动就要开始了！

淳于博老先生虽然年过五十，却毫不拘泥。他所授课程的场地，也故意不在学院的道场室内，而是放在鹿鸣森林之畔的雨宿湖边。

淳于博老先生在湖边找了一个碧草如茵的地方，让学生们席地而坐，在大好的春光中传授晶符奇术。

这堂课，本身并无出奇之处，但明显不少学生不如往日那般全神贯注。这些人全都是参与了唐求赌局的人，整个上课期间，他们的目光都在苏渐和洛雪穹身上打转。

这些人里，也有极个别的几个人，赌性极重，竟然把宝押在苏渐赢这一边。不过就算是他们，也都在期待着苏渐闹笑话。

其实对这些权贵子弟来说，一点赌局的小彩头根本无所谓。他们现在最担心的是，苏渐会不会因为怕死，忽然中途退出。

不过让他们喜出望外的是，苏渐不仅没有中途而废，反而还没让他们怎么久等。

这不，晶符术课刚结束，当学生们跟在老师后面陆续离开时，苏渐却跟在洛雪穹后面，显然就快要行动了。

这时候，鹿鸣森林枝繁叶茂，风吹叶响，雨宿湖灵澈澄净，清波细细；那白衣飘飘的洛雪穹在湖畔小路上翩然而走，宛如碧林清湖中凌波而行的仙子。

青衫劲装的苏渐,则悄悄随于其后;那瞻前顾后的样子,落在同窗眼里,倒像个心中胆怯的小偷。

见得如此,极个别想撞大运而押苏渐的人,纷纷扼腕叹息,悔不当初。

片刻后,当洛雪穹快走到路边一座小草亭时,有几片粉色的桃花瓣,在前后而行的洛雪穹和苏渐之间飘然落下。一直屏息观看的众人,这时候终于看到那少年,朝前一招手,说了句:

"洛姑娘,请留步!"

听得身后有人叫她,洛雪穹脚步一滞,犹豫了一下,转过身来。

刹那间,少女那冰清玉洁、艳光四射的容颜,竟生生将后面某些围观学生,灼得目光不敢与她直视。

洛雪穹瞪视苏渐的目光,无比的森冷;一见如此,好事者们立即在心中猜想,她会不会一言不发,抽出她那把著名的"月神白虹剑",直接把苏渐砍了——如果不是情况紧急,这些人完全可以为此再增开一场赌局!

和众人想象的有些不同,苏渐只是为了应付上司差事,倒显得很无所谓。因此不管洛雪穹的目光如何咄咄逼人,他只是毫不在意地看着少女,说道:

"洛姑娘,近来我听淳于先生讲课,小有所得,便据心中所想,制得一张前所未有的晶符,想赠予洛姑娘,帮我品评一番。"

听得此言,洛雪穹玉靥冰容上如古井无波。她没出声,只是盯着苏渐,眸中寒气渐盛。

"这就是了!"远远观望的学生,一见这情形,立即一拍大腿鄙夷道,"还以为这个小黑衣卫有什么妙招,原来就是张听课制成的晶符,那能有什么特别?"

"就是就是。"这时连苏渐唯一的好兄弟唐求也道,"没想到苏兄弟这般没创意。罢了,待会儿我看紧点,洛姑娘出剑时,我好大声示警。"

听他这么说,人群中忽有一人看向他,冷冷道:"你是他的好兄弟?"

"是啊,高公子——"唐求一看到跟他说话的青年,忙收起猥琐模样,客气说道,"原来高师兄也在此。那苏渐,和我还算熟。"

唐求也算机灵,看着这位面如冠玉的贵胄高公子面色不善,忙话留半截,没把和苏渐的关系说死。

这位唐求有些敬畏的高师兄,名叫高敞,比他们高一届。高敞也精于晶符之术,便被淳于博先生拉来做助教。

说到这高敞,出身十分高贵,乃华夏国数一数二的世家大门阀高家的子弟,还是当下高家门主高元博的长子。

高元博本人是正三品的户部尚书,身受金紫光禄大夫之勋,正是华夏朝当红的重臣。高氏家族的历史更是长得惊人,几乎有上千年之久,这期间根深叶茂,可以说得上是与国同体,与世同存。

虽然两百年前,在人龙大战当中,当时担任华夏青龙军团元帅的高氏族人,因为逡巡畏战,被撤了职,势头稍有所减;但千年大阀的势力超乎想象,就算现在华夏朝中,还颇有几个高氏族人身居要职。

所以,现在这高敞的身份地位,就算在权贵无数的灵鹫学院中,也是非常惊人。

这会儿,这位贵家子高敞,神色就很不愉快。

在洛雪穹盯着苏渐瞪视的当儿,他也在后面瞪视唐求:"哼,胡闹! 刚才你那兄弟说什么?'前所未有'的晶符? 笑话! 真是乳臭未干,尽说大话!"

高敞虽然也就二十岁来岁,却老气横秋,抓住苏渐的只言片语大加抨击:

"他的课没学好啊。这晶符术引动星河辉芒能量,无非攻敌或是御己;也有秘术晶符,炼化后融入筋脉心海,习得新技法,淬炼旧技能。难道还有什么晶符,能离得了这攻防术法之事? 还前所未有! 我看这苏渐是色迷心窍,没话找话!"

"是,是!"唐求满口附和。不过他的心底可不乐意了。虽然高敞这番话,他其实也很认同;但高敞现在当着他的面说出来,损自己兄弟,唐求心中就不乐意了。

"呸!"唐求在心中骂道,"你高敞不过就是仗着家世,在这里人五人六的。小苏他色迷心窍不行啊? 食色'性也'人之大欲,再说他也是近朱者赤,说明深受我这好兄弟的良好影响啊!"

且不说后面议论纷纷，再说苏渐这边。

盯着苏渐，冰雪仙子一样的少女，忽然间雪袖云裳无风自动，于是不仅苏渐，就连唐求、高敞这些远在后面之人，也突然感觉到春意盎然的雨宿湖边，好像忽地刮起一阵冬风。

一股无形的寒意，瞬间笼罩了众人。

"洛仙子要出手了！"观望之人，既紧张，又激动，并各自运功戒备。

唐求这一刻变得十分纠结："我要不要喊话示警？按兄弟之情应该如此，可是万一洛仙子连我也捅上一剑咋办？"

他这厢患得患失，紧张得要死，那苏渐却似乎毫无所觉。

只见他拿出一张不起眼的淡绿色晶符，坚持递向洛雪穹，说道：

"洛同学，请你先看看，保证前所未有！"

第五章

春 水 歌 心

"……"面对坚持的少年，洛雪穹宛如万年冰川的神色，竟是有些渐渐融化。

盯着这晶符，她沉吟片刻，忽然做出了一个让所有人吃惊的动作：

只见她伸出晶莹雪洁的纤纤玉手，接过苏渐递上的晶符，紧接着随手迎风一甩，灵力流转之际，已是将那晶符炼化了。

这一串动作，让人眼花缭乱，更是出乎意料。不过更出人意料的还在后面！

这迎风炼化的晶符，没有像所有人预想的一样，冒出什么攻击法技，或是防御光色，而是突然传出一阵歌声！

没错，真是歌声！

这歌声，咿咿呀呀，唱的是一首小诗；众人很快就听出，这是最近京师最流行的小调儿，因为歌词应景，在寻仙问道的灵鹜学院中也颇为流行。

这歌词儿唱的是：

> 万水千山青复青，
>
> 寻仙先遇小湖亭。
>
> 我如云鹤卿如雪，
>
> 从此游仙梦不醒。

虽是流行的小调儿，但为了应景，苏渐已经改动了好几处地方，比如原来的"小石亭"改成了小湖亭。

特别是第三句,苏渐将空泛的"僧如海鹤情如菊",改成了"我如云鹤卿如雪",配上苏渐一身玄衣青衫,洛雪穹一袭雪裳白裙,十分应景。

听出这样的修改,众人立时明白,这苏渐显然就是在勾搭洛雪穹啊!放在以往,苏渐恐怕很快就要非死即伤吧?

不过这一刻,无论是众人还是洛雪穹,都没有把重点放在如此春情盎然的句子上。他们的注意力,都被吸引在歌声上。

这并不是说,这歌唱得好听。事实上这歌一听就是苏渐自己唱的,并不太专业。

但所有人的重点,却完全不在这里。他们此刻满脑子想的是,盘古开天辟地以来,有谁能想到晶符术还能录放歌曲?!

也难怪,晶符术一开始发明,就是为了战斗;更何况后来发生人龙大战,人界濒临灭绝,所有技能都冲着军事用途,这晶符术更不例外。

所以千百年来,也只有苏渐这个怪胎不按常理出牌,能有心思把晶符术用在追求女孩子上。

"洛姑娘觉得如何?"歌声余音袅袅之际,苏渐一脸笑意地看着洛雪穹。

这时候洛雪穹一贯清冷的面容上,竟是微微露出了惊讶的表情。

见得如此,苏渐忙趁热打铁,笑嘻嘻道:"看洛同学一脸的惊艳神情,想必是在下的歌声极为优美动人,都让你陶醉了。"

就算惊世骇俗的歌唱晶符,也没让洛雪穹真正动容,但就是听了苏渐这句"恬不知耻"的话,却让她忍俊不禁,竟是"扑哧"一声笑了出来。

冰雪仙子的这一笑,宛若万古冰川融化,大地鲜花盛开,春风扫过了雪原,旭日朗照乾坤!

在场所有看到这笑颜的人,全都痴心迷醉;心里有什么忧愁烦事的,见此笑颜也全都冰消雪融,不复存在。

所有人惊艳沉醉,只有一人在短暂的痴迷后,却觉得满腔气愤!

这人就是高敞。作为灵鹫学院的风云人物,高敞早就对这位大名鼎鼎的小师妹垂涎三尺。

如果那时候有"校花"的概念，洛雪穹就是毫无疑问的灵鹫学院校花了。在高敞的心目中，放眼天下，哪怕算上龙族，肯定也只有洛雪穹一人是他此生良配了。

当然，纨绔就是纨绔，虽然高敞要比先前那个曹良高级得太多，但本质还是一样。

所以旁人不知道，高敞自己却很清楚，虽然他对洛雪穹满是爱慕，但骨子里却还是某种狎亵玩弄的感觉。在内心中，他已把洛雪穹当成自己的私有物品。

所以可以想象，当洛雪穹对苏渐嫣然一笑时，高敞先是惊艳，继而心中怒发如狂。

"呸！"外表高贵温雅的高公子，此刻双目通红，盯着前面那两人，在心中咒骂，"苏渐，你是什么东西？竟敢跟我家雪穹搭话。还弄什么唱歌晶符，你以为这是什么地方？街边玩杂耍吗？简直侮辱古圣人发明的晶符术！还优美动听，我呸，听听你那破公鸭嗓！"

平心而论，十六七岁的苏渐，变声期已过，嗓音很是清亮。高敞这么说他，就是完全出于嫉恨而歪曲了。

观望众人中，高敞算是第一个反应过来的，很快其他人也大多用嫉妒的目光看着苏渐。

要知道，虽然他们不像高敞那么自恋和极端，但毕竟个个都有来头，想法和高敞也差不太多。

他们这种人，常有种"老子才是主角"的想法，总觉得打自己来到世上，所有遇到的人和事，都要围着自己转。

有些极自负的世家子甚至认为，所有他认识的人，都是为了要衬托他的一生才来到这个世上的。所以，老天生下这冰雪仙姿的洛雪穹，肯定也是专门为他配备的媳妇儿啦。

于是此刻围观众人大都嫉恨，就连唐求也十分不爽地看着苏渐，觉得这一回自己不仅输了彩头，还输了十赌九赢的名头。

再说苏渐二人。笑过之后，一贯清冷的洛雪穹，也忽然发现自己这样好不习惯，便立即恢复了冰冷的面容。

但苏渐却好似毫不知趣,走近一步笑道:"洛同学,你笑了啊,一定是也觉得我这歌唱晶符术实在了不起。怎么,不想知道我是怎么做到的吗?"

看他这顺杆子往上爬的劲,洛雪穹也觉得受不了。

见他往前一步,竟是凑了上来,洛雪穹再想想刚才那歌曲的词儿,顿时神色一冷。

"哼!"她重重冷哼一声,立时转身拂袖而去。

"怎么就生气了?"苏渐看着她远去的背影,一脸不解。

他还不愿放弃,使劲摇着手叫道:"洛姑娘,洛姑娘!别走啊,咱们再好好研究研究!"

见得如此,高敝却有些解气。

"哈哈,也不瞧瞧自己是谁!"高敝畅快想道,"一个通门路来灵鹫挂名的黑衣卫小小杂役,这不,一脚踢到铁板上了吧?明显雪穹她生气了,还'哼'了一声呢——哎呀!"

刚觉得快意的高公子,这时却突然怒发如狂! 他想到,以前自己跟洛雪穹私下搭话,对方往往转身就走,连哼都不哼一声的。

"好哇!"高敝高公子顿时在心中狂骂,"苏渐好你个混蛋,竟敢让洛仙子对你'哼'!"

洛雪穹翩然远去,后面围观的人群也渐渐散去。

这时候唐求已经为赌局付出了代价,不过却一脸眉飞色舞。见高敝也走远后,他就跟身边几个人得意地说道:"苏渐是我兄弟,苏渐是我兄弟啊!"

"哈,"苏渐这时也返身走近,听见唐求的话,不由笑道,"这就认我是兄弟了?"

"那当然!"唐求摇了摇大脑袋,挤眉弄眼道,"我唐求有什么爱好,你又不是不知道。今日一看,老兄同道中人啊!"

"而且你还更厉害,竟敢冒着生命危险,去招惹那冰美人。人说'色字头上一把刀',你这是色字头上一口月神白虹剑啊。别说称兄道弟了,简直就是我前辈,以后我得叫你一声'大哥',多多学习啊!"

"去你的!"苏渐笑骂道,"谁要做你这方面的大哥?其实我是有苦衷的。"

"得了吧。"唐求不以为然道,"难不成还有谁逼着你去接近她?你别告诉我,你这是公差。"

"当然是了!"苏渐又惊又喜,忙抓住唐求手道,"没想到唐兄能猜到真实原因。"

"又来了!"唐求嚷道,"还想骗我?对了,快把你手拿开!"他一把甩开苏渐的手,正色道,"我这胖手,只会让师姐师妹摸的。"

话音未落,附近走过的几个女学生,顿时扭头射来几道鄙夷的目光。

一见如此,苏渐忽忘了刚达成的兄弟之谊,忙一下子跳开,转脸看向远方,口中悠然说道:"咦,那边桃花开得不错,我去赏赏。"说着话赶紧跑远了。

不提这兄弟二人笑闹,再说高敞。因为生气,高敞是头一个离开雨宿湖的。

一边往回走,他一边心中气恼:"可恶,这苏渐,也不看自己什么身份,竟然敢去接近我家雪穹,还弄什么歌唱晶符。我呸!净把圣人之学用在旁门左道上,等回头我一定要跟淳于先生好好告一状。"

正闷头想着,前面却忽然传来一个惊奇的声音:"咦,这不是高公子吗?怎么一脸不高兴,是哪个不开眼的惹你了吗?"

高敞抬头一看,顿时没好气道:"曹良,原来是你啊。怎么,今天又跑我们学院逗惹女学生啦?"

"只是访友,只是访友。贵院我这不是常来嘛。"曹良一脸谄媚地道,"高公子,不知何事烦恼?也许说给小弟听听,小弟能帮着出谋划策也说不定。"

"就你?"高敞鄙夷地看着他,心说不过就是一暴发户富家子,还敢跟自己套近乎。

不过他转念一想,自己正好心中憋闷,也许跟这小子说说也不是坏事。

"好吧,也不是旁人,"高敞对腆着脸献殷勤的曹良道,"不就是入学不久的那个小小黑衣卫苏渐嘛。"

"苏渐?!"曹良顿时吃了一惊,身体还本能地一抖。

"怎么?"高敞奇怪地看着他,"难道你认识他?"

"倒也不算认识,"曹良艰难地道,"不过小弟家中不是在京华做点小生意嘛,难免和这些黑衣卫的低级小吏打些交道,故此略有耳闻。"

"哼,就是这苏渐,"高敞恶狠狠道,"方才竟敢去逗惹洛雪穹!"

"啊?"曹良大吃一惊,"这厮是吃了熊心还是吃了豹子胆?还敢招惹她?那这小子现在还活着吗?"曹良满怀期望地看着高敞。

"按道理说,他现在已是死人。不过,"高敞有些郁闷地道,"那洛雪穹也不知吃错了什么药,竟然对他笑了笑,又哼了哼。"

"笑了笑,哼了哼?"曹良心说,"什么乱七八糟的!"

不过表面他却不敢表露,小心翼翼地问道:"这就奇了。以洛仙子的名声脾性,再加上他二人天壤之别的身份差距,怎么说这苏渐都不该幸存啊。"

"谁说不是呢!"这会儿,高敞终于对曹良有了点知音之感。

"那他是怎么做到的?"曹良郑重问道。

"其实只是雕虫小技。"接下来,高敞就把刚才那歌唱晶符的事儿说了说。

"原来如此!"听得刚才雨宿湖畔发生的一幕,曹良倒是吃了一惊。

他心道,这苏渐还真不是一般人,这歌唱晶符虽只是小术,他曹良纵然学业平庸,稍微用点心想想也能做出来,但最难得的是,自晶符术出现千百年来,苏渐是头一个能想到这方面去的。

这其中蕴含的意义,就连曹良这个作恶多端的纨绔子弟,也能看出来。

所以非常奇妙的,作为仇人的曹良,心中居然对苏渐有了那么一点点的佩服之情。

说起来,能做坏事的,都是机灵人,曹良听话听音,发现高敞在描述这事时,对苏渐不停地人身攻击,显然是对苏渐十分不满了。

"原来他是极爱慕洛雪穹。"曹良心想道,"也亏想得出来,那女子是寻常人敢碰的么？就算你高敛也不行。也只有苏渐那样身份低微、用心不良的恶人，才会去以卵击石。"

心中虽然这么想，曹良却觉得，这正好是他一个绝佳的报复机会。

"你苏渐不是多管闲事、手段毒辣吗？那我就叫你去碰连你也完全不能得罪之人！"

心中定下这毒计，曹良顿时跟高敛煽风点火，将口才发挥到极致，一番唾沫星子横飞之下，直把苏渐说得头顶长疮，脚底流脓。

话里话外的，他居然把苏渐的行为，提升到抢高敛女人的全新高度。

被他这么一煽风点火，本来就气恼的高敛，更是火冒三丈。可怜的苏渐，还不知道自己不知不觉间，就得罪了这么一个重量级的世家子弟。

当然，高敛毕竟是世间大族的青年才俊，刚才曹良这一番表演，背后那点心思如何会看不出来？

高敛也不知道宽容和委婉为何物，毫不顾忌地跟曹良说道："曹良，你那点破事，我都知道。秋映萱是吧？你最近招惹那小妮子，闹出的动静不小，听说还和苏渐在街上打了一架是吧？据说还没打赢，真丢人。"

"是、是……是小弟学艺不精……"曹良被戳到痛处，脸色通红，口中说话吭吭哧哧。

"我不是想跟你说这个！"高敛脸色一沉，呵斥道，"曹良，我警告你，没事别来调戏我院女生；要调戏也可以，只要记得一个前提——"

"什么前提？"曹良疑惑问道。

"你始终要记牢，灵鹫学院所有长得好看的，都是我妹妹。"高敛大言不惭地说道。

"是，是。"高敛如此嚣张，弄得曹良也很尴尬。

其实依着曹良的纨绔脾气，高敛这么对他，就得一走了之。

不过转念一想，他还要利用高敛来对付苏渐这个更可恶的家伙，于是便暂时把邪火儿给压下了。不仅如此，他还努力调整脸部的僵硬肌肉，生生给高敛赔出个笑脸来。

这天晚上，苏渐回到住处，睡觉前躺在床上，枕着手臂，眼望天花板，想想今天发生的事情，发现也挺有趣。

　　至少，那个洛雪穹并不像传说中的那样冷酷。她那把据说是雪山神兵的"月神白虹剑"，好像也不会轻易拔出伤人。

　　不过，苏渐又想到，会不会也和上回那寂灭森林凶人一样，洛雪穹只是觉得苏渐不值得她出剑呢？

　　这么一想，少年很是气馁，心中竟是生出些不平。不过过了会儿，他自己也笑了起来，心中自嘲道："我这不是犯贱嘛，难道非要别人拿剑弄伤自己，出点血，才算是看得起自己吗？"

　　"对了，还别说，"长夜之中，苏渐胡思乱想道，"那洛雪穹的笑颜，还真的很好看呢！就算'哼'的那一下，也别有风味呀……"

　　十六岁的少年，想着想着，便滑入了梦乡……那雨宿湖中的清波，鹿鸣森林畔的桃花，还有那嫣然如花的笑颜，也都随之一起滑入了少年的梦里……

　　半梦半醒之际，洛雪穹那一朵宛如雪山寒梅绽放的笑颜，渐渐竟是发生了嬗变，在少年的幽沉梦境里，幻化成一个奇异的场景：

　　漫山遍野，鲜花烂漫，那个有着明月般皎洁笑容的绝美少女，正赤着雪白的玉足，在漫山遍野的鲜花丛中和少年追逐嬉闹。

　　那发自内心的悦耳笑声，如一串串迎风含笑的铃兰，又似唧啾婉转的春森莺啼，一串串，一声声，在整个绿野青山中回荡……

　　"是她？！"沉浸梦乡的苏渐，却在某一刻突然惊坐而起。

　　他看了看四周，屋中一片黑暗，只有外边高天的月华和仙穹的星辉，斜照进小窗，在床前融成皎洁的白光，悠悠然似水流淌。

　　夜色深沉，月华如水。

　　在黑暗角落呆坐的少年，过了好一会儿，才终于从睡梦中完全清醒。

　　这一刻，他忽然确定，今晚自己做了一个前所未有的全新梦境——

　　不，这不是梦境！

　　苏渐现在几乎可以肯定，这一段和梦中女神相亲相爱的美好时光，并不是什么青葱少年的春梦幻想，而是真真切切、确确实实曾发生在他身上！

　　确认了这一点，因为涉及和侵略者龙族一起玩耍，苏渐本能地有些恐惧。

不过,作为一个骨子里胆大包天的倔强男孩,这一点发现却激发了他更大的好奇:

作为龙血者深入龙境,那段日子究竟发生了什么?

为什么自己会和一个龙族美少女如此亲密?

她如此美丽,又如此天真烂漫,究竟是谁?

那片长满鲜花的唯美山野,究竟在哪里?

既然是新梦,还有没有更多的梦境场景?

这和那段失落的空白记忆有何关系?

种种疑问浮现在少年的心头,以至于他这一夜,就在月光星辉照不到的黑暗角落里,静静地端坐。

他一夜睡不着,想了很多很多问题……

别看苏渐表面善于随机应变,连唐求那样有缺点的家伙,也能打成一片,他的骨子里却是极有原则、极倔强的。无论有多少谜团,苏渐都没有气馁;心中密布疑云,反倒激发起他更强的斗志。

斗志昂扬之际,苏渐更专注于提升自己的功力。虽然暂时似乎没表现出多少武学天赋,但他却一有空就到学院演武场中,练习课堂上学到的武技。

按理说,学院环境毕竟单纯,除了有洛雪穹那样情绪不稳定的"杀手"在,其他也没什么危险。不过让苏渐没想到的是,他不找麻烦,麻烦却来找他了。

这一日午后无课,苏渐便在灵鹫演武场中,练习课堂上学到的火灵法技。

专注火灵法技,是因为身为龙血者的那段生涯。虽然失落了大部分记忆和技能,但苏渐还是记得,当初自己修习的是火灵法技。

也不知那段深入龙境的日子究竟发生了什么,现在苏渐发现自己只能从最基本的"飞火术"开始练起。

灵鹫演武场,自然不同于市井坊间的一般武馆道场;就算苏渐此刻练习的是最基本的火灵法技,灵鹫演武场也提供了一种民间难得一见的标靶：疾风鼯鼠。

疾风鼯鼠并非华夏国本地物产，而是产自西南方万花国和西方大漠国交界处的灌木沙土地带。

疾风鼯鼠是一种风系灵兽，额头有青色风纹，背生肉翅，借助风之灵力，能够极为迅疾地短途飞动。所以疾风鼯鼠常常被一些高等的演武场，捕来作为练习攻击法术的标靶。

这会儿，苏渐就跟一只疾风鼯鼠较起了劲。

因为此时筋脉中蓄积的灵力很浅，苏渐打出的飞火术火焰，比烛火也大不了多少。

不过当年身为秘训龙血者所获得的素养还在，就算这一点点火焰，苏渐也十分耐心地用手指弹射，力图追逐上疾风鼯鼠灵动的身影。

只不过无论他如何努力，却怎么也打不中前面这只鼯鼠。

不仅如此，这只鼯鼠还十分狡猾，见苏渐学艺不精，还故意不逃远，就在苏渐身前一丈不到处蹦跶，简直要把人气死。

这时候唐求也在演武场练习他的土系"落石术"，见状便哈哈大笑道："苏渐，要不然，还是我帮你砸死这只可恶的鼯鼠算了。"

"不用。"本来练得心头火起的苏渐，听到唐求的话，反而平静下来。

他重新静心宁神，凝聚火灵之力，目不转睛地盯着上蹿下跳的疾风鼯鼠，想接下来这一记，一击必中。

不过正在他静心凝神时，演武场外却突然传来一长声刺耳狂笑声！

紧接着这笑声难听的主人，阴阳怪气地叫道："我还说这个笨蛋是谁呢，这不是那个、那个谁来着，哦，是让洛学妹笑的黑衣卫走狗嘛！"

苏渐一听，霍然抬头，只见场边有个青年人，长得歪眉斜眼，正朝他放肆大笑。

见得如此，想起刚才的话，苏渐剑眉一扬，就要反击。

唐求忙跑过来，压低声音对他说道："苏渐，别冲动，这人我认识，是高年级的刁正。他家里有点小背景，不过可能有求于京华高家，因此甘当高敞的跟班爪牙。"

苏渐一听就明白了。其实对于晶符课助教高敞的怨恨，他也不是毫不知情。当苏渐第一次听说学院的风云学生竟对自己产生怨恨,他简直哭笑不得。

有那么一个瞬间,他真想跑过去跟高敞说,自己对洛雪穹毫无兴趣,这么做只是奉上司命令,完成任务罢了。

不过这样的冲动他很快按下,他又不是傻瓜,自己跑去这么说,高敞铁定不信,还会以为自己在耍他。

苏渐也听唐求说了曹良在那边进谗言,还以为曹良会出头继续跟自己较劲,结果没想到,今天却是高敞的另外一个爪牙前来挑衅。

虽然是少年郎,苏渐还是很理性的。他很清楚自己现在是什么身份,抱着什么目的和任务来灵鹫学院。

因此,纵然心中恼恨之极,他却把这股火压了下来,脸色云淡风轻,继续手弹火焰,专心攻击那只疾风鼯鼠。

也算巧合,先前打了那么多次没中的疾风鼯鼠,这一回却被他随手一弹击中,"吱呀"惨叫一声,转眼落地。

那个刁正,出言挑衅后,见苏渐竟然置之不理,本来就火冒三丈;现在见这法术平庸的小子,居然在自己叫骂后准准打中疾风鼯鼠,顿时让他有种错觉,那鼯鼠的惨叫倒像是他自己的哀鸣。

正所谓"曹良不良,刁正不正",这刁正品行本来就不怎么样,这一下心头火起,顿时飞身跃入场中,怒吼道:"好小子,竟敢不理你家刁大爷!"

这时候的灵鹫演武场中还有不少学生,见刁正如此,几乎所有人都暗自摇头,心说这刁正也太蛮横了。

只是纵然有人想鸣不平,慑于刁正本人有一手高强的火灵法技,背后更有高敞撑腰,便都偃旗息鼓了。

见众人鸦雀无声,刁正更加张狂。他一手叉腰,一手朝苏渐勾勾手指头,极其无礼地叫道:"喂,那条黑狗,给我滚过来!"

听得此言,苏渐拳头暗中攥紧,额头青筋毕露,好似下一刻就要爆发了。

见他如此,刁正反而更是得意。

他猛然变色,怒吼道:"好小子,看你这样,还不服?那刁大爷今天就教训教训你!"

这刁正,也实在是太嚣张无礼了!人家只是有一些愤怒的表现,还是被你挑衅的,你却就当别人反抗了,这就要出手教训,也实在太过无理横蛮了。

"迅火斩!"只听得刁正暴喝一声,便有一道鲜红的弯刀形火焰,朝苏渐迅猛扑来。

苏渐见状又惊又怒,也幸亏他身手敏捷,那灼烈的气息才近身前,他已往旁边一错步,堪堪将火焰刀锋闪避而过。

"噗!"还没等他反应过来,便听得身后一声闷响,苏渐本能地回头一看,却见自己躲过的这道迅火斩,正斩在演武场边的橡木护板上。

看着那道一寸多深的焦黑断痕,苏渐不由得又惊又怒,也是暴喝一声:"刁正,你个混球,这是要闹人命吗?"

"人命?"没想到刁正撇撇嘴,轻描淡写说道,"像你这样的走狗人命,能值多少钱?"

"你!"苏渐这一下动了真火,立即唰的一声,将血歌剑抽在掌中,紧接着身形疾动,往刁正站立方向飞扑。

"呵呵,真敢反抗了?"刁正一声冷笑,高声怪叫道,"胆儿挺肥啊,不过来得正好!"

早有预谋的刁正,不闪不避,双掌急挥,顿时在身前腾起一阵炽烈无比的紫色火焰。

这炽烈紫焰,随他双掌拨动,转眼间膨胀,如车轮之形,火带风声,呼呼急转不止,声势极为惊人。

见得如此,旁观众人尽皆震惊:"紫焰轮?!"

刁正这个高级火灵法术一出手,很多人第一反应是,竟然低估了这高敞跟屁虫的实力!刁正竟然连紫焰轮都能随手挥发,那一身火系法力真叫深不可测。

如此转念之后,大部分人都在心中庆幸,庆幸自个儿刚才没有轻易出言调解,否则这时候要面对紫焰轮狂暴攻击的,很可能就是自己。

刁正一向就是仗势张狂之人,加之手底确实有两把刷子,骨子里的狂傲跟高敞也相差无几。急速催动紫焰轮之际,他眼角的余光瞥见众人的反应,顿时更加得意。

他心想:"呸!一群没用的家伙,平日个个以为自己也是灵鸷学院的学生,装模作样伪装正义,对我跟随高敞还不齿,这时候还不是一个个当了缩头乌龟?"

心中这般想着,刁正气焰更加嚣张,立即急运灵力,双手猛推,就要将这杀伤力极强的紫焰轮挥向苏渐。

只是就在这时,刁正却忽然听到有重物破空之声,转眼就朝自己当头击下!

正在得意的刁正猛然一惊,本能地往旁边一跳,"轰"的一声之后,他扭头一看,却见有几只拳头大的石块砸在自己刚才站立之处。

突现这情况,不用说刁正自己,就连苏渐在内的其他人,也都惊呆了。

正当众人不明所以之际,却听得唐求那熟悉的声音响起:"刁学长,做人留一线,你也是帮人出手,要不要这样一上来就要人命啊?"

听得这声音,刁正自是恼怒,那苏渐却是真的被惊到了!

"唐求?唐胖子?好色的唐求胖子?"苏渐看到跨步和自己并肩站立的唐求,简直不敢相信自己的眼睛。

还有些怀疑,却真真切切地听到唐求还在叫道:"刁学长,或者你也是来这儿演武练习?不过你想清楚,现在我和我兄弟联手,你未必斗得过我俩,依我看不如就此算了。"

听到他这话,苏渐心中,忽然既是感动,又是愧疚。

在此之前,苏渐内心还有些鄙夷唐求的猥琐好色;但这一刻他突然明白,不管唐求有什么缺点,他是真正把自己当兄弟的。

想通这一点,苏渐内心没有了任何惊慌。他踏前一步,双目灼灼,看着刁正沉声说道:"刁正,就算我是你口中的低级走狗,也是有官身在身的。你想清楚,真要跟我生死相搏?"

"哼。"刁正闷哼一声,陷入了短暂的沉默。其实在他心中,已经接受了唐求和苏渐的这番说辞。

这时候的刁正,已经有些清醒过来,便忽然有些责怪自己:"刁正啊刁正,你又开始犯浑了。你这是在干吗？光天化日众目睽睽之下,你还真想要人性命？也不过是受高敞嘱托,来教训教训苏渐,做得差不多就行了。"

清醒过来后,刁正的脑子立即开动,想说些什么场面话也就顺台阶下了。

只是刚这么想,刁正却听得场边传来一声熟悉的咳嗽。这咳嗽的声音并不大,但刁正听到耳里,却如遭雷击,脸色变得十分难看。

他微微转了转头,朝着咳嗽声方向看了看,便正对上高敞不满的目光。

"咳咳!"见得如此,刁正只得苦笑一声,顿时又朝苏渐二人大喝道,"好好好!你俩在给我演兄弟情深吗？我老刁偏不吃这一套。不错,我今天就是来跟你们较量较量!"

话音未落,他双掌急挥,顿时那烈焰吞吐的紫焰轮,很快再次成形。

苏渐也是聪明人,已看出刁正已萌生退意,只不过被场边那个高敞高衙内所逼。

可就算知道这一点也没办法,刁正虽然口中说话留了余地,但手底下那高等火灵法术"紫焰轮",可不是假货色。

于是,苏渐和唐求对视一眼,点了点头,便各自全神戒备,准备拼死接下刁正这一招。

见得如此,在场边遥控的那位高家衙内,却是一脸冷笑,毫不避忌地自言自语道:"两个蠢货!这时候唯一能做的就是跪地讨饶,刁正那厮反倒不好下手。还想反抗？嘿嘿,这下你们就等死吧!"

有高敞在后面鼓劲,这时刁正那股子浑劲儿又涌上来,目露凶光,拼尽全部灵力灌注在双掌催发的紫焰轮上。

顿时紫焰轮光华大盛,就连后面隔得很远之人,都感受到那股灼热火气逼人而来!

见得如此,苏渐和唐求不敢怠慢,立即朝旁边闪避,但刁正此时蓄而不发,锋芒随二人方位移动,十分可怕。

终于紫焰之轮已扩张得如同磨盘般大,刁正觑好时机,猛然暴喝一声,双手猛推,就将紫焰轮朝苏渐二人推去!

　　眼见苏渐兄弟二人在劫难逃，就在这千钧一发之间，却猛然听到有个浑厚的声音大喝一声："住手！"

　　这声音对于刁正来说，十分熟悉。出奇的是，听到这声音，连刁正这个浑人也忽然感到有些害怕。于是片刻间他就做了决定，想收回那片杀伤力极强的紫焰轮。

　　可惜"覆水难收"，紫焰轮此刻已经打出去，正带着呼呼的风声，朝苏渐的方位席卷而去，完全脱离了刁正的控制。

　　而一时间，纵然苏渐有着超乎常人的奔跑速度，也极难跑出紫焰轮焰芒笼罩的范围。

　　一时间，所有人的心都提到了嗓子眼儿！

　　明耀绝伦的紫焰轮光辉，映亮了演武场中的一切；那些善良的人，已经在为苏渐扼腕叹息。

　　只是蓦然间，在这笼罩一切的紫光中，却忽然有一道鲜红的光焰冲天而起，转眼间竟有一只巨大的火焰雄鹰，腾空翱翔于半空！

　　眼神好的，这时候就会看到那巨型火焰雄鹰的光影核心，正有一个人双臂挥舞，如苍鹰翱翔天际！

　　"星流术！"顿时有知情人大叫道，"是秦教习的'烈火天鹰'星流术！"

　　就在他们的惊呼之中，振翅而起的烈火天鹰，如同鹰击长空一般瞬间划空而过，扑向那团肆虐的紫焰轮。

　　原本嚣张无比的酷烈紫焰，面对这烈火天鹰，却顿时如同与日月争辉的萤虫之光。那红光四射的光焰之鹰，只是探出火焰之爪轻轻一抓，就将半空中飞射的紫焰轮，给抓灭了。

　　解除了这一危机，那烈火天鹰星流术的巨大火翼，在空中一盘旋，划过一道极为潇洒的红弧，而后便轰然降落在地上。

　　天鹰落地，漫天的火焰羽翼尽皆收敛，转眼尽皆消失。

　　目睹此景，苏渐目瞪口呆。直到这时他才看清，解除这莫大危机之人，面如冠玉，雅态雍容，正是灵鹫学院教授火系星流术的高级教习秦玉。

　　"多谢秦先生相救！"苏渐和唐求二人，连忙向前躬身施礼言谢。

　　"不必。"将近三十的秦玉，潇洒地一挥手，便转向还在发愣的刁正怒喝道,"刁正,又是你!知不知道,刚才差点闹出人命,你真是顽劣无比!"

见他动怒,连刁正这样的恶劣学生,也大气都不敢出,老老实实低头垂首,低声下气自辩道:"秦先生教训得是,学生知错了。我刚才也只是想试试师弟的真实本事,却一时糊涂,法术失控了。"

"失控了?"秦玉冷冷地看着他,"只是失控吗?刁正,你本事不小啊,如果不是为师出动'烈火天鹰',还消弭不了你这紫焰轮啊。"

"多谢老师夸奖!"刁正果然顽劣,这时候还听不出好赖话儿,还在那儿喜滋滋地道谢。

"唉。"见他如此,秦玉一时也是无法。

想了想,他不怒自威地沉声说道:"刁正,你给听好了,只要在这灵鹫学院,就给我收敛点,跟同窗师弟要好好相处,知道吗?"

"是,是。"虽然内心里满不是这想法,但面对秦玉之时,刁正丝毫不敢有二话。

秦玉也不再理他,转身看着苏渐,说道:"你是黑衣卫来的那个苏渐?"

"正是。"苏渐恭敬说道。

"方才为何只跑不攻?"秦玉问道。

"因为打不过。"苏渐道。

"这样啊……"儒雅的教师凝视苏渐的眼睛,缓缓说道,"苏渐,请牢记:勇气也许不能所向披靡,但胆怯根本无济于事。"

苏渐闻言,很想泪流满面,说我没有胆怯,是真的打不过啊。

第六章

鹿 林 迷 踪

不过面对秦教习的真诚教诲，苏渐话临出口时，却变成："先生教训得是，以后学生定当不畏强暴，勇往直前！"

"这才对嘛。"秦玉满意地说了一句，然后又盯着苏渐看了半晌，直到苏渐快被他看得发毛了，才轻叹了一声，说了句，"唉，可惜了，空有如此血脉啊。"

秦玉这句话，别人都听得莫名其妙，而苏渐却是身躯一震，平淡目光忽变得十分炽烈，灼灼地看向秦玉。

刹那间，苏渐已经明白了，这秦玉的人脉恐怕不是一般的强大，想必已经听说了他那段龙血者的秘训往事。

想通这一点，苏渐不卑不亢地回道："确实有些可惜，但学生并不后悔。世事变幻，唯看缘深缘浅，此事只是造化弄人，学生并不难过。"

"你能这么想最好。那段经历，得而复失的力量，并非你的唯一结果。"继续抛出心灵金句的秦玉，声音忽然转低，轻轻说道，"不要奇怪我知道你的事。要知道，那厉华楚，是我的好朋友。"

"原来如此！"听到这个名字，许多往事一齐涌上苏渐的心头。在自己那段灰暗的岁月，如果说无名山庄中，有谁值得苏渐记住，就是这厉华楚。

厉华楚是他一同受训的龙血者中的佼佼者。他的血脉与龙族吻合度最高，几乎接近百分之百。

虽说苏渐最开始也是众人瞩目的焦点，但就龙血契合度而言，却还是比厉华楚稍逊一筹。

当然,这些对现在的苏渐来说,已经完全不重要。他听到这个名字,心中能涌起一阵暖意,完全只因为一个原因:

当初自己龙境归来,记忆全失功力消散后,许多以前对自己奉承的"好友",无论男女,几乎全在一夜之间翻脸。这些人对自己多加羞辱,宣泄着以前一直压抑伪装的嫉妒愤恨。

厉华楚,也只有厉华楚,这个人中龙凤一样的人物,纵在苏渐落难之后,依旧好言安慰,并把苏渐从那些嫉恨者的私刑拳脚下解救出来。

"和厉华楚认识啊……"苏渐看着秦玉儒雅的外貌,心想道,"能和厉华楚这样的人物认识的人,果然不差啊。"

就在他转念之间,这时候本来只是远观的同学们,也都涌了过来,以他们爱戴的秦老师为中心,围成了一圈。

当然,这时候刁正已经找了个机会,灰溜溜地跑掉了。背后的唆使者高敞,也早就郁闷地离开了。

这时候大家围上来,七嘴八舌说的都是秦玉刚才那惊人的星流术。

"果然不愧是星流术啊!"只听有人说道,"刁正手底下的功夫我知道,那紫焰轮已经炉火纯青,十分强大。秦老师谈笑间就让它灰飞烟灭,这星流术果然不愧是仙穹神灵赐下的最强法门啊!"

"谁说不是呢!全拜仙穹的赐福。"其余众人也都纷纷附和。

原来这星流术,不仅是现在人族最强绝学,还是寄托人类复兴希望的唯一武学。

说起来,两百年前在龙族侵攻中人族的大溃退,很大一个原因就是不少龙族背生羽翼,拥有能够飞翔的能力。

这样一来,习惯了在地上面对面战斗的人族,忽然面对来自空中的强大打击,很快一溃千里,也就不难理解。

当溃退的神州人族在横断山脉以西勉强站住脚后,就开始痛定思痛,反思战败的原因,寻找应对之策。

很显然,"学会飞",就成了他们最首要、最急迫的问题。

两百年来,也不知多少高人苦心钻研,最终他们从横亘神州大陆天顶的星海晶河中获得了突破！

星海晶河，横跨天顶，永不消逝；与银河平行，却比之光辉灿烂许多。

星海晶河的光辉普照大地，蕴含巨大的能量。虽然神州之人不能将它直接吸收，却可以通过采集妖兽魔植吸收星辉凝结成的晶石，来间接利用星河的能量。

从这些晶石入手，人族终于发展出"拟态星流术"的奇异技能。

拟态星流术，是指通过特殊的秘籍，激发身体筋脉中蓄积淬炼的星辉之力，让身体覆盖一层星元光甲，同时还与灵魂相通，进行控制。

星流术不仅能大大提升攻防能力，拥有特殊战技，更重要的是，它让人族的个体，第一次拥有光之羽翼，从而短时飞翔！

就像刚才让秦玉凌空飞击的火焰之翼，就是他"烈火天鹰"星流术的独特光翼。

而星流术的"拟态"最重要。拟态即修炼星流术的基础技能到一定地步，便可与灵禽、妖兽、魔植举行"融魂"仪式。

在这仪式里，必须先打败它们，使其成为虚弱状态，然后再沟通融合双方的灵魂。

也只有融魂成功，星流术才真正练成。因为只有经历融魂拟态，星流术的星元光甲才能模仿融魂对象的形态和能力，凝聚成形态各异的光之羽翼。

这一点，对一直被动挨打的人族，实在太重要了！

毫不夸张地说，能短时飞翔的星流术一出现，便给予了一味沉沦绝望的人族信心。上至朝堂，下至江湖，星流术彻底改变了苟延残喘的人族方方面面。

而对穹顶星海晶河的来历，从来都是众说纷纭。有人说那是上古诸神大战中，强大神灵同归于尽后散入天顶的灵力光辉。

也有人说，那只不过是游弋宇宙鸿蒙的巨大远古神兽，喷射出体外，用来传宗接代的精索或是卵囊。

而当星流术出现后，这样的争论就结束了。所有神州大地之人都开始相信，星海晶河的存在，一定是远古祖宗神仙，对后辈子孙的庇佑和祝福。

于是，横亘诸天的星海晶河，在神州人族的心中，闪耀着圣光，宛如传说中缥缈于仙穹之顶的净琉璃。如净琉璃一样永恒闪耀的星海苍穹，也被所有神州人尊称成为"仙穹"。

只是，源自于仙穹星海晶河的星流术，虽然有着划时代的意义，但让人失望的是，星流术不仅学习过程极为艰辛复杂，对习练者的体质也有着苛刻的先天要求。

所以放眼整个人类王国，能成功修炼星流术的人，满打满算不超过一万之数。

一万，这离主战者的预期，也差得实在太多了！

还别说这一万已经不少，要知道瘦死的骆驼比马大，虽然神州人族经历了恶龙浩劫损失了九成的人，但现在毕竟除了华夏国之外，还残存有七个主要的人类古国，它们是：北地天雪国、西方大漠国、西南万花国、东南云山国、更南神木国、最南梦泽国，还有分踞神州南北两侧偏西岛链的沧海国。

经历了两百年的休养生息，这八大王国也算人丁旺盛。所以一万个星流术拥有者，听起来挺多，散到八大王国中去，实在跟把一把芝麻撒在沙地里差不多。

星流术的知识，倒也不是什么人都知道的。苏渐对此比较熟谙，完全和无名山庄中的经历有关。

不过既然提起星流术之事，苏渐再想起那些名字奇怪的七大王国，也忍不住苦笑一声，心中哀叹：

这些人族国度的百姓被恶龙侵攻后，无论贫富还是贵贱，都背井离乡，逃入蛮荒。曾拥有无上荣光和骄傲的千年王国，已变成以当前栖息地特征命名的小国。这其中滋味，连苏渐也觉得无限辛酸。

苏渐正黯然伤神，却听得人群中有个女生叽叽喳喳地说道："秦老师的星流术当然厉害啦，如果星流术不高出几个层次，那怎么整个人族中，也才只有不到一万个人能掌握星流术呢？"

很明显，这位女同学，也对星流术挺懂行。

"一万个人啊……唉！"顿时就有人垂头丧气，叹了几声气。

不过也有生性乐观的，便借着这个机会热切问道："秦先生秦先生，您看看我这身子骨，有可能修炼星流术吗？"

"对啊对啊！"这问题问到很多人心坎儿里了，顿时现场响起一片附和发问声。

"各位，都静一静。"秦玉双掌做了个下压的姿势，微笑着问道，"我先问一个问题：大家是不是觉得老师这星流术很厉害？"

"那当然！简直太厉害了！"围观学生众口一词地回答。

"嗯，是厉害。如果你们看到过古玉妃先生，施展幻系星流术'幻影灵狐'，就会觉得更厉害。不过——"

秦玉的表情忽转严肃："星流术是厉害，但你们可知道，我这拟态高原火系雄鹰的'烈火天鹰'星流术，习得过程可称'惨烈'。我是在北方星降高原上，七天七夜不吃不喝，和火羽苍鹰殊死搏斗，差点死掉后，才偶然抓住时机，与其'融魂'而得！"

"啊?!"听他这么一说，本来还怀着期冀的学生们，顿时如同泄了气的皮球一般。

见大家气馁，秦玉摇了摇头，笑道："怎么这么没信心？大家只要好好上金、木、水、火、土、风、雷、光、幻、冥十系中任意一系星流术基础课，到了二年级末，学院自会组织统一的星流术拟态进阶试炼。到那时候，大家进入特定的试炼地，若是基础打得好，又有天赋，自然可能和灵兽融魂得到星流术。"

"真的？"低年级的学生头一回听到这事情，顿时人人两眼放光，十分期冀。

饱经打击的苏渐，这一刻也同样眼神灼热地看着秦玉，对一年半后的星流术试炼充满了期冀，希望能发生奇迹。

当演武场中的众人渐渐散去，唐求忽对苏渐说道："你刚才听到试炼的眼神，倒和秦先生提到古玉妃先生时差不多，那叫一个贼亮。"

"是吗？"苏渐想了想道，"很正常啊，我想变强，万一有机会能修炼成星流术，也就不用受刁正这种小人的气了——咦，你刚才说秦先生什么？"

直到这时候,他才反应过来。

"嘿嘿,果然入学比我晚,消息不如我灵通啊。"唐求两眼一眯,悄声说道,"你还不知道吧,这秦先生可是暗恋着人家古玉妃古教习呢。"

"可别瞎说,"苏渐郑重道,"咱们做弟子的,不该在背后乱嚼老师的舌根。"

"当然不是瞎说!"唐求赌咒发誓道,"这是我亲耳听说,亲眼观察到的。要不你想想,咱学院里十系星流术老师全有,怎么秦玉光提自己和古玉妃呢?"

"这倒也是。"苏渐应和一声,想了想道,"其实也正常,古玉妃虽是幻系星流术教习,但也就二十出头,正当妙龄,兼之风姿热辣……"说到这里,古玉妃那婀娜的身形、艳丽的面容,就浮现在了苏渐的心头。

说起这古玉妃,还真是灵鹫学院中名头最大的教师了。古玉妃面容艳丽姣美,身材凹凸玲珑,更特别的是,和当下比较保守的女子风气不同,古玉妃行事出奇的火辣奔放。

别的不说,就看她最喜欢穿的衣着,就是一身火红的紧身衣裙。这样的打扮不仅将她火辣的身材衬托得一览无遗,还特别省布料,不仅腹部和大腿袒露,就连胸前也是露出大片的雪白肌肤。特别是,那片"偷工减料"的红绸抹胸,根本遮不住那一对汹涌澎湃的玉峰!

于是古玉妃的雪肌玉体和火红裙衫交相辉映,真如同一曲冰与火的欢歌!

这样的女子,甭说在灵鹫学院,就算放眼整个天下,也热烈奔放得紧。可能也只有在某些开放的龙族国度,才有她这样的女子。

当然,也只有灵鹫学院这样求新务实的新式官学,才能容得下古玉妃这样作风的女子。而她这样离经叛道,虽然背离主流价值,但对男子而言,却有一种致命的杀伤力。

所以在灵鹫学院中,就连苏渐这样的新人,也早就听闻她的大名了。

心中想着古玉妃的形象,苏渐偶然瞥了唐求一眼,却见这位好兄弟现在正是一脸痴呆之形。他两眼目视远方,空洞无物,嘿嘿傻笑,嘴角还流下一丝口水……

看见他这样子，苏渐立即知道他在想什么了。

"这家伙，整天就是不想正事。"苏渐笑骂一声，也不打扰他，只是轻轻地自言自语道，"刁正这厮，今天前后两次攻击，倒像是跟我下死手啊……"

苏渐忽然变得有些出神。他望着远方灵鹫山谷间不时出没的烟云，一时间陷入了沉默。

过了一会儿，他忽然开口，轻轻地自言自语："刁正此人，与我无冤无仇，竟为讨好高敞，就轻易对我下了杀手。这样的人，也不能留了……"

"啊？"刚才陷入幻想的唐求，这时候却正好回过神来。他听到苏渐的话尾，立即吃了一惊道："苏渐，你说谁不能留了？"

"没说什么。"苏渐摇了摇头。

"别骗我了。当我是兄弟不？"唐求恼道，"我分明听你提到'刁正'。"

"不错。"苏渐看着他，双眼亮若星辰，"就是他。我已下定决心，若有机会，就将此人除掉。"

"啊？"真从苏渐口中听到证实，唐求还是吃了一惊。

吭吭哧哧半晌，唐求才说道："按理说，刚才这厮竟对我二人下死手，我也有报仇之心。只是，毕竟他是灵鹫学院的学生啊……"

"这个你不用管。"尸山血海、荣辱剧变，其作用终于在少年身上体现出来。

只见这时苏渐镇静从容，手按血歌剑柄，看着唐求，淡淡说道："惩奸除恶，怎会冲动从事？自然要保得万全。再说了，如果接下来这厮不再主动挑衅，我也就将他放过。"

"那就好，那就好。"胖子唐求毕竟胆小，听苏渐缓和了一下说法，便连连抚了抚自己胖大的肚腩，感觉没刚才那么紧张了。

见他如此，苏渐只觉好笑。他捣了唐求肩膀一拳，笑骂道："胖子，你偷看师姐师妹的胆子呢？我等大好男儿，快意恩仇，没什么好怕的。再说了，你也别太担心。如果真要对付刁正，我还有一条理由，便是他会妨碍我的公务。"

"什么公务？"唐求好奇地问道。

"别忘了,我还是玄武卫。"苏渐悠悠说道,"查访血义盟乱党,不仅是我玄武卫每个人的职责,还是大统领亲自跟我颁下的任务。胖子,你说,如果刁正蓄意把我杀死或打残,是不是阻碍了本卫的重要公务?"

"得了吧,说得跟真的似的。"唐求回敬地捣了他肩膀一拳,不以为意道,"血义盟乱党,朝廷天天喊着要抓,可真正查出来的有多少?"

苏渐闻言嘿嘿一笑:"怎么,唐兄,看你这说法,难不成你是血义盟的?"

"我滴妈呀!"唐求一听,连忙一缩脖子,连连告饶道,"玄武卫苏大人啊,小弟有多大胆子你也知道!最多就偷偷看看师姐师妹。再说了,就算我有心加入,那血义盟也不要我啊,勉强加了,不出第二天就要暴露!"

紧张地说到这儿,唐求忽看到苏渐脸上似笑非笑的表情,立即醒悟过来,叫道:"哈,原来你是在吓唬我,真是可恶!"

"不过不管怎么做,我唐求已经认了你这个好兄弟,"唐求表情忽变严肃,说道,"苏渐,无论你要做什么,哪怕就是宰了姓刁的那混蛋,兄弟也支持你。但你要记住,任何时候都要先顾及安危,保住自己这条命。"

听得这话,苏渐看着唐求,心中十分感动。

却见唐求手指演武场外,郑重说道:"苏渐,你看,这个师姐,那个师妹,还有那边几个——她们个个都是青春妙龄,风姿绰约,多么美好啊!若是兄弟你早死了,这世上如此美妙的风景,你就都看不到了。你说,是不是——"

说到这儿,唐求忽觉有点不对,扭头一看,便连忙招手大叫道:"兄弟你别跑啊!我还没说完呢!这些都是我多年积累的生命感悟,我这是在认真跟你分享啊!"

灵鹫学院的岁月,像这天演武场中这样火爆的日子,也不常有。

在这场风波之后,无论刁正还是高敞、曹良,都好像一夜间偃旗息鼓,再没来找苏渐麻烦。

苏渐很享受这样的日子。他白天穿梭于学院各大课程间,如饥似渴地学习着各种文史或武技知识;晚间他就回到京华城应付下当值差事,再回到自己陈旧的屋中入睡。

这样的日子非常有规律。作为乱世中人,苏渐觉得如果能一直这样,也不错。

只是,也没过多少天,他便遇到了一个突发状况。

这一晚,他刚从灵鹫学院出来往京华城赶,还没出学院山门,就听到路过的学生议论纷纷,说学院中又有学生失踪了。

一听这话,苏渐想起轩辕鸿大统领的重托,便立即行动起来,以最快的速度打听到第一手情况。

原来,傍晚,有一位叫鲁修文的二年级学生,刚吃过饭,跟要好的同窗打了声招呼,便去鹿鸣森林附近散步。

没想到还没过多久,在鹿鸣森林外面的学生,便听到林中一声怪异的惊叫。他们急忙赶过去,却只看见鲁修文的随身物品散落在林间小溪边,他本人却奇怪地消失不见了。

发现异状的学生立即在附近搜寻,却发现地上并没有可疑的脚印。立即又有人想到,是不是掳人的凶徒利用溪水,顺流直下掩饰行踪?

但他们沿小溪上下搜寻了很远,依旧没有发现任何特别的痕迹。

于是,和前几次奇怪的学生失踪案一样,一个活生生的人,就这样凭空消失了!

因为有了以前的事情作铺垫,现在知晓此事的学生,有一种奇怪的情绪,好像已经自然而然地接受了这样的怪事。

他们现在只是议论议论,提醒要好的同伴小心。除此以外,也就不再做任何事。

但苏渐却不一样。他想起大统领秘密交代的任务,立即快步如飞地朝鹿鸣森林奔去。

此时黄昏已逝,夜色笼罩大地。今夜星月的光辉并不明晰,只有天边残余的几缕晚霞,为苏渐提供着仅有的照明。

而进入鹿鸣森林后,周遭更加黑暗。也只有苏渐这样受过特训之人,才晓得将林中的银蕨叶翻过来,利用银光闪闪的银蕨叶背面,为前路提供点可怜的微光。

走到众口相传的林间小溪畔,苏渐并没有看到那些散落的物品。这会儿，他来得其实有些晚了，想必那些鲁修文的物品，已经被处理现场的学院教习们给收走了。

虽然来得有点晚，第一案发现场也被破坏，苏渐却毫不在意。他一双明亮的眼眸，在黑暗中闪闪发光，仔细地检查着附近的灌木和溪流。

不得不说，能做下这些连环无头怪案的凶手，绝对是个犯案高手！

苏渐纵然集无名山庄和玄武卫训练于一身，一时却也难以发现任何异状。再加上现在已经入夜，林中暮雾四起，更加影响了他的视线。

看到这情景，苏渐心想道："不行，我还得去找更多银蕨叶，来提供点光明。"

这般想着，苏渐四处张望，想寻找那些不仅自己能发光，还能反射星月微光的银蕨叶。

只是，才张望了两三眼，苏渐看到一物，心中忽然一动，好像忽地想到了些什么。

不过苏渐还不太确定，便猫着腰，轻手轻脚走过去，想看得更清楚一些。

随着越来越靠近，苏渐对刚才的想法也变得越来越自信。

只是，正当他走到那事物近前，想伸手抓起来确认自己的推测时，却猛然只觉得眼前寒光一闪，就像有道闪电从天而降，将这黑暗的密林瞬间照亮！

"不好！"苏渐瞬间感受到死亡的气息，顿时一个滚地葫芦，也顾不得地上各种刺人的藤蔓，就地打了个滚，生生躲过了这个毫无先兆的偷袭。

"谁？是谁？"狼狈不堪的苏渐又惊又怒。当他鱼跃而起，看清楚来袭之人相貌时，却是大吃一惊！

"雷冰梵！怎么是你？"苏渐看清来人，惊怒交加叫道，"怎么上回你救我，这次却要杀我？"

见他惊怒，一剑飞来的雷冰梵，却好整以暇。

他吹了吹雪亮剑锋，才冷冷说道："非要杀你。只是见你鬼祟，便随便挥剑，试试你。"

"随便？试我？"苏渐想想刚才逼人的剑芒，愤怒道，"你以后离我远点！"

"你还没说，到底在此地做什么。"雷冰梵好像没听到苏渐的话似的，双目如刀地盯着他。

此时，夜风骤起，将天雪皇子脑后的银色长发吹起，映着星月之辉，好似飘洒起银色的冰雨。

看着他如冰似雪的样子，苏渐也莫名地平静下来。

"你做什么，我就做什么。"面对高贵王子的目光，苏渐毫不畏惧地瞪视回去。

"嗯，我倒忘了，你还是黑衣卫。"雷冰梵俊美无俦的面容上，浮起一丝嘲笑，"哦，对了，我还差点忘了，上次你面对刺客，那般狼狈，现在还有心来查案，倒是勇气可嘉。"

"随你怎么说。"苏渐不在意道，"不过倒是想问问，你来这里，查出了什么？"

"暂无线索。"雷冰梵道。

听他这么说，苏渐脸上忽然浮现起一丝奇怪的笑容，也不说话，转身就往前面林中搜寻。

"咦？"看到他这表现，雷冰梵忽然觉得有些奇怪。

本来他认为，这武力平庸的小黑衣卫，肯定也不会有什么发现。不过现在看苏渐笑而不语的样子，倒好像看出点什么。

以天雪皇子的骄傲，雷冰梵本不屑开口相问，但想起那么多同窗奇怪失踪，雷冰梵便决定暂时把面子放到一边。他开口问道："苏渐，是瞧出什么线索吗？"

"正是。"简短回了一句，苏渐头也不回，继续看一阵走一阵，渐渐就走得远了。

他这样莫测高深，更勾起了雷冰梵的无穷兴趣。

"苏渐——不，苏兄，"高傲的皇子终于放下架子，好奇地问道，"天色黑暗，你却行走无碍，是练了幻系'夜视术'吗？"

见高傲皇子跟自己搭话，苏渐有心不搭理，不过看看越来越浓重的夜色，自己又是在密林中追寻凶犯，便觉得有个能打的帮手也不错。

于是他脸上立即堆起笑容,转身对雷冰梵道:"不是我有夜视术,而是我看出那凶犯为何没留脚印了。"

"哦?"雷冰梵眉毛一扬,"难道不是顺溪水遁走?"

"不是。"苏渐道,"若是那样,就不会屡屡犯案、却始终没留下痕迹了。"

"明白了,"雷冰梵冰雪聪明,立即想到,"若顺溪水遁走,只要在山溪上下游仔细搜寻,怎么都会查出蛛丝马迹。也只有用一种障眼术,使他不需利用溪水就能脱身,才能行动自如,不仅不受拘束,还难以查出确切路线。"

"正是如此。"苏渐道,"只可惜,此人如此狡猾,却遇上我苏渐!"

"你?"雷冰梵惊讶道,"你是说,你已经看穿了凶犯的伪装术?"

"没错。"为了拉他做帮手,苏渐毫无保留,"你看,这地上,落了些银蕨果。"

"银蕨果?咦,果然。"雷冰梵看了看,疑惑道,"这不过是银蕨果落地而已,在鹿鸣森林中很正常。"

"没错,"苏渐道,"那掳掠之人正是利用了你这种心理。你看——"

他手指附近地上那些泛着微弱银光的硕大银蕨果实,说道:"如果你仔细看,就发现这些看似错落无序的银蕨果,其中有一些,却是连成一串,如同路径般延伸向密林的深处。"

"是哪些?"雷冰梵还是有些疑惑。

"就是被踩入土里的那些。"苏渐道。

"我懂了!"雷冰梵恍然大悟,叫道,"原来那凶人击昏学生,便挟带着他,边走边将银蕨果抛洒于地,同时运起轻身之术,踩踏着它们逃向远方。"

"正是如此!"苏渐一拍手道,"所谓'蛇行无迹',是不存在的。只要做过,就一定会留下蛛丝马迹。"

"不错!"雷冰梵兴奋起来,击掌道,"那我们就顺着银蕨果路径,去揪出这可恶凶人。"

"好。"苏渐毫不迟疑,在前头带路,两人便顺着被人重踩入土的银蕨果,往鹿鸣森林的深处寻去了。

此后二人一路无话,不过还没走多大会儿,在前面带路的少年忽然停了下来。

"什么事?"雷冰梵有些兴奋地低声道,"难道已经找到他了?"

"不是。"苏渐摇摇头说道,"我只是忽然想起,还忘了提醒你一件事。"

"什么事?"雷冰梵认真倾听。

"待会儿碰到那凶犯,雷兄千万要记得保护我啊!"

"……给我快点走!"

此后没过多久,这两人便追踪到一处山洞前。

"难道在这里?"苏渐看着黑黝黝的山洞,压低声音对身后雷冰梵道,"小心了,如果我是那人,这山洞是最好的藏身之处。你先别急,等我想个万全之策,再进去不迟——咦?"

苏渐话还没说完,却见雷冰梵已是跃起身形,银发飘飘,如一道紫电蹿入山洞中。

"哎呀!怎可如此轻举妄动?"苏渐跌足道,"万一洞中——"

话还没说完,雷冰梵已经去而复返,重新站在苏渐面前。

"怎么样?"来不及怪他,苏渐急切问道。

"没人。"雷冰梵摇摇头道,"这是个掩埋废弃教具的山洞,没多深。"

"哦。"苏渐挺失望。

"不过,"雷冰梵忽然回头看了看洞里,"我刚才检查了一番,发现洞壁有人新近倚靠的痕迹。"

"啊?"苏渐一惊,顿时"唰"一声拔血歌剑在手,"雷兄小心,那凶人未必走远。"

听他如此判断,雷冰梵也不作声,只是点了点头,也将他那把雪亮长剑紧握手中。

二人就这样背倚着背,在附近灌木丛林中警惕搜索。也没持续多久,便听雷冰梵开口说道:"不用找了,那人已经走远。"

"没错。"苏渐也看出这一点,点头称是。

"又白费功夫了。"雷冰梵利索地还剑入鞘,有些失望地说道。

"不一定。"苏渐道。

"哦？"雷冰梵奇怪地看着他，期待道，"难道你又看出些什么线索？"问话之时，他左右张望，想看看夜色中的丛林还有什么异常。

"不用看了。"苏渐摇摇头道，"这凶手确实十分狡猾，虽然被我看穿银蕨果的把戏，最终却还是早就逃脱了。我说的没白费功夫，不是这意思。"

说到这里，他看着远处苍茫的夜色，还有那林叶间透出的学院点点灯火，过了好一阵，才悠悠说道："雷兄，你没发现，他是个纠结的人吗？"

"你是说……没错！"雷冰梵恍然大悟。

"聪明！"苏渐赞道，"看来不用我说，你已经想通了。不错，此人应该早已安顿好被掳的鲁修文；如果猜得没错，刚才他就在附近出没。他的身手，应该十分高强，却没对我俩出手，便可见他的性情十分纠结，毫无雷兄的杀伐果断啊。"

"对！"雷冰梵毫不犹豫地点点头，"若换了我，定是出剑杀人灭口了！"

"雷兄，我想问一个问题。"苏渐看着暮色中的紫衣银发少年，忽说道。

"请问。"雷冰梵变得彬彬有礼。

"你是不是业余兼职做过刽子手啊？"苏渐道。

"何出此言？"雷冰梵莫名其妙。

"那你为什么动不动就喊打喊杀？"苏渐笑着看着他。

"哼！"雷冰梵终于听出少年的讽刺之意。

不过，经过刚才这一阵的相处，他已不像先前那样完全看不起这个黑衣卫杂役。

沉默了片刻，高贵的天雪国皇子，竟是对苏渐这个明显讽刺他的问题，进行了认真回答："苏渐，你想知道真正原因，就得先去我们天雪国。"

"为什么？"这回轮到苏渐奇怪了。

"如果你没有到过北方冰原，没有经历过连续半年都是冰天雪地的日子，没有经历过半年只能从冰原白雪下刨一点去年掉落的瓜果粮食，你就没资格质疑我为什么动辄杀伐！"

"啊？"苏渐有些震惊地看着他。

"也许你听说了，我是天雪国皇子。可是在那个寒冷贫瘠的冰原上，为了保住自己的丁点食物，就算贵为王子，也要和那些来抢夺食物的强盗匪徒们，用刀剑决定谁吃那一餐。"

"对不起，我……"苏渐真心为刚才的玩笑感到歉意。

"你不用说对不起。"本已入鞘的利剑，被雷冰梵倏然拔出，望空挥舞，"该说对不起的，是那些可恶的龙族！"

"不是他们，我们天雪国也不会从富饶的中原，退入那穷山恶水的贫瘠雪原！不，他们光说对不起不行！"激动的天雪国王子将利剑重重一劈，怒吼道，"是应该用血来偿还！"

雷冰梵的神情，这一刻愤怒凄厉，如同北方冰原上一头愤怒呼号的孤独雪狼。

这种表情，苏渐前所未见，便在很长一段时间里都不能忘记。

发泄完对龙族的仇恨，雷冰梵霍然转头，忽然双眸冷如寒冰，看向苏渐："你身上的气息，很古怪，很像龙族！"

苏渐一惊，忙道："雷兄何出此言？我是地地道道的人族，怎么可能和龙族像？"

其实苏渐心知肚明，一定是自己龙血者的血脉气息，让敏感的雷冰梵察觉。刚见识了雷冰梵对龙族的彻骨仇恨，苏渐还真担心这家伙会不分青红皂白，对自己冲动出剑。

正心怀鬼胎间，便听雷冰梵道："我对此气息极为敏感，确实闻到你——"

"好啊，那你使劲闻闻！"苏渐立即使了一招"以进为退"，快速跨步向前，极力往雷冰梵面前凑。

他这动作十分突然，雷冰梵来不及反应，结果差点跟少年鼻子撞鼻子！

"你干什么?!"雷冰梵大为恼怒，疾步后退，厉声呵斥苏渐。

"这不是让你闻闻清楚嘛。"苏渐见这招奏效，心中暗笑。

"对了雷兄，我看你这把剑不错啊，"苏渐赶紧转移话题，"看这剑刃，锋芒毕露，寒光四射，舞动时还能冷凝出雪花，绕剑飞舞，真是太神奇了！你这剑叫啥？"

"哼。"对少年刚才的冒失,有着洁癖的雷冰梵还是很不爽,决心不理他。

可惜他竟是个剑痴,苏渐这一番话正搔到他的痒处。于是才矜持了不过片刻,他便忍不住开口答道:"若说此剑,倒也不凡,乃是我天雪国祖传神兵,剑名'快雪时晴'。"

"快雪时晴……"苏渐咀嚼着这剑名,笑道,"果真文雅。上回见过你用它杀人,我怎么也不可能想到,这把凶器竟有如此风雅的名字。对了,记得洛雪穹那把剑,叫'月神白虹'?果然好剑的名字都很有文化嘛。"

"洛雪穹……"听到这名字,雷冰梵摇了摇头,"此女君宜远之。"

"哦?"苏渐惊讶地看着他,"没想到你还会关心人。"

"没有。"雷冰梵再次摇了摇头,"我只是不希望你腰间那把好剑,很快失去主人。"

"咳咳!"苏渐忽似被呛到。

"你这把剑,叫什么?"只要提到剑,高冷如雪的雷冰梵也止不住话头。

"我这剑啊,它叫'血歌'。"苏渐道。

"血歌!"雷冰梵目光一紧,脱口叫道,"杀性好重的名字。"

第七章

晶 符 巧 战

"不过此名甚好。"雷冰梵转又说道。

"当然好了。"苏渐无奈地笑道，"这血歌剑名，是我最大的上司取的，想说不好都不行。"

"对了，说起来，这血歌剑，是我偶然得来。对它的来历，我完全没有头绪；看你也是品剑的行家，能不能帮我看看，这剑到底是什么个来头？"

说着话，他也不管雷冰梵有没有答应，便自顾自从剑鞘中抽出血歌剑，递与雷冰梵。

面对这不讲究的举动，雷冰梵剑眉一扬，便待发作；不过眼见少年递来的这把如水月般空灵的剑器，他又硬生生地平复心情，默默地接过了它。

一接剑在手，雷冰梵便发现，这血歌剑造型极为简明洗练，暗含一种快意无比的流畅感。

血歌剑的表面，虽然看起来如月似水，华光烁烁，却古意内蕴，雷冰梵一看便知此剑年头绝对不短。

不仅如此，雷冰梵暗运灵力，将一股无形劲气灌注在剑身，顿时便听到剑锋微颤，暗中有虎啸龙吟之音。

见得如此，雷冰梵眼色更奇。

沉吟良久后，他手抚剑锋，神色苦恼道："奇怪，我观此剑，应为名剑，但已知剑典兵谱中，却全无此剑记载。偶有几把相似，也只是似是而非。

没想到啊——"说到此处,雷冰梵停顿下来,只是看着苏渐。

"你没想到什么?"苏渐好奇地问。

"没想到剑是好剑……"雷冰梵悠悠说道。

"你这是什么意思?"苏渐一听就跳起来,"剑是好剑,难道人不是好人?"

"我并未这么说。"雷冰梵简短一答,随手一挥,血歌剑便化作一道流光,不差分毫地插回苏渐腰间剑鞘。还不等苏渐反应过来,雷冰梵已是一转身,竟就这样径自离去了。

见他举动这般突然,连招呼都不打一声,苏渐顿时目瞪口呆。

愣了片刻,他忽然笑了起来,自言自语道:"这雷冰梵,大家都说他冷人冷面,不近世情。依我看,这家伙,却很有意思啊。"

从鹿鸣森林里出来的这一路上,苏渐回想进入灵鹫学院的这些天,虽然中间风波不断,结下了几个对头,却也认识了些朋友。

唐求自不必说,已和自己称兄道弟;没想到雷冰梵这样高贵冷艳的天雪国王子,不仅凑巧救过自己一次,刚才还和自己说了这么多话。

想到这些,苏渐忽然觉得有句话说得挺对:做一件事,有时候真的不用太纠结能得到什么厉害的结果;做事的过程中,能结识一些特别的人,见识一些特别的事,那就已经足够。

想通了这一点,苏渐对自己的灵鹫学院生涯,竟生出几分满足感。

带着这种满足感,学院的日子悠然逝去,很快就到了第一学年的中期考评时间。

乱世之中,全民尚武,当苏渐从秦玉先生口中听到命题时,就发现这出题也和实战紧密相连。

原来,学院要求他们这期学生,在四天内,前往华夏国边境和龙族争夺中的领土"泪原",在那个区域猎杀火系妖兽,获取它们体内的火灵晶核。

至于成绩好坏的标准,很简单,和通行的晶核品级一样,也分甲乙丙丁戊五等。因为特殊的原因,这次考核不论晶核的品级质量,只论数量:

猎得一颗为戊等,算是此人有成绩;两颗为丁等,算他勉强过关;三颗达丙等,说明学得还不错;四颗是乙等,已算优良;五颗以上称甲等,可称得上为卓越。

至于这次只论晶核数量,不计较品级的原因,负责宣布考题的秦玉也毫不掩饰地告诉了大家。

原来,现在横断山脉边境的风暴之墙,用来维系火灵防御器械的火晶资源紧缺,因而人类王国正发动一切力量,搜集更多的火灵晶元。

于是,就连灵鹫学院这一期各年级的中期考评命题,也都是去各个出产火灵晶元的区域,获取这种军事资源。不同年级的成绩优劣与否,也只在于考核标准的数量不同。

毕竟身处末世,对于这个原因,包括苏渐在内的同期学生,也都见怪不怪了。不过当听到秦玉说出"泪原"这个地名时,大家却不约而同地倒吸一口冷气。

原来这泪原的凶险程度,在华夏国与龙族交界的边境区域里,几乎仅次于寂灭森林。

与寂灭森林危险的原因相同,泪原同样也是因为处在横断山脉风暴之墙的豁口位置,不能完全被风暴带保护。

所以,这里不时有对面的兽龙族士兵进入,而让这里成为极为危险的区域。

而泪原这个听起来就悲伤的名字,来源于两百年前人族大溃退时,有一大批军民百姓退到这片平原时,与龙族的追兵发生的惨烈战斗。

其实那时候,横断山脉天然的风暴,已经阻挡住龙之帝国的飞龙主力;整个人族的防线,也依托着横断山脉渐渐稳定下来。

但是在泪原这个地方,因为得不到风暴之墙的完全保护,在这个方向上撤退的人类,不得不和大量的龙族追兵发生了战斗,史称"泪原之战"。

从整个人龙大战的战局而言,泪原之战已属于一系列战役的尾声,对这个方向而言算是最后一战。

但很不幸的是,就是这最后一战,却让龙族屠杀了大量的人族军民。

很多人之前已经挺过了无数艰难险阻,受过了和平年代难以想象的生死苦难,却在这快看见曙光的黎明前夜,倒在了这片荒原上。

鲜血,染红了整片荒原,以至于后来很多生长在此地的植物都发生异变,叶色红得跟血一样。但后来暂时得享和平的人们,却没有把这片荒原命名为"血原",而是叫成"泪原"。

这其中的原因,很简单。死去固然不幸,但活着的亲人却更加悲惨。此后经年流下的泪啊,可能比当初这里流下的血更多,更悲伤。

泪原的往事让人伤感,但此刻灵鹫学院学生们的惊叹,却因为即使到现在,泪原依旧是龙族妄图继续入侵的桥头堡之一;华夏国对面的兽龙王国中,凶暴无比的兽龙探路者、徘徊者、咆哮者,至今仍会在泪原之境出没。

很明显,这次考评下来,那些学艺不精、运气不好的学生,很可能就会永远地留在那片荒原。

乱世之中,就是这么无奈。否则谁会听说,一个学院的中期考试,还能直言不讳地告诉你,有很大概率会出人命?

不过最让人心痛和无奈的,还是面临危险的年轻学生们,那一个个默默承受的表情。

当然,也不是所有听到命题的学生,都把心思单纯放在考试上。比如,那个背景强大的世家长子高敞,一听这考题,差点没笑出声来!

"苏渐,"世家子带着一种无所谓的笑容,心中转念,"可惜啊,你的小命,最多也就四天啦。原来那泪原,才是你的葬身之处啊。"

心中转着这样要人性命的凶狠念头,高敞却显得十分云淡风轻,似乎根本就没怎么放在心上。在他眼里,弄死一个苏渐,跟碾死一只臭虫没什么两样。

再说作为考场的泪原,本身位于华夏国东北边陲,更北就是神秘的星降高原。

横断山脉的天然风暴带"风暴之墙",在这里留下个不大不小的豁口,因此对面承担着龙族侵略先锋任务的兽龙国,一直试图通过泪原进行渗透。

对于这次的考核,苏渐也是十分期待。身具血瞳心眼秘术,又经历了灵鹫学院这几个月的淬炼,他也想看看自己现在究竟学到了什么程度。

为了取得一个好成绩,他甚至还在出发前,缠上"生人勿近"的雷冰梵,好说歹说请教了几招剑术。

不过,本来苏渐还挺有信心,但真正抵达泪原后,他这颗火热的心就有些冷却了。

原来他发现,泪原虽然以"原"为名,却遍布着荆棘灌木和深草密林。血色斑斑的荆棘和草木,无言地散发着一种惨烈的讯息。苏渐第一眼望到这满眼的红色时,鼻子里仿佛已经闻到了一股血腥气。

"血色泪原",也不用说什么兽龙国的士兵,荆棘密林中时时传来的猛兽凄厉咆哮声,就足以让人心胆俱寒!

不过,来都来了,这时候想打退堂鼓,完全不可能。

好在苏渐也是一身胆气,虽是现在这班上入学最晚的,却是头几个冲进泪原之人。

在苏渐前面的,也只有雷冰梵、洛雪穹,还有一个叫亚飒的灰黑头发少年。

有些胆小的唐求这时候表现也不错,几乎和苏渐差不多同时踏入泪原。这胖子边走还一边不停地号叫:

"苏渐苏渐,你慢点拖啊,我自己走还不行吗?袖子都快被你拉断啦!"

把死活赖在后面的胖子拖进来后,苏渐也就和他分开了。按照考核规定,大家进入泪原后必须分开,各人都得靠自己的实力杀死妖兽,不得成群结队地合伙猎取火晶。

进入泪原后,苏渐就依托地形,隐藏自己的同时观察环境。

只是,他在一心一意地专注寻找合适的火系灵兽,却不知在身后的灌木缝隙里,有一双阴冷的眼睛正死死盯着他。

渐渐地,苏渐进入泪原的深处。

这里林木更密,地形更复杂。最重要的是,这一路东向,离对面的兽龙国边境也越来越近。

不过苏渐并不太害怕,因为据他在玄武卫中的情报,兽龙族士兵在这里出没的频率并不算太高。更何况和那一帮没经历过真正实战的学生相比，他在荒野中求生的经验更加丰富。

随着深入泪原，很快对面一蓬荆棘丛中，一抹鲜艳的红色吸引了苏渐的注意。

虽然这里的荆棘本身就是红褐色，但显然缝隙间露出的红色要鲜明得多。

"走运了！"苏渐多看了几眼后欣喜若狂，"竟然是'火晶红狐'！我这运气太好了！"

他的运气确实不错，听"火晶红狐"这名字，就知道这种灵兽存在的最大意义，就是出产火系的晶核。

按捺住喜悦，苏渐立即观察地形，开始弓着身子朝旁边运动，借助地形绕了一个大圈，悄悄地向火晶红狐隐藏的荆棘丛逼近。

"近了，近了……"

看着那抹鲜红越来越近，苏渐心中也越来越紧张。

越接近他就越注意屏住自己的呼吸，每往前挪一步，他都要低头看一下地上，会不会绊到什么藤蔓和土石。

正因他这样出奇的小心，直到离那丛荆棘不到三四尺距离时，生性机警狡猾的火晶红狐也还是没有注意到他。

此刻这只火晶红狐，还在专心地伸爪去够面前一串红彤彤的荆棘果。

显然它十分爱惜自己的爪子，小心翼翼地避开了那些尖锐的荆棘刺。

"终于能开张了！"当挪到还有不到三尺的距离时，苏渐就知道大局已定。

三尺，正是他现在飞火术功力，能够有效杀伤这只火晶红狐的距离。

"火晶核，等着我！"心情轻松之下，苏渐指尖渐渐凝聚火灵之力，准备全力打出一道飞火术，将这火晶红狐杀死。

谁知道，就在这时，静谧无比的泪原丛林里，忽然传来一阵沉重的脚步，还有林木折断的声音！

这声响如此巨大，明显声源就在附近。苏渐本能地一回头，等再回头看眼前这蓬荆棘丛时，恰看见火晶红狐与自己四目相对，然后飞快地转身逃走。

"是谁?!"苏渐第一反应,就是有什么人在附近捣乱。

但很快他就觉得不对:"怎么这脚步声这么大?什么人往这边靠近会折断一路上的林木?啊——"

少年惊恐得张大了嘴巴,心中立即浮现一个可怕的词:"兽龙族士兵!"

苏渐立刻扭头看去,只见附近那些灌木小树忽地分开,身形巨大的兽龙族士兵,正提着一把锈迹斑斑的巨大铁斧,用凶狠无比的目光看向自己!

"兽龙徘徊者!"苏渐立即从兽龙族士兵的头型还有盔甲兵器,看出了他的身份。

兽龙徘徊者,在兽龙族中算是比较低等的龙族,因此还保持着蜥蜴一样的巨大三角形龙头,身后也拖着一条长长的尾巴,上面覆盖着坚硬的黑色鳞片。

他们身上披的黑铁盔甲、手中使的镔铁巨斧,全都锈迹斑斑,是因为常年在争夺中的边境领土上漫游,猎杀落单的人族。

从这一点来说,兽龙徘徊者虽然属于低等兽龙,头脑简单,四肢发达,但实战经验十分丰富,并且因为常年孤独地猎杀人类,性情也变得极端嗜血。

"啊呀!是兽龙徘徊者!"苏渐立即惊呼哀叹,"怎么今年净走霉运?居然让我碰到兽龙徘徊者!"

不过苏渐的心中很快升起一片疑云:"不对啊,刚才我如此小心,来路上都是一步三看,怎么没看出有兽龙徘徊者在附近啊?"

也不怪苏渐生疑;别说他这一路小心谨慎得很,就说那兽龙徘徊者,因为是低等兽龙,智力低下,按道理根本不可能在附近隐藏,还能掐准这样的时机攻过来。

心中这个念头一起,苏渐再想起兽龙徘徊者出现前的那一阵子动静,明显就像是一路掀林折木,临时赶过来的。

"难道,他是被什么人引过来的?"苏渐忽然想到这种可能。

不过这时候已经来不及细想了,因为兽龙徘徊者那把巨斧已经带着风声,当头砍过来了!

虽然兽龙徘徊者的斧头因为常年得不到养护,根本不再锋利,但就那小门板一样的硕大斧面,要敲开苏渐的脑袋,还不是以石击卵一样容易。

"哎呀!"苏渐就地一滚,堪堪躲过劈来的斧刃。

只是还来不及喘息,只听又是一道劲风破空之声,苏渐飞快地转脸一瞥,发现那兽龙徘徊者已经将巨斧脱手飞出,朝自己躺卧之地飞来。

如此紧急之时,苏渐也顾不得旁边就是那个多刺的荆棘丛了,再次用力一滚,避开了飞落的巨斧,但是手臂肋间转眼就被荆棘刺得鲜血淋漓。

而让苏渐没想到的是,看起来笨重锈蚀的巨斧,竟然还有一条细细的精钢链子连着,末端握在兽龙徘徊者手中。

所以,兽龙徘徊者很快又收回了巨斧,再次发力扔来!

"这架没法打!"苏渐不再有任何幻想。他毫不迟疑地跳起身,转身就朝来路逃跑。

刚才一路过来,苏渐特别留意地形,现在这一点珍贵无比的经验,让苏渐能够在复杂的地形里左蹿右跳,尽量快捷地逃跑。

大约跑出了二十来步,苏渐觉得应该暂时摆脱那兽龙族了,没想到回头一看,那身材有他一人半高的兽龙族士兵,正甩开双腿,拖着龙尾,竟然动作十分敏捷,死死地追在后面不远!

"罢了!"他也是杀伐果断,立即伸手掏向怀中,心想道,"这几张新创的晶符,想着这一回用来保命,没想到这么快就用上了。"

虽然有些遗憾,但他毫不迟疑,立即掏出三张晶符,一边奔逃,一边趁兽龙族士兵不注意时,悄悄地抛落在一处丛林角落里。

丛林中的光线不太好,苏渐这小动作,并没有引起兽龙族士兵的注意。

这个凶猛的异族追击者,双眼赤红,瞪着前面蹦蹦跳跳的人族,也十分气恼,心想道:"这些叫作'人'的可恶虫子,力量孱弱无比,腿脚倒是出奇地灵活。想来自己在兽龙国中腿脚也算一等一的快,却一时竟是追这人不上。"

心中恼恨,转过这些念头,倒反而让这位兽龙徘徊者有些分神。等他气恨恨地想完这事儿，一抬头，竟是发现已经看不到苏渐的身影。

这一下他倒有点着忙，不过好在苏渐也来不及跑远，还在附近的丛林中弄出不小的声响。

于是这恼怒的兽龙族士兵，也是拼了全力，迈开粗壮的大长腿，发狠地朝声音响起的方向猛追。

追了一会儿，兽龙徘徊者忽然觉得有些不对。

"咦，怎么这地方有点眼熟？算了，兜圈子就兜圈子。"头脑简单的兽龙族士兵，这时候的思路却很清晰，"我只要紧紧跟着他弄出的声响追，不就肯定能追上吗？"

想得很好，但不幸的是，他好像一思考，就会走神；等他打定主意再往前看时，却发现原本还算清晰的声响，竟然变得有些含糊。

当他好不容易确定了一个方向，却正巧有一阵风吹来，弄得满林子树叶沙沙作响，又把刚才相对清晰的声音给掩盖下去。

不过兽龙族士兵把刚才的位置记得很牢："应该是那边没错！"

正当他抬起脚，想往那边迈步时，却听到身后相反的方向，蓦地传来一声不同寻常的响动，转而便是一声惨叫："哎呀！扎到脚了！"

"什么？"兽龙徘徊者霍然转身，简直不敢相信自己的耳朵，"什么脑子？比我还笨？竟然叫出声来了！"

这声呼痛声，也太出乎他的意外，正在琢磨是不是自己的错觉时，便听到那边又是传来一声叫唤："怎么这么不小心！"

虽然不太熟悉人族语，但这位兽龙族士兵有种奇怪的直觉，觉得这几声叫唤，就是自己刚才追逐的少年发出来的。

他不再犹豫，立即换了方向朝发声处跑去。

这次他也使了个心眼，估摸着就快接近那个位置时，立即轻手轻脚，尽量不碰到林木，不发出声音。

当判断就快到那个位置时，他用力一跳，猛地拔地而起，顿时如一块沉重的巨石一样，凌空朝那个目标地点当头砸下！

转瞬之间，就在兽龙族士兵硕大身躯落地的一刹那，那地方猛然传出一阵凄厉的惨叫声！

不过这惨叫声，却是这位兽龙徘徊者发出的！

原来，兽龙徘徊者这拼尽全力的一扑，竟然扑了个空！

十拿九稳那儿有人，等他扑下去时，却发现眼前地上只有一蓬尖锐的荆棘，不要说人影，连个鬼影都没有！

发现这一点，等他想要收回身形时，却完全来不及了。

兽龙徘徊者尽管皮糙肉厚，裸露的颈部和尾巴上还覆盖着坚硬的龙鳞，但如此毫无防备下，还是被荆棘刺扎得嗷嗷乱叫！

其实，兽龙徘徊者绝对确认自己扑下的地点，就是那发声之处；并且刚才往这边潜近时，还听到那里窸窸窣窣的声音。谁能想到，用尽全力、丝毫不留后劲的这一扑，却硬生生扑在一片尖锐的荆棘丛上，连个人影都没见着！

"咋会这样？"皮肉鲜血直流的兽龙徘徊者，看着空无一人的荆棘丛，目瞪口呆。

兽龙徘徊者却不知道，刚才苏渐在这里扔下三张晶符。

这三张晶符，并不是传统的战斗类晶符，全都是苏渐最近琢磨自创的。其中一张是延时，一张能自燃，还有一张就是曾用来跟洛雪穹搭讪的歌唱发声晶符。

以兽龙徘徊者的头脑，自然不知道苏渐的巧思。少年先将一张延时晶符叠加在自燃晶符上，等他逃开后，延时晶符发动，触发了自燃晶符。自燃晶符焚化后，发散特别的灵力，又炼化了那张发声晶符。

这张发声晶符，临出发前制作，却不是吟唱什么歌曲了，而是录制苏渐特别编造的台词：

"哎呀！扎到脚了！"

"怎么这么不小心！"

这些台词，自然就是苏渐根据预先了解的泪原地理特点，为逃命特别编造的。

这样另类的晶符，在高敞那些人眼里，自然是旁门左道；但没想到，在这没有同伴的丛林冒险中，苏渐还真利用它们引开了凶猛的兽龙。

"倒霉，这到底是怎么回事？"兽龙徘徊者看着身上血淋淋的口子，暴跳如雷。

不过这现场中，愤怒无比的，却不止他一个。

就在兽龙身后大约三四丈远的灌木丛里，一双眼睛正充满怨毒地看着这一切。

如果苏渐现在还在附近，看到此人，定会大吃一惊：

怎么刁正会在这里？

原来，这次泪原之行，决意要对苏渐不利的高敞，并未自己出手，而是指使那个言听计从的刁正动手。

先前苏渐的怀疑完全正确，本来隐藏得很好的身形却能引来兽龙徘徊者，完全拜刁正所赐。

虽然刁正甘愿当高敞的走狗，但毕竟本身家里也有些来头，因此竟然和高敞不谋而合，都采用了借刀杀人的招数。

但让刁正万万没想到的是，自己费尽千辛万苦，冒着生命危险好不容易引来兽龙徘徊者，竟然被苏渐耍了个小花招就给逃脱了。

"怎么会这样？"看着在原地打转的愤怒兽龙，刁正在心中狂喊，"可恶的贱民！真是不要脸之极，竟用这样的旁门左道逃跑，简直丢尽灵鹫学院的脸！"

这位刁正仁兄，真是"严于律人、宽于律己"，他就没想到，自己受人指使，陷害杀死学弟，就没丢灵鹫学院的脸？

当然，从他的角度也很好理解：出身优渥的他，根本就没把苏渐这样的贱民当成人啊！

"怎么办？"眼见自己的毒计落空，刁正一时也有些发呆。

在这空档，那兽龙徘徊者也就慢慢离开。

"难道追上去，再次逗引兽龙去攻击苏渐？"看着兽龙消失的背影，刁正心中想道。

"不行！"他立即否定了这个方案，"太危险了。可一而不可再，如果再逗弄这个兽龙徘徊者，恐怕今天永远留在泪原的，不是苏渐，会是我。"

"好！"刁正终于下定决心，"也不费这个神。苏渐这贱民武技应是极差，最多仗着身手灵活，还有一把好剑；若我来对付他，杀死他有八成的把握。好，就这么办！"

心中打定主意，刁正目露凶光，低伏身形，开始在泪原丛林中静静地潜行。

没用太久，刁正就在一片草木低矮的荒滩上，发现了苏渐。

"迅火斩！"突袭之时，刁正不用蓄势耗时更长的紫焰轮，而是直接凝聚火灵之力，朝着苏渐打出一道迅火斩。

这样的袭击，非常突然，苏渐却立即一个灵巧的原地腾身，躲过了刁正志在必得的一击。

"果然是你！"躲过攻击的苏渐，回身冷冷地看着刁正。

"你猜得到是我？"见苏渐竟然没逃，刁正心中暗喜。他的心情不由自主地放松，决定在少年死之前，多说两句也无妨。

"我没猜到是你。"只见苏渐仗剑而立，平静说道，"但我知道，一定是有人逗引了那兽龙族士兵前来。"

"正是你刁爷杰作！"刁正怪笑道，"嘿嘿，就是没想到你这厮有点小聪明，竟然一时逃过了。"

"不过，"刁正瞪着少年，恶狠狠道，"这一次，你是逃不了了！"

"谁说我要逃？"没想到苏渐竟是翻了个白眼，一副不屑的样子，骂道，"狗贼，看来你不知道，我此行之前，是跟我班第一剑术高手雷冰梵，学过几招剑术的。今日我就要你倒在我利剑之下！"

"哈哈哈！"刁正好像听到一个天大的笑话，仰天狂笑，一时竟是停不下来。

"你、你是说，想用临时学的剑招来打败我？"刁正笑得上气不接下气，"好、好、好好好！那我就等你，放马过来！"

"这可是你说的！"苏渐也是大喝一声，唰的一声将血歌剑横在胸前，似乎马上就要做一个起剑式。

刁正对双方实力，有着准确认识，见此情形，便毫不在意，好整以暇地等待少年挥剑过来。

只是，接下来的这一幕，却出乎刁正的所有预料：

郑重亮剑的苏渐在下一刻竟然毫不犹豫地转身就跑！那落荒而逃的

姿势行云流水,将一次无比突兀的逃跑演绎得流畅无比。

就算刁正是个浑人,也被苏渐毫无节操的转变给惊呆了!

于是他愣了好一会儿,直到苏渐已经逃入前面那片深草,就快踏入更前面的茂密丛林时,才真正反应过来。

"哇呀!混蛋!"刁正气得暴跳如雷,再次发挥了严于律人的品行,"你怎么能这么不要脸?到底还是不是灵鹫学院的学生?"

带着对苏渐节操的无比震惊,刁正开始愤怒地追击。

"怎么回事?人呢?"当奔入那片丛林中,刁正再次在心中狂叫,"这小子难道属兔子的?怎么跑得这么快!"

刁正虽然品行恶劣无比,却是实实在在的高手。他的本事,可不仅仅是火灵法术这么简单;很快,他就利用刁家的祖传追踪之术,重新发现了苏渐逃跑的痕迹和路线。

"嘿嘿!知道你在前面就好。"刁正心中冷笑,"小子,刚才被你骗了,等会儿追上你时,二话不说,直接宰掉!"

刁正心中转着这样凶狠的念头,而前面那苏渐很配合地在林木间露出了行迹。

"嘿嘿,这下看你往哪儿逃!"刁正立即足下发力,全速朝那边奔去。

只是有点奇怪,当他跑近那里,却只看到一蓬荆棘丛,并没有看到苏渐的身影。

"奇怪,刚才还在这里。哪儿去了?"

刁正抬头往前面一望,正看到不远处的一棵大树后面,苏渐那青色的劲装衣摆,就在树后若隐若现。

"哈哈,真是蠢货!"刁正心中得意地咒骂,"还以为自己藏住了?可惜你家刁爷爷眼尖,看到了。好小子,等我慢慢过去,看到时候怎么让你烈焰焚身,生不如死!"

他心中转着这歹毒无比的念头,却冷不防身边的荆棘丛中,竟忽然传出一个响亮的声音:

"哎呀!扎到脚了!"

"怎么这么不小心!"

"咦?"刁正一愣,"怎么这话这么熟悉……哎呀不好!"

刁正感觉到旁边丛林中一阵响动,顿时好像想到什么,霎时间一个激灵,就要迈腿往旁边跑——

可惜已经晚了,就在他准备逃窜的同时,一个巨大的黑影凌空而来,犹如泰山压顶一般,将他轰然砸倒在地。

"我、我……"被兽龙徘徊者巨大的身躯压在身底,刁正的胸膛瞬间被压扁,连这本能的惊呼也变得极为微弱不连贯。

这时候,已经被兽龙压得变形的脸庞,正巧被挤得往旁边一偏,便看到苏渐从大树后轻轻巧巧地闪了出来。

"你、你……"刁正有心提醒身体上方的兽龙,告诉他真正的捣蛋鬼在那里。

可惜他七歪八斜的嘴里,只能连续地吐出血沫,很快就说不出任何音节。

对这个甘当走狗害人的权贵子弟,林荫中那少年冷酷的笑容,成了他在这个世上看到的最后一个场景。

无边的黑暗,开始永恒地笼罩刁正。就在这可怕的、痛苦无比的过程中,神智涣散的刁正,还听到兽龙徘徊者愤怒的咒骂声:

"无耻卑微的人类,还敢玩你兽龙大爷两回?嗓音浮夸刺耳就不说了,就连伪装的话一个字也不变。真把你兽龙大爷当傻子?"

说到生气处,本就十分沉重的兽龙徘徊者,使劲儿往下一压,顿时那刁正就被压进了荆棘丛,压进了泥土里。

转眼间,刁正肝肠寸断,肝脑涂地,血流了一地。

见此惨状,在远处冷冷观看的苏渐,摇了摇头:"兽龙大爷,你确实冤枉他了。实情是,我偷了个懒,录了两张台词一模一样的发声晶符。"

见恶贼刁正终于伏诛,苏渐心下也松了一口气。正要转身离开,冷不防旁边竟是有人突然按了一下他肩膀:"小心! 再等会儿。"

苏渐一听,也来不及看是谁,目光往兽龙徘徊者的方向一看,却见杀死刁正的兽龙族士兵,正站起身,四下张望,目光警惕地四下搜寻。

一见如此,苏渐连忙伏低身形,小心隐藏自己。

　　等隐藏好,苏渐转脸一看,却发现刚才提醒自己之人,正是先前进泪原时,跑在他们前面的亚飒。

　　此刻这少年,正看着自己,示意他小心。

　　好心示警的亚飒,今年不过十五六岁年纪。他双眸如同水晶,呈现一种奇异的栗色;一头的长发也同样呈现另类的灰栗色,向两边柔柔地分出两绺,如细柳般舒展,垂在浅青色的胸襟上。

　　亚飒的面容有些苍白,五官秀气,身形瘦长,加上内敛的眼神和始终低垂的细长双眉,整个人都显得有几分阴柔之气。

　　见是他示警,苏渐报以一个感激的眼神,亚飒轻轻地摇头回应,示意不用客气。

　　又潜伏了一会儿,那兽龙徘徊者终于提着巨斧骂骂咧咧地走了。

　　危险消除,苏渐站起来,终于能从容地跟亚飒感谢:"亚飒,刚才多谢你了。"

　　"不用客气。"亚飒摇了摇手。他的音色虽然清亮,但语气却颇为低沉,还带着一丝轻微的暗哑。

　　"没想到啊,"看着亚飒,苏渐组织了下措辞,说道,"没想到兽龙徘徊者,竟在这里出现。唉,刁正他……也是太不幸了。"

　　"没关系。"亚飒摇了摇头道,"苏兄不用掩饰,刚才的情况,我已经全部看见。"

　　"哦?"苏渐眉毛一跳,看着亚飒苍白的面容,心中瞬间转过了无数念头。

　　"苏兄不必紧张。"看着他这样,亚飒淡淡一笑,"此事前因后果,我都知晓。刁正身死,实乃恶有恶报,罪有应得。"

　　"当然。"见他挑明,苏渐也大大方方笑道,"刁正这厮意图谋害我,我只是以牙还牙。只是很可惜,还以为我做得隐秘呢,却还是都被你瞧见了。"

　　"是哦。"亚飒点点头,"下次如果还要做这样的事,一定要更加小心,至少查清周围有没有闲人。"

　　"这……"苏渐看着亚飒认真的神色,有些诧异,良久才笑了一声,

"哈,原来亚飒也是快意恩仇之人。"

"快意恩仇,这四字我亚飒绝不敢当。"亚飒的神色竟忽然变得有些黯然。

"不过,苏兄也很是了不起呢,"亚飒看着玄衣劲装的少年,振作道,"我也没想到,你拿来勾引洛同学的无聊晶符,运用得当后,竟然有杀人于无形的效果。"

"咳咳!"苏渐像被忽然呛了一下,神色立即变得肃然无比,"亚飒兄此言差矣,什么叫'勾引'? 我其实是在执行公务好不好……"这话说出来连他自己也不信,只好苦笑着转移话题道,"你已经得了几颗火晶?"

"才一颗。"亚飒黯然说道。

"不错啊!"苏渐叫起来,"我到现在一颗还没弄到。那我们不多说了,分头各自去猎取火晶吧!"

"好!"神气阴柔的亚飒,提到这件事,却变得出奇兴奋。

他一把抓住苏渐的手道:"苏渐兄,也要努力啊! 这次我一定要多猎火晶,争取好成绩!"

"当然! 祝亚飒兄好运。"说着话,苏渐便和亚飒分开了。

和亚飒分开后,在丛林中小心潜行的这一路上,苏渐想起刚才亚飒前前后后的表现,忽然间觉得有关他的那个传闻,恐怕还的确是真的。

第八章

魅 影 追 踪

原来，苏渐从胖子唐求那里听说了，这亚飒竟是人龙混血！

亚飒的家乡，是南边云山国更南的神木国，那里正是许多人龙混血者的栖居地。

按理说人龙二族势同水火，不是你死就是我活，怎么会有通婚的可能？但如果换一个角度，就会发现这事情很正常：

哪一次大型的种族战争之后，不会有这样不可言说却必然发生的悲伤后果？那些常见的战争罪行里，有一项就是失控的战士强暴敌方的妇女。

就算不是这样的原因，这世上感情是最复杂、最难黑白分明的事。就算双方种族杀得眼红，却还是挡不住有少数人，明知不可为而为地和敌方异性热恋上。

虽然不知道亚飒是哪一种产物，但据唐求言之凿凿地说，亚飒就是神木国中隐秘存在的人龙混血者后代。

其实，光看亚飒那灰栗色的另类发色，就知道他很可能并非纯正的人族血裔。

苏渐之所以想到这个，是因为他刚才惊诧于神色低沉的亚飒，提到争取好成绩时，栗色眸子中忽然爆发出的那种兴奋之色。

苏渐想到，也只有人龙混血这种遭人歧视的血统，才能让这位性格阴柔的同学，对好成绩如此渴望。因为这样一来，就可能取得院方和同学对他这混血者的尊重吧。

想到这一点，苏渐的心中，对亚飒也颇为同情。

"也许，"他心想道，"我的遭遇，还不是最惨的那一种吧。"

消除了刁正这个潜在的危险，苏渐接下来终于能够专心地去猎取火晶。

因为利剑在手，又有血瞳心眼这样的秘技在身，苏渐发现，要猎杀那些比较低等的火系灵兽，并不太困难。

比如先前那种火晶红狐，算是比较狡猾难得的妖兽，但在他剑与术综合利用后，竟然连续猎得两只，也得了两颗戊等的火灵晶核。

第三只盯上的妖兽，是一只火尾豪猪。按理说，火尾豪猪背上满是红黑相间的尖刺，对需要接触的血瞳心眼而言，实在不适合。

但是按苏渐的想法，也只有火尾豪猪这样自恃身上尖刺，喜欢冲撞敌人的妖兽，才能让这个阶段武力并不强的自己，轻易地运用血瞳心眼。

苏渐的判断，十分明智。

正因为接触得容易，他这第三只猎得的火尾豪猪，竟然是个中等的妖兽！这相当于，苏渐靠着血瞳心眼越级猎到一个高级妖兽！

故而，当他剖开火尾豪猪的肋骨，发现竟是颗丙等的火晶，比刚才火晶红狐的晶核高了两级！

"这下发了！"苏渐喜出望外，想也不想就将豪猪火晶藏到了背囊的最深处。

当然，得到这颗中级的火晶，也并不是没有代价。刚才他为了闪避豪猪冲撞过来的背上尖刺，往旁边跳的幅度有点过大，结果豪猪的刺是避过了，却一不留神撞在荆棘丛上，大腿上被扎了好几根荆棘刺，十分疼痛。

从豪猪身上得手之后，苏渐又兴冲冲去专找火尾豪猪。只是接下来运气不太好，很长时间内只找到一只，并且得手后剖取的晶核并非丙等，而只是比最差戊等略好的丁等。

看来，妖兽体内的晶核等级，并不完全决定于妖兽的级别，还和成长年限、活动区域、身体状况有关。

这次泪原的中期考核，共计四天，但掐去头尾两天赶路的时间，真正能用于猎取火灵妖兽的时间，也就一两天。

所以，苏渐并不敢怠慢，在这两天里，几乎把全部时间都用在泪原丛林中的追逐猎杀。

到了第三天中午，苏渐利用自己秘密的血瞳心眼，竟然猎取到七枚晶核，大大超过了学院规定的最高"卓异"五颗标准！

苏渐有这成绩，也不能说学院规定的成绩标准过于宽松；标准都是根据历年的考察结果制定的。

苏渐能有这样好的成绩，也实在是他那个血瞳心眼的秘术，特别适合完成这样的考题。

这一点，在他接下来与亚飒的偶然碰面中，也能得到印证。

这一天下午，苏渐来到泪原边缘那片广袤的荒草平原上。

此时天色已经不早，红日西斜，将苏渐本就挺拔修长的身影，长长地映在荒草上。

"咦？那位是……"正站在泪原边发呆，想着是不是就此离开，苏渐便看到远远的有个人影，正从灌木丛林中慢慢出来。

等他又走近些，苏渐发现此人正是亚飒。

"亚飒兄，这里这里！"苏渐使劲向他摇手呼喊。

"是苏兄？"亚飒看见他，也偏转了方向，向他这边走来。

到了近前，苏渐打量了他两眼，有些诧异地问道："亚飒，怎么垂头丧气的？怎么，弄到的晶核不多吗？"

"何止不多，"亚飒苦笑着摇头，满脸沮丧道，"其实到现在，总共才弄得两颗。"

"这么少?!"苏渐脱口叫道。

"咦？"亚飒却惊讶地看着他，"怎么苏兄，虽然对此成绩我很不满意，但坦率说，能在这泪原中猎获两颗妖兽晶核，也不能算少了吧？"

"啊？"苏渐闻言有些讶异，心想道，"原来泪原的行情这么不好？怪我没经验了。"

"倒是苏兄，"亚飒彬彬有礼道，"你猎得几颗啊？我是说，其实就算一颗也没猎到，对你这样的新手来说，也算正常了。如果真是如此，我可以分一颗给你。"

亚飒真诚地看着苏渐，神色毫不作伪。

其实，亚飒并非一向如此外向和大方；但不知怎么的，深受世人歧视的少年，看到同样身份卑微的苏渐，莫名地有种同病相怜感。

并且，他觉得这位黑衣少年的身上，有种让他十分舒服的熟悉气息。

当然以他此刻的能力，并不能看出苏渐龙血者的血脉，但因为自身是人龙混血，因此亚飒对苏渐的龙血气息，自然而然地感觉到亲近。

不过，亚飒按"常理"对苏渐火晶收获的猜测，却完全错了。

这点错误的估计，让他接下来吃了好大一个惊吓！

"其实……"只见苏渐神色忸怩，显得有些不好意思地说道，"我猎得七颗。如果不是听你说，我真要以为这考题，就该是这么简单呢。"

"什么?!"亚飒好像完全没听到苏渐后面那些话，呆呆地看着他，"我、我没听错吧？你是说七颗?! 罢了罢了，还是我听错了，七颗怎么可能，是一颗吧……"

"亚飒，你真的没听错。"这时的苏渐，一脸歉意，挠着头，好像做了什么错事一样。

"真、真的是……七、七颗?"这时候亚飒忽然好像变得不会说话了。

"真的是七颗。"苏渐对他并不隐瞒，"我共杀死十只妖兽，其中七只有火晶。有火晶的分别是两只火晶红狐、三只火尾豪猪、一只火云貂、一只焰爪狸猫。"

"焰、焰爪狸猫……"听到这样迅疾凶猛的妖兽，亚飒呆了一下。

"难道还不信我吗？"苏渐见他"不动声色"的样子，也急了，掏出那七颗亮灿灿的火晶，摊在并举张开的手掌中，展示给亚飒看。

其实，这源自仙穹星海晶河的晶核，并不常见。苏渐这七颗清一色的火灵晶核，堆叠在一起放在手中，真叫霞光万道，如喷红焰。那火焰一样的红色浓密而晶莹，简直称得上壮丽！

就在亚飒见状更加震惊之际，却见苏渐从中挑了三颗，递向他："喏，亚飒，这三颗给你，凑个'卓越'，算是我送给你的见面礼。"

"这、这……"亚飒刚开始有些没反应过来，不过很快就清醒过来，连连推辞，"苏渐，这我怎么能要？"

不仅推辞，这位颇善计谋的灰发少年，还把握十足地推测着苏渐的用意："没错，苏渐，你做得很对，我刚才看见你用计对付刁正，现在用这个来堵我的嘴，这么做也算十分明智。但真的，没必要。也许你听说了，我这人习惯想得多，但不等于胸怀小。你且收回去。"

"哈哈！"苏渐听了大笑道，"亚飒，你这次确实想多了。我赠你此物，确实只作为见面礼——好吧好吧，我知道这么说你肯定不信。"苏渐看着亚飒的神情，苦笑道。

"那当然。"气质阴柔的亚飒，也笑了起来，"苏渐，我这人没什么其他可自夸的，不过这点小聪明，却是从来不甘人后的。"

"好吧，那我就告诉你真正的原因。"苏渐看着亚飒，神色忽然变得有些严肃，"亚飒，别忘了，我还有个玄武锡徽卫的身份。我是公职人员，为完成公务，还是低调点好。这样卓异的风头，我可不想出。"

"说到这个，其实剩下的四颗火晶，我也只准备交两颗；那两颗丙等的，我准备自行炼化，还是闷头提升自己实力为好。"

"原来如此！"亚飒听了，恍然大悟地轻轻一击掌，"原来苏兄只是不想出风头。"

"也不完全是。"漫天的夕霞里，少年披着满身的红光，双眸中充满真诚地看着亚飒，"其实，刚才说的原因，都不重要。刚才你自己只有两颗火晶，还担心我空手，想从里面分我一个，就冲这，就完全值得我帮你这一把！"

"……"夕阳里，荒原上，灰发栗眸的阴柔少年一时沉默。

又过了片刻，他忽然笑了起来，将手伸出来，一边拿过那三颗火晶，一边明快地笑道："谢谢你，苏渐。我，亚飒，神木国人氏，很高兴结识你。"

"我也是。"苏渐递过了三颗晶核，又跟亚飒一击掌，算是结下了这段友谊。

其时，漫天红霞，将红褐基调的泪原，染得如同整座原野都在发着红彤彤的光。

胸中为友情感动着的两个少年，长身而立，都在红色霞光中暗暗发誓,要把这段难得的真诚友情,在这一生永远地延续下去。

只是,许多年后,当苏渐再努力回忆起这段经历,回忆起自己和震动整个大陆的亚飒王第一次会面的细节,却发现,自己只记得那一晚如血的残阳,只记得那个被漫天霞光渲染得如同到处在流血的世界……

当夕阳西下,最后一抹余晖从天空消失,整个泪原又陷入了无边的黑暗,恢复它应有的凄清和悲凉。

踏上归途之前,苏渐毫不犹豫地把那两颗丙等的火晶炼化掉。

佳品晶核的难得和宝贵,立即在苏渐炼化后体现。

现在如同一张白纸的少年,在运功炼化了这两颗火光艳艳的晶核后,立即提升武学境界至第一重。

对发誓提升实力的苏渐来说,武学境界提升的最直观意义是:

他的元神、筋脉更强大,他炼化的晶气更纯净,从而战斗中爆发出的能量更威猛、更强大!

苏渐的泪原之行,满载而归。但他高兴了,那个幕后黑手高敞,就十分不开心了。

当高敞听到刁正被兽龙徘徊者杀死的消息后,十分惊诧。以他现在的认知,自然想不到刁正竟是因苏渐而死。

"怎么搞的?"听到消息后的高敞又惊又恼,"这刁正果然是个窝囊废,交代这么点小事都做不好,也活该被龙族杀死。"

转念又一想,高敞有点郁闷:"唉,可惜了。这死鬼窝囊是窝囊,可也是一个高手,就这么死了,我以后可少了个好打手。好哇,好你个苏渐!真该死!"

在苏渐一无所知的情况下,高敞对他的仇恨再次加深了。

这个高敞,自己的追随者被杀,竟毫无哀悼之意,反而还在心中责怪其办事不力、该死,只是可惜自己从此少了一个打手。从这点看,这位高衙内的品行,实在是恶劣得出奇,如果用武学境界反过来去套,那一定能到神圣以上的境界啊。

但苏渐这时候,对高敞的怨毒还没有完全的认识。武学境界提升后,他开始痴迷于武技和法术的修习。

因为炼化了两颗火系晶元,因此在金、木、水、火、土、风、雷、光、幻、冥十系中,他开始着重发展火系战技。

很自然,星流术是此刻所有神州人梦寐以求的"高档战技",所以苏渐特别关注火系星流术教习秦玉的课。

上了秦教习的有关课程后,苏渐发现,这秦玉不仅气质儒雅,讲课也通俗易懂,乃是一等一的好老师。

当然,这次泪原的年中考核,苏渐拿出两颗火晶的结果,也出乎了许多人的意料。

"什么?苏渐你居然拿得出两颗?竟然及格了?恭喜恭喜,请客请客!"这是对苏渐友善的如唐求等人的反应。

"没搞错吧?!那个黑衣卫走狗,才入学没几天,竟然也能混个及格?作弊了吧!"这是诸如高敞之流对苏渐的本能反应。

而和少年有"一笑之缘"的洛雪穹,看到他竟掏出两颗这个"巨额"数量时,也是一愣,讶异地想道:"咦?此人自是无赖,也没什么功夫,短短几月的入学时间,没想到竟通过考核了。"

所有人中,只有两个人的反应比较另类。

"哼,"这是冷傲的雷冰梵,"才两颗?一个字,弱!两天这么长时间,才得到这个结果,真是亏了那把血歌好剑!"

"你们……都看错他了。"这是亚飒。

看着众人的反应,心思细密的少年心中暗想:"你们啊,空有那么好的出身和见识,却在这个人身上,看走了眼。若是我亚飒没看错,这苏渐今后在大陆上搅动的风雨,恐怕将出乎你们所有人的意料!"

阴柔的少年,这时却还不知道,他将来在神州大地上搅起的风雨,可一点也不小。

对这些评价,苏渐毫无所觉。对一个心中有坚定信念和目标的人来说,其他人的任何评价,都不会产生太多影响。

于是,在这些议论还没有平息的时候,苏渐已经拿着一张新制成的晶符,坚定不移、旁若无人地又去找洛雪穹了。

原来所谓"阎王好过,小鬼难缠",苏渐课余回去当值时,盖英卫只要看见他,就冷言冷语,问他打听到多少洛雪穹的信息。

虽然苏渐心里大骂这人好色无耻不要脸,但官大一级压死人,碰上盖英卫这样自恋的极品,他也只得把洛雪穹这事儿,优先级排到了无头失踪案、血义盟活动的前面。

所以这一天,他在学院中闲逛,恰见到洛雪穹独自一人,在灵鹫山的偏僻山路中闲行,便瞅了个空子,凑了上去。

"洛姑娘,洛姑娘!"他赶过去,跑得有些急,打招呼时有点气喘吁吁。

"嗯?"洛雪穹转过头来,见是苏渐大呼小叫,想起上回的事,不免秀眉微蹙,有些不快。

"洛姑娘,我又新制得一个发声晶符,还请洛姑娘拨冗赏鉴一下。"苏渐说着话,也不管洛雪穹同意与否,便把晶符硬塞过去。

洛雪穹见状一愣。说起来她还真的很少碰到苏渐这样硬上的,一时来不及反应。等她反应过来时,苏渐的晶符已被自己接在了手里。

当洛雪穹再想递回去,却已经晚了。苏渐似乎早就预料到这一点,已经不动声色地退后了两三步。

"真是无赖。"白衣飘飘的少女在心中暗怨一声,也只得随手一挥,带着三分无奈地炼化了晶符。

伴随洛雪穹玉指轻拈,淡黄色的晶符散成碎片,如片片落叶飘散,本来寂寥的山野清风中,便随之传来少年咿咿呀呀的吟唱:

> 雪国梅花千万朵,
> 白云乡里温柔。
> 歌声几度唱神州,
> 梦中云满树,
> 醒后月当楼。

> 正是相思春信早,
> 翠鸟啼破香愁。
> 一枝难寄雪山头,

美人鬓边戴，

应是更风流。

很显然这歌词是苏渐特地针对洛雪穹的出身准备的。

无论雪国、梅花还是雪山，都是洛雪穹家乡的风物，那歌中也都句句在诉说着远隔千山万水的乡愁。

所以苏渐觉得，这词曲定会击中洛雪穹必有的思乡之情。

这样费尽心思，苏渐只是为了保证，这寒傲似冰的冰山雪女，能够耐心地听完，耐心地跟他交谈。

不得不说，苏渐这心思，用对了地方。

仿佛永远对身外事物不屑一顾的白裳少女，竟真的一字不漏地听完。

不仅如此，当最后那一声"应是更风流"已在山风中袅袅消散，洛雪穹却还是眸光莹莹，看着远山近树默默地出神。

而这首精心准备的歌，效果还不止于此。当洛雪穹有些醒过神来时，竟是主动问了苏渐一句："此晶符，与上回有何不同？"

虽然这句话，音调依旧森冷，但苏渐却好像如沐三春的暖阳。

"有何不同……难道洛姑娘没听出来吗？"苏渐看着她，尽量勾着少女说话。

洛雪穹闻言，略一沉吟，便问道："莫非是改进了制法，这歌唱晶符，能发出的歌声时长更长？"

"这只是一方面。"苏渐带着些得意道，"洛姑娘，你难道不觉得，这一回我的唱功又进步了吗？"

"……无聊！"洛雪穹扔下一句便要转身离开。

"无聊？"苏渐却是不动声色道，"正是你口中这样的无聊晶符，却在几天前泪原试炼中，从龙族手底下救了我一命。怎么做到的，你不想听听？"

"哦？"洛雪穹还真的被他这句话勾起了兴趣。

于是，苏渐就在这幽静山路上，把泪原丛林中如何三符联动，引开兽龙徘徊者，详详细细地说了一说。

当然，至于后来怎么又用同样的手法，把恶徒刁正的性命给坑没了，这样的"小事"苏渐觉得就不用说了。

苏渐素来口才不错,泪原丛林中设符脱险的事,本身也惊心动魄,戏剧性十足。因此苏渐淋漓尽致地一说,自然绘声绘色,跌宕起伏,让洛雪穹如同亲临其境。

山道中,清风里,在少年绘声绘色地描述里,时间不知不觉地推移。

本来不假辞色的少女,这时却出奇的安静。她静静地听少年说,听了很多、很久……

听他说完了这事情,洛雪穹的心情也有些起伏。

本来她还习惯性地保持点矜持,不过至少在这一刹那,她是真心折服于苏渐的巧思。

于是,寡言少语的少女,破天荒地跟少年说了一句:"倒是也有些巧思。没想到这三张奇奇怪怪的晶符合在一处,竟能要到那凶残的兽龙。"

"多谢雪穹姑娘夸奖!"苏渐顿时兴奋道,"其实我也有些事情跟你请教。"

"什么事?"本来不惯与人多谈的少女,破天荒地准备认真回答少年的问题。

"是这样——你从哪里来?家住何方?家里有几口人?有兄弟姐妹吗?有的话有几个?父母都还健在吗?你平时业余爱好是什么?喜欢琴棋书画还是练武打架……咦,雪穹姑娘你别走啊,都还没回答我一个问题呢……"

在少年真情的挽留呼唤声中,那洛雪穹却越走越快,转眼就转过山脚,消失在茫茫的山野中。

见她远去,苏渐自然懊恼。不过洛雪穹走得好远时,也突然反应过来:"啊呀,那首词曲中,词句竟然颇有逗引之意!哼,一个不察,竟被他调戏。"

在洛雪穹后悔不及时,同样往回走的苏渐,却在心中安慰自己:"没事,这次洛雪穹跟我说的话,比上回一个'哼'可多了太多字。有进步有进步!"

"对了,说起字数,我昨晚在京华街头,请卖字先生编的这首歌词,还真划算,六十个字,才花了两文钱。嗯,日行一善,这点小钱,就算是小爷为公奉献,就不找盖英卫那厮报销了。"

铜徽卫交代的任务没落下,另一项大统领郑重嘱托的任务,苏渐自然更不会忘记。

就在"调戏"洛雪穹的第二天,苏渐忽然听到些风声,经过仔细观察后,发觉同窗中有些激进的人,举止和平时稍显不同。

这几个言论偏激的,平时苏渐就怀疑他们可能和血义盟有关,现在看出点端倪,他这晚也就不回京华城了。

日头西斜时,他就在灵鹫学院中四处闲逛,表面若无其事,内里却是打起了十二分精神,看能不能发现点确凿的证据。

说起这苏渐盯着的血义盟,乃是龙族侵攻大陆,人族大溃败后的产物。

他们的成员,本来在龙族入侵前,就是各王国的起义者。当龙族摧枯拉朽,将人类压缩到西部狭小贫瘠荒野后,这些旧世界的反对者们就联合起来,成立了"血义盟"。

和之前专业反对朝堂帝王不同,血义盟成立后,其头领们针对新情况重新拟定了宗旨,变成十六个字:"摧毁朽朝,正本清流;屠尽龙族,光复神州。"

在这样的宗旨下,血义盟采用的手法越来越无所不用其极。

有意思的是,正如道家所说的"独阳不长、孤阴不生",有血义盟这样仇恨龙族的激进组织,也就有意图跟龙族妥协的教派。

流行于各王国的地下组织"尊龙教",就走这样的妥协投降路线。尊龙教主张和龙族妥协,必要时可以投降龙族,成为他们的一个自治州府。

尊龙教一再宣称,这样做看起来没骨气、不勇敢,却是双方悬殊实力对比下,保存人种不灭绝的最务实策略。

尊龙教还声称,现在不该是争论应不应该投降龙族的问题,而是要争取投降龙之帝国后,在目前龙族中枢皇朝、上龙之国、中龙之国、下龙之国这样的尊卑架构中,为新的人类属国争取一个"有尊严"的位置。

尊龙教的主张看起来很软骨头,是赤裸裸的投降主义,但在巨龙压顶的末世,竟然也在百姓军民中造成了很大影响。

很显然,相比血义盟,在各大人类王国掌权者眼里,尊龙教这样惑乱人心的教派,更加邪恶可怕。

而和来历清晰的血义盟不同,这个尊龙教,竟似是近百年来凭空出现,往前没有丝毫可以追溯的历史渊源!

于是,对于尊龙教的来历,大家做了诸多猜测。一般人觉得,尊龙教的出现也不奇怪啊,毕竟那些恶龙太过强大,人类苟延残喘,尊龙教的出现不过是正常的懦弱人性的体现。

但有些人,从尊龙教经常使用的法术上,觉得并不这么简单。

作为被打击的邪教,尊龙教和血义盟一样,也会用暗杀之类的极端方法;不过有一点不同,尊龙教经常用一些被明令禁止的黑暗法术,特征非常像传说中被龙族镇压的恶魔国度法术。

传说中,恶魔国度的魔族天生和大陆上的生灵相反,拥有着强烈的毁灭欲望。尊龙教的一些法术,酷烈、黑暗,和传说中的魔族法术特征非常相像。

所以,有些了解尊龙教手段的人,猜测尊龙教背后是不是有着魔族的影子。毕竟魔族这么做,有着充足的动机,如果能把人龙对峙的局面搅浑,对他们肯定有好处。

不过也有些人认为,没什么好多想的,这尊龙教,就是龙族派来的,"你们都想多了!"

在苏渐的内心,在这两个官定邪教之间,其实对尊龙教更加憎恶。

他觉得,那血义盟虽然行事极端,经常制造血腥事件,但无论是暗杀官吏,还是伏击龙族,至少都是为人族将来更有尊严地存在于这个大陆。

尊龙教却完全没骨气,主张匍匐在龙族脚下,是苏渐这样的热血少年无论如何不能接受的。

所以,如果大统领派下任务,让他不是盯着血义盟,而是查探尊龙教,苏渐一定会更加高兴。

不过,这也就是想想;相比活动频繁的血义盟成员,尊龙教门徒行事却非常低调,显得很神秘,根本不是苏渐这样低级的玄武卫有资格去侦察的。

于是这一晚,他就死死盯牢了一个疑似血义盟的学生。

苏渐判断,这学生最符合血义盟成员的特征,他要从这人身上,追踪到今晚他们到底会有什么活动。

这一天晚上,果然和他判断的一样,那几个平时就被苏渐列入嫌疑名单的学生,各自假装有事。他们在偌大的灵鹫学院中兜了一圈,就不约而同地往一处僻静的训练道场而去。

"哈!"在后面跟踪的苏渐,简直欣喜欲狂,"这些乱党,难道是要集中开会?哈哈,看来我苏渐立功受赏的机会要来啦!"

碰到疑似血义盟的聚会,苏渐不敢怠慢,赶紧小心翼翼地跟踪过去。当到了那处青竹掩映的灵鹫学院练武道场,他便小心地隐藏好身形,在幽暗的角落里紧张观察。

本来他还担心是不是误判,但当室内聚会开始后,苏渐便确认,这的确是一次血义盟的秘密聚会!

刚开始时,屋里那些人还有些忌惮,说话声音比较小。但过了一阵,也不知是不是觉得没什么危险了,心情放松之下,他们说话的声音也大了起来。

苏渐很清楚地听到,有个大嗓门正响亮嚷道:"'摧毁朽朝,正本清流',我盟宗旨中这句话,本就放在'屠尽龙族'之前。这说明,现在推翻华夏皇朝才是最紧要的。"

"不不不!"屋内立即有人反驳道,"大个子,你错了! 不是放在前面就最重要,后面那句'屠尽龙族,光复神州',才是我们最重要的目的。所以我认为,应该一切行动都要围绕削弱龙族来。"

这两句清晰的对答过后,室内众人又是一阵纷乱争论,倒让苏渐听不太清了。

不过这对苏渐来说根本不重要。他已经确定了这些人是不是血义盟,接下来只要看清究竟是哪些人就行了。

现在苏渐心中已是一片狂喜。从种种迹象表明,今晚这群人中一定有个大人物,否则不会在那里争论这种上纲上线的战略问题。

"等我靠近看清楚点。"心中打着主意,苏渐便从藏身的角落里慢慢地挪出。他借着夜色的掩护,沿着院墙,挨着假山,开始往练武道场的主建筑靠近。

面对一屋子激进的血义盟成员,苏渐这一串动作极为小心,凄迷的夜色里,他那颀长的身形,变得像是一只灵巧的狸猫,绕过望风的学生,悄无声息地向目标靠近。

他的小心没有白费,这一路直到靠近聚会屋子的侧面近处,都没被人发现。

一待靠近,苏渐立即探头探脑,准备从道场角落的一处透气小窗中,往里面窥探个明白。

"待我瞧瞧,究竟是谁——"正当他心怀喜悦地准备窥视时,就在这最关键的时刻,突然从院外传来一阵急匆匆的脚步声!

突如其来的脚步声,也不算多响,但在这宁静的夜晚,特别是在心怀鬼胎的血义盟成员的耳里,却显得格外地刺耳和响亮。

霎时间,本来叽叽喳喳的讨论声消失,屋内变得死一般的沉寂。很快就有个浑厚的声音,低沉而冷静地说道:"别慌。分批快走。"

这句话犹如一声号令,顿时房中那十来个血义盟成员,从另一边的侧门鱼贯而出。

很显然这样的场合他们不是第一次应对,离开时脚步轻微,速度迅疾,转眼便井然有序地翻墙而过,消失在茫茫的夜色中。

"怎么会这样?!"看局面瞬间变成如此,煮熟的鸭子都能飞了,苏渐的心情变得极为沮丧。

"究竟是哪个混蛋坏了小爷好事?"恼羞成怒的少年在心中愤怒地呼喊。

仿佛回应他一样,院外忽传来一个学生十分友好热情的声音:"是狄教习啊!这么晚,去哪里呢?"

"原来是那个戒律老师狄子默。"苏渐苦笑一声,接下来的对话他也没心情听。他迅速溜出院外,只是刚出院墙,却见不远处的拐角旮旯里,隐藏着一个黑影。

"好小子!"苏渐反应极快,顿时想到,"莫非就是那个首脑之人?也只有他才有胆气和责任断后观察。"

不得不说,苏渐的判断极为准确。这个隐藏的黑影,正是刚才发号施令的为首之人。

就在苏渐看见他时,他也恰好看见苏渐。一愣神的工夫,这黑影反应极快,立即翻身而起,身形展动,迅速地没入夜色里。

"想跑?"苏渐冷笑一声,"既然被我瞧见,还想跑到哪儿去?"他立即拼尽所有力气,朝那黑影逃遁的方向追去。

虽然苏渐对自己的脚力很自信,可一追起来,他心里顿时没了底。连他也没想到,这世上论逃跑速度,还有比他更快的人!

只见那黑影在前面左一拐,右一拐,竟是一路都有机会甩掉苏渐。

再加上夜色浓重,刚才苏渐就没看清那人脸面,这时追起来,想追上也非常困难。

不过,追了一阵,苏渐发现了一件有意思的事:此人跑得快,并非像自己般是天赋,而应该是因为后天的武学实力极其高的缘故。

别看这只是个细节,却对苏渐缩小此人可能的范围十分有利。

毕竟经他判断,整个京华城中身法功力能赶得上此人的,竟是超不出十个。

除此以外,苏渐还发现了更重要的一点:这个武功极高之人,竟然对灵鹫学院的路并不太熟。

否则,以此人卓绝的武学身法,还能一路被他紧紧追着不丢?除了路不熟之外,实在想不出第二个理由。

察觉出这一点,苏渐冷笑一声,心想道:"今日抓你,我没这个实力;但追上近前,看清你的身形样貌,完全没问题!"

苏渐确定此人在陌生的灵鹫学院中不敢张扬,便稳稳当当地孤身紧追不舍,要吃定这份功劳独食。

正因为追得肆无忌惮,没过多久后,苏渐很显著地缩短了和此人的距离。

只是,正当他快追近时,却见此人猛地一个纵跃,竟是翻过路边一截院墙里。

"咦?"苏渐见状一愣,正要跟着跳过去,谁知偶然抬头一看,望见不远处大门上的匾额,顿时一惊:"栖霞小筑? 啊呀,他怎么进了女宿区里!"

原来这片区域,正是灵鹫学院女生的住宿区,名为"栖霞小筑"。苏渐虽然没进去过,但对这个唐求心目中的圣地,怎么会不知道?

不仅如此,他还知道,在栖霞小筑最里面,还单独辟出幽静的院落,供女教习们居住,名为"仙霞别院"。与这里相对应的,男宿区叫"云栖竹院",后面男教习住的地方叫"云鹤别院"。

如果说,这明显是男子的黑衣人,逃进了男宿区,苏渐一点都不奇怪。相反他还会顺理成章地认为,今晚聚会的首脑之人,是不是男学生或男教习。

可是,现在眼睁睁见他逃进了女宿区,苏渐就实在有些搞不懂了。

"难道他是女扮男装? 不可能。"苏渐否定了这个猜测,"他这身材姿态,如果是女人,那我这双眼真该瞎了。"

"可是,既不是女子,他怎会逃进女宿区里? 难道真是因为不知道路,还是另有隐情?"

第九章

夜 探 女 宿

　　虽然心中疑惑，苏渐接下来的行动，可丝毫没有犹豫。四下张望了一下，寻了个僻静无人的角落，脚下一用力，跳起身形，很快也灵活地翻过墙，跳进了栖霞女宿里。

　　虽然来到女宿区，苏渐可没有任何心理障碍；大功当前，他愉快地告诉自己，这是在执行公务，只要注意隐藏身形，也就可以了。

　　可能那个黑衣人也和他打着同样的主意，因此逃跑路线颇为隐秘，这样一来，倒让专找阴影里走的苏渐很快又看见他，便一路又追了下去。

　　这时天色已晚，今夜苍穹又星月无光，苏渐只能通过建筑的屋顶轮廓来勉强判断方位。

　　女学生居住的栖霞小筑，屋顶样式采用朴素的悬山顶。等追了一阵，苏渐看见那黑影闪入更华丽的"盝顶"建筑区，顿时吃了一惊："呀！这乱党首领胆子不小，竟敢遁入女教习们的住地！"

　　要知道，虽然是女儿身，但灵鹫学院的女教习们可都是千里挑一的人物，她们的武力超过了这世上绝大多数的男子。

　　闯进仙霞别院，黑衣人倒是肆无忌惮，苏渐看着凄迷夜色里的华丽盝顶，却犯了难。

　　如果说刚才路过女宿区，他还能唬小姑娘们说自己是在执行公务；但如果在仙霞别院被女教习们逮着，恐怕问都不问，就给他扣上一个目无尊长、意图不轨的帽子，那可就惨了。

"怎么办?"有那么一瞬间,苏渐打了退堂鼓。

不过,他转念一想,心说道:"我苏渐小卒一个,怕什么? 被抓了就被抓了,我就咬死是执行公务,难道女教习们还真能把我吃了? 眼看前面是一条大鱼,可不想眼睁睁地丢掉!"

打定主意,他便冲向了仙霞别院。这一路追击,那黑衣人不管怎么闪躲腾挪,苏渐始终死死地咬在他身后。

这时候,那个血义盟的黑衣人,也变得有些焦躁。

烦躁之余,他心中也十分诧异,因为刚才回头惊鸿一瞥间,他发现这紧追不舍之人,竟好像是个很年轻的少年。

不过,当逃入仙霞别院,特别是靠近某一处单独的轩屋时,这本来不太认路的黑衣人,忽然间就对地形特别熟悉。他在七拐八拐之下,竟然片刻工夫不到就甩掉了苏渐。

"奇怪!"见此情形,苏渐心中顿时升起疑云。他也不想放弃,又在周边仔细搜寻了一阵,便发现这黑影真的消失了。

"看来血义盟这人,很熟悉这里的地形啊……"借着星月的微光,苏渐打量着这处轩屋周围的景色,若有所思。

"好!"苏渐忽然有了主意,"既然人跟丢,那我就看看这轩屋中,到底住着何方神圣。"

趁着夜色,他蹑手蹑脚地走近这处富丽典雅的轩屋,看见有扇菱花木窗透出些灯光,便悄悄地凑了过去。

身为玄武卫,这种趁夜偷窥的事情,苏渐也干得不少。不过接下来发生的这一幕,却让他终生难忘:

刚凑到菱花木窗前,正想在窗户纸上捅个小窟窿,却冷不防,"吱呀"一声,这菱花窗竟让人推开了!

苏渐猝不及防,根本没来得及躲避,就被快速推开的木窗撞在了额头上。

"哎呀!"一声痛呼,脱口而出!

等苏渐反应过来,朝窗户里望去,便见一艳丽妖娆的女子,也在窗户里呆呆地看向自己……

看到窗内女子,苏渐第一反应不是吃惊,而是一张脸腾地变红!原来这女子,身姿竟是出奇地妖娆玲珑,整个身材都凹凸有致。

只是这样也罢了,最要命的是这丽人该是刚刚出浴,长发湿漉漉披在肩头,娇躯上也穿得极少,胸口和腹前只挂着一只鲜艳的红绸肚兜。

这肚兜,竟用小号,勉强盖住汹涌澎湃的胸口和光洁如玉的小腹。她下身也只是穿了一件鲜红小兜裙,根本盖不住整个修长光洁的玉腿。

可以说,刚出浴的丽人,配上这一副打扮,浑身上下没有一处不在散发着魅力和风流!

"古玉妃?"苏渐忽然脱口叫道。

"你认识我?"古玉妃并没什么激动的表现,反而是笑着看着少年。

"我猜就是古先生。"苏渐心神也安定下来。

"你是怎么猜到的?"古玉妃笑靥如花,看着他道。

"我听说,古先生喜欢穿红色的衣服。"苏渐从容答道。

听得此言,古玉妃咯咯地笑了起来。

她抬起手,掠了掠还有些潮湿的秀发,凝视苏渐片刻,忽然道:"苏渐,我知道你。你是唯一敢招惹洛雪穹两次的人,还真叫大胆。不过——"她的眼神变得有些玩味起来,"不过没想到,你胆子大到这种程度,不仅敢惹洛雪穹那小妮子,现在连幻系星流术女教习也敢偷窥了。"

听她说出这话,苏渐忽然一惊,感觉现在自己的处境十分不妙。不过好在他有个很好的品质,便是越到紧急时,反倒越能够平静下来。

静心片刻,他眼珠一转,心中立时有了主意,便回视古玉妃,看似不经意地嘻嘻笑道:

"其实,有个人,我们玄武卫已经注意他很久。今日我追他至此,本来十拿九稳能追上,谁知他却在古先生住处附近逃走。看来这人,好像和古先生很有缘啊。"

本来占尽上风的古玉妃,眼皮子猛地一跳!

古玉妃本来轻松随意的站姿,瞬间变得有点僵硬。

她没有立即说话,只将一双明眸睁到最大,有些恼怒地瞪向少年。

只是,在她凌厉目光下,苏渐却毫不示弱,毫不客气地盯着她的眼睛。

"咯咯，"古玉妃忽然笑了，竟用情人间的撒娇语调说道，"苏渐，你这个学生，真坏。人家也不知道你在说什么。不过胆子倒挺大嘛，就不怕我突然喊起来，说你不仅偷窥，还意图非礼？"

古玉妃这语调看似暧昧，却是暗藏机锋，杀机隐现。如果苏渐真以为她在调戏自己，那就白训练了。

"你可以试试。"面对教习的威胁，苏渐却是异常镇定。

"古先生您真的可以试试。不过如果闹开的话，我就跟大家说，我是跟着'那个人'来到此地的。"隔着窗户，苏渐冷冷说道。

如此无礼的威胁回应，大出古玉妃意外。要知道这位美人教习，仗着自己的美貌容颜、火辣身材、高强法术，从来都是傲视世间男子的。

而那些男子，在她的面前，因为她的美貌容颜、火辣身材、高强法术，也都会变得神情局促，呼吸不畅。

于是，今天让古玉妃见识到苏渐，一时竟让她心中十分惊讶。

一种特别的感觉，从古玉妃的心底升上来。

当然，她并不知道苏渐能以平常心对答的真相。

别看苏渐只是个小杂役，身份卑微，内心可是有真正梦中女神的。不管古玉妃如何美貌热辣，和苏渐梦境中的那位绝美少女相比，还是要差一些的。

接下来，当古玉妃认真琢磨苏渐这句威胁的话时，那心也开始乱了。

还别说，苏渐审时度势说出来的这句话，歪打正着，正巧说中古玉妃的心事。别看古玉妃看着像花瓶一样的人物，内里却一点都不简单。

谁也想不到，拥有优渥尊荣地位的古玉妃，实际却是血义盟的一名骨干！而刚才苏渐一直紧追不舍的黑衣人，正是她不为人知的恋人，吴山云。

这吴山云，显然是血义盟中一位地位很高的人物。但他名气更大的一个身份，却是他竟名列华夏国"京华四杰"之四。

在华夏国的京华城中，有四位公认的才貌双全的青年公子，被人称为"京华四杰"。他们的名声绝不止于京华城和华夏国，可谓天下闻名。

京华四杰之首叫轩辕承天，他是华夏国青龙军团中的高级将领，说起来和苏渐还有拐弯抹角的关系,那就是他其实是玄武卫大统领轩辕鸿的长子。

轩辕承天在京华四杰中排名第一,也最有名。他身形高大,容颜俊美,更难得的是武力卓绝,是人族中几乎唯一的东方真龙星流术的拥有者。

他的武器更是大名鼎鼎,乃是镶嵌十大晶海神器"怒雷之心"的怒雷之剑。在人龙两族实力对比悬殊的情况下,蓝袍银甲的轩辕承天,是极少数能单打独斗杀死高等龙族的人类。因此轩辕承天也人称"怒雷神剑"。

可以说,这位轩辕承天是完美的光明战神,不仅是抵抗龙族的中坚,更是无数少女心中完美的梦中情人。

京华四杰中排名第二的,乃是当朝宰相司徒威的义子萧龙雀。萧龙雀俊美如好女,喜穿红袍金甲,使一口"焚天戟",人称"神戟将",星流术为"赤焰雄狮"。

相比轩辕承天,萧龙雀心胸就不那么宽广了,最忌讳别人说他貌美。萧龙雀出身罪宦之家,幼年时遭遇满门抄斩,却被宰相司徒威单独留下,收为义子。

在司徒威的苦心栽培下,萧龙雀冷漠、嗜血,虽然挂名白虎军团的将领,实际却是司徒威的亲信和打手。有人说,萧龙雀的武力不在轩辕承天之下,但因为平时多替宰相义父暗中做事,为人又冷傲低调,所以名声才不如轩辕承天那么大。

京华四杰之三,就是无名山庄中唯一对苏渐友好的龙血者厉华楚。厉华楚出身于一个神秘家族,这个家族在人龙大战前并不出名;但当龙族侵攻神州后,厉家便神秘地崛起了。他们在人龙大战中捐过很多军事物资,得到人族帝王的接见和酬谢,名声和实力便飞快崛起。

京华四杰最后一位,就是古玉妃的秘密恋人吴山云了。吴山云其实出身很好,世代书香门第,祖上还出过两三位大儒。

其实相比武学,文学方面更难出大儒。大儒不仅意味着要博览浩如烟海的典籍,还要修身养性,升华心境,钻研天地至理。所以千百年来,除了老庄孔孟等,也没见有几位真正出名的大学者。

所以，按吴山云的出身来说，他应该特别拥护正统的皇朝才对。尤其吴山云本人，乃是吴家百年来难得一见的文武全才。

按常理，吴山云将来的发展路线，不是出将就是入相。但世事就是如此难料，最该效忠朝廷的吴家英才，不仅不受朝堂征召，只顾游历江湖，几年后还在暗中接受了血义盟的信仰和教义，成了他们当中最得力的一个首领！

而风华正茂、目无余子的古玉妃，在遇到吴山云之后，便对他倾心相慕。

这种爱慕十分经得起考验，她得知吴山云的真实身份后，不仅没有反目，反而受其感染，不顾严重后果地加入了血义盟。

从此吴山云成了她的秘密恋人，两人出于纯洁的斗争需要，约定不到血义盟理想成功的那一天，绝不公开恋情，私下也绝不会有真正的肌肤之亲。

这样的秘密，苏渐自然不会知道。他刚才那句威胁的话，实在是察言观色后瞎蒙的。但就是这样的瞎蒙，却把斗争经验丰富的古玉妃给弄得心中七上八下。

"他到底知道多少？"看着眼前高深莫测的少年，古玉妃心念急转，"是瞎蒙的？还是吴大哥早就被他盯上？"

"不行！"心念电转间美女教习做了个艰难的决定，"不管他是不是瞎蒙，我要确保不会出任何问题！"

也是关心则乱，见惯风雨的泼辣丽人，这时候却不敢赌。

转念之后，只见古玉妃嫣然一笑，对少年摆出一个最动人的笑颜——自从与吴山云确定恋人关系以来，这样发自内心的动人魅惑笑颜，便再也没有给其他人展现。

但今晚，映着菱花窗透出的通红烛光，如花似玉的美人巧笑嫣然，眼波流转，口角含春，就这样看着窗前静静伫立的少年。

烛影摇红，灯影下本就美得惊心动魄的佳丽，这时候更显得极为诱惑。

一见她如此作为，苏渐的第一反应竟不是惊艳，心神反而一下子轻松下来。

"哈,我果然没猜错,"少年心中愉快地想,"看来那黑影真和这位古先生有些瓜葛——哎呀！真没想到,连古玉妃这样的高贵教习,竟然也和血义盟有染！"

"看来大统领说得没错,这血义盟乱党真是十分可怕,已成了朝廷毒瘤,必须早日铲除。可是,那个黑影,究竟是谁?"

他始终没看清吴山云面貌,在这种情况下,谁敢把名动天下的京华四杰,跟凶恶偏激的血义盟乱党联系在一起?

这会儿,对男儿从不假以辞色的热辣丽人,竟是十分主动热情地对苏渐道:"苏小弟,你一会儿怎么出去呢？要不我送你出去吧,就说你来跟我请教幻系星流术如何?"

"也好。"虽然苏渐心中也正发愁,不过他还端着架子,老神在在地说道,"其实我公务在身,要从女宿区出去也不难。但难得你开口,那就劳烦了。"

"那就这样。"还别说,苏渐越是不在乎,古玉妃心里越是没底。不自觉地,她就把那男人惯出来的傲气收敛又收敛,用一颗平常心陪着苏渐往外走。

还别说,有古玉妃这一路相陪,经过前面栖霞小筑时,那些还在院中散步的女学生们,即使看到了苏渐,也没有太惊奇。毕竟古玉妃以犀利热辣出名,否则身姿如此惹人垂涎,怎么会从来没吃过亏?

所以,当她们看见她和苏渐一起出来,竟不约而同没往其他地方想,反倒是同情地看着苏渐:"唉,这小学弟,不知怎么惹着古先生了？这不,被揪去住处谈话了吧？也不知吃了什么苦头。"

还有些学姐们,对苏渐清俊飘逸的模样,也比较有好感;况又是深夜之时,不免母爱泛滥,不仅在心中暗暗祈祷少年郎别受苦,还对古玉妃颇为腹诽,心说这么大晚上了还折磨什么人。

苏渐在女宿区中走了一路,领略的都是这种令人感动的满满正能量。

这时候,那位洛雪穹也没睡,正在女宿花园的一棵桃花树下,看着一片片的花瓣在星月光辉中悠悠飘落。

苏渐和古玉妃走过时,洛雪穹偶一回头,正看见和古玉妃并肩而行的少年。

"是他?"洛雪穹略有诧异。

她把目光从落花上转移,看着并肩往外走的二人。

不知不觉间,有那么一刹那,她的心感到一丝不适。

这种不适感,转瞬即逝,却极为陌生,竟让她有了片刻的出神。

不过很快她又恢复了冷漠的神色,转回头,继续专注地看桃花月中零落。

此时,正是星月交辉,落花如雪。遍地流泻的清辉中,渐渐这一动不动的观花人,也变成一尊冰清玉洁的雕塑……

真是"不是冤家不聚头",都这会儿了,那栖霞小筑门口,高敞还在和几个跟班胡侃。

只见高敞指着"栖霞小筑"的牌匾,眉飞色舞地吹嘘道:"你们别以为这地方,对男学生们如同禁区;要是本少想进去,简直如入无人之境。"

"是!是!高大少是谁啊,定然畅行无阻的。"那几个趋炎附势的男学生,也不住地附和。

"嘿嘿,"高敞听得十分畅快,斜着眼睛看着这些人,老气横秋说道,"还真别说,就得是我;这灵鹫学院中,能像我这样进女宿的,就没有第二个人——"

"是!是,当然——"奉承的话语,忽然间戛然而止。

"怎么了? 你们都哑巴了吗?"高敞有些奇怪。

"高大少,您看……"其中一位跟班拿手指指大门里面。

"怎么啦?"高敞扭脸一看,本来不以为然,谁知这一瞧却差点没把他给气死:

苏渐与古玉妃,正并肩昂然而行,从栖霞女宿中旁若无人地走出来。

"啊,竟然是古先生亲自送出来的呢!"实在大过震惊,跟班们也忘了考虑高敞的感受,在那儿惊叹个不停。

见得如此,高敞既是尴尬,又是气结,那张白脸气得铁青,愣了半晌,便一言不发地转身就走。

那几个跟班学生，这时候却见色忘友，看见古玉妃这样难得的尤物走出来，不仅忘了高敞，也忘了师生之间的尊卑，在大门前磨磨蹭蹭地不走，时不时地偷瞄美女教习。

不得不说，古玉妃的身材世所罕见，一般女子需要故意拗出各种造型，才能显得凹凸有致；但古玉妃不同，她随便一个姿态，都是娇媚妖娆入骨，让看到的男子腾腾地心火直涌。

只可惜，古玉妃虽然言行热辣，但心有所属，对吴山云外的男子从不假以辞色；今晚对苏渐如此殷勤，实在是因为被他唬住，以为他真知道吴山云的蛛丝马迹，这才不惜紧急"牺牲色相"，把少年给稳住。

此刻在女宿大门外磨蹭不去的男学生们，却根本不知这内情。

他们看着古玉妃送苏渐出来的友好模样，还心生幻想，心说自己比苏渐身份高贵得不是一点半点，现在古玉妃连苏渐都看得上，不像走火入魔，那就是忽然开窍，岂不是换了自己更有机会？

只可惜这美妙的想法很快便被无情的现实击碎了。古玉妃见天这么晚了，这几个男学生还在女宿的门口徘徊，便气不打一处来，厉声呵斥道："夜色深沉，你等男子还在女宿前逡巡，难道忘记礼义廉耻、男女大防？还不给我快滚！"

凌厉的话语，不啻当头一棒，直砸得这几个男学生眼前金星直冒！屁滚尿流落荒而逃之际，他们心中极度委屈："古先生你真不公平！你旁边就走着个男的，怎么不骂他？唉，真不公平！"

这番小风波，苏渐也看在眼里。虽然高敞很早离开，那他看向苏渐目光中掩藏不住的怨毒，却被苏渐看得一清二楚。

见他如此，苏渐不由心中冷笑："高敞，别以为我不知道刁正身后是什么人在煽风点火。我根本就没和你发生冲突，你竟然就唆使别人要我的命！好好好！我苏渐身份低微，但不会任人欺凌。想要我的命？哼！若得时机，刁正就是你的下场！"

"咦，你在想什么呢？"苏渐正想得凶狠，忽听古玉妃在耳边有些奇怪地问他。

"没什么。"苏渐展颜一笑。

"没什么就好。"嘴上这么说，但古玉妃心底确认，刚才自己分明已看见少年瞬间冷峻坚毅的面容。

她本就心里发虚，这时候不免疑心生暗鬼："难道苏渐想起吴山云之事，在琢磨怎么对付他？不行，我得尽力接近这少年，不能让他乱来！"

苏渐可不知道古玉妃正在打这样的主意。眼见已经走到大门外，他便对古玉妃躬身一礼，客客气气道："多谢古先生送我。天色不早，我便回去了，古先生也早些回去休息。"

彬彬有礼的温蔼模样，看在古玉妃眼里却是另一番解读："哎呀！果然是玄武卫安插来灵鹫学院的少年精英啊！你看他刚才面露杀机，这会儿却满面笑吟吟，这城府，好可怕！"

心生畏惧，古玉妃脸上顿时露出比平时还要热烈十倍的笑容。她竟是拉起苏渐的手，摇了一摇，灿烂笑道："别古先生古先生的，叫我玉妃姐就好了。以后有什么幻系星流术方面的问题——不对不对，有任何学业生活上的问题，都可以来找玉妃姐啊！"

"啊？"被古玉妃这么一搞，苏渐倒有点受宠若惊。

"看来，还真被我抓到什么小辫子了。"看古玉妃异常殷勤的模样，苏渐心中转念，"回去后，我还真得要好好查查这个古玉妃，看她平时结识了些什么人。"

心中盘算，苏渐口中却道："玉妃姐……那怎么好意思？"

"没事没事！"古玉妃殷勤道。

"那好那好！"苏渐感激道。

"那，回去小心喔。"古玉妃依依不舍。

"好的好的，你也早点睡。"苏渐一步三回头。

暧昧的夜色里，敏感的女宿前，苏渐和古玉妃的第一次会面，就在这样一团和气、虚情假意的对话里，圆满地完成。

那边厢，高敞正在苦思对付苏渐的法子。

说起来，高敞不仅纨绔霸道，为人还极为阴险。即使他对苏渐的杀意又加深了一层，却还不愿自己动手。

用他的话来说就是，高贵无比的高家子弟，怎么能亲手杀死贱民？这么做有损他的身份。

高敞不愿意亲手沾染鲜血，便开始寻找可利用之人。

他虽然身份贵重，势力强大，但真的要找一个敢杀人、还能杀死苏渐的人，并不容易。毕竟苏渐有着官身，不管是谁要动他，都要掂量掂量这个玄武卫的背景。

高敞正在有些发愁时，没想到有个人自己送上了门来。

这人正是曹良。

世事就是这么凑巧，高敞发愁寻找杀人的刀子，曹良却也面临同样的问题。

不过曹良没高敞那么发愁，他很快就锁定了目标，正巧就是高敞。

这位富华酒楼的富家子，把问题想得很简单，心想这高敞财雄势大，要让苏渐这样的小人物消失，还不是手到擒来。

只可惜，曹良忘了一件事：他这样暴发户一样的商户子弟，如何是高敞这类世家大族之人的对手？

这天他从屠龙学院过来，本来想专门挑唆一下高敞去对付苏渐，没想到还没几句话，就被高敞主导了谈话。

曹良刚来得及提起"苏渐"这个名字，高敞便忽然一声冷笑，说道："曹老弟，往日我也敬你是屠龙学院一条好汉，不过现在来看，你也是个孬种！"

"咳咳！"这一发难，猝不及防，曹良结结巴巴道，"高、高兄，你这话，从何说起？"

"你还不知道？"高敞一副惊奇的样子，"原来你还蒙在鼓里。"

"这……"见到高敞这样子，曹良也有些起疑，急忙道，"有什么事我不知道？还请高兄快说，真是急死小弟了。"

"不就是秋映萱嘛。"高敞大大咧咧道，"有兄弟告诉我，这些天，苏渐那小子，总是一瞅空子就往秋映萱跟前钻，跟她大献殷勤。曹老弟，我可是听说，秋映萱是和你情投意合的啊。"

"那当然！"曹良不疑有他，立即破口大骂，"好个苏渐！明知老子正和映萱热恋，还敢去骚扰她！"

"就是说嘛,"高敞煽风点火道,"你不知道,那苏渐竟是脸皮极厚。其实兄弟我对男女之事,也不是拘泥之人,但是他……咳咳! 那些手段啊,连兄弟我都不好意思说!"

高敞这句话,就显出他这人的歹毒了。他先是凭空捏造事实,现在又故意不说苏渐具体如何行事,正像丹青画法里的留白,什么都不说,却什么都可以想象,万一事后败露了,他还方便推卸责任。

很显然,高敞这一招极其好使!

曹良本就是行为不端的恶棍,高敞一含糊其辞,他立即按自个儿龌龊肮脏的心思想象苏渐的行为。

这一想象不要紧,曹良立即破口大骂:"苏渐,好你个恶棍、流氓、混蛋、臭贼!"

"就是说嘛,"高敞冷眼旁观,继续煽动,"要我说,这事儿如果换了我,我可绝对忍无可忍的。唉,曹老弟,不是我说你,苏渐这小子这么做,简直是夺妻之恨,也太无耻了,活脱脱在给你戴绿帽子嘛!"

这话一出来,曹良的脸面再也挂不住了。

他再也控制不住理智,立即大喊大叫道:"苏渐你个混蛋! 高兄,你别小看我,我曹良可不是任人欺负的孬人。苏渐,这可是你惹我的!"

喊完这句话,他忽然变得沉默,什么话都不说,只是静静地看向远方。

曹良不说话了,可这却比大吵大嚷,更让高敞放心。

高敞知道,曹良的邪火已经彻底被挑起来。看他那眼中凶光毕露,显然已是动了真正杀机。

"哎呀曹兄,"最坏的就属这高敞,到这时候,他却假模假样地劝道,"曹兄,万事好商量,别冲动,别冲动啊……"

"高兄,谢谢你的好意。"曹良额头青筋毕露,平静说道,"此事兄弟已有主张,你不须再拦我。"

"唉。"高敞目光闪烁,叹了一声,"这事情,都怪我多嘴啊……"

"什么也别说了!"曹良看着他,目含热泪,话音哽咽道,"这事……真的啥也不说了。以后您高公子,就是我过命的好兄弟!"

"当然当然,好兄弟,好兄弟。"高敞满口子应承,心中却道,"我呸! 也不瞅瞅你什么身份,一个铜臭商家子,还跟我高小爷称兄道弟!"

"嗯,等苏渐被你干掉,如果再来缠我,说不得,也要让你见识见识小爷的手段!"

对于高敞背后使的坏水,苏渐一无所知。

这一天傍晚,苏渐在京华城自己的负责区域内巡察。眼看着夕阳西下,红霞漫天,他的心情也比较愉快。

只是,刚走到一条僻静小巷时,他却忽听到里面传来一阵女子惊恐的呼救声:"救命啊……救命啊……"

这声音,极度惊恐,但音量却不大,十分压抑,显然呼救人被人捂住了口鼻。苏渐吃了一惊,毫不犹豫地奔进巷内。

因为夕阳斜照,这胡同里不少地方被阴影笼罩,看不太清楚。但苏渐进去后,第一眼就看见一个魁梧大汉,正把一位瘦弱娇小的绿裙女子往小巷深处拖。

"快、快救我——"被大汉一手捂嘴的女子,见苏渐出现,立即激动起来,使劲挣扎大叫。

"你在干什么!"苏渐见状立即拔出血歌剑,一边跑过去一边喊道,"快住手! 我是玄武卫!"

没想到他这么呵斥之后,那大汉却充耳不闻。"嘿嘿"冷笑两声后,他又把女子继续往巷子深处拖。

此时的娇弱女子,在魁梧大汉的手里,就像只面口袋,被胡乱拖行,样子十分可怜。

见得如此,苏渐也火了,立即大叫道:"快住手! 你究竟是什么人? 天子脚下见了玄武卫,还敢继续行凶!"呼喝间,他很快也奔近了。

眼见他逼近,那魁梧大汉愣了一下,犹豫了片刻,便扔下那女子,往旁边巷子岔路中跑。

"你别跑!"苏渐一边大喊,一边跑近那女子。

"姑娘,你没事吧?"他关切地问道。

"奴、奴家吓坏了。"长得还不错的年轻女子,眼角含泪,显得非常害怕。

"能站起来吗?"苏渐看了看两边逼仄的巷子,说道,"此处非久留之地,若还能走动的话,快随我离开这里。"

"我、我——"女子在地上挣扎了两下,往旁边一歪,终究没能站起来。

"我脚踝扭坏了,"女子不好意思地仰脸看着苏渐,"小官爷,能不能扶奴家起来?"

"这样啊,也好。"苏渐应道。

此时他右手正提着血歌剑,弯下腰前,很自然地想把剑插回剑鞘,好腾出手来,不过犹豫了一下,他还是没收回剑,只用左手去探那位女子。

谁知道,手刚伸到那女子肩膀,却见她猛然袖子一翻,手中竟握着一支寒光闪闪的匕首,猛地朝苏渐胸口扎来!

"哎呀!"苏渐眼见寒光闪烁,心道不好,忙朝旁边一闪,让过胸口位置,肩膀却没躲过,顿时被匕首划了一个大口子!

这时候,也幸亏他始终保持基本的警惕,刚才没把血歌剑收回剑鞘。待肩膀刺痛,他立即反手一剑,唰一下挥向女刺客握匕首的手。

这女刺客,刚才也过于托大,没把这戴着最低级锡徽的小小少年放在眼里。刚才十拿九稳的致命一击发生偏差后,她已经有些愣神,现在这接踵而至的反击又再次出乎她的意料。

结果,只听得"噗""咕咚"两声,小巷中顿时好像有什么东西掉在了地上。

一瞬间,苏渐和女刺客都愣了。

紧接着,这女子忽然爆发出一声惊天动地的号叫:"我的手! 我的手!"

原来苏渐刚才反手这一剑又快又准,再加上血歌剑锋利无比,竟把女刺客的手腕齐刷刷砍断! 那白皙的手掌握着匕首,竟是一同掉到了地上!

见血的血歌剑,剑如其名,染上鲜血后,剑身急速颤动,竟真的激发出一阵锐利的震鸣,好像在激动地歌唱。

欢歌之中,剑刃上的流离鲜血,忽然被全部吸收。当热血全部消失,冷莹莹的剑锋就变得更加灿烂闪亮。

这时候,就看出这女刺客的凶悍。

"十指连心",她手掌都断了,惨号一声后,却很快就地一滚,避开了苏渐接连而至的第二剑。

正当苏渐飞身追上,想要继续攻击,却忽听得背后风响。

苏渐心头剧震:"哎呀,我把那大汉忘了。"

也不回头,他立即继续前冲,像是铁了心要剑刺女刺客;但眨眼间脚下一别,飞速向前的身形硬生生地往旁边一转折,堪堪躲过了大汉的偷袭。

经过这两个回合的交手,苏渐虽然面对着两人,却依旧保持着从容镇定。

苏渐想得很明白,女刺客已断了右掌,大汉偷袭的这一刀,准头和速度都很一般。如果只是这两人,并不担心,唯一可虑的是,怕不止这两人。

正是怕什么来什么。正当苏渐返身急退,想先退出巷外时,忽见从巷外缓缓走进五六个人。

这几人,行动鬼祟,一进巷子,就掏出黑巾三下两下地蒙了面,各持兵刃,朝这边猛冲过来。

不用想,这六个人,目标肯定也是苏渐。

见得如此,苏渐心中大骇,心说自己到底得罪了什么人,竟对他出动这么大的阵仗。

"是高敞,还是血义盟的人?"苏渐心念急转,一时不得要领。

不过很快他就不用再猜测。刚统一蒙面的凶徒,等逼近过来后,其中为首那位,竟是一把又扯下面纱。

"曹良?!"看清这人模样,苏渐脱口惊呼。

"正是你家曹爷。"曹良眼见少年腹背受敌,大局已定,便一阵轻松,冲着苏渐大骂,"黑狗!贱贼!也不看看你什么身份,竟敢骚扰我家映萱妹妹!"

"什么映萱妹妹?"苏渐莫名其妙地看着他,"等等!你是不是有什么误会?"

"误会个鬼!你这个混蛋,我呸!"曹良往地上啐了一口,"就算冤枉你又怎么样?你这种垃圾我看着就烦!"

第十章

必 死 之 局

说到这儿，气势汹汹而来的曹良，忽然有点意兴阑珊。

这一次，他用他老子的关系，动用大价钱请来云山国著名的刺客团伙"黑山七鬼"，今晚设了个小圈套来堵苏渐。

让他吃惊的是，计划进展竟如此顺利，根本没费什么代价，就让苏渐陷入如此绝境——以他的心性凉薄，自然不会把女刺客丢的那一只手看在眼里。

所以，曹良的人性就是这般的"贱"，眼见这样十拿九稳地杀死苏渐，他却忽然觉得有点失望，觉得不够刺激。

"嘿嘿，苏渐，"曹良忽然冒出个坏主意，阴险一笑道，"今天你这小命，就算交代在这里了。不过小爷还不愿意你就这样轻易地死。七鬼兄弟，大伙儿给我抓活的！"

"好！咱们抓住他，好好折磨他，给老七夜娘子的断手报仇！"

本来素不相识的黑山七鬼，这会儿火气也被苏渐给逗引出来。这些浑人也不想想，明明是他们先要对苏渐不利，苏渐只是自卫反击而已。

眼见变成这局面，苏渐也不再废话。

第一眼看到曹良，他就彻底明白，今晚这事绝对无法善了，所以还在七鬼吵闹之际，他已挥舞血歌剑，冲曹良冲过去。

直到他冲过来，曹良才忽然发现，今晚选的这个凶案现场，其实有利有弊。

这里固然偏僻、幽深，但正因为是狭小的小巷子，结果两头堵时，反而让被围的这个苏渐，有了"一夫当关万夫莫开"的条件。因为地形狭窄，苏渐同时需要对付的，也只是前后两人而已。

而现在的苏渐，在武学上已提升了境界，曹良对此还一无所知。所以看着苏渐行云流水般的动作，他一时倒有些惊住。

只见苏渐剑芒闪亮朝他劈来，与此同时根本不用回头看，手往后一甩，便是一道飞火术极其精准地飞向后面那刺客的胸口，以攻为守地防御住背后方向。

更要命的是，曹良这时候的心境也发生了变化。

本以为是十拿九稳的事，突然发现还有点棘手，便让他有点发慌。

于是他很丢脸地往后急躲，和身后没反应过来的黑山七鬼之老四撞在了一起。

见自己的拼命奏效，苏渐更是信心大盛。

他立即将血歌剑舞得如同月陨星流，结合着飞火术漫天飞舞，朝巷外的方向迅猛突围。

俗话说"愣的怕横的，横的怕不要命的"，今晚的苏渐，就是那个不要命的！

一时间，信心满满而来的曹良和黑山七鬼，竟被他搞得人仰马翻，一时间只顾防御，倒忘了反击。

不过，"双拳难敌四手，好汉架不住人多"，更何况曹良等人手底的功夫着实不错。

经过最开始的猝不及防，他们很快也镇定下来。

看到苏渐发疯般地突击，曹良等人也明智地把杂念抛到脑后，还是按照之前商量好的方案，稳打稳扎，从前后两个方向，逐步逼近苏渐。

这一来，苏渐顿时陷入危险的境地。

他的活动空间越来越小，无论剑术还是火法，渐渐没办法淋漓尽致地施展。

"哈哈，苏渐！"见得如此，曹良又得意起来，刺耳无比地叫嚣道，"本来还想留你一条活命，好好折磨，没想到你还敢反抗，那就给老子去死吧！"

听到这话,那黑山七鬼除了老七夜娘子在旁边试着续接断手外,其他几人全都使出所有招数,毫不留情地朝苏渐身上招呼。

如此一来,虽然小巷狭窄,双方接触面有限,但这样下去,苏渐遇害也不过迟早间事。

"罢了!"苏渐虽然手底下还没放弃抵抗,但心中已是万念俱灰。

"别了,我的女神。"

"本来还想排除万难去找你,没想到今天死在这个小巷子里。"

"可悲啊,我连这巷子名字都忘了看啊……"

只是就在这时,无论是绝望的苏渐还是得意的曹良,忽听到巷口传来几声惨叫。

"怎么回事?"曹良一惊,"我不是已让家丁在巷口把守望风吗?难道是……"

趁着身边同伙进攻,曹良飞快转身朝后面一看,却见昏暗的小巷中,一道雪亮的剑光在黑暗中纵横冲突,一路飞快地朝这边蹿来!

"怎么回事!"曹良这一惊可非同小可。

正要招呼黑山七鬼并肩抵抗,没想到话还没来得及出口,他就已看到身前那五个同伙,有三个瞬间被雪亮的剑光抹过,声声惨叫后接连倒下!

惊恐的曹良和另外两鬼,还想挥舞兵器抵抗,却听得在剑光之外,黑暗中又有个低沉的声音轻蔑地笑了一声。

忽然间,小巷暗角里飞出两只呼啸的尖牙铁环,如暗夜里狂舞的嗜血蝙蝠,转眼间重重冲撞在曹良几个身上,将他们撞倒在地!

局势瞬间转变,苏渐一时精神大振。虽然逆光,他看不清来人样貌,但从那道天际惊雷般的雪亮剑光里,他已猜出来人之一是谁。

"雷冰梵!"想到这个名字,苏渐立即心中一松,转身专心对付那个彪形大汉。

别看这大汉人高马大,却是黑山七鬼中胆子最小的一个。一见情况不对,苏渐转过身来时,他立即同样转身,足下发力,想往巷中岔路逃跑。

这时他浑然忘了江湖道义,将那个还在墙角忍痛的七妹夜娘子丢在一边,浑身心思只剩下一个"逃"字。

只是,苏渐哪容得他逃?

一股子火憋到现在没处发泄,苏渐拼尽全力,脱手甩出血歌剑。暗影之中,顿时剑气如虹,血歌剑击中大汉背心,将他钉死在对面的墙壁上。

"嗷!"一见大汉如此下场,旁边那个刚被他抛弃的夜娘子,却是一声惨号,再也不顾断手,左手拾了匕首发了疯似地朝苏渐扑去!

只可惜,如此生死之境,苏渐从来没忘记夜娘子这个威胁。飞剑出手后,他立即就向前冲去,没几个箭步,就扑近被扎死的大汉。

到了他近前,苏渐丝毫没有停留,迅速拔出血歌剑,听着身后夜娘子的号叫声,估摸她也到了身后,便猛一转身,剑舞如轮,锋利无比的血歌剑瞬间划中她的脖子!

夜色里,夜娘子白皙的脖子血流如注,一声惨叫后前冲的身子失去平衡,扑通一下摔在旁边墙壁上,又软软倒地,眼见不活了。

转眼之间,必死之局就被扭转。

黑山七鬼已经全部毙命,只留下个曹良。这厮因为躲在战团的最里层,一时只是腿上受伤,倒在地上起不来了。

"雷冰梵,亚飒,"大局已定,看清救援之人,苏渐觉得有些奇怪,"你们怎会来的?我还以为是玄武卫的兄弟。"

"是我听到风声。"亚飒收起那对毒牙双环,笑道,"我听屠龙学院的朋友说,曹良意图对你不利,今晚我便特别留意这厮,见他行动鬼祟,就拉雷兄来一看究竟。"

"好个恶贼!"苏渐愤怒地踢了一脚曹良,"上次就是你们曹家暗算我,本以为将你家闹个鸡犬不宁,也就两相抵消了,谁知道还敢请这么多凶人来埋伏我!"

"……"面对苏渐的臭骂踢打,曹良这时候气焰全消,丝毫不敢顶嘴。

识时务者为俊杰,从这个意义上讲,曹良竟是俊杰中的俊杰;现在这种情况下,什么"你还勾引我家映萱妹妹呢",这类话是绝对不能出口的。

"雷兄,"苏渐忽然想起什么,便十分感激地看向银发少年,"雷兄似乎从不关心这些俗事,今天也能赶来救援,小弟十分感激——"

"不必感激,"银发飘飘的紫衣少年摆了摆手,淡淡说道,"只是实战机会难得，我来练练剑术。"

"好吧，这个情分我苏渐还是记下了。"苏渐郑重说道。

听了这番话，躺在地上不敢动弹的曹良心中无比愤怒："雷冰梵！你这该死的白头翁，要练剑你不会在学院演武场练啊，要跑来这小巷子里耍威风，倒把你家曹爷害苦了！"

正心中咒骂，却听那亚飒忽然说道："苏渐，你看曹良这厮，两次害你性命，就让我帮你了结他吧。"

一听此言，曹良对雷冰梵的怒火立刻烟消云散，转而疯狂地诅咒起亚飒来："你这人龙混血的贱杂种，要你抖什么机灵出主意啊？了结我？你倒是凶残，可不看看你这披着黑皮的兄弟是什么低贱货色。想杀我？他敢！"

"亚飒，此事不妥。"仿佛印证曹良的想法，只听苏渐说道，"怎么能让你杀他呢？好歹我有官身。"

"就是就是！"曹良听了，立即又嚣张起来，忍不住出声大呼小叫道，"苏渐，你没忘你还是官府的人就好。咱今天这事，识相的就算了，只要你不再跟本小爷做对，我大人有大量，也就放过你了。"

"哈哈！"苏渐闻言忽然仰天大笑，"你放过我？也不看看你现在的样子！"

"怎么啦？"曹良看着少年轻蔑的面容，忽然觉得有点不对劲。

"苏渐，你可别胡来！"他色厉内荏地叫道，"你不要忘了，你是玄武卫的人，还有官身呢，不能随便杀人。"

"曹良，我看你理解力实在有限。"苏渐有些同情地看着他，"我是说，我不论职位大小，好歹有个官身，这是个护身符啊！除暴安良，保护这片街道，是我的本职工作啊。所以——"

他的目光越过地上的曹良，看向亚飒，抱一抱拳，朗声说道："亚飒，好兄弟，今天来帮我，怎么还能让你惹上杀人官司呢？所以，这事，我来。"

此言一出，曹良立即脸色煞白！

他有些不想相信，但使劲看了看苏渐的眼神，却见这个以前从不被自己放在眼里、普通得不能再普通的小小黑衣卫杂役，这时候看向自己的眼神,却像在看着一个死人。

刚才气焰熏天的富家子,一下子瘫倒在地。

转而他又好像忽然想起什么,便发了疯似的爬过来,抱着少年大腿喊道:

"苏渐! 苏兄弟! 苏老大! 苏大爷! 只要你饶过我这条狗命,我曹良以后就是你的跟班、你的走狗,好不好? 好不好?!"

"卑鄙小人。"苏渐低头看了一眼曹良,轻轻说道,"曹良,别骗我了。在你心中,我苏渐不过就是个低贱的杂役。只是有件事,你始终没弄明白。"

"什么?"曹良惊恐地看着他。

"我,苏渐,虽然在你眼中身份低贱,但内心却比你高贵百倍!"话音未落,苏渐一挺血歌剑,顿时一股鲜血喷涌如泉,黑暗的小巷里再次响起利剑的欢歌。

"说得好!"对苏渐的话,亚飒感同身受,情不自禁地鼓掌,似乎根本无视曹良的死去。

旁边那雷冰梵,一直冷冷地看着这一切。

直到曹良身死,他也袖手旁观,不动声色,好像眼前的事与他根本无关。

"我们快走吧。"此间事了,苏渐将血歌剑插回剑鞘,说道。

"好!"亚飒应了一声,正要往外走,却忽然停住脚步,压低声音跟苏渐说道,"你看,那巷口,有几个人在探头探脑。"

"哦?"苏渐凝目一看,笑道,"是几个附近的地痞混混,我认识。"

"原来这样……"亚飒语气变得森冷,"既然本来就不是良人,又看了不该看的事,那就让他们消失吧。"

说着话,他便亮出毒牙双环,举步要往巷口走。

谁知刚走出一步,便有一口雪亮的长剑拦在他前面:"你不能杀他们。"

一直没出声的银发少年,这时却拦在亚飒面前,冷冷地说出这句话。

"咦?"见是雷冰梵挡住自己,亚飒十分惊讶。

"雷兄,你不会妇人之仁吧?"亚飒看着雷冰梵。

"你不能杀他们。"雷冰梵重复了一遍刚才的话。

"那你给我个理由。"亚飒骨子里的犟劲儿上来,眉毛一扬,瞪着银发飘飘的少年。

雷冰梵道:"我等修炼武学,不是为了动辄杀人。"

"哈哈,我没听错吧!"亚飒一脸嘲讽道,"还以为你是我们班除洛雪穹外杀性最重之人,怎么这时候却跟我说起大道理? 哼,那几个恶汉今天不走运,我亚飒还真的要去宰了他们!"

"不行。"雷冰梵神态坚决,一振快雪时晴剑,发出一声清越龙吟。

于是刚才还一起杀敌的两人,这时却像两只好斗的雄鸡,相互瞪视,各不相让,一时僵持。

这时候外面那几个混混地痞,还不知死活地朝巷子里探头探脑,张望着看热闹。

"都别争了。"苏渐忽然开口道,"这根本不是个事儿。你们等等我。"话音刚落他便快步朝巷口走去。

"他要去干吗?"雷冰梵和亚飒不约而同升起疑问,便一齐朝巷口看去。

只见苏渐到了巷口边,便将那几个闲汉招到一起,跟他们在说着什么事。

"不错!"亚飒见状击掌赞道,"他定是要将无赖诱进巷里,然后一齐杀掉。果然还是他想得周全,免得惊动更多人。"

"哼,苏渐有你那么狠辣?"雷冰梵冷冷道,"他一定是出言恐吓,让这几个浑人不要乱说话。"

他二人这般猜测,不过接下来发生的事却出乎他们二人的意料。只见那几个闲汉,听了苏渐的话,竟不约而同地发出一声欢呼,转而变得极为谄媚,对苏渐连连点头哈腰。

"呃,他到底是在干吗?"雷冰梵和亚飒陷入疑惑。这时苏渐挥挥手,那几个闲汉就一哄而散了。

"果然还是我猜得对。"雷冰梵高兴道,"虽说不是恐吓,他终究还是将那几人劝散了。"

"真是见鬼，"亚飒一脸郁闷，低声嘀咕道，"按理说那天泪原所见，苏兄弟不是那样心慈手软的人……"

虽然心思不同，他两人也很快赶到巷口。

"解决了。"苏渐一脸轻松地看着两位同伴，"你们看，这多好，他们都高高兴兴地走了。"

"真的？"亚飒奔出巷口，往街道前后看看，果见这夜晚偏僻的街道上，现已走得一个人都不剩。

"哎呀，让我说你什么好！"亚飒埋怨苏渐道，"那黑山七鬼倒也罢了，曹良怎么说都是屠龙学院的正牌学生，现在让人看见我们将他杀死，报了官，我们怎么交代？"

"别急，亚飒。"苏渐一脸淡定道，"我刚才跟那几个闲汉说，我苏锡徽卫巡察到此处，正发现屠龙学院的生员曹良，侠肝义胆，不畏强暴，带着护院家丁勇斗早被通缉的黑山七鬼，最后不幸双方同归于尽，竟是玉石俱焚了。"

"我刚才是让那几个闲汉做个证人，先去玄武卫报告，还能得到些赏钱，他们就欢欢喜喜地去了。"

"这、这也行？"亚飒目瞪口呆道，"就这么简单？"

"就这么简单。"苏渐笑道，"我毕竟当了两年的黑衣卫了，如果连地痞混混都不知道怎么对付，那就白混了。"

"你做得好。"雷冰梵罕见地流露出赞许的表情，"虽然我雷冰梵一向喜欢用剑解决问题，却也知道，有时还有更好的办法。不管怎样，亚飒你刚才的做法，太过不择手段，我雷冰梵绝不认同。"

"什么？你说我不择手段？"亚飒一下子就跳了起来，"我承认我的招儿没苏兄弟的好使，却也是杀伐果断，你怎么能说成不择手段？！"

"好啦好啦，都别吵了！"苏渐见状忙道，"事情都解决了，那几个闲汉也去报官了，很快就有我玄武卫的兄弟过来接手此地。今天我真要好好感谢一下两位。怎么样，走吧？还有点空闲，我请你们喝酒去！"

"不去！"没想到亚飒叫道，"苏兄弟，我才不跟这不知变通之人喝酒！"

"哼,你以为我想去?"雷冰梵冷哼一声,转向苏渐道,"改日我俩再喝酒,今天没心情!"

于是这两人互相瞪视一眼,一齐"哼"了一声,便转身朝相反方向离开了。

"这两个家伙……"苏渐左看看,右看看,对着他们的背影苦笑道,"这两位的脾气啊,还真是针锋相对。"

"不过,有一件事我很确定,"苏渐脸上慢慢流露出笑意,"雷冰梵、亚飒,还真是值得我一起喝酒的人啊……"

靠着同窗兄弟帮忙,苏渐终于解决了曹良这个恶少。不过让他没想到的是,等他回到玄武卫,向铜徽卫盖英卫报告这件事时,却出了点麻烦。

苏渐根本没想到,盖英卫对这个案子一点儿也不关心,冷冷听完苏渐报告,他便急着打听洛雪穹之事有无进展。

苏渐一听,有点发愣,只好老老实实说,其实还没有什么实质进度。

一听此言,盖英卫顿时大发雷霆,冲少年吼道:"苏渐!你昏头了,不知道孰轻孰重?! 我交代的事情你不用心去做,却在巡察时出了这么大乱子,是不是上灵鹫学院上昏头了?"

面对盖英卫的怒火,苏渐纵然委屈无比,也只得低头聆听,默然无语。

盖英卫少年得志,骂起人来丝毫不知收敛,还越骂越高兴。苏渐可就倒霉了,面对劈头盖脸的臭骂,只能老老实实地忍着。

正憋屈无比时,他忽听到有个威严的声音响起:"盖英卫,怎么回事?"

苏渐和盖英卫不约而同地扭头一看,却见正是大统领轩辕鸿路过。

见是大统领,盖英卫立即变了脸。前一刻他还是暴风骤雨骂人,这一刻脸上却如沐春风,带着满脸谄媚的笑容,跟轩辕鸿细声细气地禀报道:"大统领,是这样的,刚才苏渐来报,说他在巡察时,发现本城富华酒楼的少东家曹良,被云山国的大盗'黑山七鬼'给杀死了。属下方才,正在数落他不务正——"

"就这点事?"让盖英卫没想到的是,还没等他说完,轩辕鸿就瞪了他一眼,不悦道,"盖英卫,就这点破事还值得你大呼小叫?"

"不是,大统领,我是说他……"盖英卫还想辩解几句。

没想到轩辕鸿更加不悦，截断话头道："别说了，不要以为本座不知道。什么'上灵鹫学院上昏了头'，这话该你说的？你别忘了，让苏渐去灵鹫学院的，是本座！"

轩辕鸿朝盖英卫怒冲冲喝道："难道他去灵鹫学院公干不重要？我看苏渐能在紧张课业之余，查出这么大案子，分明是非常尽忠职守嘛！"

"对！对！是属下想岔了，大统领英明！"盖英卫连连称是，心中却道："哎呀，原来问题出在这里。我怎么忘了苏渐去灵鹫学院，是大统领他老人家钦点的！"

这时苏渐也躬身跟轩辕鸿谢道："多谢大统领宽宏，属下定当继续尽忠竭力！"

"那就好。"让盖英卫悲愤无比的是，刚刚夹枪带棒的轩辕鸿，对苏渐说话的语气竟变得十分温柔。

"小苏啊，以后你那黄昏当值的差事，就去掉吧。专人专用，回城住可以，但别浪费时间在这样的破事上了。你看多危险，那小东家带着一大帮子护院好手，还被黑山七鬼杀死，你就更不够看了，幸好这次只是肩膀受伤。"

"多谢大统领爱护！"苏渐真心感激道。

当然，他心中也忍不住想道，轩辕鸿对自己这么客气，是不是上次奉上了百两黄金的缘故。

一旁的盖英卫，自然不知道这些弯弯绕绕。

他见从不对下属假以辞色的轩辕鸿，竟然对苏渐这般维护，自然悲愤莫名。

而盖英卫心高气傲，本就看不起苏渐。这一来，他便对这个小小锡徽卫，开始真正心生嫉恨了。

对苏渐来说，不用再黄昏当值，暂时卸去了玄武卫的烦琐差事，自然觉得无比舒适。

于是接下来的学院日子，显得更加轻松和恬适。如果实在说有些什么不同，便是那幻系美女教习古玉妃，经常有事没事地找机会接近他。

这事情，看在别人眼里都觉得莫名其妙，但苏渐心知肚明，知道必是因那晚血义盟重要人物夜遁仙霞别院之事。

正因如此，苏渐反而对古玉妃和那个神秘人的关系，更加感兴趣了。

从这一点来说，古玉妃倒有些弄巧成拙了。

当然，古玉妃经常套近乎，苏渐倒也乐得能请教她星流术的知识。结果，古玉妃没套到什么真话，苏渐对星流术的认知，倒突飞猛涨。

不过这一年，对苏渐来说注定不平凡。

就在一学年快结束时，忽然间传来消息，说边境前线出现重大问题，需要特征一批屠龙、灵鹫学院的学生好手前去支援。

等苏渐一打听，才知道原来正是上回猎取火晶的泪原出现了问题。

作为争夺中的领土，位于华夏国东北边陲的泪原，因为处在横断山脉天然"风暴之墙"的豁口，让它变成对面兽龙国最想突破的薄弱地域。

和更北方的星降高原相比，泪原地域狭小，地形多变，完全不适合华夏国铺开重兵防御。

这一次，苏渐从古玉妃那里听说，有十来名兽龙族士兵，突破了泪原边缘的华夏国防线，进入了泪原西边的残月峡。

一听"残月峡"这个名字，苏渐立即就意识到事情的严重性。

上回他们往返泪原，也曾路过残月峡，深知这地方在军事上的重要意义。

残月峡在泪原正西，东西绵延十几里，两侧高崖耸立，谷中乱石林立，多有泉溪，地势复杂而险峻。

残月峡对华夏国的重要性在于，从东边泪原下来，只要通过十几里的残月峡谷道，就能到达华夏国居民稠密的腹地，青芝原。

两百年的教训深刻地告诉华夏国人，即使只是十几个兽龙国军队的漏网之鱼，就能对青芝原上的城镇村庄造成重大的伤害。

本来苏渐听到这消息并不如何在意。征召学生兵，在这个风雨飘摇的乱世中根本就不叫个事儿，但毕竟这次对付的，是龙兵这样强大的对象。所以苏渐觉得，肯定只会找那些高年级的人，根本不会考虑他这样的新生。

只是接下来的事情大大出乎他的意料。也不知学院方发了什么疯，最终组成的十个猎杀龙兵的学生小组里,苏渐竟然也赫然在列!

不仅他在里面,和他认识的几个人,雷冰梵、唐求、亚飒,就连洛雪穹这位根本没说过几次话的冰雪美人,也在苏渐这个五人小组里。

可以说,这个新生小组简直就是"苏渐小组",清一色都是和他认识的人!

如果说,十组灵鹫学生兵中,有好几组都是新人的话,苏渐也无话可说。但最后他惊诧地发现,灵鹫学院的十个小组中,竟然只有他这一组是一年级新人!

对于这结果,不仅苏渐这几人觉得莫名其妙,就连苏渐的死对头高敞,也非常吃惊。

对高敞来说,自然非常欢迎这个结果,但以灵鹫学院的超然地位,就算他高家是世家大族,也完全没办法影响到学院的日常运作。

"是哪个好人呢?"高敞绞尽脑汁,却始终不得要领。

搜肠刮肚没想出结果,最后高敞找了京城中规模最大的弥勒禅寺,不仅给菩萨奉上最丰厚的供品,还虔诚地许诺,说是等苏渐死了,还会回来加倍还愿。

对于高敞这个心愿,还别只怪他恶毒。几乎所有听到这消息的人,都一致认为,苏渐这一回有去无回。

学院中的好事者们,还精确地分析了苏渐小组生还的可能性。最后计算的结果,是洛雪穹生还率九成,雷冰梵八成,亚飒六成,唐求五成,苏渐……为零。

他们不仅预测生还率,还为残月峡行动各人的结局,组织了一场隆重的赌局。

赌局常客胖子唐求,听到圈子里的这个消息后,勃然大怒,眼含热泪地把宝押在了苏渐不能生还……

所有人,包括自己的兄弟,都对苏渐全身而退不看好。但对苏渐来说,反倒是正合其意!

笑话!残月峡再危险,能险得过落魂渊、寂灭森林?苏渐反倒认为,自己那梦萦魂绕的女神之事,应该和龙族有莫大的关系。这一次,借着残月峡的猎杀龙兵任务,他终于能有个机会接触龙族,好好打探打探底细!

说起来,就人心而言,哪怕面临再大的危险,只要没到最后时刻,总觉得还有忍让的余地,还不会彻底害怕恐惧。

对参加这次行动的很多学生来说,以前从没有跟龙族战斗过。龙族的强大和残暴,还只是停留在长辈的话语里。他们最普遍的一个想法就是:也许,龙兵没那么可怕吧?

对这些心存幻想的学生兵而言,也只有踏入了残月峡,才会真正见识到龙族单兵的可怕!

行动开始后,他们沿着残月峡狭长的谷底向前搜索。

学生兵们很快发现,残月峡中乱石溪流星罗棋布的格局,固然有利于华夏国防守,但相应地,当零散敌人渗透进来后,要将他们都揪出来,也变得十分困难。

行进之时,他们看到那些乱石丛林,不说等到夜晚,就这大白天的,个个嶙峋怪诞,森立如鬼,光看着样子都挺吓人,这时候如果再突然蹿出一个凶猛的龙兵,简直能把胆小的学生吓死。

如果说刚开始,还有些自恃武技不错的人掉以轻心,当他们听到一个消息后,便立即极度紧张起来:担任先锋的搜寻小组,已遭遇一名兽龙徘徊者的袭击,结果当场就有两个学生被开膛破肚,死状惨不忍睹!

当这个消息传来,再也没有一个人敢掉以轻心,也没有一个战斗小组再敢分散开来行动。

事实上,有几个小组,甚至都凑在一起整体行动。

在这些人当中,如果要找一个从一开始就极度紧张戒备的人,非苏渐莫属。

和其他学生不同,苏渐的经历十分特殊,尤其他是经历过寂灭森林中,那场惊心动魄的人龙大战的。侥幸死里逃生后,苏渐对兽龙族士兵的战斗力,要了解得比任何人都多。

虽然这一次的兽龙族军队漏网之鱼,肯定不如上次的兽龙士兵来得精锐,但毕竟兽龙族士兵天生的体形和力量摆在那里,战斗经验更是比学生兵高过不知多少个层次。

所以从一开始,苏渐就没有任何侥幸心理。

在苏渐的小组里,虽然名义上以高贵的雷冰梵为首,但苏渐的话还挺好使。他从一开始就极力主张大家集体行动,不要有任何人落单。

对苏渐的主张,胆小的胖子唐求自然求之不得,而从洛雪穹的角度,让她十分不解的是另两个同伴的反应。

灰发亚飒,虽然平时行事低调,但洛雪穹冷眼旁观,这位灰发栗眸的少年,城府很深,行事极有自己的主张。结果,这次苏渐一提议,他却立即认同了。

如果说亚飒附和也就罢了,最让洛雪穹惊奇的是,那位平时高贵冷峻无比的天雪国皇子雷冰梵,竟也毫不犹豫地点头认同了苏渐的意见。

见大家如此听苏渐的话,洛雪穹没来由地就有些生气。

不过她转念又一想,如果自己跟苏渐顶牛,以他厚脸皮的性格,很可能打蛇随棍上,缠着自己探讨什么新方案,反倒是遂了他的不良之意。

这么一想,洛雪穹竟也平复了准备闹事的心思,不动声色地表示没有异议。

对于大家异口同声的态度,苏渐倒没什么感觉——如果不想死,不应该就是这样吗?

于是,他们这一组人,自踏入残月峡谷起,就再也没分开过。

残月峡,如同它的名字一样,峡谷弯弯曲曲,蜿蜒瘦长,倒和残月相仿。

因为是峡谷,残月峡中的光线并不好,苏渐他们是上午进入的,却时常都在高崖的阴影中行走。幽暗的光影,给残月峡平添了几分诡秘;再想起此行的任务,苏渐等人的心情变得十分紧张。比起和狂暴的兽龙正面对敌,这种明知道他躲在某处却还一时找不到的心情,更加让人压抑。

"怎么连个兽龙脚印都看不到?"唐求最先受不了,嚷嚷道,"他们到底能藏到哪儿?"

"不要急,"苏渐安慰道,"我们从西边入口进来,只要按我们负责的路线往前小心搜索,一定能找到他们。"

"听你这么说,你倒是很想找到他们?"唐求看着苏渐,一副不能理解的样子，嘟囔道，"要我说，最好这次一个龙兵都碰不到。不如……"

唐求眼珠一转，贼兮兮笑道："也走了这么久，不如我们先歇一歇？"

"不行！"还没等苏渐说话，雷冰梵便斩钉截铁道，"既然肩负重任，必定细心搜索。"

"对。"很少说话的洛雪穹，一张俏脸紧绷，如罩冰雪，冷冷地看着唐求道，"别忘了，已有两人遇害，我等若偷奸耍滑，如何对得起他们！"

"好好好！"唐求连忙举手投降道，"算我没说，继续走就继续走。其实呢，我只是想换个策略，守株待兔嘛。"

"守株待兔，听着是好，"一直没出声的亚飒忽道，"不过这也得看对象。兽龙士兵实力强悍无匹，我恐怕守株待兔不成，反成了坐以待毙。"

"不错！"苏渐赞同道，"我们必须主动搜寻，这样也能在遭遇时，抢得一点先机。"

"好好好，"唐求道，"都听你们的！其实我唐求也不是孬种，快点走吧。"

说着话，唐求也不顾身形胖大，抢先往前面溪谷跑去。见他如此，其余四人也赶紧跟了上去。

还没走出去多远，忽听到前面有人惊叫一声："冲过来了！快拦住他……啊！"

一句话没说完，说话之人便一声惨叫，再无声息。

苏渐几人大吃一惊，立即散开，找了树木岩石为依托，成合围之势，等待前面可能的敌人冲来。

等待敌人出现，最为难熬。不过煎熬的气氛并没过多久，苏渐几人就听得东边响起沉重的脚步声。很快，自那残月峡谷的阴影里，忽奔来一个体形巨大的龙兵。

当苏渐几人看清他的样子，不约而同地倒吸一口冷气："哎呀，竟然是兽龙咆哮者！"

让这几位少年人没想到的是，对面冲来的龙兵，竟是兽龙族士兵中战力最强的咆哮者！

第十一章

秘 物 惊 龙

兽龙咆哮者，相比兽龙探路者和徘徊者，有着鲜明的特征。咆哮者更加高大强壮，装备也更加精良。一般兽龙探路者穿灰色皮甲，兽龙徘徊者披黑铁盔甲，咆哮者则穿更好的深蓝寒光铠。咆哮者的兵刃杀伤力也更大，往往是沉重的狼牙棒或长铁斧。

现在正对苏渐几人冲来的兽龙族士兵，正是身披深蓝寒光铠，手握长柄黑铁狼牙棒。兽龙咆哮者本就长得恶形恶相，现在兵刃和铠甲上还都溅着斑斑鲜血，更看得苏渐几人惊心动魄。

"狭路相逢勇者胜"，到了这地步，纵使心里再害怕，也必须冲上去。

率先发难的是雷冰梵。银发飘飘的天雪剑客，猛地飞跃而起，一振快雪时晴剑，顿时雪花环舞，在一阵虎啸龙吟的剑鸣声中，雪亮剑光朝飞奔的兽龙咆哮者猛然刺去。

因为天雪皇室的家学渊源，雷冰梵一身剑术极为精湛。他这率先发难的一剑，无论力量、速度还是角度，都是无比的精准恰当，甚至一般人不会注意的提前量，他也都计算到了。

于是一剑刺出之际，那前冲的兽龙族士兵，就好像主动将裸露的咽喉部位，直挺挺朝剑尖上撞去。

"难道雷冰梵要得手？"唐求眼巴巴看着雷冰梵那一剑，在心中拼命祈祷。

"也许今日不用费多大干戈吧……"见识过雷冰梵惊人剑术的苏渐，

也在心中把事情往好处想。在一旁屏息凝神的亚飒，心思也差不多。

四人中，也只有洛雪穹，因为一手灵山圣门的月神白虹剑法使得出神入化，对剑技有着精湛的理解。她看着正相对快速接近的雷冰梵和龙兵，一皱眉，直觉事情不会这么简单。

果不其然，那龙兵眼见要撞上剑尖，却突然以一种惊人的速度，将身形一斜，让过了咽喉位置。紧接着他用肩膀盔甲一撞剑身，顿时快雪时晴剑发出一阵刺耳的金属撞击滑动声，堪堪从他肩膀边缘滑过。

龙兵这一成功的避让，顿时如同一瓢雪水浇在苏渐几人头上——笨重的身形，却做出毫厘间的迅疾避让，还立即用肩膀盔甲做出反击，这里面包含的东西，恐怕不仅仅是武学本身了。

想到这一点，苏渐忽然觉得不妙，但还没等他反应过来，就见那兽龙咆哮者嘿嘿冷笑一声，将手中沉重的狼牙棒如秸秆般轻飘飘挥起，一下子就砸向身侧的雷冰梵。

这一个攻击时机的选择，也实在太毒了。飞跃半空的雷冰梵，一击不中后，和跳起双腿踢人没中一样，之后的动作根本不受自己的控制。

"不好！"苏渐几人不约而同地惊呼一声，蓄势待发的救援立即发动！

只见苏渐手中一团鲜红火团飞出，正是比飞火术更高级的"熔火球"，这是他提升武学境界后修炼的对应火灵法术。

唐求也不再是土系基础的落石术，大喝一声后迅猛跺地，猛然地上就有一道裂痕从他脚下开裂，飞速向龙兵站立处延展。

洛雪穹和亚飒并没有施展法术，而是各挥兵刃朝龙兵飞扑。

亚飒的毒牙双环，如同一对狂舞的毒蝙蝠，脱手而出，朝龙兵咽喉和裆间激射。

洛雪穹飞起月神白虹剑，凌空翩舞，如九天仙子朝兽龙咆哮者当头杀去。

"嘿嘿！"见他们几个人围攻，兽龙咆哮者却似乎毫不在意。

"吼——"兽龙咆哮者果然龙如其名，突如其来的大吼如闷雷猛然爆发，直震得众人耳膜嗡嗡作响。

他这声咆哮，并非只是寻常吼叫；在场所有人都觉得这声咆哮就在耳边炸响,眨眼巨响顺着耳朵撞向胸腔。

巨大的声响中,还有一股强大的意志奔腾而来,在一瞬间搅动肝胆,让人不仅筋酥骨软,还战意尽丧。

于是苏渐他们这一波攻击瞬间瓦解。熔火球和裂地术,被龙兵轻易躲过,亚飒和洛雪穹的攻击也被龙兵震慑,等反应过来时已发现退回到原处。

"完了!"攻势失效后,苏渐四人立即升起一个可怕的念头:这一下,雷冰梵是在劫难逃了!

但雷冰梵的实力,他们还是低估了。

兽龙咆哮者拿狼牙棒横扫到他之前,看似已经失力的天雪皇子,忽然伸腿一蹬龙兵后背,竟借助这一蹬之力,身形打横飘出,如雨燕般灵巧落地。

但雷冰梵逃过一劫,不等于这一组人的危机过去。

雷冰梵的逃脱,激起了兽龙咆哮者的怒火。他刚一路上横冲直撞,所向披靡,没人能挡得住他,也没人能从他近距离的攻击中逃脱。

于是他恶向胆边生,怒吼声声,决意眼前这几人一个都不留!

他首先冲向雷冰梵。

一人半高的粗壮兽龙,跟座小山似的冲过去,别说还有那根狼牙棒,光是这冲撞,挨上也是不死就残。

一见他向自己冲来,雷冰梵立即放弃用剑,因为刚才已证明,一般剑术很难击中兽龙少数裸露在外的致命处。

"寒晶斩!"他立即凝聚灵力,手中快雪时晴剑顺势一挥,一道鲜蓝闪耀的晶莹冰气,带着刺骨寒意,朝兽龙咆哮者扑去。

"哼。"只听兽龙咆哮者一声闷哼,竟生生承受下这记寒晶斩的攻击。

寒晶附体,兽龙被击中的身躯和盔甲,迅速结上一层蓝汪汪的冰霜;寒晶斩也确实发挥了它应有的作用,立即开始减缓兽龙的速度。

然而这并没有任何作用。已经奔跑起来的兽龙,借着他那强大的惯性,足以抵消寒晶斩的减速作用。

于是只听得"砰"的一声,刚才逃过一劫的雷冰梵,这一回被兽龙直接撞上,刹那间腾空而起,翻滚着摔出去两丈多远。

不过雷冰梵反应极其敏捷,刚才寒晶斩打出后,见兽龙依旧快速冲过来,已知不好,便在百忙中侧过身子,不仅保证被撞时让过要害部位,还能在空中勉强控制身形——

但电光石火间,很多预测只存在于想象中。这一被撞飞,他也只是躲过了前胸和头脑要害,在空中翻滚时根本控制不了自己的身体。

结果落地后,他依然被余势未尽的巨力所推,又滚出好远。高贵的皇子立即浑身鲜血淋漓,沾满紫服,嘴角也流下一缕血水来。

"冰梵!"这几人中,要数苏渐对他感情最好,毕竟这位看似冷峻的天雪皇子,已经救过他两回。

他一见兽龙将雷冰梵伤得如此,顿时大吼一声,双目通红冲上去,就要跟兽龙拼命。

谁知道,这实力超绝的兽龙咆哮者,那眼光竟也是极好。

他刚才只不过横扫了几眼,就立即判断出,这个正发疯般冲过来的清俊少年,实力根本就是几个人中最差的,甚至连那个畏畏缩缩的胖子,绝对力量也超过他。

所以,见苏渐扑来,兽龙竟然根本就无视他了,脚下一发力,转换方向,迅捷无比地朝洛雪穹扑去——无论力量还是经验都傲视对手的兽龙咆哮者,打的竟是先搞定敌人中实力最强的那几位的主意,否则先挑弱的打,简直有辱他的面子!

且不说兽龙心思如何傲慢可恨,就从这一点,也能再次清清楚楚地确认一点:兽龙咆哮者的实力,果然是远超探路者和徘徊者啊!

再说洛雪穹,见龙兵不顾苏渐的追击,竟转弯径直朝自己冲来,倒也毫不慌张。她一手持月神白虹剑护身,一手捏起风诀,顿时一道闪着晶莹灵气之光的风刃,当头朝兽龙咆哮者飞去。

这时候,就看出洛雪穹超人的镇静来。在间不容发间打出"风芒闪"后,她竟然还精准无比地瞄准了兽龙此刻没有盔甲和鳞片保护的地方:眼睛。

只可惜,常年在边境领土专门从事猎杀任务的咆哮者,怎可能轻易被学院新生伤到？

见风芒闪朝自己双眼飞旋扑来，兽龙咆哮者竟是张开血盆大口，猛地喷出一道白气。

这白气虽然只是从口中喷出，却迅疾无比，带着腥臭无比的味道嘶嘶破空飞出，转眼和风芒闪碰撞。只听得"轰"的一声，两股无形的风芒气团，竟然撞击出闷雷的声音。

少女的风芒闪没有奏效，接下来的防御手段就更加有限了。她的月神白虹剑，无论怎么锋利神异，也架不住兽龙全力砸来的沉重狼牙棒。

和雷冰梵相似，电光石火间，洛雪穹立即做了一个决断。

她放弃了任何抵抗的幻想，主动身形急闪，仓促间脚下一绊，顺势就地一滚，堪堪避入一处灌木丛，暂时脱离了兽龙的攻击范围。

只是虽然暂时脱险，洛雪穹的样子已是狼狈不堪。

她不仅白裳破碎，手臂还划出血痕，可见哪怕再是什么冰雪仙子、高冷女神，到了这生死相搏的战场上，也一样鸡飞狗跳、尘土飞扬，哪还顾得上保持什么优雅和高洁。

见洛雪穹也暂时退出战场，兽龙咆哮者十分得意。

他再一次忽视了在后面怒吼扑来的苏渐，转身就朝亚飒扑去——这几人中，雷冰梵和洛雪穹因为家学渊源，虽是新生，武学境界已入二重；亚飒却和唐求、苏渐一样，也才堪堪入门。

境界有差距，在实力上就不可同日而语。

于是相比刚才雷洛二人还能弱弱抵抗一下，亚飒根本只来得及扔出一对毒牙双环，就被兽龙拿狼牙棒打横一扫，双环就如小儿玩具般打横飞出，扑通两声也不知落到哪儿去了。

亚飒见状，有心要跑，却被已经逼近的兽龙咆哮者一个急转身，那条粗壮无比的龙尾轰然扫来，顿时将亚飒腰眼卷中。亚飒根本来不及有任何反应，就如同一块泥土被龙尾鞭飞，在空中翻滚飞出去有两三丈才落地。

摔地之后，亚飒不要说爬起来再进攻，那从身体各处传来的剧烈疼痛，让他连站起来的力气都没有。

兽龙连续击倒三人,叙述起来好像过程很复杂,但其实只是在片刻之间,兽龙便以迅雷不及掩耳之势快速击飞三人!

见得如此,本来一直在后面追着兽龙跑的苏渐,内心在某一瞬间,也变得迟疑,变得很想放弃。很明显,他现在的实力比雷冰梵和洛雪穹差得远,就连唐求也不如;如果还紧追不舍,简直是自己找死。

而他如果现在放弃,趁着兽龙对他的忽视,转身就逃,那倒真的很有可能脱险。

但接下来看到的一幕,立即将苏渐惊醒。

只见胖子唐求,虽然实力还在他苏渐之上,但实在胆子太小。眼睁睁看着几个心目中的高手一个个被儿戏般击倒,唐求立即失去了任何抵抗的意志。

更要命的是,他不想打的话,那就跑啊!偏偏意志一松懈,他这腿脚竟然也跟着松懈,顿时整个胖大身形如一摊软泥靠在残月峡石壁上,根本就眼睁睁地看着兽龙冲过来而没法做任何抵抗。

一看到这情景,苏渐顿时清醒。

他立即打消了自己一人独逃的念头。他已看清了整个战局:如果自己拼一拼,还有一线可能;如果连他也放弃了,那现在失去战斗力的四个同伴,肯定会被兽龙一个个杀死。

"不行!我不能逃!"苏渐心中也有恐惧,这时却咬牙想道,"不管怎么样,我要尽力把兽龙引开这里;如果不这样,我们真要全部死在这里,一个都逃不了!"

这一刻,为了救自己的同伴和兄弟,苏渐激发出来的勇气,要比独自求活还要大。

于是,在见识了兽龙咆哮者比传说中还要强大的狂暴战力后,苏渐却傲然挺立,冲着正向唐求冲去的兽龙大骂道:"好个兽龙,原来也没胆,只敢欺负不能动的敌人!"

苏渐这激将叫骂,叫得响亮无比,即使这位兽龙大哥人族语不太好,也从少年的声调中,体会到这种嚣张挑衅之意。

本就存着羞辱敌人意思的兽龙战士,还真被少年这句话给打动了。

"对啊,我怎么忘了,"这兽龙咆哮者还真在心中认错,"我不是要先挑强的打吗?眼前这个胖子,吓得连路都走不了,显然是我误判他实力了。"

"好好好,既然身后这小子不怕死,我就成全你!"

心中打定主意,兽龙不再看唐求,转过身来,目露凶光地盯着苏渐。

只是让他始料未及的是,刚才少年叫阵如此嚣张,等他一转过身来,竟然立即如只兔子般跳起,无比灵活地朝远处跑去。

"好个奸猾人族!"兽龙立即勃然大怒,"敢戏弄你家龙爷爷,简直不想活了!"

大怒之下,他毫不犹豫地提着狼牙棒,朝苏渐飞跑追去。

别看兽龙咆哮者身形壮硕笨重,奔跑起来的速度却着实不慢。事实上若非如此,也不可能成就他们在边境一带的凶名。

只是让这位兽龙没想到的是,前面那少年最擅长的自带技能,也是"跑得快"。

在苏渐处心积虑的策划下,两人开始追逐时,还真的周旋了一阵子。愤怒的兽龙追不上他,便被他引领着,逐渐脱离了刚才的战场。

见得如此,留在原地的那几个伤者同伴,哪还不知道苏渐的用意?

而按照刚才兽龙攻击的场面,再对比苏渐本人的实力,则少年即将面对的命运,将注定是那个让人无比悲伤的结局。

一时间,残月峡内,就连对苏渐很有成见的洛雪穹,眼中也忍不住流下了热泪。

苏渐的行为,绝对对得起洛雪穹这冰山美人的热泪。

引开龙兵,苏渐是真怀着必死之心的。

此后日影移动,残月峡暗影范围扩大,苏渐在杂草丛生、乱石参差的谷道中拼死奔跑,却始终甩不掉身高腿长的兽龙。

"拼了!"一个念头在苏渐的脑中冒出。

如果雷冰梵他们现在知道苏渐这个决定,一定会惊讶,惊讶五人小组中最决绝之人,原来是苏渐。

于是,正追得兴起的兽龙咆哮者,突然惊奇地发现,前面的少年忽然停下,还转身面向自己。

"他吓傻了吗?"龙兵也十分惊讶。

"难道想靠花言巧语来拖延时间?"龙兵心中转念,不屑道,"嘿嘿,如果你这么想就错了。老子大仗小仗经历无数,手底下也不知杀死过多少卑贱人族。我怎会不知道,生死相搏间,最容易死的就是话多的那位。如果不是这样,我怎会养成今日沉默寡言的性格?"

于是,兽龙咆哮者什么废话也不说,没任何迟疑地朝停住的少年扑去。

谁知道,让他更加惊奇的是,在自己扑过去的同时,那少年竟然也猛地跃起身形,反朝自己扑来!

"他、他不会真的脑子有病吧?"一瞬间,兽龙咆哮者还真的有点动摇,想停下来打个招呼,问问这少年知不知道死字是咋写的。

但这是不可能的。他们迅速地扑在一起。

唯一出乎龙兵意料的,是这变傻的少年竟灵活无比,就在两人迎面撞上的前一刻,却脚下一滑,往旁边微微一侧,几乎擦着他身子滑过。

"砰!"只听得一声闷响,龙兵诧异地感觉到,这少年百忙中还在自己手臂上捣了一拳。

"哈哈!"虽然龙兵觉得多年的杀戮生涯,已把自己变得极为朴讷,不再幽默,但这时候还是忍不住笑了起来。

"这小猴子,跟我比肉搏吗? 好! 怕的就是你不跟我打,现在嘛……就成全你!"

打定主意,他也不停留,立即转身朝少年扑去。

这一切都发生在电光石火间,残暴的龙兵虽然觉得苏渐可笑,却丝毫没给他留任何拖延的时间。

巨大的身形,如磐石轰然而起,朝苏渐当头压下。

苏渐见状,极力往旁边一避,却因龙兵速度极快,还是没完全避让开,被重重撞倒在地!

龙兵巨大的身形,压住了苏渐。这时候兽龙咆哮者还真的不打算马上杀死敌人。

按照他的经验,已经被他扑倒在地的任何生灵,都无生还的可能性,既然如此,那就好好折磨折磨这行为诡异的卑微人类吧。

龙兵沉重的身躯,已经压住了苏渐一条腿,让他无法逃脱;与此同时,龙兵把狼牙棒抛在一旁,举起了蒲扇大的龙掌,对准苏渐的前胸,就要给上沉重的一击。

只是就在此时,他却看到少年脸上浮现出一丝奇怪的笑容。

"嗯?!"还没等他反应过来,他只觉得右臂和身体的连接处,猛然间一股刺骨的剧痛!

他立时心中大骇,低头一看,却见少年手握利剑,正刺进他的肩胛骨里!

不过这一击,并不是刺入致命处。兽龙咆哮者先是一惊,转而变得极为愤怒。

只是,正当他大怒之下,准备将少年一拳砸死时,却突然感觉到自己的身体正在发生某种奇异的变化。

这变化,就好像一座外表看起来极为完整坚固的房子,忽然间从内部抽走了最关键的那根柱子,立即让整座房屋瞬间倒塌。

兽龙咆哮者现在就惊骇地发现,自己就像那座猛然崩塌的房屋,四肢和筋骨忽然失去了力气,身体的各处也瞬间出现各种难熬的疼痛。

"怎么会这样?!"凶暴的龙兵惊怒交加。

但生死相搏,间不容发。就在他这一没力、一愣神的瞬间,苏渐锋利无比的血歌剑,已经穿过深蓝寒光铠的缝隙,插入了他的前胸。

刹那间,寂静无声的血歌剑发出欢快的鸣颤,强大无比的兽龙咆哮者只觉得全身的血脉气力在可怕的欢歌声中迅速流干。

"怎、怎么会这样?"兽龙咆哮者从苏渐身上向旁边无力地滚落。

当他两眼失神地看向天空,走向死亡时,却怎么都想不明白刚才是怎么回事。

"赌对了!"一击得手的少年,这时却翻身而起,欣喜若狂!

原来,苏渐刚才以性命相赌,拼死接触兽龙,在一瞬间开启了血瞳心眼。那一刻,外貌强大无比的兽龙咆哮者,身体内部那些提供力量的最紧要脉络源泉,都被他看得一清二楚。

这一看,苏渐才发现,这兽龙咆哮者不说是外强中干,也算是新伤旧创伤痕累累。

想来也是,兽龙族士兵虽然横行边境,杀死不少人族士兵,可多年的生死相搏下来,身体内部也积累下无数的伤病。他现在就像一只已经松散摇动的木桶,哪天被切断了桶箍,再受到致命一击,就会轰然散架。

但苏渐如此行险,还是很可能功亏一篑。

因为这兽龙咆哮者,因天生体质的缘故,就算被刀剑插入心脏,也不会立即死去;在这个空隙间,他完全有可能逞凶,凭着巨力将苏渐击成重伤,求个同归于尽。

只是没想到,来历不明的血歌剑,由于某种奇异的特性,竟在最短的时间内将凶猛兽龙的血气力量吸尽。

"我、我竟被一个毛头少年杀死?"兽龙吐着血,仰视正俯瞰着自己的少年。

"你、你今日屠龙,必将获得无上荣耀……"龙之将死,其言也善,他十分友好地向少年指明这一点。

"好好好,我知道了。"没想到苏渐现在心思根本不在这上面。

确认这兽龙确实已经快死之后,苏渐俯下身,叫道:"我有个问题想问你,你回答得好,我就让你速死,少受点活罪。"

听得此言,龙兵竟是顺从地点了点头。要知道虽然他对死去也没什么经验,但以前经他亲手折磨过的濒死之人多了,所以他很清楚,苏渐所说的速死,在现在这种情况下,确实属于一种福利。

事实上,对此刻的龙兵来说,最可怕的事情是,这少年突然拿出什么神州古国的仙丹妙药,将他救活,然后押着去华夏国内陆——

龙族被俘! 如果真是那样,他在后方龙境中的家人还要不要活了?

不过好在苏渐并不完全知道内情,对龙兵的配合,他还有点惊讶。看着龙兵出气多进气少的样子,他知道再也不能耽搁了。

于是他俯下身,郑重问道:"我问你,你知不知道,你们恶龙国,有个长得非常非常好看的少女,她就像——"

他用手比画着,用着自己认为最贴切的语言,把那个梦中龙翼少女的外貌体形描述了一遍。

刚开始时,濒死的龙兵还不怎么用心听,只顾盯着头顶的天光阴云。当苏渐描述得越来越多后,他的表情突然间变化了!

这一个变化的表情,让苏渐非常吃惊,因为他从来没看到过在同一张脸上,还能快速交织出现惊异、崇敬、疑惑这三种表情!

看见如此诡异的表情,苏渐却大为兴奋,叫道:"你知道!你竟然知道!快说快说,她、是、谁?!"

没想到,刚才承诺好好配合的龙兵,这时候却用一个十分夸张的动作,猛地把嘴闭上,还努力把头一转,偏向一旁,摆出一副不理苏渐的傲娇模样。

"你还想不想好好死了?"苏渐怒喝道。

不过那龙兵就是不理。见他这样子,苏渐一时也没什么办法。急切间他倒是没想到,这龙兵现在最怕的,却是自己拿出药来救助他。

这也不怪苏渐思维僵化。笑话,"拿药救龙族士兵",这两百年来,就从没有一个正常人产生过这样的想法。

着急之际,苏渐偶然低头一看,蓦地心中一动。

他立即取下那条星光璀璨的项链,递到兽龙咆哮者的眼前,用尽量平和的语气问道:"我只需要你回答一个问题。你看,这条项链,你认不认识?"

"哇!"苏渐完全没想到,奄奄一息的龙兵看到他拿出这"贴身"项链后,竟猛地爆发出一声大叫,还用惊恐无比的表情怒吼道:"你是怎么拿到她贴身宝物的?"

巨吼之时,他竟然爆发出不合常理的生命力,一下子坐起,两手狂舞,张牙舞爪地朝苏渐抓来!

不过他这临死的攻击,怎可能伤到苏渐?

见他龙爪抓来,苏渐立即飞身后退。等龙兵手势一颓,他又很快飞身上前,手握住还插在龙兵胸口的血歌剑,猛一使劲,将利剑深深地推入龙兵的胸膛内。

于是只听得龙兵惨叫一声,就此倒地死去。

"啊?!"这一刻,恰好雷冰梵等人挣扎着赶来,正好见到龙兵殒命的这一幕。

而无巧不巧,一道阳光忽从云层中穿出,自残月峡狭窄的高空射下,用后世的术语来说,这束阳光在残月峡的阴云迷雾中产生了"丁达尔效应",变成一个明亮辉煌的光柱。

于是在雷冰梵等人的眼中,这一刻仿佛有一束天国之光从穹顶投下,照亮苏渐杀死龙族的刹那英姿。

"他、他杀死了龙族? 还是兽龙咆哮者?!"

不要说唐求呆若木鸡,以为自己眼花了,就连几人中心性最冷淡的洛雪穹,都惊得说不出话来!

"你竟然杀死了咆哮者!"唐求终于吼起来。

"是啊,"苏渐拔剑,一脚踏在兽龙胸口,"我也不敢相信。对不起,唐兄。"

"为什么要跟他说对不起?"震惊中的亚飒奇怪问道。

"因为我很可能害他输了赌局。"苏渐笑道,"他赌我这次不能从残月峡生还。"

"混蛋!"一直沉默的雷冰梵,冷不丁飞起一剑,唐求的额前顿时飘落好几缕头发。

"我、我这不是……"唐求一惊,讪讪说道,"我最近运气不太好,做什么什么不成,就像'梦是反的'一样,这才这么押宝,也是为了苏兄……"

"没关系的,"苏渐豁达说道,"换了我也这么押,为了赢嘛。"

"咦,洛姑娘,"苏渐忽然注意到洛雪穹,便道,"你怎么一直不说话? 是刚才吓坏了吗? 还没回过神来?"

"不是。"洛雪穹摇了摇头道,"我只是不明白,你刚才怎敢孤身一人引开兽龙? 你真以为,凭你那些乱七八糟的发声晶符,就能打败他?"

"没什么敢和不敢。"苏渐想也不想道,"你们是我同学,是我伙伴,现在更是战友;看到你们就要遇难,我还要想什么敢与不敢呢? 没有其他办法,那转身就跑,引开兽龙就是。"

"那你不怕死吗?"洛雪穹道。

"怕啊,当然怕!"苏渐答道。

"那你为什么还这么做?"洛雪穹问。

"咦?"苏渐一脸惊奇地看着她,"怎么了?这很难想通吗?我苏渐,难道不是咱们这伙人里实力最弱的吗?那该做诱饵时,就该毫不犹豫地做;将兽龙引开了,最多我一个人死,你们四个有喘息的机会,还可能替我报仇。"

"这个账很好算呀,你怎么还问来问去?"

苏渐这番话,语气并不算太客气;但奇怪的是,一向以冷傲著称的洛雪穹,不仅没有发怒,那眼眶还有些泛红,眼角更有晶莹的泪水溢出来。

"哎呀!"苏渐见状奇道,"原来洛姑娘也会流泪啊,还真的是女人呢!"

"瞧你这话说的,"唐求撇嘴道,"难道你还以为她不是女人?那你还两次三番的,故意去接近她,变态啊?"

"谁故意接近?我只是……"苏渐想说这是任务,不过张了张嘴,还是没继续往下说。

"苏渐,"这时雷冰梵忽道,"你究竟如何杀死兽龙的?"

"对啊!"唐求一听也跳起来叫道,"你是怎么做到的?他可是咆哮者啊!就连青龙军团的将领,单对单情况下,也不一定有把握杀死他!"

"也没什么啦,"苏渐含糊道,"也是运气好。这位咆哮者仁兄一直冲到这里,也是伤痕累累,早就支撑不住了。"

"伤痕累累?"唐求一愣,忙俯下身检查了一下兽龙尸体,然后不信地说道,"没有啊,我看他身上也没什么大伤。除了胸口你那一剑致命,其他都是些皮肉伤,对他来说根本不叫事。"

"积少成多嘛,你没听过这句话吗?再说我说的是内伤。"血瞳心眼的事说出来十分诡异,苏渐也只能这样打着哈哈。

"内伤?"唐求却很是识货,怀疑地看着苏渐,"小苏,你可别骗我。就算是内伤,怎么先前他对阵我们兄弟几个时,我们根本就打不过——你可别说我们本事不行,就算我唐求不行,亚飒不行,雷冰梵、洛雪穹他们两个,你可不敢说他们不行吧?"

"这……"被唐求这么一说,苏渐吭吭哧哧的,也有点编不下去了。

正在这时，却听亚飒喝了一声："唐求，难道你不相信自己的同学和兄弟？"

"当然相信啊。只是……"唐求还想再说，却听亚飒冷冷道："既然相信，就别问那么多。苏渐如果真有什么绝招，他想说自然会说。"

"这倒是。不过，"唐求嘟囔道，"他能有什么绝招嘛——咦，这么一想也对，连你都杀得死，那这位兽龙咆哮者，一定有什么我们不知道的严重内伤！"

"本来就是这样嘛！再加上我英勇善战，哈哈！"苏渐见他不再追问，也是如释重负。

不经意间，他朝亚飒投去感激的一瞥。于是阴柔的少年，也对他回以一个善意的微笑眼神。

不过虽然唐求没啥疑义了，那雷冰梵却依旧满腹疑虑。

"真的是这样吗？"雷冰梵想道，"就算有何严重内伤，这兽龙攻击我时，那绝强实力我可是亲身感受。以苏渐他这实力……"

"哼，"雷冰梵不屑想道，"在我眼里他就根本没什么实力吧。此事绝对有古怪。也许……是血歌剑有什么不为人知的特殊威能？"

到了这时候，附近那些灵鹫、屠龙学院的学生们，也先后都得到了最新消息。

"什么？是苏渐杀死了兽龙？"所有人都极度震惊。

"不是雷冰梵？不是洛雪穹？你听错了吧？！"

"还是咆哮者？你在说什么笑话？你是不是吓糊涂了？"

几乎所有人的第一反应都是这样子的。

不过当消息被进一步确认，所有残月峡中的人都震惊了！

当然，他们一定会把这件事，归结为苏渐撞了大运，兽龙出了问题。但一个不可否认的事实是，苏渐杀死了一个兽龙咆哮者，而且是单挑的！

整个残月峡，在这一刻沸腾了！

战场中的情绪，就是这样一点就燃。整个峡谷在一刹那沸腾，无数欢呼声响起，"苏渐""苏渐"，这个平凡的名字被所有人喊得震天响。

这一刻，两边悬崖峭壁上，本来对峡谷中人虎视眈眈的鹰隼凶禽，也被这突然响起的震天欢呼声惊吓。它们一个个扑扇翅膀,狼狈惊慌地逃向远方。

漫天的欢呼声里,那位如冰似雪的美丽少女,忽然轻声地对满面兴奋的少年说道:"苏渐,你……以后叫我雪穹就可以。"

仿佛神奇地开启了一个契机,当苏渐杀死了兽龙咆哮者之后,残月峡中肃清残敌的工作,进展得十分顺利。不到半天的工夫,残月峡中通过泪原防线漏过来的兽龙族士兵,全部都被找到杀死。

在大家欢庆彻底胜利的时候,苏渐还有些淡淡的惆怅。

他心想:"唉,暂时又没有机会接触龙族,弄清自己女神的秘密了。"

不过,他总算得到了一个非常重要的信息,原来这个梦中女神竟然真的存在!而且,就和对面的龙族有关。

这一点,对苏渐来说太重要了。他原本黯淡无比的人生,忽然现出一线光明,至少苏渐现在明白,不用再怀疑自己得了什么臆想症了。

不仅如此,从咆哮者看见自己这条星降之链的反应来看,苏渐判断,这条项链,一定来历不凡——

他现在已经老实不客气的,就把这条项链叫成十大晶海神器之一的"星降之链"了。苏渐很难想象,这世上还会有什么项链,会比这条更像传说中的星降之链。

星降之链,位列晶海神器,自是不凡。甚至有传言,星降之链是十大晶海神器中,很特别的那一个,其具体有哪些功用,至今都没有明确的说法。

说起"晶海神器",原来在这片神州大陆上,有十大晶海,对应着十大神器。

神州大地上,有许多特殊的湖泊散布,因为它们蕴含头顶仙穹中星海晶河的能量,也被称为"晶泊"或"晶湖"。

也不知道晶泊如何形成,但它们对现在的人族,非常重要。星空之力,经过亿万年的照耀,就以液态的形态存在于大大小小的晶湖中。现在人们已能通过特殊的炼晶熔炉,将晶泊之水提炼出晶块。

当然,相比那些妖兽魔植形成的晶核,这些由晶泊提炼的晶块质量都比较差,一般称为星泊普晶。

在所有的晶泊中,按大小体量来分,相对出名的又有十大晶海、三十六晶湖、七十二晶泉。

除了普晶,人们也能从这些晶泊中,偶尔发现多年天然凝结的幻彩晶石,称为"晶王"。

而神州的十大晶海,恰好对应着金木水火土风雷光幻冥十大属性,并且都发现了自己唯一的晶王。

这些晶王习惯上被称为"宝钻"。将晶海宝钻镶嵌、锻炼成兵器、铠甲、佩饰,就成了"晶海神器"。

第十二章

乱 中 抱 美

　　十大晶海神器，传说均由神话时代铸成，后几经辗转，换过无数主人，对应着无数或瑰丽或血腥的传说。

　　不用说，对整个神州大陆，甚至是对龙族、魔族来说，晶海和晶海神器都是十分了不起的存在。它们分别是：

　　璨金晶海，又称金之晶海，位于神州大陆西南，目前属于金龙之国领地。璨金晶海有"璨金之心"宝钻，镶嵌成"璨金王冠"。璨金王冠向来都是皇权的象征，原来世代隶属华夏皇族，但在龙族入侵战争中被龙族夺取，现由龙之帝国中枢皇朝圣龙皇佩戴，被视为全体人族的奇耻大辱。

　　翠脉晶海，又称木之晶海，位于南方梦泽国，还在人族的控制中。翠脉晶海有"翠脉之心"宝钻，镶嵌成"翠脉手环"。翠脉手环拥有强大的生机，传说可以白骨生肌，不仅可以疗伤，还可以净化被污染的草木之地，乃是现在南方梦泽国的镇国神器。

　　沧水晶海，又称水之晶海，位于北方天雪国。沧水晶海有"沧水之心"宝钻，镶嵌成"沧水手环"。沧水手环能够爆发绝强的水和冰霜的力量，现在下落不明。

　　红焰晶海，又称火之晶海，位于华夏国和南边云山国的交界处，与横断山脉接近。红焰晶海有"红焰之心"宝钻，镶嵌成"焰魂晶杖"。焰魂晶杖乃是红焰晶海中红焰晶族的祖传圣物，含有强大的火焰晶能，传说发挥到极致时，势可焚城断云。也有人将这把火系的绝世法杖，直接叫作"红焰之心"。

岩流晶海，又称土之晶海，位于西方大漠国中。岩流晶海有"岩流之心"宝钻，镶嵌成"岩流之戒"。岩流之戒能爆发岩石的力量，还能让佩戴者获得短距离土遁的能力。

暴风晶海，又称风之晶海，位于西南方万花国与梦泽国的交界，周边也有系列小国。暴风晶海有"暴风之心"宝钻，镶嵌成"暴风之戒"，能够掀起风暴的力量。

怒雷晶海，又称雷之晶海，位于神州大陆中央位置的北方，现在属于龙之帝国雷龙之国的领土。怒雷晶海有"怒雷之心"宝钻，镶嵌成"怒雷之剑"，能够引发雷霆闪电，现由京华四杰之首、人族第一青年战神轩辕承天持有。

星降晶海，又称光之晶海，位于华夏国北方接近天雪国的星降高原上。星降晶海有"星降之心"宝钻，制成了"星降之链"。星降之链据说能引动浩瀚星空之力，针对黑暗生物有奇效，还有诸多未知的神秘能力。星降之链曾落入龙之帝国皇族之手，但现在一位叫苏渐的华夏少年也自称拥有。

幻象晶海，又称幻之晶海，位于神州大陆的东方，就在曾经的华夏国首都、号称"万城之城"的旧京华城附近。现在那里为龙之帝国中枢皇朝圣龙王国的领土。幻象晶海有"幻象之心"宝钻，镶嵌成"幻象之戒"，据说流落于西海大洋中的万妖聚集之地"灵洲"，由妖族女王"惑梦"拥有。传说，幻象之戒能够控制人心、幻化外表，甚至改变时间流事件的本来面貌，乃是游走于真实和虚幻之间的危险物品。因为，幻象之戒的主人在幻化世界的同时，也在虚无自己的内心。

幽冥晶海，又称冥之晶海，位于大陆极西未探知的蛮荒之地。幽冥晶海有"幽冥之心"宝钻，被镶嵌成"幽冥圣杯"。十大晶海神器中，数幻象之戒和幽冥圣杯最为神秘。传说，幽冥圣杯拥有制造亡灵战士的力量，拥有诅咒的力量，其主人都没好下场。最常见的是，幽冥圣杯的主人自己，也被圣杯制作成亡灵，成为圣杯的奴仆。传说，十大晶海神器中，只有星降之链能够克制幽冥圣杯的邪恶力量。

可以说，十大晶海神器，是神州大陆所有智慧种族孜孜以求的神器。所有人都相信，只要拥有了晶海神器，不仅能改变自身的命运，还能改变整个族群的命运。

在晶海神器强大能力的诱惑下，几乎所有人都忽视了一个事实：那些晶海神器的历代拥有者，有着并不完全光明的命运。

不管怎么说，整个残月峡之役结束后，苏渐成了最大的赢家。他不仅出人意料地活着回来，还用一己之力杀死兽龙咆哮者，获取了自己最想得到的女神情报。

当然，当他回来后，就发现自己即将收获的，还不仅仅如此。

残月峡之役一结束，消息传来后，正在京华城玄武卫总部统筹诸事的大统领轩辕鸿，立即启程前往立马城。

立马城在京华城东南约三十里，正是华夏四灵军团之首青龙军团的帅营所在地。

立马城的全部建筑，均由云山国运来的上好条石筑成。立马城号称"京畿之石"，在战争来临时，担任卫护京师的重任。

其实据传言，京华城的玄武卫和立马城的青龙军，他们的首脑人物不和。

不过这一天，轩辕鸿却亲自来到了立马城的青龙军帅营中，找青龙军元帅李潮风聊天。

李潮风李元帅乃是华夏国名将，虽然和华夏皇族同一个姓氏，但其实不属同一个门阀。

李潮风家族世代忠良，在两百年前的人龙战争中有着杰出的表现。有传言如果当年不是军中李氏力挽狂澜，则战后的华夏国，并不能在西域人族的新国土中，继续称王。

所以，无论朝政如何变迁，华夏皇朝始终坚持任用李氏杰出子弟，让他们来担任青龙军团最重要的职位。正因如此，为了和皇族李氏区分，李潮风的家族，也被称为"青龙李氏"。

虽然身为王国最重要的青龙军元帅，李潮风年纪却并不算大，今年四十多岁，身形高瘦，凤目剑眉，容貌清俊，看上去更像位儒雅的教书先生。

不过他的气质虽如此，一身艺业却不可小觑。传说李潮风的水系星流术"破穹苍龙"，已经修炼至六重。

和外人传说中的不一样，轩辕鸿和李潮风私底下，交情竟然不错。

其实这也容易想得通，作为四灵军的两大首脑，如果表面上好得跟穿一条裤子似的，肯定会遭到李氏皇族的猜忌。人在江湖，该装的时候还是要装的。

这一天，轩辕鸿直达李潮风内堂，便看见这位老友，正站在帅帐一侧那个巨大的鱼缸前，呆呆地出神。

轩辕鸿何等眼力，还没走近，就看到这位青龙军元帅，只是袍袖微微地拂摆，那鱼缸中的清水中，就有一条小小的东方之龙渐渐成形。冰晶小龙在水中晶莹游动，直吓得鱼缸中从沧海国运来的珍贵鱼儿，四处逃窜。

"李元帅，好兴致！"轩辕鸿大叫道。

"是你啊。"李潮风转过身，看着这位老友，"怎么想起到我这儿来了？是不是你们龟蛇卫有什么龙族的重要新情报了？"

"呸，什么龟蛇卫！"轩辕鸿笑骂道，"是玄武，神兽玄武！下次再这么说，我就把行至贵处的公文，文首抬头一律称为青蛇军。"

"哈哈，你敢么？"李潮风看着他笑道，"小心我青龙军千万将士、万千刀枪——"

"什么千万将士！"终于抓住个话头，轩辕鸿兴奋地说道，"别看你青龙军一拉出去，就是轰隆隆成千上万甲士。我玄武卫虽然人少，但是你不知道吧，刚刚我们一个最低级的锡徽卫杂役，就杀死了一个兽龙咆哮者！"

"什么？！"李潮风剑眉一扬，一脸震惊地看着轩辕鸿，"你说什么胡话？锡徽卫？兽龙？还是咆哮者？你是不是喝醉了啊！"

"哈哈！"轩辕鸿要的就是这效果！

"老李，你这就不知道了吧，刚刚残月峡中搜寻漏网的兽龙族士兵，我派去灵鹫学院深造的小小锡徽卫也去了；早上消息传来，他仅凭一人，杀死了一个兽龙咆哮者！"

"这！"李潮风瞪着轩辕鸿，"你真的不是在开玩笑？"

"当然！"在李元帅面前轩辕鸿比较放松，一拍大腿道，"骗你干啥？今天我来串门,就是特地告诉你,是我轩辕鸿慧眼识英才,特派此子去学院进修的。你看才不到一年,就出了这么大个成果吧!"

也不怪轩辕鸿兴奋得要专门来立马城一通吹嘘,要知道在当下人弱龙强的形势下,别说苏渐还是个学生,无论他是什么身份,能杀死一个龙兵,还是战力高强的兽龙咆哮者,在整个人类王国中,都是极为了不起的功绩。

所以,即使以轩辕鸿这样的身份,确认了消息后,也感到无比荣耀。这样长脸的事情,怎么能不第一时间"分享"?于是他立即放下所有公务,专门打马跑来跟公事上一直明争暗斗的李潮风元帅吹嘘。

李潮风却还是有些不信。他看着兴奋不已的老朋友,怀疑道:"轩辕,你先别忙着高兴。我且问你,你那个锡徽卫学生,是怎么杀死兽龙咆哮者的?"

"这个嘛……"轩辕鸿一时有些卡壳。被李潮风一问,他这才想起来,所有报告中,有关苏渐杀死兽龙咆哮者的细节,都是语焉不详。

不过他立即虎目一瞪,不悦道:"怎么杀死龙兵的,自然是血战数个时辰,又斗智斗勇,凭借着我平时训练调教的玄武卫不屈精神战而胜之。怎么,李元帅,你还怀疑此事有假?"

说到这里,轩辕鸿吹胡子瞪眼,几乎吼起来:"李潮风!要知道当时残月峡中一两百号人,什么人都有,他们都众口一词作证,说苏渐的确独自杀死兽龙咆哮者,自己还没怎么负伤。依我看,定是绝顶天赋和英勇精神共同发生作用,才能让他达成这个奇迹!总之就是我轩辕鸿慧眼识英才!"

"原来如此……"李元帅闭目沉思小半会儿后,睁眼看着轩辕鸿道,"其实,依我看,你这双老眼也不怎么慧嘛。"

"嘿嘿!"轩辕鸿不怒反喜道,"老李,李元帅,本座要的就是你这酸溜溜的样子!"

"你没听懂我的话。"李潮风看着他,"你刚才说,他才是锡徽卫。既然天赋绝顶,人又出奇英勇,那怎么才只是锡徽卫?"

"别说你特别提拔他去灵鹫学院深造,你的手法我还不懂?一定是随便安插个人，当步闲棋去查学院里的血义盟乱党吧。"

说到这里，他点了点头，肯定道："嗯，一定是的，我也听说了，灵鹫学院里血义盟乱党确实越闹越凶了。"

"咳咳！"李潮风这么一说，立即让轩辕鸿老脸微红。

"真是他娘的见了鬼了！"他心中不住翻腾，"这老小子就像知道我怎么计划的一样。怎么办？我可不能在他面前丢了面子……"

正这么想时，却听李潮风忽换了一种口气，竟是好生亲切温柔，还伸头凑近前来说道："轩辕，你也别瞒我了。这小子肯定本事平庸，杀死龙兵只不过是碰运气吧？"

说到这里，李潮风的语气更加轻柔："轩辕老友，你说他叫'苏渐'是吧？苏渐、苏渐……不管怎么说也勉强算个可造之才。要不，请调来我青龙军吧，我给他一个小校尉当当，说不定将来能有点出息呢。"

"想得美！"轩辕鸿猛地一惊，"去你的吧！想来我玄武卫挖墙脚？你们不是有千万将士、万千刀枪吗？"

"不行吗？"人前威风凛凛的李潮风元帅，这时在后帐中，却用幽怨的眼神看着轩辕鸿，"你可别忘了，他只是你们玄武卫的一个锡、徽、卫啊！"

"谁说是锡徽卫？"轩辕鸿大嘴一撇道："其实暗地里，我已把苏渐这小家伙升为铁徽卫了。"

"真的？"李潮风不相信地看着他。

"当然！"轩辕鸿理直气壮道，"刚才全怪你问这问那，倒是让我忘记说了。全怪你！"

口中指责，轩辕鸿心里却怪起自己来："哎哎，疏忽了疏忽了！怎么忘记这茬？我这次回去，就赶紧把苏渐的官阶给升上吧！"

"是不是真的啊？唉，可惜了。"李潮风还在意犹未尽，对他十分了解的轩辕鸿立即转身就走。

果不其然，在他跑出营帐这一路上，青龙军团帅帐高级将领们，目瞪口呆地看着他们的大元帅一路追在轩辕鸿后面，不停叫道："轩辕鸿！轩辕兄！就不能再商量商量吗？大不了我给你们玄武卫再提供点精良兵器，你开个价，都好商量的……"

面对他的唠叨,轩辕鸿索性捂起了耳朵,一路狂奔,跑到青龙军帅营辕门外拴马的"立马回头"石碑处,利索地翻身跳上自己的红鬃黑膘马,一溜烟就往京华城绝尘而去。

等轩辕鸿回到京华城玄武卫总部,立即签发了升迁令,升苏渐为铁徽卫。

和以往的铁徽卫升迁不同,这一回轩辕鸿极为郑重。他特地召集了所有在京华城的银徽卫以下黑衣卫,并当着众人之面,亲手将苏渐胸前的玄武锡徽换成了铁徽。

在这样的仪式上,轩辕鸿也免不了要发表一通重要讲话。他向所有人强调,这次苏渐能杀死兽龙咆哮者,主要靠的是玄武卫坚韧不屈的精神。可见不管轩辕鸿本身是如何大才,在特定的环境和场面里,官样文章也是要做的。

其实在玄武卫里,从最底层的锡徽卫升成正式工一样的铁徽卫,是最艰难的。当苏渐变成铁徽卫,本就友好的端木楚自然对他更加刮目相看,认为自己没看走眼。

更多的人,则是把苏渐成功的原因归结在灵鹫学院身上:你看,才上了灵鹫学院不到一年,他就升迁成铁徽卫了,灵鹫学院果然厉害啊。

相比这些正常的态度,玄武卫同袍中也难免有心生嫉恨的。看着别人好,心生嫉妒,这其实也是正常的人性。不过在这些人当中,有一人的嫉恨,却是超出了正常水平。

这人就是盖英卫。

作为苏渐的上司,盖英卫有着和苏渐相同的情况,也是靠实力爬上来的寒门子弟;但现在他看着苏渐走他曾经走过的上升之路,却心生嫉妒了。

倒是不能说,寒门子弟就没素质,就要比那些贵族世家的子弟小气。公正地说,盖英卫有这样的反应,实在是因为他就是这样的人!

看着自己曾经看不起的小跟班,开始崭露头角,盖英卫这心中的怒火再也无法抑制。

对苏渐这次平安回来还升了职的消息,不爽的绝对不止盖英卫一个人。

听到苏渐活着回来的消息后,在灵鹫学院中,有一个神秘人物,躲在阴暗的角落里。当他看着活蹦乱跳的苏渐路过,脸上露出了特别失望的神色……

"苏渐,你还真是个麻烦。"神秘人低声自语道,"连残月峡的兽龙都杀不死你。看来,等完成手头这活儿,我要做更多事情了。"

此时的苏渐,正春风得意,自然无从知晓诸如此类的凶险暗流了。

杀死兽龙咆哮者,虽然让苏渐获得了一时的荣耀和职位,但这样出风头的日子,很快也就过去了。

无论是玄武卫还是灵鹫学院,都是人才济济、精英辈出之处。人们除了最开始的惊奇,慢慢地也对苏渐之事淡然了。

特别是,对于一个小小的后进杂役和新生为什么能杀死兽龙咆哮者,玄武卫的同袍和学院的同学们,也都分析出了"合理的真相"。

他们从地理环境、气候风向研究,甚至考虑到龙兵积劳成疾以致旧病复发从而暴毙的可能性,但没有一人承认是因为苏渐自身的实力。

可见世人就是这样,无论见识高低,总有一种本能,希望把自己难以理解的事情,想办法解释成自己已有的常识。

不过这样也好,对于苏渐来说,他还没准备好站在风口浪尖上。对他来说,升职成铁徽卫固然可喜,赢得雷冰梵等人的真正友情,以及了解到神秘梦境龙族女神的进一步消息,才更宝贵和重要。

如果可以,苏渐希望自己在灵鹫学院的日子,就这样安安然然地度过。他真的很想安心地学习灵鹫学院的武学和法术,经过这么多的危险,他已经深深知道,要达成自己的梦想,提升实力是唯一的途径。

只是,好像老天爷就是要跟他开玩笑,当苏渐好不容易摒弃了纷纷攘攘,安下心来学习修炼时,这天傍晚,却又听到学院附近的鹿鸣森林中,发生了学生被杀的事件。

苏渐始终没有忘记自己的身份和职责。听到发生凶杀案的消息后,他第一时间就赶了过去。

因为在学院中人气见涨,这一次终于让他在第一时间听到了消息。

当他火速赶过去时，凶案现场还没有清理，那遇害的学生，还静静地躺在林间的空地里。

当苏渐赶到时，那些和遇害学生亲近的同窗和师长们，还在围着遗体哀悼。人群中，有几个女学生，还忍不住在哀哀地哭泣。

见到这样的情形，苏渐自然也不好受。不过因为自身受过的训练，他很快排除了这些个人感情，一脸肃然地挤进了人群。

在跟戒律教师报明了玄武卫的身份后，他便俯身细细地查看尸体。

其实在此之前，在现场负责勘察工作的戒律老师，就已经仔细检查过了遇害学生的遗体。但他翻来覆去地看了后，却发现和先前一系列的怪案相似，这个没有失踪而是变成尸体的受害学生，身体上竟是没有任何可疑的伤口。

这就很奇怪，因为从遇害学生们的扭曲脸色来看，他们被杀害时，一定面临了可怕的攻击。如果从这点推断，他们身上应该有明显的伤痕才是。但结果却是，什么都没有！

所以，当经验丰富的戒律老师，看到苏渐检查来检查去时，心里只有一个想法："呵！这个小小少年，能有什么本事？看着煞有介事，其实都不过是装腔作势，摆摆场面罢了。"

其实围观人众，想法都和戒律老师差不多。

只是让所有人都没想到的是，苏渐翻检到死者头部时，忽然伸手迎风一招，发出一道火系最低级的"掌心火"，凭空生出一团火苗在手掌中飘摇燃烧。

"我要烧了他的头发。"燃火在手的苏渐，对一脸惊奇的戒律老师平静说道。

戒律老师也不知道苏渐要弄什么玄虚，不过现在也是死马当活马医，便点点头，示意苏渐可以这么做。

苏渐立即挥起那团火苗，烧在了遇害者的头发上。头发很快就被烧得一干二净。戒律老师好奇地探头一看，顿时倒吸了一口冷气！

原来，本来以为一切正常的尸体上，当头发被烧掉后，原本被头发掩盖的头皮上，显出了可怖的黑色纹路。

一见这黑纹,戒律老师立即脱口叫起来:"是恶魔的黑暗法术!"

不过很快他就自嘲道:"这怎么可能?恶魔国度和魔族几百年前就被龙族镇压,消失不见,怎么可能在我灵鹫学院中重现恶魔法术?"

听他这么说,苏渐有些失望。好不容易察觉出这蛛丝马迹,还以为能靠戒律老师辨别,谁知道连他也不知道。

所以到最后,即使苏渐出手探出点眉目,众人最终还是一头雾水。

很快,围观的师生散去,戒律老师也招呼人把遇害学生的尸体移走。

苏渐也跟着离开了现场。一路往回走时,他心中想道:"究竟是什么人做下这事情?从已经发生的凶案来看,大部分学生失踪,只有小部分死亡。从这点来看,凶手似乎并非为了害命,而是为了绑架学生。"

想到这点,他就觉得很奇怪:"是什么人,或是什么组织,要专门来灵鹫学院绑架学生?绑架回去,拿这些学生干什么?"

"毕竟是大活人啊。要是需要武学高手做事情,在这乱世之中,花点钱粮一宣传,随便就能找到人啊。为什么要来学院掳掠学生?他们大多也没多少实战经验的。并且毕竟灵鹫学院作为知名官学,众目睽睽之下,风险倍增啊!"

想到这里,苏渐更加疑惑了。

这样一路思考,一路穿过鹿鸣森林小径时,苏渐的脚步不知不觉变得有些缓慢。

这时候,林外的夕阳,渐渐从西边的京华城郭后落下。今天也没什么晚霞,整个天空呈一种沉重的铁灰色。鹿鸣森林中的光线,很快就暗了下来。

天色暗淡,出神想事情的少年,根本没想到,就在那林间幽暗的角落里,有两道充满恨意的目光,一路死死地盯着他。

毫无疑问,这两道目光的主人,正是系列凶案的罪魁祸首。

此刻他的心情,还有点复杂:"没想到,我一向行事谨慎,所使功法也极为特殊,最后竟被这乳臭未干的小子给看出。上回残月峡让他去送死,真是做对了!只可惜这小子命大,不仅没死,还杀了一个兽龙咆哮者,果然不可小看。"

想到这里，他目露凶光，恶狠狠地盯着苏渐的背影，手中紧握兵器，仿佛下一刻就要扑出取了苏渐性命。

不过，正如上回苏渐和雷冰梵一起搜寻时做出的判断，这位凶手的性格竟真的非常纠结。

既然能做下这系列案子，他的功力之高自然毋庸置疑；而这时天色渐黑，再趁着苏渐现在还毫无察觉的时候，飞速扑出，很容易对少年打出致命一击。

只是，这时候他却纠结了。

盯着苏渐的背影，他心中转念道："真要杀他吗？毕竟他还算是无辜的。"

"不行，这小子绝不简单，还有着玄武卫的身份，对侦缉查案之事肯定受过特殊训练。此子若留，我的事情迟早会败露。"

"可是，正因为他不简单，万一他现在这浑身破绽、毫无察觉的样子，是诱饵和陷阱怎么办？说不定在这附近，就埋伏着不少好手呢。"

"不对，我的听风之术也不差，这附近好像并没有埋伏什么人啊……"

"不行，还是要谨慎。听风之术听不出，说不定这本身就是设伏人的陷阱，正所谓事有反常即为妖，不可不防啊。"

"再说了，这小子能杀死一个兽龙咆哮者，本身功力很可能就不凡，什么兽龙恰好暴毙，被他捡了便宜，这话鬼才信——"

"对啊，我怎么没想到，说不定这谣言就是他自己传的，为了掩饰自己的真实实力！哎呀，这臭小子小小年纪，心思却这么多，好可怕！"

就这样，这位纠结的凶手想得太多，越想越觉得有问题，到最后还得出苏渐深不可测的结论。

只是这时候，此人最后转念又一想，忽然惊悟道："哎？会不会又和以前一样，是我自己想多了？"

这么一想，他立即下定决心要动手，可是当他抬头一看时，却发现苏渐已经走出鹿鸣森林外了。

"真可惜。"黑暗中，凶手叹息一声，把已经握紧的利刃，又收回鞘里。

"今天就放过你。"有些遗憾，但他却更像松了一口气。

过了会儿,看看没什么人了,他也就走出了鹿鸣森林。

到了这时,他觉得,今天这事到此就算了结了。昏暗的夜色里,他专挑那些偏僻的道路溜边儿走,免得被人发现异常。

可是,走了没多久,他却发现情况有些不对起来。

他也是经验老到,发现情形不对,依然不动声色地往前走。直到一个拐角处,他才借着侧身转弯的机会,用眼角余光往后一看,发现先前自己没攻击成的少年苏渐,正悄悄地跟在自己的后面。

"啊呀!"此人心里立即掀起滔天巨浪,既恼怒又庆幸地想道,"我果然没猜错!这小子绝不简单!你看他还有闲心来跟踪我,一定是早就预谋好的,幸亏我先前没上当!太好了!"

他还在心里对自己挑了个大拇指,赞叹道:"果然万事安全为上,谨慎点总是没错的,我以后还要坚持这样的宝贵习惯!"

这般想时,他立即脚下发力,用足了疾行身法,趁着夜色逃匿。

到了这时候,他是丝毫不敢有任何回过头攻击苏渐的想法的。他已经认定,今天这事就是个陷阱,那少年已经布下了天罗地网,就等自己不知死活地回头攻击。

见他如此,苏渐却在后面冷笑一声,心说道:"混蛋,今天你还能跑得掉吗?!"

苏渐在后面紧追不舍。那个专心逃窜的凶手并不知道,刚才正是自己那个想多了的"宝贵习惯",导致自己出神,一不留神踩响了几根枯枝烂叶,才惊动了苏渐。

两人一前一后,在夜色中狂奔。

凶手心怀鬼胎,专找偏僻的地方跑,借着夜色的掩护,一时并未惊动旁人。

苏渐一心想着立大功,也不想声张。他心说,就在这灵鹫学院中,还怕什么?

很快,苏渐前面那道黑影,逃入了一片建筑群中。苏渐跟他到了门口,抬头一看,却顿时愣住了。

"怎么又是这里?"原来苏渐抬头看时,才发现又来到女宿"栖霞小筑"

门口。

"还来?!"苏渐在心中哀号,"有没有点创意？难道这些混蛋一想逃走,就专往女宿区跑?"

虽然心中叫唤,苏渐却知道,这并不是一个巧合。上次事情后,他专门了解了栖霞小筑周边的环境,发现它紧挨着灵鹫山的溪谷老林,位置相对偏僻,地形十分复杂,确实便于逃跑。

追人追到这里,苏渐有心不进去,却又不甘心。犹豫了一下,他看看左右没人,便从旁边翻墙而过,跳进了女宿院里。

此时夜已深沉,那凶手的身形在黑暗中更加难辨,如果不是栖霞小筑在一些道路旁燃有彻夜不熄的灯烛,苏渐几乎要跟丢那人。

"一定要在他逃出女宿区之前抓住他!"有了上回经验,苏渐深知,一旦让目标逃出女宿区,再想找到几乎不可能。打定主意后,他又奋起余勇,飞快朝那黑影追去。

只是让苏渐没想到的是,可能那凶手也被追烦了,竟然在一处偏僻花园的假山旁突然止步,猛一个转身朝苏渐扑来!

"不好!"那黑影一转身扑来,苏渐立时感应到无边杀气!

一接触这杀气,苏渐便发觉此人功力之高超出预想,迸发出的杀机也极为强烈。苏渐当机立断,毫不犹豫地转身就跑。

也是情况危急,苏渐一时倒忘了呼救;或者潜意识中认为,在女宿区中被人发现,挺丢脸。

紧张的气氛中,苏渐慌不择路,在女宿楼阁墙角七拐八绕,想借助建筑的掩护把凶人甩掉。

情急之中,他飞快闪过一处楼阁拐角,路过一间女宿门户。见旁边有门,他本能地拿手一推门扉,没想到"咯吱"一声轻响,这门竟被他推开了!

"原来竟是虚掩!"苏渐又惊又喜,立即闪身进门,一反手又轻又快地将门合上。他立在这门后,屏息凝神地听门外的脚步。

黑暗中,他先听到一阵急促而轻快的脚步声,朝这边快速地接近。而后又在周围游移了一圈,似乎在寻找失去的目标。

苏渐躲在门后,大气都不敢出。黑暗里,他仿佛能看到那凶人此刻茫然的表情。

犹豫的脚步并没有停留多久，很快就往西北方去了。很显然凶手这一回终于当机立断，找不到苏渐，立即脱离女宿区，往外面溪谷老林中跑去了。

虽然这样推测，但苏渐丝毫不敢大意。他把耳朵贴在门扉上，极力辨别外面的声响，生怕那凶手弄花招，装作跑远，其实就在附近潜伏。

正专心致志地听风时，苏渐身后，忽然吹来一股劲风！

"不好！"苏渐立即意识到，自己犯了一个大错！但这时候也来不及多想，本就是全力戒备的状态，他一滑步，一侧身，勉强躲过这次攻击。

出于本能，借着窗里漏进的淡淡星光，苏渐一看见那个朝自己飞扑的苗条黑影，立即张臂一抱，便把张牙舞爪之人给死死抱住。

几乎与此同时，这房间主人攻击前挥出的一点火星，十分精准地点燃了桌上的油灯。霎时间，黑暗屋中大放光明，紧紧搂抱住的二人，近在咫尺，四目相对！

"你听我解释——啊！怎么是你?!"看清四目相对之人，苏渐大吃一惊！

"怎会是你!"几乎不约而同，那被他搂抱的少女，也是脱口惊呼！

原来，无巧不巧，苏渐进入的房间竟属于洛雪穹！

来自灵山圣门的神秘少女，因为身份特殊，在这栖霞小筑中独占了一间女舍。也不知道冥冥中有什么缘法拨弄，苏渐随便逃入的一间屋子，竟就是洛雪穹之屋。

这时候，洛雪穹也惊诧莫名。紧接着，在这两个惊愕之人还没反应过来时，却只听得"啪"的一声脆响，在这宁静的夜晚中显得格外响亮。

开始苏渐还没怎么反应过来，转而便觉得脸颊火辣。

"为什么打我?"苏渐十分委屈地看着少女。

"啊……"洛雪穹一声轻呼，也有些不好意思道，"抱歉，刚才我还以为是……"

刚带着歉意说到这里，洛雪穹却突然俏脸一寒，冷声道："打你有何不妥？你看看你现在的样子！"

"呃、这、这……"苏渐这时才醒悟过来,自己的双臂还紧紧环抱着洛雪穹呢!

"不好意思不好意思,"苏渐慌忙道,"是我先冒犯了。我说呢,刚才你打过来时,我怎么腾不出手来招架。"

只是,如此道歉之后,苏渐惊奇地发现,近在咫尺的洛雪穹,依然目光如剑地盯着自己。

"咦?"苏渐委屈地看着她,"我不是道歉了吗?"

"你!"少女欺霜赛雪的俏脸上,忽然升起两团红云,口角嗫嚅了两声,才恨恨道,"你还不放开我!"

"哎呀,失误了失误了!"苏渐这才反应过来,慌忙把搂在怀中的少女放开。

等他松开手,洛雪穹立即疾退几步,立在红木雕花桌案后,语气不善地质问道:"说,为何深夜闯入我闺房?"

"你可千万别想多!"这时候苏渐已完全清醒。他立即把刚才所发生的一切,原原本本地告诉了洛雪穹。

听他把来龙去脉说完,绷着一张冷脸的洛雪穹,才缓和下脸色来。

"这么说,是那凶手想杀你灭口?"洛雪穹关心地问道。

"可不是嘛!"苏渐后怕地说道,"没想到这贼子,竟做贼不心虚,还敢返身来杀我。"

"是你太贪功。"洛雪穹毫不留情地戳穿他,"如果你早些叫喊,这凶人早就被擒住。"

"不完全是这样。"苏渐认真说道,"我承认贪功,但事情并没有这么简单。"

恶 吏 羞 辱

"怎么不简单?"洛雪穹冷冷说道,"只要你大声呼叫,周遭人等赶过来,一拥而上,必叫那人束手就擒。"

"我开始也曾这么想。"苏渐耐心道,"不过等我观察后,发现这人不仅功力不是一般的高,应该还修炼了某种黑暗邪术。我怕贸然惊动众人,他必狗急跳墙,万一造成重大伤亡,实非我所愿。"

"这么说,倒也有几分道理。"洛雪穹点点头道。

"咦?"苏渐惊奇地看着她,"奇怪啊,你竟然挺讲道理。"

"嗯?"洛雪穹柳眉一挑,"难道在你心目中,我是蛮不讲理的女子?"

"对啊!"苏渐一口应承,"我看你平时冷冰冰的,还真觉得是油盐不进顽固之人。不过……"苏渐想了想,自己也笑了起来,承认道,"这确实没什么道理,是我的偏见。"

"偏见不偏见,无所谓了。"洛雪穹满面淡然。

"说起来,今天还是要谢谢你。"苏渐看着她真诚地说道。

"谢我什么?"烛光下,洛雪穹嘴角微挑,竟是流露一丝美丽的笑颜,"你谢我,莫非是谢我那一巴掌吗?"

"哈哈!你笑了!"难得见洛雪穹一笑,苏渐顿时有种说不出来的感觉。这感觉难以描述,但可以肯定的是,此刻他心中充盈喜悦之情。

虽然心中愉悦,苏渐表面却一本正经说道:"雪穹姑娘,可不要开我玩笑;要知道我苏渐,可是很正经古板的人!"

见他这一番表演,洛雪穹嘴角那抹本是嘲讽的笑容,这会儿就变成发自内心的欢笑了。

烛影摇红,美人如玉,在朦胧的烛影光辉下,洛雪穹变得分外的美丽。于是尽管苏渐还认定,自己心中只有龙翼少女一个梦中情人,这时也忍不住心神一荡。

"啊?怎么会这样!我可不能对不住我的梦中女神。"苏渐暗道一声惭愧,忙驱除了心中那一丝歧念。

平静下心情,苏渐便对洛雪穹正色说道:"还是要真心谢你。刚才所追之人,本来无事,谁知忽然杀机强烈。也幸能在你房中躲避一回,才逃过这一劫。"

"不必言谢。"洛雪穹看着少年,此时心中也是有些波动。

她刚才分明看见,这少年已经为自己美色所动。可是还不等自己恼怒,却见他眼神已经重归清明。这样一来,倒让洛雪穹有些淡淡的惆怅了。

仿佛为了掩饰自己心中这丝波动,洛雪穹语速有些快地说道:"确实不必言谢。上回残月峡中你拼死救下我们,我也并未跟你道谢。"

少女此言,本为掩饰,谁知少年却脱口道:"可是从此你允许我叫你'雪穹'啊!"

"你……"烛光中,两朵红云忽又升在了少女的两颊。

从来冰雪霜姿的冷淡少女,忽然间变得有些慌乱。

"苏渐,"她好像忽然想起什么,便道,"夜已深沉,在此逗留多有不便,你快走吧。"

"对啊!"苏渐也如梦初醒,"差点忘了,我这是在栖霞小筑啊。"说走就走,他转身便往门外走。

不过才走了两三步,他却忽然停住了。

"嗯?"见他停住不走,一身强悍武力、神秘法术的洛雪穹,竟然变得很紧张。

"唉,"只见苏渐挠了挠头,苦恼道,"这可是在女宿啊,时间又这么晚了,我这会儿出去,肯定会被当作登徒子的。"

"你……你上次不是也来过一回这里吗?"洛雪穹语气忽然变得很冷。

"那次啊，"苏渐有些尴尬，"那次情况特殊，最后也是古教习把我送出去的。"

"那我也送你。"洛雪穹忽道。

"啊？可以吗?"苏渐惊奇地看着她。

"没什么不可以。古教习能送，我也能送。"洛雪穹道。

"那不太好吧……"苏渐有些犹豫，"我怕别人会说你闲话。"

"不怕。"洛雪穹道，"她们见是我们两个，不会瞎想的。"

"也对啊，"苏渐苦笑道，"我哪高攀得起你啊，任她们再有想象力，也绝不会想到我们俩会有啥的。"

"少废话，还不快走?"洛雪穹又进入了冰山状态。

见她如此，苏渐真的不敢再废话。此后他二人，便并肩往女宿南边的大门走。

话说就在这时，那位顶级纨绔子弟高敞，恰又在栖霞小筑的大门边，跟几个跟班同学吹嘘着。

"你们真得相信，"高敞唾沫横飞道，"这禁区一样的女宿，只有我高敞才能畅行无阻。"

"是是，也不看看咱高大少是谁啊!"旁边的跟班同学附和着。不过，凑趣之余，这几人相视看时，却不约而同地想起，上回苏渐也是从这里堂而皇之出来的。

"苏渐那小子，只是个意外。"高敞也看出几个跟班的心思，不屑一顾道，"后来我去跟古教习问了，确实是苏渐这小子跟个牛皮糖似的，只管纠缠古教习问问题。"高敞脸不红心不跳地胡扯道。

"是是，苏渐那小小黑衣卫真是不自量力，怎么能和咱高大少相比?"跟班们继续吹捧。

"那当然!"高敞一提起苏渐，便心头火起，恶狠狠道，"苏渐，哼，不过是个贱民而已，提起他的名字都觉得侮辱。你们以后也不许提他的名字，否则也是辱没你们的身份!"

"是是!"跟班们再次点头如捣蒜，"他算什么东西啊，就算跟我们比也完全不够格!"

"不说他了。"提起苏渐,高敞不免就想起刁正、曹良那两个死鬼,就觉得晦气。于是他自己岔开话题道:"你们知道我今天来栖霞小筑,是找谁的吗?"

"是找谁啊?"跟班们凑趣地问道,"又是哪家姑娘,前生修来天大的福分,有幸入得高大少的法眼啊?"

"别装蒜了,"高敞笑骂道,"你们都知道,不就是李碧茗那小妮子嘛。"

"李碧茗?"最活跃的那跟班同学,叫庞文山,听了李碧茗这名字,竟是一愣,脱口说道,"李碧茗,她竟有这福气?"

"文山,我知道你想什么。"高敞嘿嘿笑道,"我知道李碧茗虽然出生在门阀之家,却在两百年前大战后早就家道破落。我找她,不就是因为这小妮子长得狐媚水灵嘛。"

"嘿嘿……"庞文山闻言会心一笑,"知道,高大少这是起了惜才之心,不论美人出处了。"

"说得好!"高敞一敲手中折扇,哈哈笑道,"还是庞老弟知我!"

听得他如此说,其他几位跟班同学,不由得向庞文山投去嫉妒的目光。

"不多说了,"庞文山一合折扇,说道,"我这就进去找那小妮子。你们别跟来,我可不是吓你们,这栖霞小筑除了我,换个人进去,难免会被舍监责罚。"

"是是,当然……啊?"没想到就在这时候,和上回一样,这几个跟班同学的奉承话语,再一次戛然而止。

"不会吧?"高敞见状吃了一惊,心想道,"难道又是……不会这么倒霉吧?"

这么想着,他就转过身去,顺着跟班们的目光看向女宿大门里——真是什么晦气来什么,高敞这一瞧,差点又没把他鼻子给气歪!

原来,借着大门口的灯光,这几人一看,又是上回那个苏渐从女宿里面走了出来!

不仅如此,几乎和上回一样,在他身旁,还有一个绝色的女子相陪。

开始这女子在一片阴影中,高敞几人还没怎么看清楚;等她渐渐从阴影中走出,如鱼儿浮出水面一样现身于灯光下时,便让高敞等人大吃一惊!

"我、我没看错吧!"他们几个不约而同地揉揉眼睛,"那、那是洛雪穹?!"

刹那间,以庞文山为首的跟班同学们,下意识地看向高敞。因为在他们心中,特别清楚,就算以高敞这样显贵的门阀,想追求洛雪穹这样才貌身世的绝世女子,也还完全不够格。

事实上他们嘴上不说,心里都知道,自己奉承的这位高敞高大少,不是没试着去接近洛雪穹,结果差点有性命之忧,那之后高敞也就很明智地选择了放弃。

但现在,让他们几乎不敢相信自己眼睛的是,竟是洛雪穹亲自陪苏渐出来!

而这几位,虽然为了自身和家族的利益,选择了追随高敞,各种溜须拍马,但很显然他们也都是青年才俊。

所以,他们现在明明白白地看得出来,这位正在往大门这边走来的绝色少女,虽然依旧一副生人勿近的冰霜模样,但明显正以一种罕见的平等姿态,真正地陪着苏渐往门外走!

震惊了! 他们真的是震惊了!

尤其是,就在片刻前,高敞还在他们面前强调这栖霞小筑对其他男生都是禁区,只有他高大少才来去自如——现在看来,高敞简直就是在为苏渐营造这种出人意料的反差啊。

而更加气人的是,那苏渐竟然好像对这样的无上荣光毫无察觉,还在那儿有一搭没一搭地说些废话。

庞文山等人听得清楚,少年大抵是在问洛雪穹一些私人爱好:爱吃什么菜、一顿吃几碗饭……

听到这些问话,气得庞文山们在心底疯狂地号叫:"苏渐,你个混蛋!这么好的机会,你赶紧吟诗作赋,风花雪月啊! 怎么浪漫怎么来,怎么能白瞎了这千古难逢的好机会啊!"

而这时候,高敞也和庞文山几人同样的想法。不过,短暂的震惊和愤怒后,高敞最先清醒过来。

一旦醒悟,高敞想想自己刚才的言行,再看看眼前的情景,顿时气得脸色铁青！

这时候他也忘了什么"李碧茗"了，一转身，便头也不回地走了。

一边往回走，这位高衙内一边在内心疯狂地吼叫："苏渐，好好好，让你得意，你就先得意吧！反正不用多少日子，我就要你彻底消失！"

苏渐这时候自然不知道他的想法。这一晚，他的收获也颇多。

首先他逼出了那凶手现身，虽然没看清面貌，但至少从身姿可以看出是个男子。

还有就是碰巧闯入洛雪穹香闺，死缠烂打之下，还真给他问出点个人爱好。

比如，他知道了，原来洛雪穹最喜欢饮用的，是冬日寒梅花瓣炮制成花片茶叶，再以深山的冬泉雪水冲泡而成的茶。

虽然苏渐觉得这饮料制作太蛋疼，季节性也太强，但这又有什么关系？头疼的该是那位盖英卫吧。他自己，只要如实转达交差就行。

于是第二天上午，苏渐想着是不是要抽空回玄武卫一趟，告诉那位骄傲的铜徽卫，自己好不容易取得了点进展。

说来也巧，正当他打着这样的主意，在灵鹫学院主体殿堂前的白石广场上溜达时，偶然朝山下一瞥，却看到盖英卫正沿台阶往上走。

"不会这么巧吧？"苏渐惊讶地想道，"难道我竟和这厮心有灵犀？才刚想去找他，他就自己找来了。"

不过很快他就发现自己是自作多情。那盖英卫走近，似乎根本就没看见他，而是越过他，一脸微笑地朝后面什么人走去。

"难道他是来访友？"苏渐心中想道，"也对，他也是从灵鹫学院毕业的，有几个熟人在这里不稀奇。"

这般想着，他扭头一看，却顿时变得有几分惊讶。

"原来他是来找洛姑娘的。"苏渐很快就看清盖英卫来找谁。

原来此刻广场边的一棵绿柳下，一身白裳的少女悄立在绿荫里，看着沿广场开凿的溪渠流水潺潺而下，神态悠悠，也不知在想些什么。

"雪穹姑娘，你在此地看山溪么？"只见盖英卫走到绿柳之前，彬彬有礼地开口问话。

听他此言,洛雪穹抬起头来,看了他一眼,依旧面若寒霜,沉默片刻后才轻轻点了点头。

对她这样的冷淡无礼,骄傲的盖英卫却毫不生气。

"雪穹姑娘,前次我二人也算有一面之缘,今日得见,甚是巧合。"盖英卫继续用一种优雅守礼的姿态搭话。

偷听到他这一句,苏渐却差点跳了起来!

"什么?!"他心中大叫道,"才一面之缘啊! 你就叫我冒着生命危险来打听这打听那,真是太不要脸啦! 雪穹,你千万别理他别理他!"

也不知是否听到苏渐的心声,洛雪穹现在还真的对盖英卫的话再无任何反应。

不过盖英卫也不气馁。只见他手一翻,不知道从哪儿拈出一朵湛蓝色的漂亮花朵,对着洛雪穹笑道:"这是在下今冬无意间得来的一枝青空寒梅,竟是不同于一般梅花,花色仿佛青空之蓝。我用水灵秘法冻结,保存至今,知道姑娘来自西北雪山,故此想赠予姑娘。"

"这盖英卫还真有心思!"见得如此,苏渐心下叹服,"为了追求女子,竟然连这样罕见的蓝梅都搜罗来。这下就算洛雪穹性子再冷,也得收下这番好意吧?"

这么想着,苏渐看向洛雪穹,却正好与她的目光对上。

"咦?"苏渐心中奇怪道,"这时候不去跟盖英卫拿梅花,却看我干吗? 呃,不对,她不是在看我,是瞪我啊!"

看着洛雪穹生气的目光,苏渐只觉得莫名其妙。他心说,就算你不喜欢这个梅花的品种,你也该对盖英卫生气啊。

苏渐却不知道,洛雪穹偶然转脸看见他,心里想的却是:"哼,昨晚忙乱,却忘了你将我搂抱,还触及前胸,虽是危急之际无心之举,却也是大大无礼! 后来被你一番言语绕过,倒是忘了恼你,真是可恨!"

心中转着这些念头,洛雪穹看向苏渐的目光就更加森冷如雪。

"咦?"这时候,盖英卫久久等不到洛雪穹的回话,也觉得很奇怪。

他仔细看了看洛雪穹那张让自己梦萦魂绕的容颜,却发现女孩儿的目光越过了自己,正看向自己后面不知什么地方。

"奇怪,她在看谁,还这么生气?"盖英卫疑惑地一转脸,看见了身后不远一脸茫然的苏渐。

"原来是他!"忽然间,盖英卫生起气来,"见鬼!雪穹姑娘如此女神一样的完美女子,就算生气,也要生我的啊!怎么可以让苏渐这样没本事只会碰运气的人,引起我家雪穹的怒火呢?!"

这时,苏渐见他二人都在看自己,再也没法躲,只好硬着头皮走上前,跟盖英卫行了个礼,客气说道:"原来是盖大人,今日来找雪穹说话吗?"

"雪穹是你叫的?"一直压着怒火的盖英卫,一听少年这称呼,一下子就跳起来,再也顾不得装斯文。

"呃?"面对突然爆发的盖英卫,苏渐一脸愕然,一时没反应过来。

"是我让他叫的。"一直沉默的洛雪穹,忽然开口。

"是你让他叫的啊……"盖英卫有些讪讪然,便冲苏渐喝道,"苏渐,既然雪穹姑娘让你这么叫,以后你就一定要叫她'雪穹',不准叫其他的名字,知道吗?"

"是。"苏渐一脸无奈地躬身应答。

见他如此恭顺,盖英卫忽然心里一动:"咦?我怎么忘了,就算这小子刚升了铁徽卫,却还是比我小一级。我何不对他发发官威?"

"不错啊!"他越想越对,"这样一来可以在雪穹面前显威风,二来也顺便敲打敲打苏渐,让这小子别以为迷惑了大统领,就得意忘形。再者刚才雪穹不是好像对这小子怒目而视嘛,显然是他得罪了我家雪穹,正好我替她出了这口气,更加赢得美人青睐,嘿嘿,正是一举三得!"

心中计议已定,盖英卫立即脸色一变,满面生寒,冲少年喝道:"苏渐,你在干吗?我玄武卫送你来此读书,正是天大关照,你却在这里无事游荡,可对得起大统领还有我的厚爱?"

"啊?"见他忽然发这么大火,苏渐十分惊愕,忙解释道,"盖大人,其实是今日上午无课,而且我是路过广场……"

"还敢狡辩?"盖英卫打断他的话,摆出一副恨铁不成钢的模样道,"苏渐哇,我本来是很看好你的,就算你是孤儿,出身贫寒,根骨低下,武艺低微,见识平庸,好在为人还算老实,我便觉得你还算有救。没想到啊,现在你连这唯一的长处都失去了啊。"

"大人,你听我解释……"满头大汗的苏渐还想再说,却再次被盖英卫一摆手打断:"算了,不用解释了,我大人有大量,不跟你多计较。"

盖英卫做出一副大度的样子,摆摆手道:"罢了,好歹你也是灵鹫学院的正牌生员了,我给你留点面子……"

"多谢大人宽宏,实在是……"

苏渐躬身一礼,正要按规矩跟上司道一声谢,却不防盖英卫一声冷笑,又用一种讽刺的语气打断他的话:"苏渐!你果然不通礼数。我的话说完了吗?就急着打断我。我是说,给你留点面子,但冲着你这不学无术的样子,现在就给我从这里跑到山下学院牌坊处。嗯,就跑这么十个来回吧!"

"什么?!"话听到这里,饶是苏渐一直在克制,一直谨守上下级的尊卑规矩,这时候也很难再忍住了。一时间,本就一直压抑怒火的少年,额头青筋暴跳,心内怒火猛燃!

"怎么?你敢违抗命令?"盖英卫似笑非笑地看着苏渐。

说真的,如果这时候盖英卫怒吼起来,倒还好,但就是这种皮笑肉不笑的阴险模样,简直像盛满了全世界的恶意放在苏渐面前,让人实在难以忍受。

这时候,附近路过的学生,也都停住脚步,朝这边观望。

盖英卫见此情况,更加得意。要知道他摆出这副羞辱模样,就是想激怒这少年。只要他一个冲动,以下犯上,盖英卫有的是招术收拾他。

盖英卫打的主意不错,而苏渐也真的就快爆发了。别看他处事机灵,做人亲和,但其实外圆内方,有着自己不容侵犯的底线。今天盖英卫当着众人如此羞辱自己,苏渐实在不能再忍了。

只是,就在苏渐快要爆发,洛雪穹也忍不住要出言斥责之时,在场众人,却蓦然听到一个声音低沉地喝道:"哪儿来的黑狗乱吠?给我滚!"

众人吃惊地回头,却见一位银发飘飘的紫衣少年,正立在不远处,手按剑柄,冷冷地盯着这边。

"混蛋!"盖英卫什么人?立即便被激怒!

他把手中梅枝往地上一甩,伸手探向腰间黑铁白刃佩刀。

不过他手才一动，便见那银发少年双目锐利如刀，一股无形的杀气死死罩住他全身。

盖英卫能混到铜徽卫，武功自然不差，这时却被这股无形杀机压迫得喘不过气来。

"是谁要欺负咱兄弟？"又听得一声嘲讽，便见一个胖子和一个灰栗发色的少年，从山下走来，站在苏渐身边，一齐冷冷盯着盖英卫。

"好小子，竟然还真交到几个狐朋狗友！哎呀不对——"忽然间盖英卫额头冒汗，看着满面杀机的银发紫衣少年，突然想到一个人。

一想到这儿，刚才还杀气腾腾的铜徽卫，顿时跟矮了半截似的，那张刚才绷紧的脸，忽然换上一脸谄笑，冲紫衣少年道："原来是天雪国的雷皇子，冒犯冒犯，是小的有眼无珠，刚才没认出。其实刚才，我只是跟苏兄弟开玩笑呢！"

一心往上爬的盖英卫，认出雷冰梵后，纵然再心高气傲，也绕不过去"趋炎附势"这道坎——

笑话，天雪国皇子，那还了得？天雪国可是现在人类王国中，仅次于华夏国的第二大国，并且久处北方冰天雪地，民风极为彪悍。作为华夏国一个中下层官吏，盖英卫如何敢得罪天雪皇子？

再说了，在当下的王朝社会中，就算雷冰梵是别国皇子，盖英卫在他面前，还是要以谦卑的"外臣"自居的。

所以，傲慢如盖英卫，这时也说变脸就变脸，前倨后恭，用一脸令人惊异的谄媚笑容，看着雷冰梵。

"滚！"见他如此善变，雷冰梵更加厌恶，丝毫不假辞色地怒喝一声。

要说"滚"这个字，换个人跟盖英卫说的话，很可能立即就引发一场血肉横飞的火拼。

但这时雷冰梵说出来，盖英卫却觉得十分理所当然。

"我滚，我滚。"保持着脸上友好谄媚的笑容，盖英卫躬身倒退几步，然后一转身，朝山下一溜烟地跑开了。

虽然心甘情愿地"滚开"了，盖英卫心中却充满了怨恨。他这怨恨，不敢朝雷冰梵发，却全都发泄在苏渐身上。

少年得志的盖英卫,一直有着"主角情结"。一边离开灵鹫山,他一边在心中恼恨,心说自己才该是主角,像雷冰梵这样尊贵厉害的角色,应该无条件跟自己折节下交才对,谁知却被苏渐截了胡。

于是这小子一边滚蛋,一边在心中发狠:"苏渐,你行,别说山水有相逢,你现在还在我手下混,总有你哭爹喊娘的时候!"

盖英卫在这边怨恨苏渐,那边广场上,雷冰梵却将怨气撒向了另一人。

"洛雪穹,"冷傲的王子,转向同样清冷的白裳少女,不高兴道,"方才苏兄弟受辱,也算因你而起,怎么你却一句话不说?你究竟还记不记得残月峡中的恩情?"

其实他这么怪洛雪穹,却有些冤枉她了。刚才洛雪穹已经准备出言呵斥盖英卫,给少年解围。

不过,被雷冰梵这么一说,她反而不想解释,而是冷冷道:"天雪皇子,刚才那人说得没错啊,你这苏兄弟,确实不老实,被人小小教训一下,也没什么不好。"

"你!"没想到她这么说,雷冰梵十分恼火地瞪着她。

"都别吵了别吵了。"苏渐站到他两人中间,连连摆手打圆场道,"事情都已经解决了,就不要再说了,以免伤了同学情谊。"

"就是就是。"唐求也附和道,"我看洛姑娘如此美貌,她这么做,一定是有道理的。"

他这么一说,顿时大家的目光都盯在了他身上。众人心中不约而同地想到:"胡扯!这是什么逻辑?!"

"对了,雪穹,"唐求趁机搭话,"刚才你说,苏兄弟不老实,是怎么回事?好像颇有内情哦……"说到这里,唐求脸上又浮现出那个招牌式的猥琐笑容。

如果放在平时,唐胖子敢在洛雪穹面前露出这样的笑容,说不得定会被狠狠收拾一番;不过这会儿,洛雪穹却偏过头去,似是不想说话,一时回避了这问题。

"果然有问题!"唐求顿时来了劲儿,张了张嘴想继续问,却被亚飒从后拉了一下，小声喝阻道："唐求，大庭广众，瞎说什么！"

被亚飒一阻拦，唐求才把他那点猥琐心思暂时放下。

这时候，却又听雷冰梵不满道："苏渐，你也是，刚才为何一味屈从？不要忘了，你可是杀死兽龙咆哮者的人，怎可如此懦弱！"

"懦弱？"还没等苏渐说话，亚飒却先笑起来，"雷兄，不是我说你，别看你平时嗜武成痴，动辄喊打喊杀，但要说咱们几个里面最狠的，你还算不上，还得是苏渐。你现在却说他懦弱！"

"不对啊，"唐求的求知欲顿时又起来了，"以我的了解，苏兄弟他确实不太猛啊。上回虽然杀死咆哮者，也是被逼得没办法。亚飒，你这么说，一定你们两人又背着我做了什么事情！"

"怎么会？"矢口否认时，亚飒脑海中，却又浮现出那日泪原中，少年巧计杀死刁正的情景。

"先不说这个了。"亚飒摆了摆手，看向苏渐道，"苏兄，这个盖英卫怎么说？对你这么不友好，要不要想个计策，将他了断了？"

"得得得！"苏渐两手抱着头，一副认输的样子，"你们几个这是怎么了？一会儿把我当流氓，一会儿把我当懦夫，亚飒你现在又叫我当杀人犯！"

笑嘻嘻地叫完屈，苏渐神色忽然一肃，跟这几个伙伴认真说道："没事的，这盖英卫，毕竟也是玄武卫正牌铜徽卫，我还想在玄武卫好好混，尽快加薪升职呢。你们就别多想了。放心吧，这些事我会处理好。以后如果他再挑衅羞辱，我不会坐以待毙的。"

"嗯。"亚飒道，"相信你。那厮如果真赖上你，是他自寻死路！"

"没错。"雷冰梵已对盖英卫印象大差，毫不犹豫说道，"苏渐，若到那种时候，缺人手的话，记得找我，我随叫随到。"

就连最胆小的胖子唐求也表态道："苏渐啊，你放心，只要你一句话，除了杀人，以及借钱，我什么都替你干！"

"那就多谢几位好意了！"苏渐心中感动，郑重地躬身一揖，向这几位同辈人行了个大礼。

这时候，唐求努努嘴，朝苏渐示意，提醒他那个冰山少女此刻还侧着身子偏在一旁,好像在生闷气。

见他这样提醒,苏渐哈哈笑了起来:"没事,你们不用担心,我和雪穹她好着呢。"

"哼!"没想到话音未落,洛雪穹冷哼一声,跺了跺脚,就此飘然离去。

"啧啧,苏渐,我算服了你了。"唐求摇头晃脑,看着白裳少女翩然而去的美妙背影,啧啧有声道,"苏渐你这脸皮,简直要厚过我!那胆子,也快超过雷皇子了。你刚才说什么?竟然当着她的面说你俩相好?真有你的!"

"快别胡咧咧了!"苏渐笑骂道,"现在左右无事,走,咱们去喝酒吧!"

"不必了,"雷冰梵一摆手,"我还要去练剑。"也不待众人反应,转身便离开了。

"我也不去了,"亚飒笑道,"来日方长,我还有些课业未了。"说罢拱拱手,也离去了。

"就我们俩喝酒,有什么意思?"唐求撇撇嘴道,"要不,我们还是去找个风水宝地,纵览这人间春色吧!"

"去你的!"苏渐笑骂道,"什么纵览人间春色?看来你文学课越学越好了,看美女就说看美女,拽什么文呢!"

"那你去不去?"唐求毫无羞愧之意地看着他。

"不去。"苏渐斩钉截铁道,"我还要练剑,以及课业未了,要看你一个人去看吧。只是小心别被戒律教师抓着。"

"那好,我走了。"心思已经火热的唐求,也不耽搁,立即转身跑开了。

见大家都离开,苏渐摇了摇头道:"都是些怪人。"

如此背后埋怨人,却有一丝笑意,在他清俊出尘的脸上荡漾开……

说真的,被盖英卫羞辱的苏渐,现在真的很开心。因为他发现,有一人让你不爽时,却有更多的朋友让你感受到暖意,若如此,他认为,做人就是成功的了。

这天晚上,苏渐又做梦了。

让他没想到的是,白天洛雪穹冷眼相看的面容,被带入梦乡中,竟然激发了新的梦境情节!

灵山圣门的美貌少女,欺霜赛雪的冷面容颜,在少年的梦中渐渐发生了嬗变,变成了龙翼少女自万花丛中走来。

此时她身姿依然高挑美妙,容颜依旧美丽缥缈,神色却完全不像先前的凄楚悲切。

这一晚的梦中女神,竟对苏渐变了脸,变成一副冷傲凶蛮的模样。在一片荆棘丛林里,女神张开了背后的龙翼,在低空飞翔,发出清越的龙吟,凶猛地追逐地上的苏渐。

在万般惊恐中,狂奔的苏渐最终被她扑倒,还捆上了锁链。

龙女扬起了皮鞭,纵横交错,将他凶狠抽打。

少年的梦境,在这一晚转变了画风——先前的救命女神,这晚却对苏渐呼来打去,把他当成了奴隶一般。

当噩梦醒来,苏渐目瞪口呆。

他不理解究竟发生了什么事情,为什么梦中的完美女神会对他做出这样的事情。

但他认为,自己对女神的爱恋和忠诚依旧不变,反倒是那本就存在的探索之心,变得更加炽烈。

经历了灵鹫广场上的冲突,那盖英卫反而变得安分了许多。以前他还动不动就跟苏渐发火,说话时鼻孔朝天,但现在偶尔碰到时,他的行为举止明显变得正常了。

虽然盖英卫也转变了画风,但苏渐内心的警惕丝毫没有放下。在乱世中生存至今,苏渐的胸怀城府,要超出他实际年龄许多。

日子慢悠悠地流逝,很快苏渐的学院生涯,到了二年级初。

按惯例,到了二年级,灵鹫学院就会组织一次远行的修炼践学之旅,简称修学之旅。

苏渐的这一次修学之旅,定在了华夏国北方的星降高原。

位于国土之北的星降高原,和天雪国、龙境三方接壤,是一座军事意义上非常重要的高原。

不仅如此,神州十大晶海之一的光之晶海,就位于星降高原上。光之晶海的别名"星降晶海",正是源自于星降高原。

听说这一次的修学之旅是去星降高原，苏渐十分高兴。因为他先前就知道，这星降高原有着其自身的奇妙特质。整座星降高原，高度四五千米。星降高原大部分的特质，就来自这样的罕见高度。

苏渐已经听说了，因为很高，又靠近北方天雪国，因此星降高原上十分清冷，人迹罕至，是现在人类王国难得的一片净土。同样因为很高，星降高原上空气稀薄，因此在那里看见的星光，也格外的清晰明亮。"离仙穹最近的净土"，这是现在人族对星降高原的普遍评价。

而对于苏渐来说，这次的星降高原修学之旅，还有着一个十分特殊的意义。

要知道，虽然他已经将自己这条来历不明的神异项链，认定为晶海神器"星降之链"，但这不一定是事实。

正好，出产"星降之链"的星降晶海，就在这次修学之旅的目的地上，苏渐便暗下决心，一定要借这次难得的机会，争取弄清楚项链的真正秘密。

一踏上星降高原，苏渐顿时觉得自己和天空是如此接近。

这里，青空湛蓝，白云流淌，蓝天白云仿佛就在头顶，触手可及。清冷的风自北方吹来，高寒原野上草甸和冰河并存，五色的野花就在白雪高山的背景上悠悠摇曳。

毕竟都是年轻的学生，无论灵鹫山的风景多优美，也及不上这吹拂自由之风的高原旷野。从踏上星降高原的那一刻起，灵鹫学院的学生们就像脱了缰的野马，在高原的清寒风中纵情欢笑奔跑。

看着他们如此放纵，带队的教习们出奇地克制。他们只是微笑地看着欢乐的少年人，一同享受难得的高原美景。

如果说这星降高原的风物对苏渐而言，只是让他感到新奇和兴奋，那洛雪穹则多了一种情绪，名叫"思乡之情"。

灵山圣门坐落的西北雪山，风物和星降高原的冰川雪峰类似。当洛雪穹走了十多里后，第一眼看见星降高原上的皑皑雪峰时，心情明显比苏渐更加激动。

第十四章

幻 光 镜 泊

　　在别人难以理解的激动情绪驱使下，一贯冷淡的少女，竟破天荒主动跟苏渐说道："苏渐，你看那边冰河畔的草甸里，似有几丛紫云雪莲，我想去看看，你陪我去好吗？"

　　"好啊！"少女主动相邀，苏渐怎会拒绝？在旁人羡慕嫉妒的目光中，他陪洛雪穹离开人群，往那边的冰河草甸走去。

　　紫云雪莲是星降高原的特产，据说有特殊的活血养颜功效，受到华夏女子的追捧。

　　跟在洛雪穹后面走时，苏渐也难免想道："果然还是女子，就算平时一副超然物外的冷淡样子，对外表容貌还是很重视的。"

　　走了一阵，苏渐忽然发现，在这高原低矮的天空下，对距离的判断很容易被眼睛欺骗。

　　刚才洛雪穹指时，他还不觉得那里有多远，没想到已经走出四五里，却还是没到那处草甸前。

　　洛雪穹显然没有像苏渐一样误判。她在前面翩翩然走着，从容淡定。大约又走了三四里地，他俩终于到了那片草甸里。

　　到了目的地，洛雪穹也没说话，只是对苏渐点头示意一下，便一提裙裳，翩然朝那几蓬紫云一样的花丛跑去。

　　姑娘采花时，苏渐就在草甸与冰河之间的空地上警戒，提防有什么高原的凶禽猛兽来袭。

不过戒备了一会儿，苏渐发现此处高原空旷无人，更没什么禽兽路过，精神也就松懈下来，专心看起眼前的风景。

说起来，自从苏渐作为龙血者被选入无名山庄起，他的生活就像被一只无形巨手推着走，一直身不由己地往前跑。无论胜负成败，苏渐都没有真正自己放松的时候。

所以，也只有到了眼前这一刻，站在这星降高原的高天流云下，他才真正有心情把全部的心神，都用来欣赏眼前的美景。

星降高原有大美。

纵然苏渐不是文人墨客，现在也忍不住要吟诗作赋。

当然，他作不出。他只能形容自己看到的高原天空，觉得那蓝汪汪的颜色通透得让人感动；棉花团一样的白云，就如同飘浮在一大块蓝莹莹的水晶上。

在这里，天和地如此接近，低垂白云和湛蓝青空间，没有任何过渡，苍茫云天在地平线上直接转折成无数的草甸、雪峰、冰河。

近在咫尺的冰河中，寒流带着冰块，正向远方滔滔奔腾。苏渐极目远眺，看见它们在高原的边缘，急速坠落成白色的冰瀑。

和冰河肃杀的景象不同，河畔的草甸碧草茵茵，五颜六色的野花开在其中。它们迎风摇曳，让阳春与冷冬的风物同时存在于高原之中。

远方绵延千里的雪山，峰巅的白雪被天风吹起，散成雾状的雪粉，停留在蓝天中，在峰顶山头的周围形成特殊的雪冠形状，成为雪峰之顶特有的"旗云"。

而在蓝天、冰河、草甸、雪线之间，最让苏渐赏心悦目的，还是那个翩然跃动的白色身影。洛雪穹，容貌自不必说，此刻在寻找采摘紫云雪莲时，那俯仰蹲立的姿态，和高原的风景一样清雅唯美。

由于灵山圣门的良好教养，纵然是在这人迹罕至的星降高原上，洛雪穹依然保持着优雅矜持的姿态。于是在苏渐看来，那边就像有一个雪袖云裳的仙女精灵，在青空碧野间如行云流水般舞动。

虽然有着自己的梦中女神，也准备对她誓死不渝，但不妨碍苏渐此时欣赏动人的风姿。

在这样心情愉快之时，苏渐也绕着草甸往高原的更深处走了走。

当转过一处冰水河湾，他突然看见远方的碧蓝晴空下，正有无数莹莹的光芒冲天而起，将云空映照得如同那里悬浮着一块闪亮的水晶。

"咦？"苏渐吃了一惊，"那是什么？出了什么事吗？"

不过在第一反应过后，苏渐忽然想到一事，顿时激动起来！

"星降晶海！"他挥舞手臂大叫道，"星降晶海就在那边！"

"嗯？"隐约听到他的呼喊，正在采花的少女，也直起腰朝这边看过来。

"雪穹，快看那边——"苏渐回头，刚朝少女叫了一声，却突然发现，眼前不知何故竟是变得非常明亮。

"不会吧，难道星降晶海在白天的光芒也这么强烈？"苏渐疑惑地转脸朝那边看去，就发现那边的莹莹光辉并无变化。

"难道是……"苏渐一低头，便发现这异样的光芒，正是从胸前发出来！

"怎么回事？"

在苏渐的注视中，胸前的内蕴璀丽星云的水晶链坠，一阵强、一阵弱地发出莹莹的毫光。

看了片刻，苏渐忽然若有所悟，抬头看看远方，又低头看看链坠，便发现链坠的光辉强弱变换，正和远处星降晶海的光芒强弱变化相呼应。

"难、难道……它真是'星降之链'？"

虽然之前苏渐就老实不客气地把它当成"星降之链"，但这时候得了某种证实，竟好似突然受到惊吓，有些不能接受事实。

这时，洛雪穹也走了过来。

"苏渐，你怎么了？"渐渐走近的少女，疑惑地问道，"那边确实是星降晶海。不过你刚才欢呼，怎么此时却发呆了？"

"我……"苏渐挠了挠头，正不知要如何跟她解释，却惊奇地发现，这感应晶海发出异光的项链，在洛雪穹走近时，却忽变得光芒暗淡。当洛雪穹来到近前时，它便完全熄灭额外的异光，恢复了原来的模样。

"这……难道它竟有通灵异能？"正当苏渐惊讶项链这异样变化时，却猛听到洛雪穹清叱一声："小心！"还没等他反应过来，就猛然被拉了一个大跟头！

当摔倒在地，仰面朝天，莫名其妙的苏渐便惊恐地看到，有十数道金色的刀芒，带着凄厉的呼啸，正从眼前的蓝天背景上疾飞而过！

面对突如其来的攻击，苏渐被洛雪穹一拉躲过后，顿时一骨碌翻起，极其灵活地跟在女孩后面就要逃。

没想到等他二人站稳脚跟，却发现已被三位怪客包围。

奇怪的是，这三人或高，或胖，或瘦，但全都长相平庸，此时头上戴着草笠，看着倒像是三个普通乡农。

"你们是什么人？"苏渐和洛雪穹背对背站着，怒喝道。

"什么人？"刚才出手偷袭的那个瘦子，阴阴一笑，"告诉你也无妨，我兄弟三人以前有个名号，叫'星降三狂魔'，正是横行这地方的英雄好汉。"

"星降三狂魔？"苏渐忽然没来由地觉得有些心惊胆战，便叫道，"三位狂魔好汉，你们的名号，我们委实才第一次听到，远日无冤，近日无仇，不知是否有什么误会？"

"嘿嘿，就让你死个明白。"瘦子阴恻恻笑道，"看你的样子，一定是年少轻狂，得罪了我家高大少。今天我兄弟三人，就奉他之命，来取你性命！"

"高敞！"苏渐一下子全都明白了。

不用说，听刚才的口气，这星降三狂魔以前在高原上杀人越货，现在被高家收为己用了。

苏渐猜得一点都不错，原来这星降三狂魔中的瘦子叫澹台明，使一根流光棍；高个子叫上官云龙，使一口断水刀；胖子叫雷斌，使的是鎏金九齿耙。

这三人正是曾经横行星降高原的大盗。因为星降高原拥有独特的风景，便有很多文人骚客与青年男女，跋山涉水来此地游玩，号称"洗涤灵魂"。结果往往灵魂没洗成，却被这伪装成朴实乡农的星降三狂魔洗劫一空后灭了魂夺了魄。

也许是手上血债太多，这三人在五年前，被时任华夏北地安抚使的高氏家主高元博给抓获。按理说，这三位一被逮到就得给宰掉，但高元博竟是存心不良,不仅没杀他们,还秘密收为己用。这不,已成高家门阀私人打手的"星降三狂魔",这次就被高敞给私下派来,在高原的修学之旅中截杀苏渐。

这会儿,见苏渐一副恍然大悟的样子,那高个子的上官云龙就一扬手中断水刀,喝道:"小子,我兄弟既然说出关窍,就料你走不出这里。这位小姐,冤有头债有主,请你马上走开。"

"哦?"洛雪穹本就同仇敌忾,这时候更是被上官云龙的嚣张态度给激怒了。只见她面若寒霜,叱道:"朗朗乾坤,竟敢行凶杀人,还不给我滚开!"

同样的话被洛雪穹说出来,天然带着森森的寒气,倒让这几个积年的大盗凶人,本能地一缩脖子。

不过很快他们就反应过来,更加恼羞成怒!

三人外号既然叫作"狂魔",自然就是癫狂起来不顾任何后果。被洛雪穹冰冷的语气激得缩了脖子,让他们更加火冒三丈,立即什么话也不再说,各施兵刃,朝他们二人杀来!

"惨了!"苏渐自打刚才听三个凶人自报家门,还说出高敞指使,就知道坏事了!很简单,如果不是这三人手底下功夫绝顶高强,根本不会这样有恃无恐。

一种前所未有的危机感,如阴云一样笼罩了他。

果不其然,一动手,那上官云龙一口断水刀舞动如风,刀势霸道强劲,连绵不绝,真像能让江河断流。

雷斌的鎏金九齿耙,一点都不像拿来干农活的,九个锐利耙齿带着金光划过,眼前即使是一座石像也能给凿出九孔来。

那澹台明,更是了得,虽然身形瘦小,功力竟是三人中最强的。他将那根流光棍挥舞如轮,发散出一圈圈劲道无比的金光波动,朝苏渐二人身前奔涌。

面对这如潮的攻击,苏渐二人承受的压力实在不小。

不过幸好,本来按高敞的指示,这三个凶人是要等苏渐落单时动手,没想到这三人如此托大,也不耐烦等,苏渐刚进入高原没多久,也不顾他身边还有人，就轻易动手了。

本来按他们的想法，多个人又何妨？何况还是个小娘子。

但很不幸，就是他们这种自信，给整件事带来了微妙的变数。

灵山圣门门主之女，可不是什么寻常小娘子。见三人攻来，已被激出真怒的洛雪穹，清啸一声，将手中月神白虹剑挥洒得如同月陨星流，顿时就将最强的澹台明的攻势挡住！

面临生死危机的苏渐，更是把所有潜力都使出来，那血歌剑挥舞如风，剑芒如水花飞洒，嘶嘶激起凄厉的啸音。

"咦？这俩人竟是硬手啊。"第一波攻击没有得手，澹台明等人竟有些诧异。

而刚才这一攻防，原本三狂魔稳稳的三角包围方位，已经被打破。这时苏渐再无迟疑，大喝一声："走！"便拉着洛雪穹，从空隙穿过，顺着冰河的滩涂往高原深处狂奔。

"想跑?!"上官云龙顿时口中念念有词，而后大喝一声："冰矛！"

顿时那虚空之中，就凝出一长条尖锐寒冰，如同枪矛一样，朝飞奔的苏渐后背心激射而去。

"熔火球！"苏渐战斗经验毕竟十分丰富，听得背后有人喊"冰矛"，想也不想，凝神回手一扬，便是一团烈火朝冰矛迎面撞去。

只听轰的一声，冰与火撞在一块，虽然那火球未能将冰矛瞬间烧化，但已将它飞行轨迹撞歪，"咻"的一声后，这寒光烁烁的冰矛，就扎在并肩狂奔的苏渐、洛雪穹中间的地上。

"快跑！"见得如此，苏渐更加心寒，拉着洛雪穹跑得更快了。

很显然，苏渐逃跑的功力，远在洛雪穹之上。

此刻苏渐就像一只奔窜的兔子，洛雪穹像依附在兔子身上的一只白蝴蝶，两人就这样互相扶持着飞奔远逃。

"啧啧！"见得二人迅速远遁，星降三狂魔之首澹台明，却是一脸嘲讽，毫不着急。

"有点意思。"他眉毛一扬，看向两位兄弟，"怎么样？好不容易碰上这样的猎物，那就玩玩?"

"嘿嘿!"上官云龙和雷斌齐声奸笑道,"都听大哥的,好不容易来这老地方放风,怎么都要好好玩玩!"

话音刚落,这三个心意相通的凶人,便忽然脚下如风,朝苏渐二人奔去!

如果这时苏渐回头,定会大吃一惊,根本想不到这三个外貌跟乡间老农一样木讷的人,此刻奔跑起来,竟然足下升云起雾,助着他们如流星般向二人逼近。

由此也可见,星降三狂魔口中说的"玩玩",意思根本不是说放着苏渐二人奔跑,慢慢地追逃,而根本是要迅速追上,活捉他们,然后慢慢折磨!

很快,这两边一前一后的距离,迅速地缩短了。

不仅如此,就在离得还有一两丈距离时,那澹台明猛喝一声:"乱魂光!"

于是这善使光系法术的凶人,用一招只有达到武学五重之境的人才能掌握的高级法术,朝二人飞袭而去。

乱魂光,作为光明法系中少有的邪气招数,一旦中招,会立即失魂落魄、神志不清,任人摆布。和乱魂光相比,什么江湖中惯用的蒙汗药、扑花粉,简直什么都不算。

于是,就在澹台明的呼喝声中,这黄蒙蒙的邪恶乱魂光,就朝苏渐和洛雪穹飞速罩去。

这一次,是灵觉极强的洛雪穹,最先发觉了危险。

本来二人此刻已经分开各自往前逃,但察觉到乱魂光破空而来,洛雪穹再次一伸手,抓住苏渐的手臂就朝旁边的冰河奔去。

很快,二人就落入冰冷的河水中,躲过了乱魂光,却掉进了更加凶险的高原冰河中。

"哈哈哈!"岸上三狂魔看着河中两人,得意得仰天狂笑。

那雷斌更是笑得上气不接下气,断续说道:"看、看来,你们喜欢、喜欢水葬啊。也好,就做个同命鸳鸯吧!"

说着话,雷斌忽然眼神一寒,将鎏金九齿耙扔在旁边地上,双手望空急舞,顿时便有无数金光风刃漫天飞舞,他双臂朝苏渐二人一挥,漫天的金刃锋芒便朝他们兜头扑去!

"完了,在劫难逃!"

湍急的冰河中再无立脚之处,苏渐情知此时躲不过,便转脸看向旁边的少女,充满无限歉意地说道:"对不起,是我连累了你。如有来世,我愿做牛做马,作为今生的补偿。"

寒冰流水中,洛雪穹沉默了片刻,便摇了摇头,轻声道:"不用。"

说罢少女伸手过来,与苏渐的手握在一起,然后闭上了眼眸,要与少年共同赴死。

见得如此,岸上三魔"嘎嘎嘎"一起刺耳狂笑;半空中,金系法术"金刃破空"在肆意地翔舞,转眼就朝苏渐二人扑去。

就在这危急时刻,忽然间苏渐胸前光华大盛,很快就盖住了空中翔舞的金光! 气势汹汹的破空金刃,突然好像碰到无形的气旋,朝四下撞开飞去。

瞬间生发的奇光,很快也飞速旋转,带动了冰河之水一起,搅成散发星空之辉的光漩;眨眼间冰河中瞑目等死的二人,就被这星河流转的光漩吞没,迅速消失不见。

"这、这他娘的是怎么回事?"看着冰河中的奇异景象,岸上三魔面面相觑。

"老大,"雷斌疑惑地问澹台明道,"你听说过这处冰河,有什么奇怪的暗流旋涡吗?"

"没有啊。"澹台明也满腹疑云,"老三,你也不是不知道,咱们兄弟仨横行星降高原多年,何曾听说这草甸冰河有什么异常啊。"

"这真是见了鬼了!"上官云龙在旁边一拍大腿,十分懊恼。

"可能不是见鬼。"澹台明忽然冷冷道,"兄弟们,听说过'幻光镜泊'吗?"

"幻光镜泊?"雷斌惊道,"一直传说,这星降高原上有上古晶灵时代遗留的秘境幻光镜泊,其中藏着惊人的珍宝和秘密。不过老大啊,这一直也就是传说,没人见过啊。"

"以前是没人见过,"澹台明看着已经恢复平静的冰河道,"我曾下了番功夫,查找这幻光镜泊的所在,后来倒让我查出些线索。"

"在哪里?"雷斌吃惊地看着他,"老大你不会是说,就在这里?"

"没错。"澹台明点点头道,"虽然详情不知,但至少让我知道,晶灵秘境'幻光镜泊',入口大概就在这片草甸冰河一带。"

"这、这……"雷斌惊得半天都没说话,最后才蹦出一句话来,"老大老二,那看来,苏渐这小子绝不简单啊。你们刚才看到他胸口发的光没?"

"看到了。"澹台明冷冷道。

"那我们还要杀他吗?"上官云龙迟疑问道。

"当然要杀! 嘿嘿,"澹台明阴险笑道,"兄弟几个,你们没觉得,这次小家主给我们,派了一个天大的美差吗?"

"没错!"雷斌立即反应过来,"咱兄弟就守在这里,这俩小家伙如果能从秘境里出来,少不得会带出什么上古的珍宝功法。我们兄弟就守株待兔,来个黑吃黑!"

"对!"澹台明兴奋道,"到那时,咱们还要受高家那口闲气干嘛? 珍宝神功在手,我们兄弟仨便远遁大漠西荒,继续干那杀人越货的勾当去!"

"对对!"上官云龙也变得十分激动,"咱们就待在这里,死守,死守!"

不说三狂魔包藏祸心,守株待兔,再说苏渐。

刚才冰河之中,被胸口星降之链突发的奇光激发,他和洛雪穹二人霎时跌入一个奇异的秘境。

落入其中,苏渐触目所及的,便是无数明亮的光影。这些光,形成大大小小的光幕,有些能看透,更多的如同镜子一般。

他们脚下是水泊,却也光滑如镜。低头一看,天顶的各种光影镜像都映在脚底,自己如同行走在天上。

再朝四周一看,他们两人的影像,全都被映在各种光幕之中,再经过层层的反射,就好像有无数个自己遍布在所有光幕之中,无穷无尽,一直层叠向远方。

"这是哪里?"看着眼前景象,洛雪穹十分吃惊,"我们怎么会来到这里?"

"估计拜我这项链所赐。"共历生死劫难后,苏渐毫不犹豫地把胸前的星降之链展示给少女看。

"好美的项链!"饶是洛雪穹见过无数灵山圣门的珍宝,也对璀丽的星降之链惊艳无比,一双美目闪烁连连。

"那刚才的光芒,是它所发?"洛雪穹问道。

"应该是。"苏渐道,"如果不是它,我们现在估计已经死了。不过,"看了看四周,他忍不住焦急道,"这里到底是哪儿啊?奇奇怪怪的,根本出不去啊!"

"莫急,"洛雪穹恢复了镇静,从容道,"看此处风物,应是晶灵时代的秘境。当年晶灵族与恶魔国度争战末期,晶灵族人眼见不敌,便筑造了大大小小的秘密要塞,留存至今的,便成了晶灵秘境。看样子这里应该就是一处。"

"那就好!"苏渐紧蹙的眉毛舒展开,"秘密要塞啊,只要不是当坟墓建的就好。既然是军事要塞,有守有攻,那出口通道自然是少不了的。我们走,去找出口吧!"

"好。"洛雪穹应了一声,就随少年一起,向那无数迷离奇幻的光幕走去。

没走出多远,苏渐忽然心中一动,脱口道:"雪穹,看起来,你对晶灵时代很了解嘛。"

"嗯。"白衣少女不动声色道,"学院中,必修课业'上古神州史',我得甲等;'晶灵之挽歌:恶魔暗黑路',我也有选修。"

"厉害!"苏渐赞了一声,便不再问话,两人一起寂静无声地朝那迷幻未知的秘境深处走去。

"雪穹,你说这些光幕碰了会怎样?"苏渐看着那些明镜一样的光幕,忽然有些好奇。

"你可以试试。"洛雪穹冷冷道。

"你这是在考我。"苏渐笑道,"我不是没学过'秘境生存术',第一准则就是不要去碰任何未知之物——啊呀!"

刚说到这儿,他便一声惊叫,扭头再看时,却见自己只顾说话,手臂不小心碰到旁边一片光幕,顿时就如同被烈日烧灼,不仅衣袖被烧出一个洞,连皮肉也被灼得滋滋响。

"有勇气。"洛雪穹看着他道,"你果然还是试了。"

"我其实——对啊,我还怕这个吗!"苏渐胸膛一挺,嘴硬道,"那秦教习不是说,对未知事物,我们总是要尝试的。"

"不错不错,果然勇气可嘉。"洛雪穹毫无表情地赞了一句,便继续往前走了。

她的视线一离开,苏渐便使劲地甩手,疼得嘴里直呼气。

经过这一个意外,洛雪穹自不必说,连苏渐也知道了,这些看似镜子一样的大小光幕,内里蕴含着强大的光之力量,若是不小心碰了,和被光箭射中没什么两样。

这还不是最麻烦的,当他们绕过十来片光幕,却发现脚下的镜泊之路,竟是分出三四条岔路!

好不容易挑了一条最大的岔路往前走,谁知道没多远,又发现一条岔路。

此后岔路一条接着一条,苏渐开始还想记住每次自己的选择,可没过多久之后,身边到处镜光缭绕,光幕林立,根本认不出任何当初的特征。

"怎么办?你认识路吗?"苏渐期待地看着少女。

谁知历史成绩很好的洛雪穹,也摇了摇头,表示她不知道。

"这下麻烦了。"苏渐十分无奈。

他低头看看胸前星链,希望能发现点什么,星链这时候却不声不响,没有了任何异样。

"倒霉!"苏渐苦笑着摇了摇头,"现在也只能碰运气了。"

于是他继续专心往前走。只是,正当他站在一个颜色不太一样的光幕前,回忆先前有没有路过这里时,却冷不丁听到一声尖细的厉叫!

苏渐大吃一惊,虽然还没看到任何妖怪,就已经急身后退。

几乎与此同时,那光幕中有一个白色女鬼一样的怪物,挥舞着晶光四射的利爪,从光幕挣脱,朝他迅疾扑来!

苏渐反应也很快。那怪物刚冲出来,他就立即挥起血歌剑,朝怪物飞来的路线一劈,那怪物好像也害怕血歌剑,轻飘飘的身形在空中一转折,躲过了苏渐的剑锋。

当它想重新往这边扑时,苏渐扬手一挥,便有一团烈火扑向怪物,轰然击中它。

被火焰打中,镜中怪物顿时散成无数道白光,什么都没留下。

"这是什么玩意儿?"虽然没费多大力气,但苏渐还是被这怪物吓了一跳。

"是晶爪光魅。"洛雪穹若有所思道,"这是当年晶灵时代晶灵族人豢养的宠物。看来经过千万年变迁,他们已经变成寄生在光幕中的鬼魅。"

"原来只是宠物成精。"苏渐顿时放下心来。

"也不可大意。"洛雪穹神色有些凝重,"刚才这一只,很可能只是后来繁衍的子嗣。真正上古的光魅,经历千万年而成亡灵,绝对不能小看。"

"那可惨了!"苏渐顿时意识到问题的严重性。

他看着四周重重的明亮镜幕,忽然对少女说道:"这晶爪光魅,是不是光系妖魅?"

"对。"洛雪穹点点头道。

"那真的惨了。"苏渐沉重说道,"这秘境中光系灵力极为丰沛,这些怪物经历千万年的吸纳演化,会变得何等强大!"

"这是当然。"洛雪穹毫不奇怪地说道,"否则怎么说常人不可轻入秘境?原因就在此于此。上古留存至今的遗迹,其中没有妖怪也就罢了,若是有,一定极为强大。"

听到洛雪穹这样的确认,苏渐顿时苦着脸,把星降之链捧到眼前,埋怨道:"链兄啊链兄,你可把我们给害惨了!"

"别怪它了。"洛雪穹冷然道,"若不是你的项链打开这秘境之门,我们当时就已成冰河中的流尸了。"

"没错!"苏渐闻言,精神一振,挥剑大叫道,"本来就已没命,现在还活着,已经赚到了!"

此后,他便和洛雪穹配合,一路前行,斩妖除魔。

虽然他们之后遇到的晶爪光魅,还有其他光系怪物越来越多,但两人的配合也越来越娴熟,因此竟也全都化险为夷。

只是,支撑过了一炷香的时间,那秘境中的怪物却越来越多,也越来越强大。

一路苦战至此的两个少年男女,哪怕一个身有秘术,一个家学渊源,这时候也几乎支撑不住。

"这样下去不行。"击退了周边最后一只强大的晶爪光魅,苏渐以剑挂地,喘着粗气说道,"雪穹,再这样下去,我们俩真要死在这里了。"

"那也没有办法。"也是微微喘息的少女,摇了摇头,淡淡说道,"身陷绝境,奋力突围,不成则一死而已。"

"不行不行,我不能死!"苏渐顿时直起腰来,呼喝道,"我还有很多牵挂的事情没完成呢!"

"你能有什么牵挂?"洛雪穹奇怪地看着他,"我听说,你不是孤儿吗?"

"我说的不是牵挂家人。"苏渐看着远近迷离的光镜,心事重重地说道,"我心中有几个未解之谜,曾发誓今生一定要努力解开他们,获取真相。"

"真相? 有这么重要么?"生死面前都很冷静的少女,这时却轻轻地摇头,神色有些哀伤地说道,"人生一世,最重要之事,不是功法,不是珍宝,而是和自己完整的家人在一起……"

"你这话,也不是不对。"苏渐有些出神地道,"我虽然没家人,却有朋友。若我就此死去,实在放不下他们。"

"朋友……"本来已经准备举步前行的少女,忽然停了脚步,转过身来看着少年,轻轻道,"苏渐,在你心中,有哪些朋友?"

"有很多啊。"苏渐列举道,"玄武卫里有我的端木楚端木大哥,轩辕大统领也勉强算一个。"

"灵鹫学院里好兄弟就更多了,比如唐求,虽然这死胖子好色,但从来没做出格的事,对兄弟的情义也没话说。雷冰梵也不错,别看他冷眼冷面,一心只顾练剑修炼,但对朋友,我猜他内心比谁都看重。还有亚飒,他虽然因为出身尴尬,性子有些阴柔,但我看得出来,只要是他认定的兄弟,必要时候,他可以为兄弟去死。你说,他们算不算我的好朋友?"

"嗯。"洛雪穹点点头道,"就他们了吗?"

"除了他们啊……"苏渐挠挠头,想了想道,"教习算不算?那火系星流术老师秦玉,温文儒雅,外柔内刚,极为正义,对我也极为亲和。说出来不怕你笑话,我一直想自己的将来,就成为他那样的男人。还有古玉妃古教习,以女子之身能在灵鹫学院立足,本就不易,还因为姿色要面对许多骚扰和流言,却一直我行我素,不受影响。说真的,我很佩服她!"

"嗯,古教习她……也不错。"洛雪穹轻轻道,"苏渐,没想到你的朋友,也不少啊……"

"当然。"苏渐得意一笑,话锋一转道,"其实,雪穹,你知道吗,现在对我最重要的朋友,就是你啊!"

"你、你说什么胡话?"乍然一喜的少女,忽然仿佛醒悟过来什么,忙一跺脚,就继续往前走去。

"这不是什么胡话。"苏渐忙追上去,一边追一边道,"今天陷入这秘境困局,全是因为我拖累了你。所以我现在,觉得很是对不起你。"

"别说了。"听他这么说,洛雪穹冷冷道,"你还是专心寻路,小心警戒,免得被妖怪伤到。"

"好。"口中应答,苏渐心中却觉得好生奇怪。

他心说道:"刚才差点说漏嘴,好在及时补救。她听了开始也挺高兴,怎么突然又变成这样冷冰冰了?"

心中暗忖,苏渐苦笑一声,摇摇头。

看着前面少女绰约的身姿,他心中暗道:"看来这世上,最难懂的,还是女孩儿的心思。不过也好,反正我现在已经跟盖英卫那厮撕破了脸,也不必再必须接近她了。"

想通这一点,他心情也变得好起来。见女孩儿已经走远,他忙加快脚步追上去,一边追一边叫道:"雪穹,雪穹,别走那么快,等等我啊!"

接下来这段路,他们两人发现一路上遇到的怪物越来越多。

更要命的是,出现怪物的地方也越来越隐蔽。不知道什么时候,从哪个角落,就跳出来个妖怪,实力还几乎和他们俩差不多。

面对这情形,一直很镇定的洛雪穹,也禁不住微微流露惊惶之色。

这时候,反而是苏渐十分冷静。前几次大起大落,尸山血海,虽然很不幸,却给他带来一个宝贵的品质:越到绝境中,越不会惊慌。

"我不会死,也不能死! 我还要见我的女神——"一想到这儿,苏渐的内心就变得无比强大,以至于还有暇轻轻拍了拍洛雪穹的香肩,安抚她的情绪。

"一定会没事的。"嘴里安慰着少女,苏渐紧张地朝远近四处张望。还别说,慌忙中这一张望,还真让苏渐看出点名堂来。

"雪穹!"他突然叫道,"你看那边,是不是有个穹顶一样的石门?"

洛雪穹闻言,朝少年的指示看去,却见在层层叠叠的光幕中,还真露出一座穹顶石门的一角。

"那儿……"洛雪穹沉吟片刻,忽说道,"真可能是通往秘境深处的要路。"

"那就好!"苏渐一挥血歌剑,斩落飞扑而来的光魅水晶利爪,欣喜说道,"只要别再是光幕就好。这些明晃晃的东西长得一模一样,我眼睛都快被晃花了!"

此后他们两人便相互掩护,在镜泊上朝那座穹顶石门飞奔。

奔跑之时,他们的脚步落在水光镜面一样的路上,向周围溅起一圈圈明亮的涟漪波动。

好不容易到了穹顶石门处,那飘飘然先到的洛雪穹,往门里一看,却顿时心里凉了半截。

"苏渐,你看,"少女有些沮丧地指着门里道,"那里也有无数镜面光幕,并且道路复杂,一点都不比外面好走。说不定,还有更多的怪物。"

话音未落,仿佛专门为了证实她的话一样,石门后有些暗淡的角落里,浮现出无数猛兽一样的眼睛,在黑暗中亮莹莹地或隐或现,似乎是感应到他们两人的到来而出现。

见得如此,洛雪穹的情绪变得更加低落。

不过就在这时,却听得身边的少年,忽然间脱口惊叫一声:"咦?"

"怎么了?"洛雪穹奇怪地看着他。

"不对不对,"苏渐看着石门里,仿佛着了魔一样,喃喃自语道,"我怎么觉得自己来过这里?"

　　"怎么可能?"洛雪穹吃惊地看着他,"这是星降高原上的秘境,很可能就是'幻光镜泊',位列神州最难寻找的秘境前几名,你怎么可能来过?"

　　"我也觉得不可能。"苏渐挠了挠头,苦笑道,"可我就是对这里有一种熟悉的感觉。"

　　"不对!"他霍然说道,"不是来过,是我看过这里的路径地图!"

第十五章

黑 暗 国 师

　　"那也不可能啊。"洛雪穹一脸惊奇,"如此难寻的秘境,怎么可能有地图流出?再说了,这世上,除了最早发现的那几个最简单的秘境,其他没有任何秘境听说有地图流传于世啊。"

　　"对,这我知道。"苏渐努力思索着说道,"你说得对,无论是在玄武卫,还是灵鹫学院,甚至我之前打工的一个地方,也根本不可能看过任何秘境的地图。可是……"他的神色变得有些苦恼,"可是我看了这穹顶石门,就好像知道了里面所有的通道路径。是在哪儿看到的呢?难道这只是我的错觉吗?"

　　正要怀疑这是自己的错觉时,苏渐心里一动,突然想到那落魂渊中的奇异石窟古堡,顿时恍然大悟,脱口叫道:"我懂了,是我那次看到的书——"

　　刚说到这里,或者更确切地说,是在他说出"我懂了"的一刹那间,光影迷离的秘境虚空中,忽然间出现了一个金光四射的幻影。

　　金光夺目,苏渐蓦然一惊,朝半空中看去,便见虚空之中,在万道金辉的映衬下,正有个绝色的美人虚影,在半空中玉体横陈,双目紧闭,似是陷入永恒的沉睡。

　　借着充塞天地的迷离镜光,苏渐看得非常清楚,这沉睡中的幻影美女,容颜极度妖冶,身姿极度妖娆,让他简直可以发下毒誓,这辈子还没见过这样魅惑美艳的女子!

此时的苏渐并不知道，如果昔日的圣龙皇在这里，定会一眼认出，这金辉缭绕的绝美幻影，正是当年被他亲手封印镇压的恶魔女王，魅帝姒！

但让人奇怪的是，当初魅帝姒的身上常年笼罩黑暗的阴云，但被封印镇压后，忽然在此地出现的虚影，却是金光烁烁，一派光明堂皇的模样。

"她是……"苏渐还在疑惑时，那半空中的沉睡美人幻影，已经朝远处飘去。

看着她远去的轨迹路径，苏渐忽然心里一动，转而大喜过望，叫道："没错！我确实看过这里的地图！这沉睡美人的幻影，飘飞的路径正是一条通达无阻的正路！"

"沉睡美人？幻影？"洛雪穹却是一脸茫然。

"怎么了？"苏渐转脸看着她，奇怪地问道："难道你没看见前面那个沉睡美人的影像吗？"

"在哪里？"洛雪穹一脸茫然，"我什么都没看到。"

"不是就在那里吗？"苏渐一指前面，焦急道，"你看她影像鲜明，再显眼不过了！"

"真的空无一物。"洛雪穹摇了摇头，有些担心地看着他，"你是不是刚才一路剧斗，身心疲累，以致出现幻觉？"

"不可能啊！"苏渐叫道，"明明就在那里——难道只有我一个人能看到？怎么会这样！"

大叫过后，他眼看那美人幻影已经逐渐飘远，顿时急道："先别管那么多，我看这个绝色大美人是在指引我们逃脱苦海呢！"

说着话，他也不顾洛雪穹反不反对，就拉着她快步如飞，朝那个沉睡的美人幻影追去。

还别说，自从跟着这只有苏渐一人看得见的魅帝姒幻影，他们两人一路上再没有碰到什么强力的妖怪。

偶尔有什么晶爪光魅之类的小妖怪冲出，也往往被虚空中这个奇异的存在给吓得吱吱乱叫，主动又缩回那些光幕中。

见此情形，不仅苏渐欣喜，连洛雪穹也高兴起来，心想道，也许苏渐眼中，真看到了什么沉睡女神的指引呢。

这样一路奔走，周围的景物也越来越多样化。除了原先层层叠叠的镜状光幕，又多了一座座石殿和许多水晶材质的生活陈设。

见得如此，苏渐越来越相信刚才洛雪穹跟他说的话："这镜光幻影一样的秘境，很可能就是传说中晶灵时代的星降秘境'幻光镜泊'。"

本来身陷未知秘境，心中郁闷，但到这时，苏渐的心情终于变得好了起来。

他相信，这忽然出现的美人幻影，一定能带他们走出去。

就这样一路追随幻影奔走，渐渐地，苏渐二人就发现，周围的建筑器物变得越来越精美，雕刻的花纹也越来越繁复。

没过多久，他们便远远地看见，正前方出现一个圆形的广场，正中央有座高高的祭坛。

这个圆形的广场，不同于他们一路上看到的任何景物，整个广场的空间里散发着道道金光，充满着莫名的神圣气息。

那中央的祭坛也非常特别，整体用黑色巨石垒就，这材质在刚才过来的一路上，从来没出现过。

不仅如此，别看圆形广场的整个空间中，充斥着神圣气息的金色光芒，但广场正中央的黑石祭坛顶部，却冲天而起一根血色光柱，看着十分邪气。

到了这金光广场附近，那一路引领的魅帝姒幻象，忽然没入那广场边缘的金光，就此消失不见。

"难道说，秘境的出口在这里？"苏渐疑惑道。

"怎么了？"洛雪穹不知幻影的变化，问道。

"那个沉睡美人幻影，在前面金光里消失了。"苏渐指指那边道。

"哦。"洛雪穹看了那边的金光广场一眼，说道，"不管如何，我们过去看看。"

"好。"苏渐正有此意，便和洛雪穹一起朝那广场走去。

本来以为整个秘境中，只有他们两个，谁知道刚踏入圆顶广场的金光里，就听得有人惊叫道："怎么回事？怎么还有人来？"

苏渐一听，也吃了一惊，却看见这广场氤氲的金色光线里，竟然已经有五六个人站在那里！

金光中他看得分明，这几个人恶形恶相，全都身穿武士劲装，或红或黑，红衣则黑色腰带，黑衣则红色腰带。

他们头上戴的帽子，却是出奇的统一，全是头包红巾，左右耳边和脑后都有鲜红的帽帘。

"是血义盟！"苏渐看到这装束，顿时大吃一惊。

这时那几个血义盟武士也已经看清他们，顿时朝这边奔来。

"你们两个，是什么人？"为首那络腮胡子的红衣大汉，冲苏渐二人凶恶地喝叫道。

苏渐下意识地低头，看了看身上的服饰，发现只是穿着灵鹫学院常规的白底蓝边学士服，并没有穿玄武卫的铁徽劲装，便眼珠一转，一拉洛雪穹小手，装作害怕得声音发颤，说道："各位大哥，我只是从家中逃婚，和她私奔至此，还望诸位好汉大哥就当没看见，别去告诉我京华的家人。"

如此说辞之时，苏渐明显感觉到被自己抓住的温软小手，使劲挣脱，但他立即手下用力，将洛雪穹的手儿给死死抓住。

而这时候，一直察言观色的苏渐，发现刚才洛雪穹这意图挣脱的细微动作，已经被对面血义盟武士注意到。

他顿时心里一惊，立即转过脸，冲洛雪穹温柔地说道："小花，别害怕，他们都是大大的英雄好汉，不会为难我们小孩子的。"

到这时，洛雪穹也已会意，不再挣扎。但她心中却在哀叹："啊，没想到我的手第一次被男子牵，却是在这样的情况。哼！还叫我'小花'，这么难听俗气的名字，看我回去怎么收拾你！"

女孩儿正想时，便听得对面有个矮个子的血义盟武士说道："大哥，我看这两个小娃儿，年纪不大，倒是郎才女貌，看起来都是多情种子，真是私奔来此也说不定。"

听得此言，洛雪穹倒是晓得变通，脸上顿时装作一副害怕可怜的神色。

正觉得自己的伪装天衣无缝时，她却听得对面那络腮胡子叫道："老六，你是瞎了眼还是怎地？这后生还好，你看这小娘们，一看就来历不一般，虽然极力装出可怜模样，却一脸冰霜罩面，好像咱们欠她多少钱似的！你敢说这样的人，是随便什么跟郎君私奔的多情小娘们？"

听他这么说，苏渐瞥眼瞧见洛雪穹神态，顿时心中叫苦："哎呀，竟忘了这茬！我说洛雪穹洛大小姐啊，你平时就不该冷头冷面，对人不亲切，这不，报应来了？嗯嗯，我知道你已经很努力，但瞧你这神情，却还是高高在上的冰山冷美人啊！"

这时候听那络腮胡武士又叫起来："小子，给你一个机会，说，你是怎么来到幻光镜泊秘境这里的？"

"怎么来的？"苏渐脸不红心不跳地说道，"自是私奔之际，意乱情迷，误打误撞，故来此地。"

"好哇！"络腮胡武士顿时怒叫道，"还敢撒谎！总之我等血义盟忠勇之士，今日受沉睡女神的指引，来到此地寻找宝物，任何异教妖孽都阻止不了！"

说到此处，他一扬手中的鬼头刀，怪叫道："兄弟们，给我上！正好缺个祭品，就将这俩说谎的小娃儿剁成肉泥，扔进祭坛，酬谢女神的恩情！"

血义盟武士听得号令一拥而上，苏渐和洛雪穹也不甘示弱，各持血歌剑、月神白虹剑对敌。

能深入秘境此处，血义盟这几人自然都是高手。再加上他们算是以逸待劳，苏渐和洛雪穹二人到此时却已是强弩之末。一打起来苏渐便发现，自己这方有点打不过。

不过，也不知何故，到了这里，苏渐的神智变得格外清醒。一看形势不妙，他立即冒出个主意，马上冲少女喊道："跟着我，快跑！"

听他这一声呼喝，洛雪穹果然虚晃一招，跟在他后面，瞅了个空子就从包围圈中冲出。

见他两人要跑，打红眼的血义盟武士自然心有不甘，立即在后面猛追。

见他们追来，苏渐却是不慌不忙，竟然并不尽全力奔逃，而是不紧不慢地在前面跑着，好像怕他们跟丢一样。

见他这样，洛雪穹也弄不清他弄什么玄虚，不过这时候也只有选择相信他，按照他的速度跟在旁边。

洛雪穹的疑惑，并没有持续多久，很快就有了答案。

在迷宫一样的幻光镜泊中，苏渐七拐八绕，很快就将血义盟的人带入一个无比光明的奇怪所在。

接近这地方时，一直磨洋工的苏渐，猛地加快了速度，靠近此地时将手一扬，顿时熔火球的烈火划空而过，"轰"一声仿佛击中了什么。

这之后苏渐再也不低调了，拉着洛雪穹撒丫子飞跑，绕了个弯子后急速逃开！

很快，后面那群血义盟武士也追近了。这时苏渐已拉着洛雪穹，在附近一处拐角暂时隐住身形。

"苏渐，你刚才到底在做什么？"洛雪穹有些好奇地问身旁少年。

"没什么，"苏渐脸上露出一丝狡黠的笑容，"我只是往晶爪光魅的老巢里扔了个火球。"

"咦？"洛雪穹惊讶地看着他，"你怎么知道那里是光魅老巢？不会只是看那儿比别的地方亮一些吧？"

"当然不是如此。"苏渐看着少女，"我不是说过吗？我看过这里的路径地图。刚才就是利用对路径的熟悉，把血义盟的乱党引到'光魅之巢'。嘿嘿，你快看，这下可够他们喝一壶！"

其实何止是"喝一壶"这么简单！

被苏渐的熔火球震动，无数晶爪光魅从它们的母巢中蜂拥而出，如潮水般朝血义盟的武士们涌去！

可叹执行如此特殊任务的血义盟武士，自然都是盟中最精英的高手，但这会儿面对成千上万只晶爪光魅，根本就没有任何招架之术。本来占尽上风的红巾武士们，很快就被光魅轰隆隆的致命光线给淹没。

他们刚才还宣称要把苏渐二人剁成肉泥，这时候却在晶爪光魅的海洋里，被炽热的光爪撕得粉碎，灰飞烟灭，变得连渣都不剩。

见得如此，洛雪穹虽在安全地带，却也看得心惊胆战，不知不觉两腿发软。

这时那苏渐还在她耳边意犹未尽地轻叹："唉，可惜了，没抓住活口。

否则带回去，又算大功一件。"

"别埋怨了。"洛雪穹横了他一眼，"能这样已经不错了。刚才又不是没交过手，这几个人的功夫，比外面那三个魔头还高。"

"我不就是说说嘛。"苏渐挠挠头，"要说真可惜的是不能把那三个魔头引到这里来。否则引动这些光魅，不愁他们不粉身碎骨。"

怀着这样的遗憾，他们耐心地等那些晶爪光魅又全都退回到老巢中去。之后他们小心翼翼地沿着旧路，重新返回到金光圆顶的广场中。

"雪穹，我总觉得返回之法，就在那黑石祭坛上。"站在高大的祭坛下，苏渐仰脸看着祭坛顶部的血色光柱说道。

"不一定。"洛雪穹道，"不过总要上去看看。"

"嗯。"苏渐点点头，便握着血歌剑，抬步走上高高的祭坛台阶。

当他才踏上第一步，整个人突然一愣，转而瞪大双眼，仿佛看到无比惊奇之事，让他产生极大震动。

"苏渐，你怎么了？"洛雪穹见状急问道。

"雪穹，你看——"苏渐如痴如醉地指着祭坛顶部的虚空，"看那里，沉睡的女神就在那里。你看她通体灵澈，发着梦幻的光辉，无数鲜花飘落，虽然她陷入长眠，却在虚空中告诉我，她被恶魔封印，正等待解除封印的英雄！"

"苏渐，你……"洛雪穹面露异色，盯着少年，"你是不是病了？怎么又出现幻觉？那祭坛顶上，我只看到血云涌动，何来什么鲜花与女神？"

"怎么会？！"苏渐霍然转头，一脸震惊地看着洛雪穹，叫道，"你真的看不见她？怎么会这样！难道真的是我疲劳过度，产生幻觉？"

转念一想，他又叫道："不对，是你的问题！刚才血义盟乱党也说，他们受沉睡女神的指引才来到此地，绝对不是我一个人的幻觉！"

"此言也有道理。"洛雪穹回想了一下先前血义盟乱党的话，点点头道，"不管如何，这件事透着古怪。苏渐，你要好自为之。"

"知道。"苏渐的双眸，却是无比澄澈，看着少女双眼说道，"我心中自有分寸。"

许诺一般说罢，他便举步继续往祭坛顶端攀登而去。

看着他向上攀登的身影，洛雪穹眼神有些复杂。

沉默了片刻，她紧了紧手中握着的月神白虹剑，也跟在后面，轻盈地向上登去。

到了祭坛的顶端，朝里面一望，苏渐二人却觉得有些触目惊心。

原来祭坛之顶竟是一座血池，里面翻滚着血水，腥味十足。先前下面看到的直冲穹顶的血光，正是从这血池中喷出。

由此可见，这血池很可能不仅仅只是盛着一池血水，那翻滚的血水波浪中，还或暗或明地闪着奇异的光。

到了这里，苏渐忽然发现，原本出现在虚空的沉睡美人幻影，忽然好像融入他的灵魂里。

一个女声，在他的心底响起，声调幽沉、神秘，却无限柔美。

在这个心声的指引下，苏渐好像变成了多年的老手，在血池边一阵摸索，熟练地找到几个雕成怪兽形状的机关，一一将它们扳动。

于是，在五个机关全部都被打开后，血池中原本汹涌沸腾的血水腾地一声，忽化作无数血红色的流光朝四外飞蹿。

转瞬之间，血水流光散入秘境中无数的镜面光幕里。

等苏渐低头再看时，发现池中血水已不复存在，露出了黑黝黝的石质池底。

面对这情景，苏渐还没来得及惊异，那无论是虚空还是灵魂里的沉睡女神幻象，突然间消散，耳中只听得"丁零"两声，苏渐便看见两颗光华闪耀的晶核，从虚空中坠落，掉落在那黑石的池底。

看见这两枚晶核，便连见多识广的洛雪穹，也猛然露出惊异的神情！

"这是……"苏渐伸手探到池底，拈起那两枚晶核，放在眼前打量，却不知是什么来历。

"这是星宿晶石。"洛雪穹忽道。

"星宿晶石？"苏渐惊讶道，"第一次听说呢。它也是妖兽体内凝结而成吗？"

"不是。"洛雪穹摇摇头道，"星宿晶石极为稀有，据说是天上对应的星宿光辉，机缘巧合时凝成的晶辉之核，里面蕴含着巨大的能量。"

"哦？"苏渐顿时来了兴趣，"怪不得啊，我看这两颗晶石，里面如同有闪着光的烟云流动，和以前见过的晶核完全不同。那你知不知道，这是哪两颗星宿晶石？"

"给我看一下。"洛雪穹说道。

"好。"苏渐将手中晶石递给她。

"这颗是开阳，火系。"洛雪穹将晶石举在眼前，仔细看着说道，"这一颗嘛，应该是河鼓星宿晶石，水系。"说着话，她就将两颗晶石都递还给苏渐。

只是，苏渐却只收下了那颗火光莹莹的开阳晶石。他将水光荡漾的河鼓晶石，又放在了洛雪穹的手心里。

"雪穹，这不是正好吗？"苏渐看着她道，"我最近侧重修炼火系，只要这颗开阳便好。你是水、风双修，河鼓晶石就给你吧。"

"这……"洛雪穹忽然变得沉静，沉默了片刻后，才看着少年说道，"苏渐，你难道不知，这星宿晶石，在世间武士法师眼中，比任何稀世珍宝都珍贵？并且它存世极少，任何一颗出现后，都会引起腥风血雨？"

"这，我还真不知道，"苏渐道，"但也可以想象。不过你跟我说这个干什么？"

"笨蛋，"洛雪穹嗔道，"严格说，这两颗星宿晶石是你根据幻象指引来到此地，又是你亲手解开血池机关才获得。你怎么这么轻易就送我一颗？"

"哈哈！"苏渐大笑起来，"还说我是笨蛋，我看你才笨。"

洛雪穹还是头一回被人说笨。若是别人对她这么说，她那把月神白虹剑，早就洞穿对方脖子了。不过这会儿，她却没有任何行凶的迹象，反而好奇地看着少年，问道："为什么说我笨？"

"当然笨啊，你看，"苏渐道，"是谁救了我，才让我有机会掉入这幻光镜泊秘境？又是谁一路和我并肩作战，才能打败那些怪物来到血池祭坛这里？不是'见者有份'吗？这道理你都不懂。你一路跟我来到此地，当然要见面分一半咯。雪穹，我可告诉你——"

"嗯？"洛雪穹的明眸扑闪闪地看着他。

"你可别仗着剑技法术比我高强，就想独吞哦。"苏渐笑嘻嘻道。

"笨蛋。"洛雪穹轻轻地骂了他一句，却并不显得生气。

说起来，这洛雪穹玉骨冰姿，功力高强，又出身高贵，很少有男子在她面前，能像苏渐这般从容自如地说话。

所以对她来说，以前那些男子，在她面前大气都不敢出，说话抖抖索索，反而让她越看越讨厌。现在苏渐这般挥洒自如，还信嘴说她笨，却让她兴不起丝毫生气的念头来。

并且，正因如此，反倒让洛雪穹觉得，自己在苏渐的面前，有一种说不出来的特别感觉。

这样的感觉，轻松、惬意，还让她有一种真正做回世俗女人的感觉。

当然，洛雪穹不知道，苏渐在她面前的轻松随意，还和他最近跟盖英卫撕破脸有关。

对苏渐来说，以前因为盖英卫的任务，需要主动接触洛雪穹，还免不了会有一种有求于人的英雄气短；但现在撕破了脸，苏渐才不会再理盖英卫，为他干什么私活儿。

所以，他现在对洛雪穹处在一种无所求的心态，才能表现出如此的从容自如。

因为这样，洛雪穹反而对他看重起来。而苏渐刚才，毫不犹豫地把珍贵如斯的星宿晶石，分给她一颗，便让她更加感动。

于是，正当苏渐要往祭坛下走，洛雪穹却叫住他道："苏渐，你听说过极化吗？"

"极化？"苏渐一愣，说道，"倒是听说过。不过这是非常非常高级的锻炼兵器秘法，而且对材料的需求十分苛刻，好像要什么星宿——啊？！"

苏渐突然反应过来，拍了拍脑袋叫道："极化要用星宿晶石，我们手里不是正有一颗吗？！"

"正是。"洛雪穹道。

"只是可惜了，"苏渐神情有些黯然，"可惜那极化之术，十分高级，我根本无从学到。"

"我可以教你。"少女忽然道。

"啊?"苏渐猛地一惊,看着少女,简直不敢相信自己的耳朵。

"别忘了,我来自灵山圣门。"雪裳少女的脸上神色傲然,"区区极化之术,我早已精通,现在教与你便是。"

"这、这……真的可以吗?"苏渐怯怯地问道。

"当然。"洛雪穹道,"别婆婆妈妈了,我这就跟你说……"

接下来,这灵山圣门的神秘少女,就把那极化之术,原原本本地解释给苏渐听。

其实这极化之术,本身并不算如何高深,世人视其为高等秘术,实在是因为极化所需的晶石要求极高,往往需要达到星宿晶石级别才能进行。因此这极化之术才不太流行,久而久之,变成高级秘术。

经过洛雪穹的讲解,苏渐很快就领会了极化的要义。

接下来,他就按照洛雪穹所授之法,以血为引,将那颗开阳晶石,与自己的血歌剑极化融合。

当他一丝不苟地完成最后一个步骤,那血歌剑顿时发出一阵剧烈地颤鸣,与苏渐的灵魂捆绑沟通,就如人一样,痛苦地震颤。

很快,火光艳艳的开阳晶石,一碰剑身,便如同雪落池塘,瞬间融入剑锋之中。

这时苏渐滴在剑锋的那滴鲜血,开始和开阳晶石纠缠融合,最后形成一个奇异的血影纹样,在血歌剑的剑锋上浅浅地游动。

仔细看,这道极化后的血纹,竟还有点像东方赤色神龙的龙尾。

极化完成后,当苏渐重新握紧血歌剑,灌注灵力,在空中一挥,一道红色的残影顿时破开虚空,往远处飞去。当它撞到一处石壁后,瞬间就在坚硬的石壁上破开了一道浅浅的口子。

"太好了!"苏渐能感受到血歌剑的焕然一新,变得无比兴奋。

"这就高兴了?"见苏渐高兴,洛雪穹反而变得冷淡,悠悠说道,"刚才跟你说过,若是神兵利器,最高可以极化到九重。你这才第一重,就这么高兴啊?"

"怎么不高兴?"苏渐欢笑道,"你忘了,那什么'星降三狂魔',还在外面等我们呢。你赶紧把你的剑也极化一下,若他们不识相,还蹲在那里不走，咱们就叫他们仨大吃一惊吧！"

听苏渐这么说，洛雪穹一笑，也将那颗河鼓星宿晶石，与自己的月神白虹剑融合极化。

和苏渐极化后的"赤龙之尾"形状的纹路不同，洛雪穹的剑第一重极化后，剑锋上出现一朵晶莹剔透的雪花形状，中央的位置还有一抹淡丽的虹霓贯穿。

之后，苏渐回忆起落魂渊中曾见的书册，就按照里面展示的"幻光镜泊"秘境地图，带着洛雪穹往出口处而去。

这时候，苏渐还不知道，引领自己的落魂渊古堡图书，在史上有个著名的称谓：巨龙之书。

一路往出口处走时，苏渐还兴高采烈地跟洛雪穹说道："雪穹，你还别说，那梦幻女神一样的沉睡美人虚像，还真是我们的幸运物。如果不是她的指引，我们怎么会得到这么珍贵的星宿晶石？"

"倒未必。"洛雪穹很冷静地道，"此事祸福未知。"

"为什么这么说？"苏渐奇怪地看着她。

"你不觉得，此事透着诡异？"洛雪穹道，"为什么只有你，还有那些血义盟之人能看到那虚像？这里面，会不会有什么特殊的原因？"

"你说的也有道理。"苏渐想了想道，"刚才也是踏入穹顶之门，特别是我回忆起秘境中的图册，认出道路后，才忽然出现了美人幻象。不过应该不会，"

他话锋一转道，"你没看见，不知道那睡美人像流露的气息，有多么神圣，就好像、就好像……就好像在昏睡中不断呼唤拯救她的英雄！"

"可是，你却因此遇到血义盟高手，差点死掉。"洛雪穹依旧保持冷静。

"也许只是碰巧。再说了，'富贵险中求'！不过，"苏渐转脸看了看洛雪穹，道，"你的担心我明白，以后再碰上同样的事情，我会小心的。"

"嗯。"洛雪穹轻轻地点了点头，此后便不再说话。

苏渐也不再作声，专心回忆着巨龙之书中的地图，寻找安全可靠的出口路径。

两人一路无话，都认为这一次的秘境历险，到此应该风平浪静。

只是他们却不知道，在一个遥远的虚空，正有一人，透过一颗如黑夜星空般幽邃的黑暗晶球，静静地观察着这一切。

这个人，面如白玉，容颜极俊美，高瘦身躯上，罩着如黑夜般的长袍。

他脑后也是白发飘飘，但和雷冰梵的白银发色不同，这男子一头长发苍白如雪，还笼罩着幽蓝的光辉，显得颇为诡异。

此刻他面前的黑暗晶球，也不同于人世间一般术士用来装神弄鬼的水晶球。

它的质地和色泽极为特别，有着顶级水晶的通透感，却好像又什么光都透不过，在它所在之处形成一个黑洞。

也只有当黑袍白发男子，双手虚抱在黑暗晶球两侧，从掌心发出一缕缕幽蓝色光线，如蛛丝一样纠缠在黑暗晶球上时，这黑洞一样的圆形空间里，才会出现栩栩如生的画面。

如果此刻苏渐就在一旁，看到这画面定会大吃一惊！

原来，黑暗晶球中，竟在展示着他们落入幻光镜泊秘境后的整个过程！

并且，那洛雪穹看不见的沉睡女神幻影，此刻在黑暗晶球中竟是无比鲜明。

那俊美男子安静观察晶球景象，也只有在沉睡女神幻影出现时，才有些动容，竟是微微垂首，行了一礼。

而当苏渐按照巨龙之书和幻影的指引来到金光广场，又发挥智慧杀死血义盟的竞争者，顺利启动机关毁去血池之后，沉静的黑袍男子，嘴角忽然露出一个邪魅的笑容——

世间也有很多浮浪男儿，为吸引女孩，常做出高深莫测模样，嘴角露出自以为是的邪魅笑容，可如果他们看到这男子此刻的笑意，就会立即羞愧而死！

只有这笑容，才是真正的邪恶、魅惑，那嘴角勾勒的弧线中，仿佛将炼狱中所有邪恶之物一齐展现。

露出邪魅笑容，这男子开口说了一句话："陛下，您终于寻到一个最大可能之人。我，恶魔国度黑暗国师，伊尔丹，您的忠实权杖，在此恭候王者归来!"

嘶哑而低沉的话语,虽然轻微,却似一阵惊雷,在整个混乱界域的黑暗世界里传播,激起一层层的震荡。

无数个正跟龙族金光封印殊死斗争的凶邪恶魔,好似同时接收到这个讯息,一齐掉转可怕的头颅,将毒色的目光投向东方……

苏渐却对此毫无察觉,他现在正怀着喜悦和满足的心情,领着洛雪穹一路寻到了秘境之门。

这是道隐藏在极深角落的幻境之门,远远看时,只觉得是这个秘境中常见的镜面光幕,但当苏渐二人走近时,它却忽然发出强烈的光芒。

看到这情形,就连性情幽冷的洛雪穹也不禁动容,感到无比庆幸。如果不是苏渐知道地图,就算以她还不错的秘境机关知识,也根本不可能找到这样隐蔽的秘境之门。

当他二人从幻光镜泊里出来,看到外面此时已是黄昏。不过还没等他们来得及欣赏星降高原的第一个日落,便听得附近传来激烈的打斗之声。

苏渐和洛雪穹齐齐一惊,朝声音来源处看去,却见那"星降三狂魔"澹台明、上官云龙还有雷斌,果然一直守在这里。这时候,他们正和三个人战在一处!

开始苏渐离得有些远,看得不太分明,只觉得那身影有些熟悉。等他和洛雪穹走近一些,却见这三人正是雷冰梵、亚飒和唐求。

"怎么会是他们?"苏渐和洛雪穹相视一眼,颇有些惊奇。

不过他俩很快就反应过来。这三人,一定是见苏渐和洛雪穹走失,来这附近找人,便和这几个守株待兔的魔头遭遇上了。

当苏渐二人看到这战斗场面时,雷冰梵一方已经明显地落在了下风,眼看就要有性命之忧。

不管如何,星降三狂魔乃是成名已久的凶人,澹台明的武学境界已到五重,其他两魔也都达到了四重之境。

而此刻雷冰梵他们毕竟才是正在成长的少年,就算最强的雷冰梵也才达到二重,和洛雪穹相同;亚飒和唐求却和苏渐都只是第一重。

作为根本的武学境界已经不如，更不用说满手血腥的星降三狂魔战斗经验何等丰富。所以苏渐一看战场形势就明白，整场战斗根本就没开始多久，自己的三位兄弟已经支撑不住。

此刻，那三狂魔越战越勇。

澹台明流光棍挥舞如轮，辅以光系高级法术"狂光灼眼"；

上官云龙断水刀如同江河浪涌，辅以水灵法术"寒水漩"；

雷斌鎏金九齿耙在暮色中划出九道金光，还时不时打出金系法术"金灵斩"。

从他们魔武双击的场面也可以看出，这三个魔头的战斗经验和娴熟程度，达到了何等可怕的程度。

眼见即将杀伤对方，那澹台明正放声狂笑："哈哈！几个乳臭未干的小娃，还敢跟老子几个打！若识相的，赶紧扔下武器投降，跪下来给咱兄弟仨叫几声爷爷。听你们叫得好时，说不定赏你们一个死得痛快！"

听他如此说，旁边上官云龙和雷斌哈哈怪笑，极其嚣张。

见得如此，苏渐和洛雪穹相视一眼，立即借着夜幕的掩护，悄无声息地仗剑朝三魔猛扑！

矫健的身形，划空而过，就在快接近三魔时，苏渐根据洛雪穹所教的法子，猛地将自身筋脉中的灵力灌注进血歌剑。

经过开阳星晶极化过的血歌剑，在灵力注入的一刹那，猛地爆发出惊人的光华，瞬间迸发的红光如一轮骄阳怒绽！

和他一样，洛雪穹经河鼓星宿晶石极化过的月神白虹剑，那雪花纹样闪耀着，蓝白色的剑光飞射之处，一路卷起狂冰暴雪！

见他二人偷袭，星降三魔先是吃惊，但很快放松下来。

"不过又是两个乳臭未干的小娃儿，弄出再华丽的阵仗，也是华而不实，怕他作甚？"

不仅不慌，澹台明三人看见是苏渐，还惊喜非常，心说正要找你，你却自己送上门！

带着欣喜的轻松心情，澹台明和上官云龙虚晃一招，逼退雷冰梵几人，迅疾转身，各擎兵刃，朝苏渐、洛雪穹二人硬碰硬地杀来。

雷斌见状，顿时会意，手底下鎏金九齿耙更加了把劲儿，暂时逼住雷冰梵三人，让他们无法救援。

负责防御的雷斌，背对着交战的苏渐和澹台明等人，并看不清他们如何打。

手底下舞耙如风时，雷斌还在心里想："哎呀，要不要跟两位大哥说说，把那女娃儿留下。她生得怪俊的，死了多可惜？还不如给兄弟我玩玩。"

正这么想着，雷斌只听得身后"轰隆"两声巨响，紧接着就是几声惨叫！

"怎么回事？！"

还没等他反应过来，就觉得有两个黑影从自己身边闪过，又是"扑通"两声响后，这俩黑影摔在面前的地上，挣扎蠕动不已，眼见受了致命重伤！

第十六章

星 降 月 歌

"真可惜！应该早点说刀下留女人的。"

雷斌正在后悔，突然只觉背心一凉，心头一痛——

"怎么回事?"

雷斌奇怪地低头一看，却见一个红光闪烁的血色剑尖，正从自己的胸口透出来！

"啊呀!"雷斌心中大骇，大叫一声时，口中已吐血沫！

他也端的凶悍，胸口插剑时，依然想挥舞鎏金九齿耙负隅顽抗。只是就在这时，冷不防背后一阵大力涌来，转眼他就被击飞到半空中。

在空中不受控制地飞行时，雷斌还听得地上有个少年在大叫："去见你的兄弟吧，老混蛋!"

直到被人踢飞到半空中，雷斌才真正有点明白发生了怎么回事。

"难、难道……我老大和老二他们……"一想到这，雷斌几乎要发狂!

"怎么会这样?! 不会的不会的!!"在空中的雷斌想不屈地怒吼，却什么声音也没发出来。

直到他落到地上，侧了脸，腮帮子重重砸在地上，雷斌才看到，暮色里，自己牵挂的两个兄弟，正静静地躺在自己咫尺之遥的地方。

和以前强大蛮横的形象不同，老大和老二俩，此刻瘫倒在地，胸口冒血，双目圆睁，眼神涣散，显然已经没了任何生气。

见此情景，本来因惊讶、愤怒、疑惑而吊着一口气的三魔雷斌，意志终于宣告崩溃。

昏沉的暮色里，他吐出最后一口气，头往旁边一歪，就此死去。

不用说，一鼓作气杀死三魔雷斌的，正是少年苏渐。

此时，那伤痕累累的雷冰梵、亚飒、唐求三人，见苏渐与洛雪穹忽变得如此神勇，也是目瞪口呆，一时都忘了说话。

"苏渐，"还是洛雪穹先打破了平静，"你不是总想着升官发财吗？怎么这么好的活捉机会，你却放弃？"

"这时候还说什么升官发财！"苏渐看了看地上的三魔尸首，恶狠狠道，"这几个混蛋，差点害得你我送命，还要杀害来救我们的兄弟。如此凶残恶毒，还留在这世上干吗！"

听他这么一说，雷冰梵等人十分感动。

不过很快就有个不和谐音冒出来："其实你们都不了解苏渐。他这么做，是有特别原因的。"

"啥？"胖子唐求惊讶地看着说话的亚飒，"还能有啥特别原因啊？"

"当然有。"亚飒说道，"这三个凶人，来历都不一般。你们难道忘了他们先前说的话？听我们一说寻找苏渐，他们就叫嚣着要连苏渐和我们一起杀掉。所以，这些人一定是受人指使，来刺杀苏渐的。"

"那又怎样？"唐求还是不能理解。

这时候雷冰梵却面如寒冰，神色不善地看着亚飒，总觉得他话里有话，让人听着不舒服。

被雷冰梵冷冰冰的眼神一瞧，亚飒也觉得不舒服，忙摆出一副告饶的神情说道："雷兄，你别用这样的眼神看我！我就直说了吧，你们还不明白吗？能使得动三个魔头来杀人的，来历一定非常不凡，一定有滔天的势力。你们想，这种情况下苏渐还傻呵呵地抓活口回玄武卫领赏，那不是嫌自己命长吗？"

"原来如此！"唐求一拍脑门，真心信服道，"还别说，你说得很有道理，这事只能杀人灭口，低调低调！"

刚才脸色不善的雷冰梵，这时候也舒展了神色，显然接受了亚飒的解释。

不过只有洛雪穹，这时看苏渐的眼神比较特别。

她从刚才的佩服和感动，已变成："还以为你转了性，原来是贪生怕死，怕大人物报复！"

见美人如此神色，苏渐不由得连连苦笑，忙朝亚飒喝道："你小子，别总把我当成阴险小人。我其实一副直肠子，哪有那么多弯弯绕绕？刚才只是十分气愤，一鼓作气杀人而已。不过亚飒，还别说，经你这么一分析，还真挺有道理。我本来还想把死尸拖回去给大统领看，好邀个功要个赏，现在……唉，太可惜了，好大一笔赏银啊！"

"哈，哈哈！"见他这一副郁闷晦气的模样，一向沉默冷峻的雷冰梵，却突然在夜色中爆发出一长串大笑声！

众人惊奇，问他为何发笑，他却只是手指苏渐，大笑不止，弄得别人莫名其妙之余，也渐渐跟着大笑起来。

畅快的笑声，在夜晚寂静的高原上回荡，久久不绝……

大战余生，此后苏渐等人，为了安全，便去寻了一座视野开阔的高丘，端坐在顶端的青草地上休息。

这一夜，是他们几人在星降高原上，一起待的第一个夜晚。

高原上的夜月，显得格外巨大，如一轮银盘，亮闪闪地挂在众人的眼前。

坐在这高丘，仿佛探一探手，就能摸到那明亮的月光。

一向高不可攀的星海晶河，这时也像一条溪流，充盈着粼粼的波光，在众人的头顶静静地流淌。

初夏的夜晚，高原上显得尤为静谧。偶尔远处传来一两声高原雪狼的嚎叫，反增添了夜晚的宁静。

伴随月轮移转，暮雾四起，头顶漫天的星斗依次点亮。整个高原的苍穹天顶，正如一张深蓝的巨幕，有一只无形的神手在上面逐渐抛洒闪亮的银粉。它们大大小小，明明灭灭，汇聚成漫天的星幕，冷静而幽远地俯瞰大地。

浩大的高原夜景，幽邃、邈远，如一幅雄丽的画卷，在苏渐等人眼前，无言而骄傲地舒展。

苏渐此时已在峰顶草地上躺下。他枕着手臂，仰望着如此美妙浩大的星空夜景，忍不住对同伴们发出感慨："你们看头顶上，这浩大无穷的景象，别看我们平时争强好胜，追逐功名利禄，但到了这样的星空下，真让人觉得自己的渺小。"

"是啊。"躺在他旁边的唐求，也说道，"没想到这儿的夜景，是如此的美好，简直比看那些美女，还要有意思。"

听到此言，众人不由得都白了他一眼，都怪他破坏了意境。

高原夜月朗照之中，亚飒想了想，便说道："几位，难得在此月明之夜，齐聚高岗之上，何不效仿咱们古代那些先贤，发一发浩然之思，说说你我此生追求的目标？"

"好啊好啊！我先说！"没想到这样高深复杂的话题，竟是唐求抢着第一个说。

于是众人的目光，一时都聚在他的身上。

"我的目标，说简单也不简单，说难也不难。"唐求卖了个关子，见众人又开始翻白眼，忙说道，"其实我的目标就一个，好色，将来多娶几个美女媳妇！"

"哼！真是低级。"洛雪穹冷哼一声，神色颇为不善。

苏渐见状忙道："唐求，你胡说什么？亚飒不是说聊聊人生追求吗？"

"这就是我的人生追求啊！"没想到唐求坚持说道，"我的追求就是好色！怎么，苏渐，难道你不好色吗？"

"我不！"苏渐想也不想地说道。

"得了吧。"唐求撇着大嘴道，"身为男子，谁不好色？只是程度大小、范围大小不同而已。像我，就是程度重一点，一天中都有大半天在想这事；范围也广了一点，无论二十岁还是四十岁的女人，我都能接受！"

"噗！"苏渐忍不住笑了出来。

他打了唐求肩膀一拳，笑骂道："别胡扯了！哪来的歪理啊？第一次听到有人这么解释'好色'。"

"你不信吗？"唐求看着他道，"就拿你苏渐来说，也是好色的啊，只是你的程度比我浅，范围也比我窄罢了。"

说到此处,他朝苏渐努努嘴,示意其看旁边的洛雪穹,然后贼兮兮地说道:"苏渐,你还别不承认,你不就是盯牢了洛姑娘,没事就跟她搭话吗?我可听碧茗说了,那天晚上,你还去栖霞小筑找她……"

"唐求!你胡说什么?"苏渐忙叫道,"我那只是公事!公事懂吗?"

"公事?骗谁啊——"唐求正要继续无情地戳穿他,却猛然察觉到一阵森冷的寒意袭来,霎时间仿佛整个骨骼关节都被冻住!

唐求顿时大惊失色,扭头一看,却见洛雪穹的两道目光,正如冰雪一样瞪向他。

"呃!"一接触洛雪穹的目光,唐求不由自主一缩脖子,忙道,"是公事,是公事。"

"真是公事……"苏渐看着这一幕,十分无奈地道,"雪穹,你也要相信我……"

一句话还没说完,刚才让唐求缩脖子的森冷目光,立即又转移到他头上。

见得如此,苏渐只得一脸悲愤,心中呐喊:"为什么说真话都没人相信?这世道是怎么了!"

"我来说说吧。"这时一直沉默的雷冰梵,忽然开口说话,"我的目标有两个,很简单。一个是追求剑道。人生有限,剑道无穷。只有悟得永恒的剑心,才能实践我心中另一个目标。"

"那你另一个目标是什么?"苏渐好奇地问道。

"公正。"雷冰梵简短说了两个字,就不再说话。

月光中的银发少年,已陷入沉默,刚说出的第二个追求,也只有区区两个字,但苏渐却能从中清晰地感觉到,就是这两个字,蕴含的含义反而更多。

甚至,苏渐有一种感觉,这"公正"二字,如同平静水面下暗隐的惊雷,涉及雷冰梵某种不为外人道的隐私。

察觉出这一点,苏渐却和其他人一样,都没有再追问。

这时候,亚飒看着他问道:"苏渐,那你呢?你的追求是什么?"

"我的追求?"苏渐哈哈一笑,"自然是要赖在玄武卫,有机会就争取立功,没机会就混吃混喝。"

"我不是问你这个,"亚飒道,"我是说,你真正的追求——不要跟我说,你苏渐要的只是这个。"

"这……"苏渐一时也陷入沉默。

月光里,包括洛雪穹在内的所有人,都在看着他。

"好吧!"本来躺卧的苏渐,一个纵身跃起,朝山丘前面走了几步,对着月光下那一片宏大的高原,握拳朗声说道,"我苏渐此生,要找两个人。"

"找人?"众人尽皆惊异。

"没错,是要找两个人。"苏渐朗声说道,"一个人,曾蒙着面,当着我的面,杀死我的好兄长,还意图杀我灭口。这个人,很可能还是龙族埋伏在我们国中的内奸。所以我发誓,有生之年,一定要把他揪出来!"

"原来是报仇。"亚飒并没显得奇怪,点点头问道,"那另一个呢?"

"另一个,经常出现在我的梦里。"苏渐道。

"什么?"亚飒惊讶地看着他,"他是你的故人,还是……总之现在不在你的身边,所以才在梦里出现?"

"我也不知道。"苏渐苦笑一声道,"我甚至不确定她是否真实存在。现在她只出现在我的梦里。"

"你们不知道,我之前经历了一场变故,有很多人、很多事都记不起来。我甚至不知道这个人,是不是只是梦中的幻象。不过最近通过一些事,我越来越觉得,她是真实的存在。我相信总有一天,我会找到她,问清楚一切我不明白的事!"

说到这里时,苏渐的脸上露出坚毅的神色,那一双清亮的眸子,在月色中熠熠地发着光。

"嗯,"一直不作声的洛雪穹,这时候忽然轻轻说道,"苏渐,我相信你一定能够达成心愿。"

"谢谢你,雪穹。"苏渐回头真诚地看着她。

"对了,洛姑娘,"亚飒看着少女道,"你呢? 他们都说了,那你的追求是什么? 能否说一说?"

"我?"洛雪穹毫不犹豫道,"家。"

"我想念雪山,我想念家,我想念我的母亲,我想念我的妹妹……"说着说着,一向以冰冷刚强面目示人的女孩儿,恍惚间眼圈竟有些泛红了。

"那你为什么不——"苏渐刚想问,为什么你没说想念你的父亲,但话刚说到一半,他便猛然惊觉,自己收住了话头。

但旁边那胖子唐求,显然没他这样好眼色。

当唐求心直口快地向洛雪穹问出这问题时,果不其然,洛雪穹并没回答,只是将目光投向幽远的夜空,目光冷然!

见得如此,就连唐求这样没脑子的人,也知道不应该再追问了。

"亚飒,我们都说过了,那你的呢?"苏渐转向亚飒问道。

"我?"亚飒笑了笑,"我的目标,是希望今后的道路上,不要因为出身血统被歧视,也希望所有的神州人族,有一天能对人龙混血者平等相待。"

"这个目标,也不太难。"苏渐看出亚飒笑容里隐藏的苦涩,便出言安慰。

"不太难?"亚飒摇了摇头,"相比你们,我这个目标是最难的。因为,它涉及人心啊。"

听得此言,苏渐陷入了沉默。不过很快他就挥挥手,叫道:"咱们大家都不要想太多。咱们的秦玉秦教习不是说过吗,立下目标,最重要的不是达到,而是追求它的过程!"

"对!"听了这话,亚飒的脸上,流露出欢欣的笑容。

"不谈这些事情了!"苏渐仰脸一指天上,朗声说道,"你们看这月光真好,稍等,我去山丘下做个乐器,给你们吹个曲儿助助赏月兴头!"

话音未落,他已飞身而下,顺着山坡疾奔,很快便到了山脚下的那片冰水泊边。

皎洁的月色里,苏渐在一蓬芦苇丛中不知道折腾了些什么,没一会儿便手举一物,从芦苇丛中走出,伫立在倒映月光的水泊边。

"他在干什么?"众人都不解其意。

正疑惑间,却忽听得一声悠扬的笛歌,从山丘下顺风飘来。

"是芦笛!"亚飒叫了一声。

很快,连他在内,众人都沉浸在山丘下绵绵而来的笛歌中。

那笛声，清越、悠扬，初时随风飘转，俄而又从高原天风中挣脱，旋转着直上月空。

要说雷冰梵等人，也不是没见过世面，但听了一阵，他们竟然听不出苏渐吹的是什么。

不仅如此，这陌生的笛歌，还蕴含着一种前所未闻的特殊元素。

笛歌从山下传来，却好像在高渺的天空俯视大地。听得久了，只觉得心魂飞扬，大地飘摇，风在身边跳舞，云在脚下徜徉，漫天的星斗在头顶一齐摇动。

听得如此高渺浩然的曲意，雷冰梵忽然翻身而起，拔出快雪时晴剑，在月下随笛歌挥舞。

缥缈的笛歌，仿佛是一把钥匙，在这一个瞬间，打开了冷傲少年紧锁的心扉。

明月之下，高岗之巅，他一边舞剑，一边啸歌：

> 天地解兮六合开，
>
> 星辰陨兮日月颓。
>
> 我腾而上将何怀。
>
> 星汉移兮夜将阑，
>
> 心未极兮且盘桓。

冷然的笛歌，快然的剑歌，让雷冰梵发觉，自己孜孜以求的剑心，在这一刻竟似乎上了一个台阶。

当兴致已毕，雷冰梵便收剑重又坐下。

但此时苏渐的笛歌依旧在继续，只是歌调忽然转柔，似如四起的暮雾，或是高天的流云，正将某种神秘的誓言，写入星降高原永恒的天风，在这一晚月夜的原野上高高飘扬。

听到如此让人心动的笛歌，洛雪穹等人全都端坐在高岗之上，寂然聆听。

等一曲吹罢，那少年走上来，唐求第一个忍不住问道："苏渐，你这是吹的什么歌调，怎么从来没听到过？"

"什么歌调……"没想到苏渐这吹奏者，却是陷入沉默。

等了好一会儿，他才苦笑一声道："是什么歌调，我也不知道。"

"什么?!"众人十分惊奇。

"真的不知道。"苏渐有些苦恼地道，"看见这高原月色，我就忽然觉得自己应该会吹芦笛。于是我就去芦苇丛中，拿剑削了根芦笛。我也不知该吹什么曲子，便随意地吹奏。刚才这段曲子，就好像从我心底流淌出来，自然而然成了刚才吹的那段。"

"啊呀苏渐!"唐求咋咋呼呼道，"我看你真不该在灵鹫学院求学，应该去当一个乐师的。"

"不。"雷冰梵忽然道，"这不是一个乐师能吹出来的。"

"为什么这么说?"苏渐也有点惊异。

"我有一种感觉，"雷冰梵道，"这个歌调，庄严高渺，却偶有变徵之声，不似我华夏之调。不仅如此，我还有个更奇怪的感觉。"

"是什么?"苏渐好奇地问道。

"我感觉，最初唱出这歌调的人，当时的视角，很可能是在天上。"雷冰梵说道。

"什么?!"苏渐满脸惊异。

"没错，我也有同感。"这时亚飒也若有所思地道，"刚才听时，我感觉到，好像歌唱之人，一会儿在俯瞰大地，一会儿在仰望星穹，一会儿又穿云破雾，宛如遨游寰宇的天鸟云龙。"

"好吧。"苏渐点点头道，"被你们这一说，看来这首无名的曲子，来历并不简单。"

说这话时，他的内心里，其实已把这蕴含云空翱翔之意的曲子，和那个梦中的龙翼美少女联系起来。也许，这首笛歌曲调，就是当初龙翼少女唱的呢……

"苏渐，"这时胖子唐求说道，"这么好听的曲子，别叫什么无名曲了，给取个名字吧。"

"好主意。"苏渐道，"可是，改什么名字好呢……"

"星降月歌。"洛雪穹忽道。

"好!"苏淅击掌赞道,"'星降月歌',这名字好,听起来怎么还挺熟的,那就叫它了!"

失却记忆的少年,这时候还不知道,为什么听到"月歌"这个词,自己会觉得这么耳熟,内心还有一丝莫名的悸动。

等有一天,当他注意到对面龙族公主的封号,还不知道会有怎样的惊异。

此后,这五人,有一搭没一搭的闲聊。

少言寡语的洛雪穹,瞅了个空闲,忽挪到苏淅旁边坐下。如水的月色中,她咬着樱唇,轻声说道:"苏淅,有个账,我还没跟你算呢。"

"什么账?"苏淅惊恐道,"我应该没跟你借过钱吧!"

"胡说什么!"少女脸一红,"我是说,刚才你在秘境中,为什么说……我和你私奔?"

"还以为是什么事!"苏淅立即变轻松道,"当时不是情况紧急嘛,你我孤男寡女,不说私奔别人不信啊。"

"那你不能说成兄妹吗?"洛雪穹恼道。

"你觉得我俩像吗?"苏淅反问道。

"是不太像……"冰清玉洁的绝色少女喃喃道。

"就是嘛!"苏淅一拍大腿道,"要知道我可长得比你好看多了!"

"……"洛雪穹看着得意扬扬的少年,真想啐他一口,却觉得身为一个女孩儿家,因为这个生气,又有点不好意思。

纠结之时,她忽想起一事,便冷冷道:"那你还叫我'小花',亏你想得出这样难听的名字!"

"我……"苏淅难得有机会逗这冷艳逼人的少女几句,便脑筋急速转动,想怎么来逗逗她。

谁知道正在这时,那胖子唐求胖乎乎的脸凑到两人面前,一脸暧昧地笑道:"你们两个,避开我们,偷偷在这里说什么悄悄话?难不成……"

"去你的!"光看唐求脸上贱兮兮的表情,苏淅和洛雪穹就能脑补出这家伙在想什么。

于是苏淅毫不犹豫地一弹腿,就把这家伙给踢下山丘去!

"苏渐！你杀人灭口——"唐求圆球一样的身形滚落山坡时,还不忘发出夸张的大叫。

这一晚,他们这几个伙伴,就这样无拘无束地诉说心里话。

浩大的星空下,他们谈起了志向、理想、学业、生活,还有爱情。

他们还谈到了星降之心,雷冰梵说这颗在诸神时代被做成项链的宝钻,与多个凄美的爱情故事相连,象征着恋人之间的牵绊,是英雄与红颜的爱情悲剧之钻。

畅快夜话时,那相对沉默的洛雪穹,常常看向高谈阔论的苏渐,有些出神,也不知在思忖些什么。

而平时好像对洛雪穹很不满的天雪皇子,这时却很隐秘地看向她,见她只瞧着苏渐,神色便微微有些黯然。

当夜色渐深,大家仿佛有一种默契,渐渐不再说话。

高原上的夜色,缀满星光,在年轻的旅人面前柔美无限地流淌。

寂静中,什么万物轮回、世事沧桑,都在这一刻退场。高岗上,少年们只听得见云的耳语、风的呢喃……

一夜过后,接下来几天里,这五人结伴而行。

整个星降高原的修学试炼,再也没出什么问题。

因为这星降高原也实在太大,苏渐等人便各自驯服了高原上特产的牦马,当成脚力。

当返回之日临近时,他们便骑着牦马,往星降高原的西南出口而行。

因为从高原深处出来,他们这一行人路过了星降晶海。

全年发出璀璨星光的星降晶海,是整个人类王国出产光之晶石的重要资源地。虽然苏渐有心去亲眼看一眼传说中的神奇晶海,却因为湖外围有华夏国青龙、白虎二军团重兵把守,并不能靠近。

于是这一天,他们便沿着星降晶海外围挺远的道路,朝西南出口而行。

高原的景色,固然浩大鲜明,但如果待的时间太长,也颇显得有些单调。

尤其完成了修学之旅,暂时没了目标,苏渐这行人回返时,便觉得这旅途有些单调烦闷。

正觉得乏味之时，苏渐却忽听到唐求惊呼道："你们看，那队伍是什么人？！"

苏渐等人听得呼声，全都抬头向远处观看，却见远方的地平线上，正有一支仪仗华丽的车队，正迎面缓缓驶来。

高原云空低垂，视线可以看得很远，于是苏渐等人便看到，那仪仗队竟然蜿蜒有数里之长！

随着队伍的行进，那队伍中各种日、月、龙、凤、虎、豹、蛇、彪的旗帜，渐次出现在视野中，在高原湛蓝的天空下迎风飘扬。

"这是什么大官的队伍？"看见这雄壮的气势，苏渐既兴奋又疑惑。

"应该是宰相司徒威大人出巡。"亚飒道。

"你怎么知道？"苏渐惊讶地转脸看向他。

"你看队伍中那个人，"亚飒努努嘴，伸手指示给苏渐看，"你看队伍中的金顶马车前面，那对日月双旗下的骑马男子，是不是穿着金鳞盔甲、血红战袍、猩红披风？"

"是啊。"苏渐疑惑道，"那又怎的？"

"亏你还是黑衣卫的！"这时旁边唐求已经反应过来，嘲笑道，"你看那骑士浑身金光四射、红袍如火，就知道是大名鼎鼎的萧龙雀了！"

"啊，是他？！"苏渐激动得连声大叫，"萧龙雀！就是那京华四杰之二、貌美如好女、喜穿红袍金甲、使一口'焚天戟'、人称'神戟将'、星流术为'赤焰雄狮'的萧龙雀！"

"没错，就是他！"亚飒确认道。

这时候，不仅苏渐、亚飒、唐求激动，就连雷冰梵和洛雪穹，眼中也闪耀着激动的光芒！

所谓"人的名，树的影"，京华四杰中仅次于"怒雷神剑"轩辕承天的"神戟将"萧龙雀，在整个神州大陆也算响当当的人物。可想而知，这几个才初出茅庐的少年男女，听到他的名号时，有多么激动！

既然知道是萧龙雀，那毫无疑问，仪仗车队中央的华丽金顶马车里，坐的一定是当朝宰相司徒威。

众所周知,萧龙雀虽然挂职为白虎骑兵军团的将军,但作为司徒威的养子,从来与司徒威寸步不离,可以说是宰相编外的亲信和保镖。

见华夏宰相的车队经过此地,苏渐等人也知道尊卑礼数。于是当车马缓缓驶来时,他们也各勒辔马,退在道路一侧,态度恭敬地等车队通过。

当队伍越来越近,苏渐也看得越来越清。那些挺胸叠肚的宰相卫队士兵自不必说,苏渐几乎把所有的注意力,都放在了号称"神戟将"的萧龙雀身上。

果不其然,在苏渐看清后,便觉得萧龙雀"貌美如好女"的坊间传闻,说得分毫不差。

这骑在白马上的京华第二杰,身躯颀长,眉目秀美,肌肤如雪,在一身金甲红袍的映衬下,竟显得十分妖艳。

当然,虽然貌美如好女,但这萧龙雀可完全不同于女子。他那美艳的眉目间,竟是杀气萦绕;凤目一样的双眸中,更是充满了嗜血和冷漠。

看到他这样子,苏渐心中凛然,顿时联想到,萧龙雀的星流术为"赤焰雄狮",但看他这面貌气质,倒更像是一头随时择人而噬的危险美人豹。

他在心中联想,旁边那亚飒,却是忽然轻轻说道:"大丈夫当如是。"

"哈?"苏渐闻声转过脸来,"亚飒,你是想学古代那位汉皇刘邦吗?确实不错,这萧龙雀,果然是世间罕有的人杰。"

"你弄错了。"没想到亚飒说道,"我说的不是神戟将,而是那位坐在金顶马车中的司徒宰相。"

"呃?是他啊?"苏渐有些诧异。

"当然!"亚飒反而有点奇怪地看着他,"苏渐,你不觉得司徒宰相位高权重、威风凛凛吗?连他来偏远的星降晶海巡察,也能摆出这般威风的排场。连你看得目不转睛的神戟将,也不过是他马车外一个值守护卫罢了。"

"可是……"苏渐还想说,唐求打断他道:"你们俩都别争了。依我看,无论司徒宰相还是萧神将,都不错。你们说,像他们这样的人,肯定不缺美女了吧?嗯,大丈夫当如是啊。"

"去你的!"苏渐和亚飒异口同声地鄙视了他。

他们小声议论间,那萧龙雀护卫的宰相马车接近了。

"来了,来了!"眼看萧龙雀他们过来,苏渐等人越来越激动。他们心中都在想,今天运气真不错,竟有机会近距离看清名动天下的神戟将。

只是,让他们没想到的是,就在这重要关头,却发生了一件意想不到的大事!

原来,那雄壮无比的队伍打着遮天蔽日的旗帜过来,这无形中的威严气氛,竟是吓坏了唐求胯下那匹长毛牦马!只听得"唏溜溜"一声长嘶,吓坏了的牦马猛地蹿出,在如林旗帜的阴影中晕头转向!

如果说惊马往旁边野地里跑还好,但它却好死不死地往司徒宰相的金顶马车冲去!更要命的是,这时候唐求还在马背上!

当意识到发生了什么的时候,刚刚还在嬉皮笑脸的胖少年,霎时脸色煞白。

眼见惊马即将冲撞宰相仪仗,不要说唐求了,在场几乎所有人都脸色煞白!

而高寒地带的牦马尤其膘肥体壮,这一受惊狂奔之际,马蹄踏在地上"咚咚咚"如同重鼓槌响。

等到它奔到宰相车马前时,那速度也起来了,飞速奔腾的动量不亚于攻城机抛射的巨石!

一时间,惊马所到之处人仰马翻!

但这还不算什么,一连串更可怕的想法,蓦然浮现在很多人的心头:

"这是意外,还是刺杀?"

"司徒宰相如此重臣,就要死了吗?"

"是什么人指使他?是政敌,还是……皇帝?!"

"在龙族威压下好不容易苟延残喘的天下,又要大乱了吗?"

眼见唐求要闯下这大祸,苏渐等人有心要救,但这一切实在发生得太快了!稍一犹豫时,那唐求连人带马已经离金顶马车很近了!

这时候,也只有苏渐最先反应过来。他不再顾任何后果,果断一扬手,一团熔火球便朝唐求胯下的牦马扑去。

只是,发狂的惊马怎么可能这么容易打中?

烈火熊熊的熔火球只是擦着马尾飞过去，"咔嚓"一声打断了一根熊罴旗的旗杆，倒让旗手吃了好大惊吓。

到了这时，眼看事情已经无法挽回，那唐求惨叫一声，已经闭上双眼，不敢再看。

谁知就在这一刻，只听得晴天霹雳般一声怒吼，一道红影飞空而过，转眼就落在唐求的惊马之前。

"这时候还有什么人去送死？"苏渐十分震惊，定睛观看，却见是萧龙雀从白马上飞身纵跃，跳到唐求的奔马前。

只见萧龙雀两脚立定如桩，整个身躯往下一沉，"嘿"一声吸一口气，便赤手空拳，对着疯狂撞来的奔马横扫劈打。

"难道他想一拳打飞惊马？"苏渐只觉得不可思议。

还没反应过来，就听"轰"的一声巨响，紧接着一声凄厉马嘶，苏渐再看时，竟看见刚才势如雷霆的奔马，竟然真的被萧龙雀区区一拳，给砸得斜飞出两丈多远！

见得如此，包括苏渐在内的所有人，全都倒吸了一口冷气！

苏渐怎么也想不到，外形如此俊美的男子，怎会有如此惊人的爆发力。那可只是一拳啊，竟然打飞了发狂的奔马！

于是整个现场，忽然陷入了奇怪的沉寂，只听得到牦马声声的惨叫。

又过了片刻，整个人群才猛然爆发出震天动地的欢呼！

"神力！神力！神力！"一声声由衷的欢呼，刹那间震彻云霄！

面对萧龙雀如此不可思议的神力，苏渐等人也是震惊不已。

但他们这时候已经没时间加入欢呼了。包括苏渐在内，他们几个全都飞速下马，跑过去准备从摔倒的牦马身下救出唐求。

万幸的是，就在他们往那边跑的过程中，看到唐求这家伙已经自己站了起来。

他那茫茫然却行动自如的模样，显然是他那一身肥膘，在刚才摔离牦马时保护了他。

"这小子！"苏渐又惊又喜道，"没想到长一身膘，关键时刻还能救命啊。"

这么想着,他就加快脚步,想跑过去确认唐求没事。

只是就在这时,却听有人怒气冲冲高喝一声:"来人,把这几个刺客拿下!"

不用说,发号施令之人正是萧龙雀。

听他一声令下,那些宰相护卫各举刀枪,很快就将苏渐这五人围了起来。

"别误会别误会!"苏渐见状连忙大叫道,"萧将军,还有各位军爷,我们几个只是路过此地的灵鹫学院学生。我们这次来星降高原试炼,今天返程路过这里,刚驯的牦马受了惊,才不小心冲撞了大人车驾!"

危急之时,苏渐一连串辩词说得极为流畅。

苏渐极力解释时,雷冰梵和洛雪穹却是一脸高傲,看着四周虎视眈眈的士兵,毫不放在心上。只有亚飒和唐求一脸惊惧。

再说苏渐。本来他觉得,自己这一番说辞,定能打消他们的误解。毕竟,灵鹫学院的学生身份,在当下还是很好使的。

只是让他没想到的是,萧龙雀好像根本没听他的解释,猩红战袍一拂,冷冷喝道:

"乱民惊闯贵人车驾,给我当场格杀!"

第十七章

兄 弟 阅 墙

话音刚落,宰相侍卫们刀枪并举,一拥而上!

见他们动手,苏渐几人如何会坐以待毙?尤其雷冰梵和洛雪穹,本来就压着一股子怒气,这时见华夏国宰相侍卫冲上来,各自冷冷一笑,抽出佩剑,和他们战在一处。

见此情景,苏渐虽然也拔剑抵抗,但却是最着急的一个。

刀光剑影中,苏渐眼睁睁地看到,那萧龙雀竟是高傲如斯,下了命令后,竟然若无其事地回到马上,命令大队继续往前走。

见得如此,苏渐大急,忙叫道:"大家且住手!不要动手啊!听我说,天雪国皇子在此!灵山圣门门主女儿在此!我、我是玄武卫的铁徽卫,带他们来此公干!"

少年这喊叫,极为响亮。

天雪国和灵山圣门两个名头一叫出,那些本来正下死手的宰相府侍卫,顿时就变得迟疑。

就在这空档,只听得萧龙雀冷冰冰的命令又响起:"退下!"

听得这一声命令,苏渐差点要喜极而泣:哎呀,果然还是自己有急才,这几个头衔一报出来,那萧龙雀就让人住手了!

正这么想着,转忧为喜的少年,却突然感到整个身子好像有点动弹不得。

"怎么回事?"苏渐心中一惊,立即想手舞足蹈,消除这无形的禁锢。

这一挣扎他才发现,手脚竟然能动。

但很快他就反应过来,为什么手脚能动却感到身子动弹不了——原来这一刻,一股浓重的杀机笼罩了他,让他不知不觉中心魂震颤,以至于动作不能自控。

感应到这一点,苏渐心中大骇!

是什么人,在远距离下,还能只用杀气就让自己心胆俱寒?不用说,此人一定是萧龙雀!

正想到此,就听得萧龙雀冷笑两声,语带嘲讽说道:"好,皇子,我放过。门主之女,我放过。但就你一个小小黑衣卫,这命,我要定了!"

话音刚落,萧龙雀猛然大喝一声,刹那间浑身腾起熊熊火焰,转眼一头鬃毛皆为爆燃烈焰的雄狮幻影,附在了他身上!

"赤焰雄狮",神戟将萧龙雀特有的星流术,就这样瞬间生发!

很快赤焰雄狮背上,腾起两只炫烈无比的火焰翅膀;还在三四丈开外的萧龙雀,瞬间化身插翅雄狮,咆哮着朝苏渐腾空扑来。

面对绝世神将势如奔雷的一击,苏渐怔怔呆立,毫无反抗能力。

见得如此,雷冰梵等人仗剑就朝萧龙雀冲去!他们有救友之心,只是在这"赤焰雄狮"的星流术下,任何救援的攻击都是以卵击石。

还没等他们接近,赤焰雄狮猛吼一声,一圈强烈的火灵震荡波蓦然生发,朝四周震荡开来。这一下不要说雷冰梵他们被弹飞了,就连更远处的宰相侍卫,也都被震得七倒八歪。

不过这时候,离萧龙雀最近的苏渐,在这招狮吼火震波的面前,竟然是屹立不倒。

连他自己也不知道,就在火灵震荡波倏然触身时,他胸口的星降之链瞬时触发,刹那间一层冷淡星光布满全身。

见他竟然不倒,萧龙雀顿时一讶。不过已经无所谓了,在如此奔腾炫烈的赤焰雄狮星流术面前,这少年反正下一刻就要死了。

很快,赤焰雄狮的光翼,带着萧龙雀凌空扑近。快接近时,萧龙雀冷笑一声,手中焚天戟倏然突刺。

锋利的戟刃,带着炽烈的火焰熏风,如绚丽的凤尾朝苏渐的面门飞射。

星降之链的光辉,能暗中抵消火灵震荡波,但对萧龙雀势若雷霆的重力一击,完全无能为力。

"要死了?"这一刻,苏渐无比悲哀。

和以前不同,此时的少年并不惊恐,心中只有悲哀。

他悲哀这世道如此的不公平,只因一个小小意外,强力的上位者就可以随手毁掉他们这些小人物的生命。

这时,被震翻在地的雷冰梵等人,眼睁睁看着自己的好友,就要在近在咫尺的地方被杀死,不由都悲痛万分。

只是就在这时,忽听"当"一声巨响,势不可挡的炽焰焚天戟,竟被突如其来的一个兵刃击中,当一声歪向了一旁。

"怎么回事?!"众人皆惊,定睛看时,却见一位银盔蓝袍的战将从天而降,手握一把金黄电光缭绕的蓝色巨剑,挡在了萧龙雀和苏渐之间。

不仅如此,刚才萧龙雀煊赫无比的赤焰雄狮星流术幻形,也仿佛被一剑击破,消散无踪;骄傲的神戟将,落在地上,又恢复了金盔红袍的模样。

还没等大家反应过来,伟岸战将已中气十足地叫道:"萧老弟,别来无恙?司徒丞相,晚辈承天给您问好了!"

"承天……轩辕承天!"苏渐忽然觉得自己呼吸有些困难!

也难怪他震惊。轩辕承天,"怒雷神剑",正是那京华四杰之首、人族的光明战神、十大晶海神器"怒雷之剑"的拥有者!

虽说轩辕承天也排在京华四杰之中,还排在首位,但他的形象、声望、武艺、口碑,完全不是其余三人如神戟将萧龙雀、龙血者厉华楚、江湖散客吴山云能比的!

可以说,怒雷神剑轩辕承天,不仅是神州人族所有少女的梦中情人,更是无数怀着侠义救世之心的少年的心中偶像,简直比皇帝还更要像全民偶像!

其实不仅是苏渐,那些应该和萧龙雀一边的宰相府侍卫,此刻也都两眼放光地看着轩辕承天。

轩辕承天所站的位置,就在苏渐旁边。苏渐看得分明,只见这位怒雷神剑身形高大英武,面容神俊爽朗,衬着鲜明的银甲蓝袍,真可谓当世第一美男子。

尤其难得的是,轩辕承天不仅外形英武俊朗,有着萧龙雀缺乏的男子气,他的气质更加英华内敛,温和与刚毅这两种难以调和的气质,竟在他身上完美地统一到一起。

见得如此,苏渐心中升起一个念头:"其实,大丈夫当如他也!"

这时那萧龙雀,面对轩辕承天,却是毫不动容。

而当他灵敏的听觉,听到后面金顶马车里,好似宰相大人正在掀开帘子,准备出来相见,他更是做出了一个惊人的举动!

随着他手一紧握,刚被怒雷之剑挡在一旁的焚天戟,霎时烈焰重燃,锋头又朝苏渐倏然刺来!

"啊呀!"萧龙雀这一举动实在不合常理,苏渐大吃一惊,却和刚才一样,来不及做任何躲闪。

只不过轩辕承天在此,已经出手救过一次,怎还会坐视不理?

他只是随手一挥,怒雷之剑那灿蓝剑身中央,镶嵌的硕大"怒雷之心"宝钻,猛然闪出一道金辉强光。只听"咔嚓"一声,一道霹雳电光打在炽焰焚天戟的戟刃上,再次让萧龙雀的攻击失去准头。

见得如此,萧龙雀闷哼一声,竟是挥舞焚天戟,向轩辕承天冲来,和他战在了一处!

当世华夏排名前二的两位人杰,罕见地动起手来,其实对围观者来说,实在是千载难逢的好事!

所有围观的宰相府侍卫,全都在心中大呼:"赚到了赚到了!"然后连仪仗也顾不得打了,全都直愣愣地观战,生怕漏掉了任何一幅画面。

只是,他们开心,苏渐却惨了!

这俩当世人杰激烈过招之时,竟全都围绕着他展开。他现在就像一根木桩一样,被轩辕承天和萧龙雀两人围着转。

偏偏这两人激斗之时,兔起鹘落,根本看不清,只见一蓝一红两道残影飞动,只管围着他转。

如果只是这样也就罢了。偏偏这两道红蓝残影还自带声光电的效果，又是惊雷，又是烈焰，就算打不到苏渐，也能把人吓个半死！

事实上，带着声光电的残影，不时激发出有实质效果的震荡波，附近那些热心观众，已被激荡得东倒西歪，躺倒一地。

这时倒是苏渐脖间星降之链再次触发，不知不觉中给他全身布满星辉守护之光。

这时候，忽听得马车中传来一句话："是轩辕世侄啊？"紧接着司徒威宰相便掀开帘子，挪下车来。

其实从轩辕承天打招呼，到司徒宰相揭开帘子走下马车，这中间时间很短。而丞相这一声寒暄，恰如一个信号，绕着苏渐激斗的二人，飞动的身形倏然定住，好像已在刹那间分出了胜负。

"这……"当苏渐看清二人定格住的姿势，顿时不由自主倒吸了一口冷气！

原来尘埃落定，这二人凝滞的身形正近身对峙！

萧龙雀的焚天戟，抵住了轩辕承天右肩肩胛。

轩辕承天的怒雷之剑，却是直指萧龙雀咽喉，金色剑芒吞吐，只相差毫厘距离。

这一下，便看出两人高下。虽然都是绝世高手，到最后还是轩辕承天更胜一筹。

这时那身形清瘦的司徒宰相，也下得车来。一看二人这情形，他顿时喝道："你二人在干什么？龙雀，快退下！"

"是。"萧龙雀应了一声，便将焚天戟往旁边一荡，然后身形轻飘飘一退，脱离了怒雷剑吞吐不定的电芒。

华夏国的宰相司徒威，一人之下，万人之上，虽然身形清瘦，脸型清癯，神色却不怒自威。

当苏渐被他扫了一眼时，顿时感受到一股巨大的威压感。

"龙雀，这是怎么回事？"司徒威有些不悦地看着神戟将。

"禀报义父，"不可一世的萧龙雀，这时候却神情恭敬，躬身一礼说道，"适才是那胖子少年，骑了惊马朝义父座驾冲来。孩儿为防不测，挡住奔马后，想将这几个不明来历之人拿下。"

"这样啊。"司徒威两眼一眯，看着离他最近的苏渐道，"你叫什么名字？刚才什么情况？快快如实说来！"

"是，宰相大人！"苏渐忙也躬身一礼，说道，"我叫苏渐，他们几个和我一样，都是灵鹫学院的学生。按学院教习要求，我等来此星降高原修学试炼。"

"今日正是归程，没想到在道旁瞻仰宰相大人威仪时，我同窗唐求刚驯服的牦马受了惊，不小心冲撞了仪仗，实在是无心之失，还望宰相大人明察！"

"唔……"司徒威捻着颔下胡须，沉吟半晌。

见他沉默，苏渐心中忐忑，也不知宰相会不会相信他的话。

沉默了片刻，司徒威终于开口，第一句话却说的是："你叫苏渐？刚才本相隐约听见你大叫，说是玄武卫的人？"

"是，大人，"不知道宰相葫芦里卖的什么药，苏渐十分谨慎地道，"属下正是玄武卫的铁徽卫。得天之幸，受轩辕大统领厚爱，进入灵鹫学院学习。"

"怪不得。"司徒宰相一副果然如此的样子，捻须道，"原来你就是轩辕鸿那老鬼看中之人，怪不得在老夫面前，还能侃侃而谈。"

"呃！"一听这话，苏渐哭笑不得，心想，"还以为司徒大人是琢磨我说的话是否真实，没想到竟只是在意我是否对答如流。果然啊，能当宰相的人，都不是常人。"

正这么想着，只见司徒宰相已略过他，跟旁边的轩辕承天说道："承天世侄，令尊果然不凡。你看提拔的这小子，不仅在老夫面前对答如流，刚才在你和龙雀交手时，近在咫尺距离，竟是屹立不倒，果然有些门道。"

"世叔说得对。"附和一声，轩辕承天也意识到苏渐屹立不倒之事，不由得朝少年投来一瞥。

不过他很快就笑道："小侄还以为世叔刚下车，却什么都看到了。怪不得我爹爹常和我说，这世上他服的人很少，如果有，司徒世叔您一定排在前三。"

"哈哈！"威严的宰相仰天大笑，"谁说咱们的轩辕战神只有武力超群的？这捧人的本事也不差嘛。"

"龙雀，"他转向萧龙雀，"你真得好好学学。别看你武艺不俗，这待人亲和方面，离承天还差得远呢。"

"是，父亲大人。"萧龙雀恭敬应答。

"对了，承天，你怎么来这里的？"司徒威问道。

"我是奉李潮风元帅之命，来此地察看驻防星降晶海的青龙守军。"轩辕承天郑重道。

"真的？"司徒威看着他，半真半假道，"不会又是你老子拉你的闲差，特地来关照他玄武卫的事吧？"

"呵，呵呵，那哪能啊。"轩辕承天几乎完美的英俊脸上，竟露出一丝不好意思的笑容。

一看他这表情，一直旁观的苏淅顿时就明白了。看来司徒宰相说的大抵是事实，这玄武卫大统领轩辕鸿，肯定经常利用父子关系，拉轩辕承天这个"全民战神"的闲差，公器私用，明里暗里帮玄武卫照看一些事。

想通这一点，苏淅反倒忽然觉得，那个看似冷血、贪财、老谋深算的大统领，竟还有几分可爱。

正这么想时，忽见司徒威朝对面招招手，亲切叫道："那位，是天雪国大皇子雷冰梵雷世侄吗？"

一听这话，苏淅立时心念急转，心说刚才好像一直闷在马车里的当朝宰相，简直全程观看了这场风波。

听司徒威召唤，雷冰梵只得走上前来。

虽说雷冰梵是异国皇子，但现在华夏国俨然人族领袖，所以即使以天雪国皇长子身份，他在司徒威这位华夏宰相的面前，还真没有什么好骄傲的。

于是平时冷傲无比的雷冰梵，这时候也乖乖拱手行礼，说道："天雪雷氏冰梵，向司徒大人问好。"

见他如此，苏淅倒有些惊讶，心说不愧是皇室出来的，就是不一样，雷冰梵这小子平时别提多孤僻冷傲了，结果到了这场合，一举一动还是非常恰当的。

"好,好。"果然,作为一国宰相,在这外国皇子面前,司徒威反而倒摆起了架子。

礼节性地寒暄几句,司徒威还是转过脸来,又跟轩辕承天说道:"承天世侄啊,今日既然巧遇,你帮我跟令尊和李元帅带个话,就说我司徒向他们问好。"

"此意承天定然带到,并替父亲大人先行谢过!"回答时,轩辕承天英气无比地一拱手。

"司徒世叔,告个罪,"轩辕承天说道,"如果没什么事,我便带苏渐他们先行离开了。"

"好,去吧。"司徒威毫不在意地挥挥手,便转身重新回到那金顶马车上去了。

"走吧。"轩辕承天走近苏渐几人身边,温和地说道,"刚才让你们受惊了。正巧我路经此地,就帮你们解个围。"

贵为全民偶像,这轩辕承天竟然丝毫没有任何傲气,跟苏渐这几人说话时,竟是客客气气。

见轩辕承天如此纡尊降贵,苏渐十分感动。

"苏渐,你也别生气。"轩辕承天又特别看向苏渐,温声说道,"刚才只不过是场误会,我看萧兄他也只是想吓唬吓唬你,并不是要真正杀你。"

"不敢,我明白,我不会有丝毫怨言的。"苏渐恭谨说道。

只是他虽然嘴上这么说,在心里却还是难以完全释怀。

这倒不是说,苏渐是个心胸狭窄之人,只是作为刚才的当事人,他暗地里真的很疑惑一件事:也不知是否错觉,刚才萧龙雀化身赤焰雄狮,飞空咆哮而来时,那针对自己的锁定劲气,其杀机之浓烈,之凌厉,怎么也不像只是吓唬他的。

而更让他疑惑不解的是,以刚才整个事件来看,萧龙雀的反应,的确有些过激了。

"只是,他有什么理由要杀我呢?"苏渐这么想时,下意识地转脸看了萧龙雀一眼,却发现他已经转身走去金顶马车前,跟车中宰相商量着什么事,再也没看这边一眼。

这时候,苏渐忽听轩辕承天说道:"苏渐,你果然不错。"

"啊?"苏渐一愣,忙谦虚道,"多谢轩辕将军夸奖,小子实在愧不敢当。"

虽然嘴里谦虚,苏渐心里已经乐开了花!

"不用跟我客气。"轩辕承天笑道,"我也是灵鹫学院出身的,以后你叫我师兄就好。"

"师、师兄……"忽然一种巨大的幸福感将苏渐整个人给笼罩!

轩辕承天让他亲切地称呼师兄!对苏渐而言,这简直要比先前升职为铁徽卫更让人开心啊!

正想到铁徽卫,那轩辕承天就说道:"看来,我爹爹还真有眼光。上回苏师弟你杀死兽龙咆哮者,父亲就在我面前大大地夸奖你,说不愧是他选中之人。刚才我与龙雀过招,你站在中心屹立不倒,果然有些能力。今日不早,有机会我还要跟你切磋两招。"

"切、切磋……"听到这里苏渐已经激动得说不出话来。

这时候,别说唐求了,就连雷冰梵的眼中都射出艳羡的光芒。

按他们的理解,轩辕承天的"切磋",只是说得客气,实质就是指点。能得到华夏第一战神的指点,这是神州多少武人梦寐以求的事情啊!

"好了,时间不早,"轩辕承天看看天色,笑道,"你们回去吧,我就不送你们了。你们这次是修学试炼吧,自己一路小心,我若护送,就算作弊了。"

说此话时,轩辕承天还对他们眨了眨眼睛。

告别后,轩辕承天一转身,只是几个纵跃,便带起一路蔚蓝残影,很快消失在茫茫的高原雪野。

"大丈夫当如是也!"看着轩辕承天的背影,苏渐由衷地赞叹。

这一回,连亚飒也一脸的崇敬,不再开口反驳。

经历了星降高原的风波,对苏渐来说,收获的不仅仅是秘境的奇遇、星宿的晶石,更重要的是,他寻找到自己人生的楷模。

回到灵鹫学院后,这官家学府的生涯,也就按部就班、波澜不惊地度过。如果实在要说有什么特别的事情,就是苏渐的好兄弟唐求,竟是堕入了爱河。

"猥琐好色的死胖子",这一回却真的动了真情。

唐求追求的对象,正是上回高敞去女宿约见的李碧茗。

这李碧茗,模样颇为秀丽,身材也不错,整体观感确实能让男子动心。

李碧茗的家庭,也有点小小的背景,乃是皇族李家的远亲。

不过虽说和皇家有关系,但也离得实在太远,尤其经历两百年前的浩劫后,许多原本的东西都被摧毁改变,她这皇族远亲的家世就更加破落。

所以在世家子弟如林的灵鹫学院里,李碧茗比小地方商人出身的唐求,家庭背景也好不到哪儿去,所以唐求才敢如此放心大胆地追求她。

真如世间所言,动了真情的人,往往智力自动降低。

事实上在旁观者眼里,爱好虚荣的李碧茗只不过吊着唐求。她看出出身商人家庭的唐求,虽不是大富之家,手里还有俩钱,能够供她这一阵的花销。

而在熟知内情的人眼里,比如高敞的首席跟班庞文山,就更知道李碧茗用这些钱干吗。这个有点姿色的女子,其实是用唐求的钱来打扮包装自己,暗中却和高敞打得火热!

这样行径,虽然可恶,但在某些世故之人的眼里,竟是无可厚非。他们反而还要说李碧茗挺上进。

这些人一眼看出,李碧茗这么做并不是仅仅出于虚荣,更是为了挽救自家衰落的门阀。她在利用所有能利用的人,为"攀高枝"这个核心目标添砖加瓦。毕竟,所有曾辉煌过的世家唯一不能忍受的,就是不能再过从前荣耀富足的日子。

要说李碧茗为什么找到唐求,那是因为灵鹫学院中,身份低微到有可能看得上李碧茗的,也就剩下唐求和苏渐了。

斩杀龙兵的荣耀,竟让低调的少年苏渐人气暴涨,李碧茗不敢轻易挑动。尤其还传闻他跟洛雪穹"有一腿",李碧茗更加不敢轻举妄动,生怕被那冰雪少女杀上门来,有性命之忧。

相比之下,唐求有好色之名,李碧茗当然就以他为首选了。

对于这样残忍的真相,唐求并不知情。

对他来说,好不容易有个颇有姿色的女子向他示好,他就激动得整夜睡不着。在唐求的眼里,李碧茗的一举一动,简直都自带着女神的光环。

对唐求这样的沉迷,作为他最要好朋友的苏渐,看在眼里,急在心里。

过往的不凡经历,造就他惊人的直觉。他隐隐有一种不安的感觉,尤其在他听秋映萱说过一件事之后,变得更加强烈。

自残月峡之事后,秋映萱对苏渐也不再视若无睹了。这妮子和李碧茗的宿舍住得比较近,能看到一些情况,有一天便跟苏渐说,你的好兄弟唐求相好的李姑娘,却和学院知名花花公子高敞走得很近。

听到这消息,苏渐忽有一种不祥的预感。

"又是这高敞!"对这位高家长子,苏渐忍不住咬牙切齿,"上回派人来暗杀我,差点连累雪穹和冰梵他们,这账还没算,现在又抢我兄弟的女人!"

其实较真来说,事实应该反过来,是李碧茗和高敞勾搭在先。这样的局面,要怪只能怪李碧茗脚踩两只船。

不过苏渐就是这样的人,对于自己最亲近的兄弟,只要不涉及大原则,他可是"帮亲不帮理"的。

只可惜,因为要顾及兄弟的面子,苏渐纵然义愤填膺,却也不方便跟唐求直接明说。

考虑再三后,他就去找雷冰梵,想和他讨论一下这件事如何解决。

没想到,还没等他说完来意,雷冰梵已是面色一寒,恢复了冷傲的天雪皇子做派,冷冷说道:"苏渐,还以为你来跟我讨论剑技法术,没想到却是这等破事!"

见他如此,苏渐别无他法,也只得暂时放下。

本来苏渐觉得,这事情对他自己应该暂时没什么直接影响。不过很快他发现,还是自己天真了,这些天来,唐求不断向他借钱。

开始时,唐求还比较克制,但随着李碧茗的胃口越来越大,他跟苏渐借钱的频率越来越高,数额也越来越大。

如果说,唐求只跟苏渐一人借钱还好,毕竟屠龙少年心性磊落任侠,对金钱只是口头上的重视,兄弟有难开口,他绝对不会吝啬。但要命的是,苏渐从外围了解到,唐求借钱之人,根本不止他苏渐一个!

李碧茗的胃口实在太大了。

这个一心攀高枝的破落世家女子,为满足自己的野心和欲望,不断需要更多的钱来包装自己。

不仅如此,那高敞还看准她的心理,时常跟她要钱,满足自己花天酒地的需求。因为有所图,李碧茗对高敞的要求从来不敢违逆。

所以这三人形成了一个奇怪的链条:最有钱的高敞,跟李碧茗坑钱;李碧茗又花言巧语,骗唐求的钱。结果某种程度上,苏渐却成了最终的受害者,因为唐求最后主要从他这儿借钱。

也没过多久,苏渐从曹家"赚来"的一大笔黄金,就快被唐求借光了!

于是这一天,当唐求再次来借钱时,苏渐终于准备说不了。

这一天,苏渐正在灵鹫演武场上练习剑术,那唐求跑过来,也不顾满场流窜的剑光,一把冲过来,抱住苏渐的手臂大叫道:"大哥,救我!"

"什么事?"苏渐收了剑器,冷冷看着他。

"我……"一看苏渐脸色,唐求愣了一下,忙东张西望了一番,再转回头时,已换成一副云淡风轻的模样。

"苏渐,你别想太多,"胖子道,"我这番来,只是想跟你讨论下学术。"

"学术?"苏渐有些不信地看着他。

"是啊,我想跟你交流一下最近一个思考所得。"唐求一本正经地说道。

"说。"苏渐道。

"是这样,小弟最近宁静思考,发现这人间世界发展到现在,变得人为的纷繁复杂。"

"哦?"苏渐怀疑地看着他,心说道,"难道这家伙真的不是来借钱的?"

这时又听唐求正色说道:"我觉得,这些纷繁复杂都是不必要的,大大降低了沟通和做事的效率。比如这买卖赊借关系,还不如回归上古人与人之间的交换本质,不要再用货币交换买卖这么俗。"

"哦!"苏渐算是听出点味儿来了,猛喝一声道,"胖子,快给我说人话!"

"大哥!"刚才还绷着的胖子,一下子扑倒在地,抱着苏渐大腿哀号道,"快借给我钱!"

"快起来快起来!"苏渐看他这样子,十分无奈。

"好的!"唐求立即一骨碌翻起身,腆着脸道,"苏渐啊,不是我赖上你,而是除了你之外,我实在没什么人好开口了啊。"

"说吧,你这次需要多少?"苏渐看到他这样子,再一次心软了。

"一百两。"唐求道。

"白银?"苏渐问道。

"黄金。"唐求道。

"什么?!"苏渐立即就炸了,吼道,"胖子,你在搞啥?"

大喝一声后,苏渐看到附近同学都朝这边看过来,便伸手把唐求拉出演武场,拖到旁边一个角落里。

"胖子,"苏渐愤怒道,"你难道不知道,我被你这一路借过来,温饱都快成问题,还在想着要跟玄武卫开口预支下月薪水,现在就算十两白银也没有啊,你还跟我开口说一百两,还是黄金!"

"大、大哥……"唐求现在也是垂头丧气,不敢再说什么。

不过苏渐却不想放过他。

"别叫我大哥,"苏渐压低了声音,语气却是严厉,"快说,你现在到底怎么回事? 一开口就要百两黄金这么多,又是李碧茗那女娃儿?"

"是啊! 是碧茗!"一听到李碧茗这个名字,唐求顿时又像活了一样,抓住苏渐手臂猛摇道,"这次碧茗她是认真的! 她说如果我十天之内能给她百两黄金,她这辈子就跟定我了!"

"她这么说的?!"苏渐有些吃惊。

"千真万确!"唐求拍着胸脯,赌咒发誓道,"她真的是这么说的! 她说以前跟我借了那么多钱,真的一时还不上;这次只要再借给她百两黄金,她就把她自己这辈子给我了。苏渐你说,"唐求热切地看着少年,"碧茗她这么说,是不是很合理啊?"

"合理?"苏渐已醒过味来,冷笑一声,"那她有没有跟你说,她要这笔钱干吗?"

"干吗?"唐求一时愣住,呆了片刻才说道,"应该是有急用吧? 我倒忘了问了。但苏渐,这很重要吗? 实话跟你说了吧,哪怕她拿这钱去资助血义盟、尊龙教,我都不管。我现在就怕她不要这笔钱啊!"

胖子的两眼中,熠熠发着光,带着无上憧憬地说:"苏渐,你说,百两黄金,买来我跟女神幸福的一生,这世上还有比这更划算的买卖吗?"

"你真是没救了。"苏渐摇摇头,看着他,痛心地说,"你难道就没想过,她是在骗你吗?"

"怎么可能?"唐求叫起来,"她可是我唐求有生以来见过的最温柔、最善良的女孩! 她怎么会骗我呢?"

"怎么不会?"到这时,苏渐再也顾不得什么给兄弟留面子了,直截了当说道,"唐求,我的老弟,你就醒醒吧。我可听说了,你这位李碧茗李大小姐,正跟高敞那混蛋眉来眼去呢。"

"什么?!"唐求顿时仿佛炸了毛般大吼一声。

"你也是才知道?"苏渐忽变得高兴起来,带着丝欣慰地说道,"怪不得啊,我说你怎么可能变成这样呢。这确实是真的,我跟很多人打听了……"

"闭嘴!"出乎意料的是,唐求猛一声喝,一脸愤怒地看着他,"你小气,你不借给我钱,也就罢了,不能这么污蔑我的女神!"

"这是真的!"苏渐急道,"我担心你上当,已经去跟很多人求证……"

"住口!"唐求怒吼道,"苏渐,我真是看错你了! 枉我把你当好兄弟! 好哇,没想到你不仅小气,还用心卑劣,自己有了洛雪穹,就看不得自家兄弟也找个好女孩!"

"你说什么?!"苏渐吃惊地看着他,不敢相信自己的耳朵,"唐求,你敢把刚才的话再说一遍?"

"我就说,怎么了?"唐求气急败坏道,"还兄弟呢,饱汉不知饿汉饥——不,我看你分明就是见不得自己兄弟好!"

"混蛋!"苏渐踏前一步,一拳砸在他肩膀上,"唐求,我没想到你不仅蠢,还这么混蛋! 你、你居然这么说自己的兄弟!"

"好,我蠢,我混蛋,所以你看不起我,还打我!"唐求往后趔趄了几步,冲着苏渐冷笑道，"既然这样，我看不惯你，你看不上我，那咱兄弟就一拍两散，以后也别再交往了。"

说完这句话，唐求看也不看苏渐一眼，扭头便走开了。

"怎么会这样！"看着唐求决然而去的背影，苏渐一拳砸在旁边的坚硬墙壁上，眼神中痛苦无比。

和唐求争吵过后没两天，苏渐正想着怎么和他和好，这天上午，那亚飒却突然急匆匆来找他，还大叫"唐求出事了"！

苏渐一听，大吃一惊，忙追问详情。很快他就从亚飒的描述中，知道大概出了什么事。

原来唐求被"爱情"烧昏了头脑后，为了百两黄金，竟然将自己家传的那把"开山偃月斧"，去当铺当掉，然后拿着当来的二百两白银，去京华城里有名的"金运来赌坊"赌博。

本来刚开始还算正常，唐求这人也不笨，赌起来有输有赢。但没想到的是，当李碧茗用奚落的语气跟高敞说起这事时，高敞立即发现了打击唐求并进而打击苏渐的好机会。

也算唐求倒霉，他什么赌坊不好进，偏偏进了这家金运来！要知道金运来赌坊的后台，正是京城的高家。于是高敞伙同赌坊老板沈高飞，在赌桌上陷害了唐求，让他不断地输钱。

本来既然看到输钱，唐求不赌就是了。别看他胖乎乎的样子呆憨，其实挺精明，见势不妙还真就想撤了。

没想到这时候，李碧茗在高敞的要求下，恰到好处地到来。来了后她就不停地在唐求旁边煽风点火，花言巧语，必要时还悲伤流泪。就这样，她利用自己的"女神光环"，不断引诱唐求继续赌。

而这时候，赌坊中标配的那些闲人，一齐起哄，把唐求给抬得下不了台来。

一边是美人软语，一边是闲汉激将，于是唐求心中仅存的那点理智也烟消云散。

本来就有个至理名言，叫"十赌九输"，何况现在赌坊还有意做局，唐求的下场可想而知。最后唐求不仅半毫金子没赢着，反倒还欠了赌坊千两白银。

　　不用说，唐求的下场是被金运来赌坊拘押。赌坊老板沈高飞放出话来，如果他朋友家人不拿钱来赎人，每拖一天，就砍掉唐求一条手或腿。

　　苏渐听亚飒说到这里，眼睛都红了！

　　"混蛋！"苏渐破口大骂道，"唐求是混蛋，那赌坊和高敞更混蛋！亚飒，你敢不敢跟我去做一件事？"

第十八章

战 歌 如 血

"当然！"亚飒已经猜出苏渐的意思，但依然毫不犹豫地应下。

"好！"苏渐击掌叫道，"没看错你，亚飒。走，我们再去找冰梵。"

"不用了。"亚飒摇摇头，"我已经去找过他，他说唐求罪有应得。"

"这家伙！"苏渐气得一时说不出话来。

不过也没等亚飒劝，他自己转过弯来："也对，胖子这次是自己作死，雷冰梵他不屑一顾也是对的。不过我们可不能不管。走，我们现在就去要人！"

"好！不过，"亚飒问道，"咱们准备来软的还是来硬的？"

"你有千两白银吗？"苏渐问道。

"没。"亚飒笑了，"我懂了。"

"对啊！"苏渐在黑衣卫底层淬炼的那股子痞气上来了，"要钱没有，那就抢他娘的呗！"

于是，他和亚飒这两人，各操兵刃，气势汹汹往赌坊去了。

不用说，这灵鹫学院中最不缺的就是高敞的眼线。他两人这边一动，很快那边高敞就知道了。

"哈哈！"得知消息后的高敞，一副奸计得逞的样子，得意大笑道，"苏渐，亚飒，就怕你这两个贱民不来！哈哈，这下有好戏看了！"

苏渐和亚飒还不知道一个陷阱正朝他们张开。当他们来到金运来赌坊后，进大厅第一眼看到的，就是赌桌腿上的唐求。

原本白白胖胖的好色少年,这时候已经鼻青脸肿、满身血痕。他眼睛本来就不大,这时候被肿胀的肉挤着,更是眯成一条线,几乎都看不到了。

所以,当苏渐进了赌坊大厅后,遍体鳞伤的唐求,是从苏渐的说话声中,感知他的到来的。

"苏渐……"前天还跟他怒吼绝交的唐求,这时候却眼中流下热泪,灼得脸上血痕火辣辣地疼。

"沈老板,这是怎么回事?"苏渐亮出铁徽卫身份后,就不客气地向赌坊老板沈高飞质问。

"苏大人莫生气!"一副江湖豪客模样的沈高飞,表面还算客气,"是这样,这位唐求唐老弟,自称灵鹫学院学生,在我家店子里输掉些钱,却想抵赖不还。大人您来得正好,求您给小人主持个公道。"

沈高飞这番话,可谓绵里藏针,表面客客气气,但其实是反将了苏渐一军。难道,他还真不知道唐求和苏渐的关系吗?说出这番话后,他那看似豪迈的虎目里,目光闪烁,明摆着一副"我知道你们的关系,但就是想看好戏"的可恶表情。

"原来如此……"苏渐好像没看到他充满恶意的表情,低头想了想,然后抬头慢条斯理说道,"沈老板,你可能不知道,这唐求虽然没出息,但还是我的同学。不知道沈老板能不能给我一个面子——"

他还没说完,就被沈高飞一声拉长的怪叫声给打断:"给——苏铁卫的面子嘛,大得很,咱们做小买卖的,怎么敢不给?"

怪声怪气地说到这里,沈高飞忽然一顿,双目紧盯苏渐,冷冰冰说道:"给面子可以,但这唐老弟输了千两白银,苏铁卫如果想我放人,那就帮他把钱还了!"

"沈老板,"苏渐对此早有心理准备,并不懊恼,只是目光冰冷,语气不善说道,"难道,今天沈老板真要较这个真?"

对上他这威胁的目光,沈高飞心里竟是一颤。

不过他很快就懊恼想道:"晦气!我这是怎么了?想我沈高飞当年也是江湖大豪,现在又有高家做后台,怎么会被这乳臭未干的玄武卫小黑狗一瞅,就心惊胆战?"

想到此处,沈高飞像是想挣回面子一般,很突兀地忽然提高几个声调,怪叫道:"苏铁卫,您这是什么话?我沈某开门做赌坊,乃是合法经营,打开大门做生意,怎么不较真?"

"今天这事情,好,我给你苏铁卫面子,只要拿来千两白银,我当场给这位唐老弟斟茶认错,还摆个赔罪酒席,吃干抹净恭送出门。如果没这钱,嘿嘿,对不起,就算天王老子来,也、不、行!"

"好,好,好!"应着沈高飞最后几个字,苏渐也连道几个好字,立即高声叫道,"行,我先去看看我家兄弟如何?"

这般高声叫后,苏渐便往唐求那边奔去。不过路过沈高飞时,少年却放慢脚步,暗中眼一斜,用一种无比鄙夷的语气跟沈高飞说道:"哼,小小一个铜臭商人,还敢跟本大人讲道理?今天这人你不放也得放,我这就亲手去放人。"

苏渐这番话,说得极为小声,也只有沈高飞一人听见。一听他这么说,沈老板顿时急了,本能地就去拉少年的手臂,急叫道:"你不能这么干!"

"啊呀!"苏渐手臂刚被沈高飞扯住,顿时大叫起来,"好哇好哇,沈老板你有种,竟敢偷袭本卫,阻差办案!"

一言未了,他手中血歌剑倏然挥出,一道寒光闪过后,沈高飞头顶那方紫花镶玉员外巾,霎时就被削落。

"谁敢阻差办案?"此时苏渐立在阔大的赌场大厅中央,提剑四顾,杀气腾腾喝道,"还有哪个不开眼的?下一剑,我砍掉的,就不只是冠帽!"

苏渐发狠,那沈高飞阴笑一声,表情竟有几分早就等着你的意思。

只见他也猛地大吼一声:"苏铁卫,真是给你脸不要脸!你也不出去打听打听我金运来赌坊是什么来头,就敢来这里找碴抢人!小的们,给我抓住这两个小娃,老子要把他们押到巡城兵马司去求公道!"

"好!"早就急不可耐的打手们,立即齐声暴喝,各持刀枪棍棒冲了过来!

这些赌坊打手,平时最多只配棍棒,今天却是全副武装,各种杀伤力大的刀枪都有。不仅如此,今天赌坊大厅里的打手人数比平时足足多了一倍,大概有二三十人,可见早有预谋。当沈老板一声令下,这些人就朝苏渐、亚飒二人如潮水般扑来。

眼见敌人如潮,苏渐和亚飒却是毫不畏惧。

这一刻,他们代表着玄武卫,代表着灵鹫学院,胸中自然有一股不可羞辱的傲气。

只见苏渐把血歌剑舞动如风,胆敢靠近的赌场打手们真是碰着就伤,挨着就亡。

亚飒那对毒牙双环,则被他收放自如,如一对嗜血蝙蝠在人群中飞舞,不停有人被环上毒牙割伤,惨叫着倒下。

见得如此,沈高飞大吃一惊,心说道:"哎呀,高大少之前说的可不是这样! 他只说这两人是有点棘手,但只要多安排点人手,'双拳难敌四手',总叫他走不脱。怎么现在他们跟两头猛虎似的?"

正这么想时,只见那苏渐杀得兴起,百忙中抽出片刻余暇,凝神运功,竟将浑厚的火灵之力灌注到血歌剑中。

霎时间,血歌剑上极化而得的火龙之尾,红焰大盛,将整个血歌剑染得如同燃起的烈火。

于是苏渐挥舞着烈焰之剑,在人群中纵横冲突,真是挡者披靡,触者倒地! 很快,二三十人的围攻队伍,竟是倒下了一大半,只剩下七八个人还在拼命支撑。

见得如此,沈高飞沈大老板再也不能干等了。只见他抄起那把明晃晃的鬼头大环刀,在空中重重虚劈一下,朝后堂方向怒喝道:"好兄弟们,再不出来支援,这俩小子就要跑了!"

话音未落,便见从大厅后堂里,霎时间又冲出二十来人!

和刚才赌坊的打手们不同,这群人虽然也穿着同样的装束,却都蒙着面。只要不是傻子,一看就明白,这定是不知什么来历的高手,穿着赌场制服来支援。

果不其然,这些蒙面人冲上来,一过招,苏渐和亚飒立刻就知道,这些人的武学档次比刚才那帮人,至少高上两三个档次。

不仅如此,这些人并不是单纯地喊打喊杀,竟晓得三个人一组,有攻有防,还有法术远程攻击,竟摆出正规军作战的架势阵型。

一看如此,本来颇有信心的苏渐,顿时心里一沉。

不过虽然有些慌,他对此并不是毫无预见。他几乎能猜出这些人的来历,如果不是高敞那厮派的人,还真有鬼了。

苏渐完全没猜错,这些人正是高敞"友情提供"的高家本族护军。这些高家护军虽然并非高家血脉,却大多数是高家多年的奴仆庄户子弟。高家将这些青壮奴仆之子组织起来,按照军中之法训练,成为实力不可小觑的高家私军。

高家这种做法,放在以前乃是大忌。但自从两百年前人龙大战后,一切都改变了。

对于豪门大户蓄养私军,皇帝和宰相不仅不猜忌禁止,反而还大加鼓励。毕竟这是所有人都面临龙族强大威胁的末世,时刻都是战时。一旦龙族入侵,这些潜力非凡的大户私军,一声令下,就是能直接开上战场的精锐兵力。

所以可想而知,能和正规军媲美的高家私军冲上来,苏渐和亚飒面临的压力,可不是刚才面对赌场打手所能比拟的。

刚才苏渐和亚飒还在敌群中纵横冲突,始终占取主动地位。但高家护军一上来,他们的活动范围立即缩小,无论是兵刃还是法术,都没刚才使得得心应手。

渐渐地,苏渐和亚飒被压缩到一起。两人背靠背,抵挡着如潮的蒙面敌人。这时他们白底蓝纹的灵鹫院服上,已沾满一道道鲜血,也不知哪些是敌人的,哪些是自己的。

见得如此,那挥舞鬼头大环刀一马当先的沈高飞,嗜嗜怪笑大喝道:"兄弟们加把劲,早把这俩臭小子乱刀砍死,我请大家喝酒。不用怕,今天做下天大事来,也有人担着!"

听他这么一吼,这群人攻势更急了。

陷入苦战的苏渐,心中暗暗叫苦,激斗中偶尔拿眼一瞥,忽然发现自己已移到被绑的唐求旁边。

"胖子!"苏渐猛然大喝一声,"你还能动吗?"

"能……"唐求嘴里蹦出一个字。其实相比苏渐二人刚才这连番血战，只受皮肉之苦的唐求现在精力比他两人还好。

苏渐一听，顿时叫道："能动就好。看好了，你别动——"话音未落，苏渐一扬手，顿时一个飞火术，三点火焰呈品字形朝唐求扑去！

"啊呀！"唐求见状大骇，惨叫连连，"我说哥呀，你叫我别动，是要瞄准烧死我吗？我知道你良苦用心，是怕我活着受辱，可好死不如赖活着，这道理——咦？"唐求忽然惊讶叫道，"我怎么能动了？"

原来刚才那三道飞火，十分精准地烧在绳索打结处，唐求吓得手舞足蹈时，便将绳索给挣脱开了。

刚刚松绑，唐求呆在原地还没反应过来。苏渐见状急叫道："胖子，你真是呆子吗？快抄家伙帮忙啊！"

"啊？好嘞！"这下子唐求如梦初醒，刚才就憋坏了，这一下终于如出枷的猛虎，抄起地上一根断椅腿，嗷嗷怪叫着冲入敌群。

虽然有唐求加入，稍壮了下声势，但他们这边的战况依然没有任何好转。

虽说，这次苏渐三人面对的只是高家护军和赌场打手，不似上回面对星降三狂魔那样级别的高手。但事实上，这次的局面却更加危险。

因为任何战斗中，有个叫"战力人数决定论"的规律，总在发挥作用。简单说，当对战双方都是远程射箭、远程法术攻击时，在攻击力差不多的情况下，双方战斗力和各自的人数成正比。

现在激斗双方显然是近身搏击，这条并不适用，但这条规律还有后半部分是，当双方接触战斗，短兵相接，近乎肉搏时，双方战斗力是各自人数的乘方！

简单说就是，苏渐一边现在人少，近身肉搏就变得出奇吃亏！

所以，尽管有唐求加入，他们三人成品字形战阵，尽量往墙边靠，减少与敌人接战面，但还是很窄迫。没多久苏渐左臂就被棍棒砸麻，亚飒右腿也中了一刀，唐求则是肥厚的屁股上吃了一剑。

"嘿嘿嘿！臭小子，我看你们还嚣不嚣张！"沈高飞看三人狼狈，顿时狞笑着举刀挤过来，要亲手砍死苏渐。

这时候,在大厅与后堂连接通道的帘子后面,还有两双眼睛在窥视着一切。

不用说,这两人正是高敞与李碧茗,此刻他们的眼神中正流露着无比的兴奋与得意。

"怎么样?"被搂在怀中的李碧茗,还娇笑着邀功道,"高少爷,这次我做得不错吧?你总可以出口气了吧?"

"不错,不错。"暗影中,高敞在李碧茗胸上拧了一记,嘿嘿笑道,"碧茗啊,这次算你立了大功,回头本公子会好好感谢你的。"

"说什么感谢呀!"李碧茗扭着水蛇腰撒娇道,"人家是真的喜欢你呀,又不是想求你什么!"

还别说,李碧茗这么一说,高敞反而十分开心。本来他只是假意,这会儿还真有点动真情。

他刮了一下李碧茗鼻子,亲昵地说道:"碧茗,我就喜欢你这点。本公子也不瞒你,在你之前,也有不少女子缠我。但她们都各有目的,十分讨厌。反而是你这样的,我偏偏喜欢。"

"嗯,嗯,"李碧茗带着娇喘说道,"我是真心喜欢你呀,这个就是我最大的目的呀。"

"好好!真是爱死你了!"高敞说着话便低头狠狠地亲了下去。

外面打得热火朝天,一帘之隔后这两人亲得热火朝天,真不得不说,他们俩是极品遇到奇葩了。

就在高敞和李碧茗窥伺亲热时,苏渐也差不多快支撑不住了。

见得如此,唐求终于在金铁交鸣中惭愧叫道:"苏渐,是我对不起你!今生这条命,算我欠你!"

说着话,唐求挥舞着已经破烂不堪的椅子腿,迎着猛扑而来的沈高飞冲去。

一边冲,唐求一边泪流满面叫道:"只愿来世再做兄弟!"

他这攻击,完全是自杀式的,眼看身躯就要被沈高飞大刀砍中,蓦然间却见昏天黑地的大厅里,闪耀起一串雪亮的剑光!

突如其来的剑光,似金蛇狂舞,又如紫电盘空,顿时就在黑压压的人潮中杀出一条血路!

"是冰梵!"苏渐一看到银发飞舞的傲然身影,便兴奋大叫道。

唐求一听,顿时又有了求生之意,不知从哪儿涌起一股劲,将手中断椅子腿往沈高飞面门猛地一扔,趁他避让时,又疾步退回苏渐、亚飒的身边。

"快过来!"这时雷冰梵已看见苏渐几人,大喝道,"快往这边来!"

一边说他一边手中发力,凭着一股锐气杀入敌群。那快雪时晴剑如电飞舞,寒晶斩也随剑激发,纵横飞射,硬生生在人潮中辟出一条路来。

机不可失,苏渐三人不敢怠慢,立即拼尽最后力量,朝雷冰梵那边杀去。

生死关头,唐求激发出无尽潜力,奋起施展"落石术",让乱飞的石块把围攻人群砸得抱头鼠窜。

非常幸运,在这样拼死突围下,他们总算和雷冰梵汇合一处。

"快走!"接应到苏渐几人,雷冰梵毫不拖泥带水,本来向里面突击的剑锋,顿时掉转朝来时方向杀去!

由于雷冰梵出现,苏渐三人又有一线生机。而那些高家护军,今日被小家主支使来赌坊做这样的事,心里也不完全愿意,一面对苏渐几人为求生而爆发出来的巨大战意,也渐渐败退。

很快,苏渐四人冲出重围,奔近赌坊大门口,眼见就要脱围。

只是这时候,那在暗中窥伺一切的高敞,却毫不慌张。

这小子老神在在地看着外面,眼见苏渐要跑出门外时,嘴角竟是流露出一丝嘲弄的笑意。

"终于快出来了!"这时苏渐看到外面的亮光,激动万分。

"太好了,总算渡过难关。"唐求等人也非常开心。

只是就在这时,却听得外面有人大叫道:"金运来赌坊中有人作乱,我巡城中郎将童大方在此! 儿郎们,把捣乱的都抓了,一个都不许逃!"

苏渐最先跑到街上,闻声一惊,再看时已发现这段青石长街已被一队人马堵得水泄不通。

队伍前,为首一人,是个满脸络腮胡的粗豪大汉。他身穿黑铁盔甲,手提大枪，正朝他们大呼小叫。

听得这叫声，躲在暗处的高敞，不由得浮现得意笑容。

"怎么样，小美人？"高敞朝怀里的李碧茗夸耀道，"童大方，巡城兵马司中郎将，我爹爹的门生。你看，不过是我一个招呼，他就带这么多人马赶来了。"

"你真厉害！"李碧茗仰视着他，带着迷醉地说道，"童大方童大人，碧茗也曾听说过，觉得是了不起的大人物。没想到高公子您一个招呼就跑来了。"

还别说，李碧茗这崇敬迷醉的表情，还真不是装出来的。作为破落世家的女儿，李碧茗对权力的迷恋，可谓是深入骨髓。

见她如此崇拜沉迷的表情，高敞只觉得无比受用。他一拍李碧茗香肩，得意叫道："走吧！碧茗你不想看看那几个贱民是怎么死的吗？"

"太好了！我们赶紧出去吧！"李碧茗立即起身往外走去。

这一幕若被唐求看到，还不得把他给气死！他根本想不到，自己一直认定的女神，竟然是如此冷血之人！

再说苏渐他们。这时候那些高家护军，已经悄悄溜到一旁，各自换了装束，去了蒙面，退出了战场。

苏渐这时见童中郎将带兵堵路，忙跑过去，躬身施礼，恭敬说道："禀童将军，属下乃是玄武卫铁徽卫。今日来赌坊并无他事，只是为解救自己的兄弟。他被赌坊老板囚禁殴打，妄加私刑，属下也只是依法行事，请将军明察。"

"不用说了！"童大方甚至不用等赌坊老板沈高飞的辩解，便手一挥，大喝道，"刚才兵丁已然来报，说是你们几个仗着灵鹫学院身份，在人家赌坊中横行不法。"

"怎么样？"童大方鼻孔向天，斜眼瞧着苏渐，阴阳怪气道，"苏渐，你若是知法的，就乖乖叫你同伙一起束手就擒，随我回巡城兵马司好好审问吧！"

"大人！"苏渐努力压着火气说道，"就算我等行事不检，若要拿问，也轮不到贵巡检司。我有玄武卫讯问，我这几个同伴自有学院戒律部训诫。"

"哈哈!"童大方闻言不怒反喜,仰天大笑道,"这么说,你是要与本将对抗了?苏渐啊苏渐,没想到你知法犯法!好好好,今日本将军就让你知道知道什么是巡城兵马司!"

话音刚落,童大方狞笑一声,手中大枪一摇,猛喝道:"左右,给我看好,一待这几人拒捕,就给我格杀勿论!"

听得他命令,苏渐几人固然惊怒非常,那沈高飞却差点乐得要笑出声来:"哈哈哈,苏渐啊苏渐,刚才你还仗势说我违抗上差,你看报应来得就这么快,那童大方童大人,也这么压你了!"

不过面对蠢蠢欲动的巡检司兵马,苏渐却毫无惧意。

他回过头,跟同伴低声交代道:"这童大方来者不善,我根本没什么名气,他却一口叫出我的名字,显然是有备而来。"

"唐求,"他着重跟胖子少年说道,"我们都不要存任何幻想,要是今天脱不了身,被他拿到巡城兵马司里,咱几个休想再活着出来,这里面的门道我比你们懂。"

"倒是雷兄,"苏渐转向雷冰梵,"你有这身份在,他们不敢拿你怎么样,你还是先走吧。"

"哈哈!"雷冰梵好像听到什么天大笑话似的,仰天哈哈一笑,瞪着苏渐道,"苏渐,你以为本皇子是贪生怕死之人吗?"

"很好!"苏渐立即道,"既然雷兄这么讲义气,那就别走了,待会儿好好出力。毕竟你有这身份在,就算杀了他们很多人,他们也不敢拿你怎么样!"

"呃……"雷冰梵看着苏渐,实在有些无语。

这时苏渐却不再管他,转向亚飒道:"亚飒兄,你是明白人,废话我也不多说了,今日这事情你既然沾了,以你那尴尬血统,没事也有事了。待会儿,就给我下手杀人吧!"

"不消苏兄吩咐。"灰栗色发丝的少年阴柔一笑,"今日兄弟这毒牙双环,早就饱饮鲜血了!"

"很好!"苏渐做好了全体战争动员,立即转脸看向童大方,一改之前恭顺态度，大喝道，"好你个童大方，还什么巡城中郎将，竟敢受私人指使，站在不法奸商那边，陷害我等灵鹫学院学生！今日不消说了，不是你死，就是我亡，来啊，你们来抓我们啊！"

就在他说话时，他们这几个人全都脚步挪动，结成阵势，严阵以待。这时就连最胆小的唐求，也攥着一把顺手捡来的铁斧，高举向天，瞪着童大方，两眼怒火直喷。

"这……没想到啊。"苏渐这一发狠撕破脸皮，反倒让气势汹汹、喊打喊杀的童大方犹豫了。

"唉，高家小主，到底是给我找来什么样的麻烦啊。"面对张牙舞爪的这四人，童大方心中郁闷，竟有些后悔。

"我早该想到，能让高敞恨之入骨而又不想抛头露面对付的人，一定不简单。失误了失误了，今天这事儿我真该找个借口不来的！"

正想找个什么借口下台阶闪人，童大方忽然感觉到对面人群后面，有两道异样的目光正盯向自己。

练武之人，灵觉非凡。童大方抬头一看，顿时和高敞那两道阴狠凶恶的目光对上。童大方立即一个激灵，仿佛受了什么刺激一样，跳起来大叫道："小的们，既然他们拒捕，咱们就抄家伙上吧！"

霎时间，早就蠢蠢欲动的皮甲士兵们，脚步向前，朝苏渐几人冲来。谁知就在这时，就在苏渐身后、巡城兵丁的对面，长街中忽然又响起一阵乱糟糟的沉重脚步声！

听得这片嘈杂脚步声，那高敞一惊，苏渐却是一喜。

"苏老弟，我没来迟吧？"乱糟糟跑来的队伍为首一人，四方脸，稳重端严，不是端木楚还是谁？不过在他旁边的那个人，却让苏渐十分意外。

"盖英卫？"苏渐奇道，"他怎么会来？我来之前，不是只通知了端木大哥吗？"

原来，苏渐可不是什么轻身犯险之辈；他早知这赌坊拘押唐求，非常像是设局，便在来之前去了玄武卫一趟，找好了救援。

不过让他没想到的是，自己只求了端木楚带人来，怎么连盖英卫也带了他手下那帮人过来？

苏渐并不知，就在刚才端木楚召集麾下黑衣卫，正嚷嚷时，轩辕鸿恰好路过。

大统领一问缘由，原来是要去为苏渐助拳，一听是这样，他不仅不怪罪，反而还立即叫来盖英卫，让他也拉上人马来帮忙，说是不能堕了玄武卫的威名。

很显然，一听是去给苏渐打架助拳，盖英卫一百个不乐意。谁知他刚刚小心翼翼表示此事荒唐，却被大统领虎目一瞪，骂他不识大体，现在苏渐是玄武卫的典型，是孤身杀死兽龙咆哮者的英雄，要是他有个闪失，丢的可是整个玄武卫的脸。

被他这么一骂，纵然盖英卫满心晦气，也只得捏着鼻子来了。

当然郁闷之时，盖英卫一时没理解全轩辕鸿的心思。这样安排，轩辕鸿并不完全为了苏渐，更重要的还是为了保护这位作为援兵的端木楚端木大爷。谁不知道端木大爷是当今皇上的小舅子？无论他怎么胡闹，都由得他去吧，最重要的是保得他人身安全。

所以说苏渐无心插柳，没想到这会儿来支援自己的，竟然有两支铜徽卫的队伍。

还别说，别看黑衣卫的兄弟们行进时脚步混乱，根本谈不上什么协调整齐，但他们对即将爆发的市井坊间巷战，却是专业无比。

对这一点，童大方哪还不知道？于是他那颗大脑袋，顿时就疼起来。

他头疼，唐求几人可就乐了。

本来他们想着要一番血战，很可能还在劫难逃，谁想到这就来了一支生力军？

于是一时之间，不用说亚飒了，就连雷冰梵都在暗中称赞苏渐行事妥帖。

这时候，见玄武卫人来，童大方已喝住自己手下，朝对面叫道："来的可是端木楚端木兄？"

皇帝小舅子的威名早就远近闻名，童大方怎么可能不知？因此虽然对面来的是两位铜徽卫，童大方却只朝端木楚一人说话。

一见如此，本来就一百个不乐意来的盖英卫，心情变得更糟糕。

"是我!"这时听端木楚高声喝道,"怎么,童将军,我听得手下小的来报,说你巡城兵马司正事儿不管,却要来抓我们执行公务的铁徽卫?"

"端木兄误会了。"童大方硬着头皮道,"这儿只有几个灵鹫学院的学生在赌坊中闹事,并非针对贵方什么铁徽卫。"

"还想狡辩!"端木楚闲了好多天,今天就是来打架的,闻言顿时大眼一瞪,破口骂道,"好个恶贼,我铁徽卫苏兄弟就在这里,被你们打得遍体鳞伤,还敢说没有? 你当我瞎?"

见他张嘴就骂,本就心怀鬼胎的盖英卫,忙出列走上前,站在端木楚和童大方中间。

只见他做出一副调解人的姿态,拱手说道:"大家都别急,别动气。依我看,不如把这些人先都抓起来,细细审问,看看到底是赌坊作恶,还是有人仗着公家和学院的身份横行不法……"

盖英卫这话,看似公允,但以他的身份,非常不妥。

不管怎么说他是玄武卫的人,无论明里暗里和苏渐、端木楚怎么不对付,现在面对外人时总得一致对敌。

但盖英卫刚才这话表面是在调解,却把重点放在追查苏渐身上,话里话外,倒好像已经坐实苏渐的罪行。

一听他这话,不仅是端木楚、苏渐,就连唐求都立即瞪起眼来。

"苏渐啊,"唐求不满道,"你到底是请的救兵,还是让他们来抓咱的啊?"

"放心。"苏渐手按剑柄,冷静道,"不必慌张,相信我——"

谁知话音未落,就立即有人准备动手!

"哪来的混蛋,还敢给本将军发号施令!"让所有人没想到的是,最先发难的却是童大方!

其实童大方本来就心里有鬼,生怕这事被细问。再加上气氛紧张,哪还顾得上分辨盖英卫帮他的意思? 于是他一举金瓜大锤,朝最近的盖英卫砸去!

"哎呀!"见铁锤砸来,盖英卫唬得往后一跳,气得脸色煞白,大叫道,"你这浑人,怎么听不出好赖话?"

"哇呀你还骂我!"童大方又是上前一步,冲着盖英卫挥锤猛砸。

盖英卫见状,只得又往后急退。

逃跑之时,盖英卫心中这个气啊!他心说难道巡城兵马司的人都是傻子?怎么都听不明白好赖话?我分明是帮你的啊,到底还讲不讲理啊?!

心中委屈,盖英卫也恼羞成怒,寻了个时机,一伸手拔出背后的加长铁流刃,大叫道:"好你个童大方,欺人太甚!今日要不让你吃点苦头,老子就不姓盖!"

说话间,他就将手中锋利的铁流刃,猛地朝童大方砍去!

见此情景,端木楚顿时趁机大叫:"兄弟们,还等什么?巡城兵马司的长官打人了!你们还愣在那儿等他们请客吃饭啊!你看连盖英卫都上了,难道你们都是孬种吗?"

"什么?!"盖英卫一听这话,鼻子差点气歪!

"什么叫'连盖英卫都上了'?老子从来都是身先士卒啊!"

义愤填膺之际,盖英卫正要回头跟端木楚理论,谁知对面杀得兴起的童大方,又是一金瓜锤猛砸过来!

"童大方,你个大浑球!"盖英卫的火气被彻底激起来!他把对端木楚和苏渐的怒火,全部撒在这人身上。只见他闪身一跳,挥起铁流刃就朝童大方要害处斩去!

铁流刃,是在本朝初期的陌刀基础上发展出来的,是一种铁柄长直刃的武器。真正合格的铁流刃,要用上等精铁千锤百炼的打造,才能成为极坚硬极锋利的手握中长型武器。

铁流刃对华夏国而言,可不是一般的武器。寻常人眼中这样的宝刀,却曾是华夏国主流军团的制式武器。也正靠着它,华夏国当年才能开疆拓土,纵横神州,成为诸国之首。

当年华夏军普遍装备此刀,但两百年前被龙族打败后,华夏国新疆土狭小贫瘠,纵使发现了不少铁矿,也再难有当年的财力人力,将所有军士都配上上好的铁流刃。

在这种背景下,铜徽卫盖英卫能有一把上等的铁流刃,已属不易。他还对这把刀进行了加长,再配以苦心钻研的百炼长刀法,真正实战起来,端的威猛无比。

不过他此刻的对手童大方,也不简单。能当上新京华城的巡城中郎将,还能入了户部尚书高元博的法眼,一身武力绝不可小觑。

于是这两人一打起来,真叫"棋逢对手将遇良才",一时间打得难解难分。

见主将发狠杀在一处,双方手下的兵丁自然不肯袖手旁观。他们也发一声喊,冲杀混战在一起。

当然,虽说他们双方打得如火如荼,乱成一锅滚粥,看似热闹无比,但作为天子脚下的京师兵丁,哪个不精通街头斗殴,熟练掌握打斗火候?所以别看很多人打得鲜血淋漓、鼻青脸肿,看着好吓人,但都没人真正受到致命伤。

相比他们这样克制的战斗,苏渐这边可完全不同。

这种时候,就看出高敞这小子的无法无天来。赌坊外已有巡城司和玄武卫的官家人马在混战,他却丝毫不知收敛,反而暗中急下命令,要那些已经退出战斗的高家护军,趁机杀死苏渐、唐求、亚飒三人,只留下天雪国皇子雷冰梵活命。

于是,高家护军再次登场,以"路见不平拔刀相助"的义民身份,趁着双方混战,和赌坊打手们一道,悄悄地朝苏渐等人掩杀而去。

不过这时可和先前完全不同。有端木楚大队人马相助,苏渐这一方再也不是以寡敌众。

特别是那端木楚,并没陷入混战,而是一直在冷眼旁观赌坊中那些人的动向。一见他们偷偷冲过来,端木楚顿时手一挥,带着自己的几个亲信铁徽卫,也冲了过去。

有了端木楚帮忙,苏渐几人对付起这些人来,就轻松了很多。和官家人马的克制不同,苏渐、高敞这两方,完全是刀刀见血的生死之战!

在战意昂扬的苏渐这一方猛攻下,纵然是精锐的高家护军,没多会儿也死伤大半。

见战局已定,端木楚抽身回头对童大方大喝道:"姓童的,还不叫你手下人住手？赶紧给我滚蛋，难道还真要闹到天子面前？"

一听他这句话，本来杀红眼的童大方，顿时心里一个激灵，心想道："哎呀，童大方啊童大方，你真是犯浑了！难道你忘了端木楚这家伙是什么身份？他可是当今皇后的弟弟啊！真要闹到御前，还有我童大方好果子吃？再说了，这次也不过是高家公子叫我助拳，又不是恩师高大人的命令，我要这么拼命干吗？"

心里一想通，童大方顿时虚晃几招，也跳出战斗，冲着还在冲过来的盖英卫喊道："姓盖的，我记住你了，竟敢把我费钱置办的昂贵战袍割破，小子你等着！"

说过几句场面话，童大方也算聪明，转身就朝来路跑。

见他如此，那些正跟黑衣卫们打成一团的巡城兵马司官兵们，也立即无心恋战，抢了伤员，跟在主官后面乱哄哄地往回跑。

"给我回来！"这时盖英卫却不依了，愤怒大叫道，"姓童的，你还倒打一耙！刚才把我手臂砸肿，还没找你算账，有种你别跑！"

怒骂之时，心中既委屈又愤怒的盖英卫，拔腿还想往对面冲。

"老盖，别追了！"这时候他身后传来端木楚的声音，"穷寇莫追，我们还是赶紧回去吧。"

"呃？"盖英卫忽然觉得，身后这端木楚的声音，怎么感觉比较虚无缥缈。他立即扭头一看，却见先前那个气势汹汹的端木大人，此刻竟然带着大队人马，已经跑回去三四百步了！

"混蛋！"这一下，又差点没把盖英卫鼻子给气歪！"真他娘的混蛋！先前吵吵嚷嚷连累我来的是你，现在说不打就不打的也是你！先前冲得比谁都猛，现在逃得比兔子还快！"

从来没吃过亏的盖英卫，这时候简直怒火攻心："好哇！什么好赖活儿都让你做了，合着我盖英卫打这一身臭汗，手臂还给人砸肿，这就白打啦？"

想到这里，盖英卫忽然有些痛心疾首："唉！端木楚这厮，虽然因裙带关系升了铜徽卫，但好歹为人还比较端庄稳重。现在却变得这样奸猾，分明就是被苏渐这臭贼给带坏的啊！啊呀，说起苏渐，这厮上次削了我好大脸面,还抢我家雪穿,我今日却还帮他来助拳,结果还不落下个好儿,哇呀呀呀,真是气死我了!"

本来盖英卫这人心思就重,想得太多,现在一想到这里,竟然只觉得心头一痛,咽喉一甜,"哇"的一声,竟吐出一大口鲜血来!

吐血之后,盖英卫两眼一黑,手中铁流刃当啷啷落地,就此晕倒在街头。

神智彻底失去清醒前,盖英卫却还听到端木楚故作关心地大叫:"哎呀呀!大家快看!盖大人虽然英勇奋战,但毕竟技不如人,刚才被童大方那臭贼狠砸了几下,现在竟然吐血了!快快快,快去几个兄弟把他抬回来,顺便看看死了没;若死了,我回去好给他报个'街头斗殴,不幸阵亡'……"

听到这里,本来自我运气调节,已有点好转的盖英卫,突然间胸口起伏,"噗噗"两声吐出两大口鲜血,然后便彻底人事不知了。

当双方撤去,盖英卫昏倒,刚才喧闹的长街忽然一时寂静。

苏渐这一边,也已尘埃落定。

那些赌坊的打手,战力太低,混战中如同炮灰,基本都被杀死。

乔装的高家护军们,有死有伤,但更多的人眼见情势不对,再也不顾什么高敞命令,趁乱开溜逃跑了。

经过刚才这一场见刀见血的大争斗,周围没什么居民百姓敢凑近围观。于是现在这段长街上,还能站着的几个人,除了苏渐和他的伙伴,就剩下那个赌坊老板沈高飞。

说起这沈高飞,当年也是江湖大盗,从来都心狠手辣,可到了这时候,一看长街上自己人死伤狼藉,再一回头那高敞和李小娘们已经踪影全无,便顿时心寒。

已多年未有的惊恐心情,涌上沈高飞的心头。

于是稍一犹豫,就见这先前还霸气十足、睁眼陷害人的沈大老板,突然猛扑在地,手脚并爬,爬到苏渐脚下,扯着他的裤脚苦苦地哀求。

"苏大人!苏铁卫!"刚才一直不认苏渐铁徽卫身份的沈高飞,这时却涕泪交流,不断诉说自己有眼无珠,又是受人指使,这才一时糊涂,冒犯了几位小英雄。

看着前倨后恭、癞皮狗一样匍匐脚下的沈高飞,苏渐这时却连他受什么人指使也懒得问。他聚起大战后身体里最后的力气,一脚踢飞了沈高飞。

"沈老板,"苏渐冷冰冰的声音,弥漫在黄昏的血色长街,"早知今日,何必当初。本卫已去查过,沈高飞,不,应该叫你'血手沈威',你当年已是命案累累,改名换姓后还不好好做人,眼睁睁就来陷害我兄弟。唐求!"他猛地大叫道,"你且指认,是不是这厮陷害你?"

"是他!"唐求叫道,"就是这奸贼设局害我!"

"好!"苏渐道,"本铁徽卫,就把这为民除害的任务交给你。"

"谢大哥!"唐求鼓足了全部剩余气力,提着那把捡来的战斧,朝沈高飞一步步走去。

片刻后,血手沈威凄厉的惨叫声响起,久久回荡在黄昏的长街。

奸人授首,已是伤痕累累的苏渐四人,心中快意,仿佛心意相通,便手拉着手,在这流血的黄昏长街中并肩走过。

坚定的步伐,踏过了遍地狼藉。四个心意相通的兄弟,在暮色黄昏中□□□古老战歌:

> 天地雪纷纷,恶龙欲成群。
>
> 刀含三尺影,剑耀七星纹。
>
> 袖间血洒地,眉上旌拂云。
>
> 轻躯如未殡,终当厚报君。

战歌苍凉,残阳如血。

乱世京华的黄昏街头,这四人的洒脱身影,注定永远地留在很多人的心头。

图书在版编目(CIP)数据

血歌行.1：学府风雷 / 管平潮著.—杭州：浙江大学
出版社，2017.4
ISBN 978-7-308-16068-1

Ⅰ.①血… Ⅱ.①管… Ⅲ.①长篇小说—中国—当代
Ⅳ.①I247.5

中国版本图书馆 CIP 数据核字（2016）第 173395 号

血歌行 1：学府风雷

管平潮　著

责任编辑	冯社宁	
联合策划	傅晨舟	
编辑策划	周燚鑫　沈明月	
营销策划	寿勤文　徐　乙	
联合出品	米 古阅读	
责任校对	杨利军　赵　伟	
出版发行	浙江大学出版社	
	（杭州市天目山路 148 号　邮政编码 310007）	
	（网址：http://www.zjupress.com）	
排　　版	杭州林智广告有限公司	
印　　刷	杭州杭新印务有限公司	
开　　本	710mm×960mm　1/16	
印　　张	18.25	
插　　页	9	
字　　数	286 千	
版 印 次	2017 年 4 月第 1 版　2017 年 4 月第 1 次印刷	
书　　号	ISBN 978-7-308-16068-1	
定　　价	36.00 元	